Zu diesem Buch

«Mark, das darfst du nicht! Das lasse ich nicht zu!»
Mark Peacock sah seine Mutter flehend an. «Eine andere Chance haben wir nicht. Oder willst du etwa in eine dieser gottserbärmlichen kleinen Mietwohnungen in irgendeiner Küstenstadt umziehen?»
Seine Mutter schauderte bei diesem Gedanken.

Peacock Manor ist ein wunderschönes Gut am Rande des kleinen Städtchens Wychford. Es grenzt an ein ehemaliges Kloster, das zu einem Künstlerzentrum umgebaut wurde. An seinem Rand verläuft ein Fluß, dessen alter Treidelpfad den Bewohnern Wychfords als Spazierweg und Abkürzung dient. Auch Beryl Tompkins, eine Putzfrau in einem Fotolabor, hat diese Abkürzung benutzt – und ist ermordet worden.

Chief Inspector Luke Abbott, der mit seinem Mitarbeiter Sergeant Paddy Smith den Fall übernommen hat, kommt nicht als Fremder in die Stadt. Hier ist er aufgewachsen, hat sich mit Mark Peacock geprügelt und Jennifer Eames geküßt, die damals weder Eames hieß noch Ärztin war.

Als ein zweites Opfer, ein nymphomanisches Mädchen, neben dem Treidelpfad gefunden wird, ist die Aufregung in Wychford groß. Das Wort vom «Schlächter» macht die Runde. Denn beiden Frauen wurde die Kehle durchschnitten. Obwohl man sie sich nicht unterschiedlicher vorstellen kann, fragt sich Chief Inspector Luke Abbot, ob es zwischen den Opfern eine Verbindung gibt. Und wenn ja, welche?

Paula Gosling ist gebürtige Amerikanerin, die seit 1964 in England lebt. Für ihren ersten Kriminalroman, Töten ist ein einsames Geschäft (rororo Nr. 13932), erhielt sie den John Creasey Award der British Crime Writers' Association. Der Roman wurde unter dem Titel «Fair Games» mit Cindy Crawford und William Baldwin in den Hauptrollen verfilmt. Ihr Roman Tod auf dem Campus (Nr. 2858) wurde mit dem Gold Dagger ausgezeichnet. In der rororo-thriller-Reihe liegen außerdem vor: Leiche im Paradies (3104) und Das Spiel wird Ernst (Nr. 3195).

Paula Gosling

Blut auf den Steinen

Deutsch von
Thomas Niehaus

rororo
Rowohlt

rororo thriller
Herausgegeben von Bernd Jost

16.–23. Tausend Januar 1997

Neuausgabe
Veröffentlicht im Rowohlt Taschenbuch Verlag GmbH,
Reinbek bei Hamburg, Februar 1988

Die Originalausgabe erschien bei Macmillan London Ltd.
unter dem Titel «The Wychford Murders»

Umschlaggestaltung Walter Hellmann
Foto: The Image Bank / Barros & Borros
Gesamtherstellung Clausen & Bosse, Leck
Printed in Germany
1290-ISBN 3 499 43284 6

Für meine Eltern,
Paul und Sylvie Osius,
in Liebe und Dankbarkeit
für eine glückliche Kindheit
voller Bücher.

Kapitel eins

«Der Inspector kommt.»

Die kleine Schar Polizisten und Gerichtsmediziner trat sofort auseinander, als ein hochgewachsener, hagerer Mann im gepflegten Anzug die Böschung hinunterkraxelte und zu dem mit Seilen abgesperrten Areal schritt. Mit entschlossener Miene überwachte er das Terrain, hatte er seine Augen überall, um die polizeilichen Aktivitäten, die Lage des Leichnams und eventuell sogar den Luftdruck genauestens zu registrieren. Luke Abbott ging der Ruf voraus, ein unerbittlicher Feind jedes Kriminellen zu sein. Als Kollege war es gut, hinter ihm zu stehen. (Er schätzte es, wenn man hinter ihm war – und das war keine schlechte Position, denn so war man gegen alles abgeschirmt, was man ihm entgegenschleuderte.) Er gehörte zu den jüngeren Detective Chief Inspectors in der Region. Erreicht hatte er diese Position mit einer Mischung aus professionellem Skeptizismus und beharrlicher Verbissenheit bei der Lösung seiner Fälle. Er hörte nicht eher auf, bis er am Ziel war – fast immer mit Erfolg.

Man hatte ihm diesen Fall in aller Eile auf den Tisch gelegt, was ihn aber nicht hinderte, sich an Ort und Stelle in aller Ruhe umzuschauen, ehe seine graublauen Augen den verantwortlichen gerichtsmedizinischen Sachverständigen ins Visier nahmen.

«Nun?» bellte er.

Der Sachverständige zuckte die Achseln. «Die Untersuchungen brauchen Zeit...»

«Nun kommen Sie schon, Cyril.»

Der Sachverständige versuchte vergebens, einen finsteren Blick aufzusetzen. «Verdammt, Luke, müssen Sie denn immer sofort eine Antwort bekommen? Sie bringen mich noch so weit, daß ich etwas sage, was ich hinterher bereue.»

Abbott grinste. In der Regel hatte er von Cyril immer einen Anhaltspunkt erhalten, mit dem er beginnen konnte. Es mochte nichts

Großes sein, auch nichts Wichtiges, aber immerhin etwas, um den Motor in Gang zu setzen, die Gänge zu wechseln, und um mehr ging es zu Anfang nicht. Es reichte, wenigstens die Zehenspitze, und sei es die des Leichnams, in der Tür zu haben.

«Weiblich, mittleren Alters, von hinten festgehalten, glatter Schnitt durch die Gurgel.» Cyril machte es kurz und bündig. «Keine Anzeichen von Gegenwehr, offensichtlich auf der Stelle bewußtlos und nach wenigen Minuten verblutet und tot.»

«Eine Idee, wer der Mörder sein könnte?»

Cyril zuckte die Achseln. «Das Opfer ist nicht besonders groß noch besonders korpulent. Vermutlich ist der Mörder größer – kleiner auf keinen Fall. Einsfünfundsiebzig, vielleicht mehr. Rechtshänder. Der Ösophagus und beide Hauptblutstränge sind durchgeschnitten. Das ist nicht leicht. Wenn der Kopf so nach hinten geneigt ist, verschwinden beide Hauptblutgefäße hinter den schützenden Ösophagus. Es könnte eine Frau mit einem sehr, sehr scharfen Messer gewesen sein – oder ein kräftiger Mann mit einem stumpfen Messer. Nach der mikroskopischen Untersuchung der Schnittränder kann ich Ihnen mehr sagen. Was außer Frage noch eine Rolle spielte, ist die Tatsache, daß es sehr schnell gegangen sein mußte. Der Mörder kam von hinten, preßte einen Arm unter ihr Kinn, riß ihren Kopf nach hinten und schnitt ihr die Kehle durch, wahrscheinlich mit einer einzigen Bewegung. Sie hatte nicht den Hauch einer Chance, wegzulaufen oder sich zu verteidigen. Der Mörder hat dabei wahrscheinlich nicht allzu viel Blut abbekommen. Nach einer Minute war alles vorbei.»

«Jetzt haben Sie mir etwas über das Wie gesagt. Ich will von Ihnen aber noch wissen, wer und warum», meinte Luke.

«Das ist Ihr Geschäft, mein Freund, nicht meins», bemerkte Cyril Franklin, sichtlich erleichtert. «Ich nehme die Opfer nur auseinander und flicke sie hinterher wieder zusammen.»

Ein stämmiger dunkelhaariger Mann stellte sich neben Abbott. Es war sein Mitarbeiter, Sergeant Paddy Smith, dessen Beförderung längst überfällig war. Abbott hatte unlängst das vierte Empfehlungsschreiben für ihn unterzeichnet; er hoffte, daß der Beförderungsausschuß dieses Mal keine Ausreden mehr hatte. Ein Erzfeind hatte Paddy immer wieder Steine in den Weg gelegt, aber nun war die fragliche Person wegen Betrugs überführt worden, worüber jeder sehr erleichtert war. Ob es auf Paddys weiteres Fortkommen Einfluß hatte, stand allerdings noch in Frage.

«Man hat ihre Handtasche dort drüben zwischen den Büschen gefunden.» Paddy zeigte ihm die geöffnete Handtasche und den ausgeschütteten Inhalt, beides befand sich in einer großen Plastiktüte. «Leeres Portemonnaie, kein Kleingeld. Lippenstift, Kompaktpuder, Eyeliner, und so weiter.» Er kramte weiter herum. «Ein Adreßbüchlein, Tagebuchkalender, den sie aber meistens als Einkaufsliste benutzte, wie es auf den ersten Blick aussieht.» Er wühlte immer noch in den Sachen. «Büchereiausweis, Scheckkarte, eine Art Kennkarte.» Er drehte die Karte um. «Name Beryl Tompkins, arbeitete offensichtlich als Putzfrau in der Fotoentwicklungsfirma.»

«Die Handtasche könnte jemand anderem gehören», sagte Abbott. «Wir überprüfen das besser.» Sie gingen zum Tatort, wo Franklin das Leinentuch aufhob. Das Bild auf der Kennkarte war ein Schwarz-Weiß-Foto, was den Vergleich mit dem totenbleichen Gesicht der Ermordeten erleichterte. Franklin sah zu ihm auf.

«Laß gut sein», meine Abbott.

«Sie vermuten doch nicht, daß sie etwa eine Spionin war, oder?» fragte einer der Einheimischen. «Ich hörte, der Fotobetrieb hier bei uns hat viel mit dem Verteidigungsministerium zu tun.»

Abbott sah sich das Gesicht der Toten an. In ihren Zügen konnte er nichts davon feststellen. Die Kleidung sagte ihm, daß es sich um eine recht konventionelle Frau mit ganz gewöhnlichem Geschmack handelte. Beryl Tompkins, eine Geheimagentin? Haben Geheimagenten etwa Ausweise von Büchereien bei sich? Tragen sie handgestrickte Wolljacken? Er hatte seine Zweifel. Andererseits war man beim KGB in diesen Kleinigkeiten bestimmt sehr gut. Er machte im Geiste eine Notiz, um das Innenministerium zu verständigen, fühlte aber, daß sie Lösung dieses Mordes viel alltäglicher sein mußte, und fragte: «Wurde sie vergewaltigt?»

«Das glaube ich nicht, auch wenn manchmal die Kleider wieder in Ordnung gebracht werden ... hinterher. Wie ich Ihnen schon sagte, ich muß das erst im Labor untersuchen», seufzte Franklin unüberhörbar. «Ich denke nicht, daß Sie in diesem Fall lange nach einem Motiv suchen müssen. Schließlich ist keine Mark mehr im Portemonnaie. Die Leute werden hier meistens am Donnerstag ausbezahlt. Wer immer es getan hat, er mußte kräftig sein, entschlossen, schnell – und kaltblütig.»

«Wie kommen Sie darauf?» hakte Abbott rasch nach.

Franklin zuckte die Achseln. «Klingt doch vernünftig, oder nicht? Man hat ihr einfach den Hals durchgeschnitten und sie an Ort und Stelle liegengelassen. Kein Versuch, die Tote zu verstecken. Sie ist einfach hier auf dem Weg liegengelassen worden, wie ein Stück Abfall, das man wegwirft, weil man es nicht mehr braucht.»

Abbott lächelte dankbar. «Na, sehen Sie», sagte er. «Ich wußte doch, daß Sie mit etwas herausrücken.» Er machte auf dem Absatz kehrt und ging von dannen.

Der Polizeiarzt sah ihm erstaunt nach. «Was ist los? Was habe ich gesagt?» Aber Abbott winkte nur ab. «Arroganter Mistkerl», murmelte Franklin hinterher und grinste einen der Polizeibeamten an, der gerade neben ihm stand. «Man müßte ihn mit den Schuhen festnageln.»

Der Constable sah ihn etwas schockiert an. «Sir?»

«Nichts», sagte Franklin, der noch einmal zum Leichnam zurückging. «Nichts. Überhaupt nichts. Kommen Sie, Beryl. Es ist Zeit, daß sich jemand um Sie kümmert. Tut mir leid, daß ich es sein muß. Tut mir wirklich leid, aber...» Er zuckte die Achseln. «Es ist nun mal mein Job, verstehen Sie.»

Der Wachtmeister drehte sich zu einem seiner Kollegen um und flüsterte: «Spricht er immer so mit den Leichen?» Sein Kollege, ein jüngerer Mann, sah ihn aus kleinen runden Augen fest an.

«Vielleicht hat er sonst keine Ansprache», meinte er. «Allerdings kriegt er von ihnen nie eine Antwort.»

«Sie war eine zuverlässige Frau, die ihre Arbeit ohne viel Murren machte, auch wenn sie das Geld sauer verdiente.» Der Leiter der Personalabteilung von Jiffy, ein Großentwickler in der Fotobranche, lehnte sich vertraulich nach vorne. «Ich glaube, ihr Mann ist schon seit geraumer Zeit ohne Arbeit, und sie war die einzige, die für die Familie das Brot verdiente. Sie machte auch woanders noch Putzarbeiten. Ich hab aber nie genau nachgefragt. Ich denke, sie hat woanders schwarz gearbeitet, Sie verstehen, um das Finanzamt zu umgehen. Dadurch hatte sie wenigstens etwas auf der Hand, und

Gott weiß, sie waren auf jeden Penny angewiesen. Ich gehöre nicht zu denen, die mit Geschichten hausieren gehen, trotzdem dachte ich mir, daß es besser wäre, sie nicht weiter danach zu fragen. Ich sagte mir, je weniger ich fragen würde, desto weniger wüßte ich, und um so weniger kann man von mir erwarten – wenn Sie verstehen, was ich meine.»

«Verstehe.» Paddy machte eine Notiz. Luke lehnte sich auf seinem Stuhl zurück und sah sich um. Offensichtlich machte sich die Arbeit bei Jiffy bezahlt. Das Bürozimmer war groß und sehr gut eingerichtet. Der Personalleiter machte einen gepflegten Eindruck. Er hieß Grimes, war groß und offensichtlich stolz auf die militärische Vergangenheit – vermutlich seine eigene, denn überall an den Wänden hingen eingerahmte Fotografien aus seinen Kriegstagen als aktiver Soldat. Auf seinem Schreibtisch und auf dem Büchergestell unter dem Fenster standen einige Familienfotos, aber bei weitem nicht so viele, verglichen mit den Kriegsfotos an allen Wänden.

Grimes bemerkte, wie Luke seinen Blick auf sie gerichtet hielt, und lächelte. «Während des Krieges war ich bei der Bildaufklärung», erklärte er mit Stolz.

«Ich verstehe», sagte Luke. Aber er verstand auch, daß Grimes sich nur allzu gerne weitschweifend darüber auslassen konnte. Jetzt war jedoch nicht die Zeit für Erinnerungen an «Wie ich den Krieg mit meiner Boxkamera gewann», also ging er schleunigst darüber hinweg. «Gibt es vielleicht jemanden in der Firma, der etwas gegen Mrs. Tompkins hatte?»

«Oh, sie war bei allen beliebt, Inspector. Beryl hatte für jeden immer ein aufmunterndes Wort. So weit ich weiß, war eine der Frauen, Hilda Stanwick, mit ihr befreundet. Möchten Sie ihre Adresse?»

Sie bedankten sich und schrieben sie auf. Um sicher zu sein, daß sie zu Hause war, riefen sie vorher an, ehe sie von der Fotolaborfirma aus losfuhren, hinab nach Woodbury, einer kleinen Ortschaft, nicht einmal einen Kilometer entfernt.

«Sie sind aus der Gegend, nicht wahr?» fragte Paddy, kurz bevor sie in die Ortschaft kamen.

«Aus Wychford sogar», sagte Luke. «Aber es ist schon lange her, daß ich das letzte Mal hier war. Es hat eine Menge Veränderungen gegeben in...» Er hielt kurz inne. «Mein Gott, achtzehn Jahre! Kaum zu glauben.»

«In diesen Jahren haben Sie einiges erlebt», sagte Paddy, der gerade abbog und versuchte, sich an die ziemlich vage Wegbeschreibung zu halten, die ihnen der Personalleiter gegeben hatte. «Universität, Ehe, die Kinder, der Aufstieg zum Detective Chief Inspector, der alles, was er weiß, von mir gelernt hat...»

Luke lächelte. «Sie haben gar keine Ahnung, wie recht Sie haben. Ich bin nicht mehr der Luke Abbott, der aus Wychford vor knapp zwei Jahrzehnten voller Hoffnungen fortgegangen ist.»

«Stimmt», gab ihm Paddy recht. «Sie sind der alte, geräderte zynische Bulle, den Verbrechen und Chaos in der Welt niedergeschlagen haben, mürrisch und –»

«– Oh, hören Sie auf damit», sagte Luke freundlich. «Ich bin überhaupt nicht mürrisch. Lediglich etwas gereizt.» Er blickte auf die zusammengewürfelten Häuser von Woodbury. «Dieser Ort hat sich nicht verändert. Er wurde vor den Touristen geheimgehalten. Wychford nahm den ganzen Verkehr auf und machte das ganze Geld. Ich wollte Margaret immer hierher zurückbringen, aber als die Zwillinge zur Welt kamen, hatten wir keinen Augenblick mehr für uns allein.» Sein Gesicht wurde ernst, als er sich daran erinnerte, wie wenig Zeit er und seine Frau letztlich für sich gehabt hatten. Ihre Beziehung war am intensivsten gewesen, als sie ihren Kampf gegen den Krebs aufnahm – den sie schließlich verlor. Im stillen fragte er sich, ob er je seinen eigenen Kampf gegen den Schmerz gewinnen würde, den er immer noch über ihren Verlust empfand, und angesichts der Erinnerung an sie, die aus den Augen der beiden Jungen strahlte.

«Ist es hier?» sagte Paddy, der Luke ansah, daß ihn Erinnerungen quälten und ihn ablenken wollte.

«Ich denke schon», antwortete Luke, während er die Häuserzeile in Augenschein nahm. «Nummer einundzwanzig ist wahrscheinlich am anderen Ende.»

Mrs. Stanwick entpuppte sich als korpulente Frau, die obendrein Kettenraucherin war, was vielleicht ihre geröteten Augen erklärte, aber Luke vermutete, daß es von etwas anderem kam. Ihr Wohnzimmer stand voller Möbel, und dem Besucher wurde beim Anblick der gegensätzlichen Stile ganz schwindelig. Alles war auf Hochglanz poliert. Sie selbst sah in ihrem geblümten Kleid ebenso sauber und akkurat aus.

«Arme Beryl.» Mrs. Stanwick schneuzte geziert in ein verknülltes weißes Taschentuch. Neben dem Kamin quoll der Abfallkorb mit zusammengeknüllten Papiertaschentüchern über. «Wenn es nur nicht wegen meiner Venen passiert wäre.»

«Wie bitte?» fragte Paddy nach, der momentan etwas aus der Fassung geriet.

«Wegen meiner Venen.» Mrs. Stanwick streckte ein Bein aus. Es war dick geschwollen und verfärbt. «Sie haben mir gestern abend übel mitgespielt. Deshalb ging ich nicht arbeiten. Beryl und ich gingen sonst immer zusammen zur Bushaltestelle hinunter, um nach der Arbeit noch den vorletzten Bus zu erwischen. Ich trug die Taschenlampe, denn die war auf dem Weg dorthin unerläßlich, und Beryl drückte immer die Büsche zur Seite, weil ich nämlich Spinnen nicht ausstehen kann, und jetzt das? Ich kann mir nicht erklären, warum sie diesen Weg alleine gehen mußte, sie hätte an der Hauptstraße entlanggehen sollen, auch wenn es ein Umweg ist. Hatte sie denn eine Taschenlampe bei sich?»

«Wir haben keine gefunden», sagte Paddy und machte eine Notiz.

«Nein? Seltsam. Ohne Taschenlampe kann man sich dort den Knöchel brechen, eh man sich's versieht. Eigentlich ist es nicht einmal ein richtiger Weg. Man geht einfach über ein Feld, das ist alles. Vielleicht war doch noch jemand mit ihr. Vielleicht ein Mann, der unterwegs plötzlich komisch wurde. O die Arme.» Bei diesem Gedanken verdrehte sie die Augen.

«War sie mit einem der Männer in dem Betrieb befreundet?»

«Beryl? O nein. O nein, überhaupt nicht. Beryl war nicht der Typ dafür. Außerdem kamen wir nicht oft mit den Arbeitern zusammen. Wir machten das Empfangszimmer, die Labors und die Büros sauber. Wegen meines kranken Beins und wegen Beryls Rückenbeschwerden ließ uns Mr. Grimes, der Personalchef, die Büros saubermachen. Er meinte, das sei nicht so anstrengend. Und es stimmte, denn unten in den Entwicklungsräumen stank es ekelhaft, nach all diesem Chemikalienzeug und so...»

«Und wer machte dort sauber?»

«Die anderen Mädchen. Die jüngeren meistens. Es macht ihnen nichts aus, diese Gören können doch nur oberflächliche Arbeiten machen, sie sind einfach nicht sorgfältig genug, um in Büros klar Schiff zu machen. Beryl und ich kamen nicht allzu oft mit ihnen zusammen. Nein, wahrscheinlich hat sie es ohne Taschenlampe versucht, und auf eigene Faust. Ich mache mir solche Vorwürfe wegen ihres Todes. Wirklich. Sie verließ sich auf mich, ja, und ... mein Gott, ich habe sie einfach im Stich gelassen, und jetzt ... jetzt ...» Mrs. Stanwick begann zu weinen. Tränen flossen über ihr Gesicht. Wieder mußte ein Taschentuch herhalten. «Es tut mir leid, bestimmt», entschuldigte sie sich. «Ihr Tod geht mir so nahe. Sie war eine so liebe Frau.» Mrs. Stanwick seufzte tief. «Ich werde in Zukunft auf der Hauptstraße gehen müssen, aber wenn ich an der Stelle vorbeikomme, wo wir die Abkürzung übers Feld nahmen, werde ich immer an Beryl denken, wie sie dort liegt ... ganz allein ...»

Schließlich ergriffen sie die Flucht vor Mrs. Stanwick, die am ganzen Leib zitterte, aber nicht ohne ihr zu versichern, daß das Leben nun mal so ist, und man nie weiß, was vor einem liegt, nicht wahr, und machen Sie sich bloß keine Vorwürfe, niemand hätte das wissen können.

Diese idiotischen Frauen, brummte Paddy vor sich hin. Sie gehen die dunkelsten Wege, nur um ein paar Schritte zu sparen. Dann fielen ihm plötzlich Mrs. Stanwicks entzündete Venen ein, und er schämte sich. Das Schicksal eines Polizisten war also nicht das einzig unglückliche.

Besonders was Füße und Beine anging.

Sie hatten von Mrs. Stanwick erfahren, daß Beryl Tompkins tatsächlich noch zwei weitere Stellen als Putzfrau gehabt hatte, eine bei einer Mrs. Dyson in der Stadt, eine ältere, allein lebende Dame, und eine bei einem gewissen Mr. Pelmer, ein Apotheker. Diese Stelle hatte sie sich mit einer Mrs. Teague geteilt, indem mal die eine, mal die andere am Nachmittag zum Putzen in die Apotheke ging. Mrs. Teague gehörte zu den «anderen Mädchen», die bei Jiffy in den Entwicklungsräumen sauber machten, obgleich sie älter war als Mrs. Tompkins und Mrs. Stanwick. Auch in der Apotheke machte sie die

Schmutzarbeit. («Beryl staubte die Bildschirme ab», vertraute ihnen Mrs. Stanwick an. «Beryl wußte, wie man ordentlich sauber macht. Nicht wie manch andere.»)

Eine schmerzliche Unterredung mit Mrs. Tompkins' hinterbliebenem Ehemann bestätigte nur, daß sie eine liebevolle und feine Frau gewesen war. Mr. Tompkins, von großer Statur, aber langsam im Denken, hatte ein schlechtes Gewissen, daß er sie am vergangenen Abend nicht von der Arbeit abgeholt hatte. Er wollte es schon tun, als sie ihn anrief und sagte, daß Hilda Stanwick nicht gekommen war, aber sie hatte gemeint, nein, er sollte nicht kommen, denn es mußte jemand im Haus sein und auf die Kinder aufpassen. Sie gehörten nicht zu den Eltern, die ihre Kinder unbeaufsichtigt oder in der Gegend herumstreunen lassen. Die Kinder, ein vierzehnjähriger Junge und ein zwölfjähriges Mädchen, saßen mit weit geöffneten Augen und in Schweigen gehüllt auf einem Sofa. Sie waren sauber und adrett angezogen, auch wenn die Kleidung fast schon durchgewetzt war. Das ganze Haus war sauber und ordentlich. Wo sie auch hinsahen, überall sichtbare Zeichen von Liebe und Sorgfalt – und einer plötzlichen, grausamen Leere. Es war offensichtlich, daß Mrs. Tompkins das Herz der Familie gewesen war, und jetzt, da sie nicht mehr da war, die Familie ohne Halt war und nicht mehr weiter wußte.

Luke kannte das Gefühl nur zu gut.

«Natürlich habe ich mir langsam Sorgen gemacht, als sie auch mit dem letzten Bus nicht gekommen war», sagte Mr. Tompkins mit seiner bedächtigen Art und mit seiner tiefen Stimme. «Ich rief im Werk an, aber der Wachmann sagte, daß alle schon gegangen waren. Ich rief das Krankenhaus an, ich dachte an einen Unfall oder so, aber man sagte nein. Schließlich, um Mitternacht, rief ich die Polizei an. Um sieben heute morgen kamen sie dann, um es mir zu sagen.» Tränen liefen aus seinen Augen. «Sie waren sehr anständig, wie – nun ich kenne einen von ihnen aus dem Pub und – aber ...» Er zuckte die Achseln, außerstande, den Schmerz auszudrücken, den er offensichtlich empfand.

Paddy und Luke tauschten einen Blick miteinander aus, das stillschweigende Übereinkommen, daß es für sie hier nichts mehr zu tun gab, außer diese paar hohlen Worte zu sagen, die weder Trost spendeten, noch eine Erklärung gaben.

Mr. Tompkins begleitete sie zur Tür hinaus, wobei er die Wohnzimmertür behutsam zumachte, wo die Kinder mit leeren Blicken auf einen quasselnden Fernsehapparat starrten. «Man hat es mir nicht gesagt – vielleicht ging es nicht – ich meine, wurde sie... vergewaltigt?»

Paddy konnte die Agonie, die sich in den Augen des Mannes spiegelte, nicht mehr sehen, er mußte wegblicken.

«Nein», sagte Luke bestimmt. «So weit wir das augenblicklich beurteilen können, war man nur hinter ihrer Lohntüte her. Wie wir von Mr. Grimes hörten, war gestern wie gewohnt Zahltag. Wir fanden ihre Handtasche bei ihr, aber ohne einen Penny darin.»

«Du lieber Gott», kam es aus Mr. Tompkins. «Sie bekam sowieso kaum etwas bezahlt. Und dafür wurde sie auch noch umgebracht...» Aber in seinem Gesicht war etwas Erleichterung zu sehen. Luke hatte den Eindruck, als ob er einem Hungerleidenden einen Krümel gereicht hatte – und vielleicht war es sogar so.

«Wir halten Sie auf dem laufenden, Mr. Tompkins», sagte er.

«Wann können wir... wann...»

«Der Coroner wird sich mit Ihnen heute, spätestens morgen vormittag in Verbindung setzen», versprach Luke.

Schweigend gingen beide zum Wagen. Paddy sah sich noch einmal die kleinen, hübschen Häuser an. «Wirklich eine entzückende Gegend.»

Luke sperrte bereits die Wagentür auf und meinte wortkarg, ohne einmal aufzuschauen: «Das war es mal.»

Kapitel zwei

Jennifer Eames stand vor der Apotheke und schaute die High Street entlang. Ein Sturm zog herauf. Der Nachmittag verdunkelte sich, aber noch schien die späte Herbstsonne auf die Häuser und tauchte sie in goldenes Licht, was der Szenerie eine seltsame Zweidimensionalität gab. Als ob die ganze Straße eine Kulisse für ein Theaterstück oder einen Film wäre.

Sie sah auf ihre Armbanduhr. Einbruch der Nacht um 3.47 Uhr? Etwas in der Art. Ein Windstoß verfing sich in ihrer Jacke, und sie konnte den Regen, der in der Luft lag, förmlich riechen, trotz der Autoabgase und des bitteren Geruchs der Ringelblumen in den Blumenbeeten ein paar Meter weiter. Sie hatte Frances versprochen, sie um vier im *Copper Kettle* zu treffen.

«O Dr. Eames!» Jennifer zuckte zusammen und drehte sich um. Es war Mr. Pelmer, der Apotheker. «Ich bin froh, daß ich Sie erwischt habe – leider haben Sie vergessen, das Rezept für Mrs. Biddle zu unterschreiben.» Jennifer spürte, wie sie rot wurde und fummelte in ihrer Umhängetasche nach einem Stift.

«Tut mir leid, Mr. Pelmer, ich muß wohl irgendwie abgelenkt gewesen sein.» Sie fand etwas zum Schreiben und hielt das Stück Papier gegen die Schaufensterscheibe, um ihre Unterschrift zu machen. Sie mußte den Stift mehrmals schütteln, dem es offenbar nicht paßte, in dieser ungewohnten Lage zu schreiben.

Mr. Pelmer lachte aus vollem Halse. Er war ein kleiner Mann mit einem großen Kopf und zotteligen Haaren. Er erinnerte sie an einen Esel. Offensichtlich glaubte er, daß lautes Lachen ein Zeichen von Männlichkeit war. Wer daran nicht gewöhnt war, erschrak eher, und Leute, die ihn gar nicht kannten, gerieten in höchste Alarmbereitschaft, aber Jennifer fand sich mit den plötzlichen Ausbrüchen allmählich ab. Was sollte sie sonst machen, dachte sie – schließlich würde sie es in den nächsten Jahren noch oft zu hören bekommen.

«Aber wieso denn, das macht doch nichts», erklärte Mr. Pelmer, weiterhin wiehernd vor Lachen, als ob die Fehler eines Arztes in erster Linie eine Quelle größter Heiterkeit waren. Vielleicht waren sie es tatsächlich. «Bei Ihrem Onkel war das ganz verflixt mit den Unterschriften. Ich konnte sogar erkennen, zu welcher Zeit er das Rezept unterschrieben hatte. Morgens waren sie noch ganz leserlich, aber wenn er abends mit dem Operieren fertig war, hatte er das Gestöhne und Geächze all seiner Patienten so satt, daß er oft nicht mehr als ein paar Striche und eine gerade Linie für seinen Namen hinkritzelte.» Mr. Pelmer testete, wie weit er gehen konnte, und schaute sie mit einem grübelnden Blick an.

«Ja, ja», meinte Jennifer beipflichtend und reichte ihm das Rezept zurück.

«Er ist ein feiner Mann. Er fehlt uns sehr», erklärte Mr. Pelmer weiter. «Wir werden nie wieder einen anderen ... das heißt...»

Jennifer lächelte. «Sie haben recht. Das habe ich von vielen seiner Patienten gehört. Keiner wird so sein wie er.»

Dieses Mal sah Mr. Pelmer sie von der Seite mit einem merkwürdigen Blick an. «Zum Glück», sagte er.

Jennifer ließ sich nicht darauf ein. Sie dachte gar nicht daran, sich verleiten zu lassen, ihren charmanten und total exzentrischen Onkel zu verraten, den bis vor kurzem bettlägerigen Dr. Wallace Cadwallader Mayberry. «War das das einzige Rezept, das ich nicht unterschrieben habe?» fragte sie scherzend. «Ich muß weiter – da sind noch ein paar Hausbesuche zu erledigen.» Nun, Jennifer, fang jetzt bloß nicht damit an, sagte sie sich. Du hast vier Hausbesuche vor dir, das ist alles. Lediglich vier, und da kannst du dich glücklich drüber schätzen.

«Ah, ja. Ich hörte, Mr. Teague ging es wieder schlecht», bemerkte Mr. Pelmer und nickte weise mit dem Kopf. «Bestimmt wieder die alte Mixtur. Ich hab sie schon fertig.»

«Auf Wiedersehen, Mr. Pelmer, und einen schönen Nachmittag noch», sagte Jennifer und ging davon, ehe er weiterschwatzen konnte. Eingebildeter Pinsel, dachte sie, obgleich sie wußte, daß es wahrscheinlich auf die gleiche Mixtur wie eh und je hinausliefe, wenn sich ihr Onkel nicht bei der Diagnose vertan hatte. Diese Möglichkeit gab es immer. Im Laufe der letzten Jahre hatte eine Arthritis seine Aktivität und Tüchtigkeit immer stärker behindert. Er hatte zwar einen jüngeren Partner eingestellt, David Gregson, aber seit ihrer Scheidung immer gehofft, daß Jennifer nachgeben und «nach Hause» kommen würde, wie er es nannte. Da hauptsächlich Onkel Wally sie zu der Idee inspiriert hatte, den Arztberuf zu ergreifen, vermutete sie, daß er es immer gewußt hatte, sie würde eines Tages kapitulieren. Insgeheim hoffte sie, er würde die Idee aufgeben, denn sie war ehrgeizig und auf Karriere aus, und sie hatte sogar schon etwas im Auge, wobei es um Gutachten in innerer Medizin ging. Jedesmal, wenn sie zu Besuch kam, sprach er von der Praxis und den Patienten, als ob das alles schon ihr gehörte. Sie lächelte gewöhnlich, um dann bewußt das Thema zu wechseln. Vielleicht merkte er, daß die Praxis nicht ihr großer Wunschtraum war, vielleicht wollte er auch nicht weiter an sie appellieren und in ihr Pflichtgefühle wecken. Es blieb fortan eine Art Niemandsland zwischen zwei starrköpfigen, aber sich liebenden Persönlichkeiten.

So war es jedenfalls bis vor einem Jahr gewesen, als er angefangen hatte, ihr zu schreiben und sie anzurufen und sie zu fragen, und dann zu bitten, ihren Krankenhausposten in London aufzugeben und seine Landpraxis zu übernehmen. Zuerst hatte sie sich geärgert, daß ihr unausgesprochener Nichtangriffspakt gebrochen wurde. Sie hatte vage Versprechungen gemacht, den fatalen Tag immer wieder hinausgeschoben und sich schließlich deswegen gehaßt. Aber allmählich fing etwas in seiner Stimme und in seinen Briefen an, in ihrem medizinisch geschulten Gehirn Alarm zu schlagen – diesem kalten, objektiven Ort, wo Analyse und Ego nebeneinander stehen und auf eine Welt voll Eigensinn und Launenhaftigkeit blicken. In gewisser Hinsicht war Jennifer fast ein Stein vom Herzen gefallen, als er einen leichten Anfall bekam. Ihre Diagnose war richtig gewesen – und das erleichterte ihr den Weggang aus London und den Abbruch ihrer Karriere sehr.

Aber leicht war es trotzdem nicht.

Sie hatte in Wychford gelebt, bis sie vierzehn war, und irgendwie war ihr, als würde sie tatsächlich wieder «nach Hause kommen». Das Städtchen sah noch ganz genauso aus wie damals, aber die Leute hatten sich gewandelt, und von allen hatte sie sich am meisten verändert. Sie war jetzt kein naives, kleines Mädchen mehr, sondern eine ausgebildete Ärztin, die in den Krankenabteilungen und Fluren einer Londoner Universitätsklinik den letzten Schliff mitbekommen hatte. So jedenfalls sagte sie es von sich selbst.

Ihr erstes Problem nach ihrer Rückkehr blieb ihr größtes – nämlich Onkel Wallys Partner, David Gregson. In seinen Augen war sie wie ein medizinisch-technisches Lehrlingsmädchen – eine, die die niederen Arbeiten macht, also längst keine richtige Ärztin. Sie waren schon mehrmals zusammengeraten, und sie konnte nicht erkennen, daß sich die Situation verbesserte. Sie wußte, daß sie ein forsches Temperament hatte, aber auch, daß sie eine verdammt gute Ärztin war. Ihrer Meinung nach hegte David Gregson Ressentiments gegen sie, und das war unfair, genauso wie seine unablässige Weigerung, die Verantwortlichkeiten einer Praxis mit ihr zu teilen, was eigentlich nur darauf hinauslief, daß er sich ins eigene

Fleisch schnitt. Er verwendete immer solche Worte wie «vorübergehend» und sprach fortlaufend von der Zeit, wenn Dr. Wally wieder praktizieren könnte. Aber das war unmöglich, und sie beide wußten es. Er hielt diesen Schein ganz ostentativ am Leben, um Wally bei Laune zu halten, aber vermutlich eher aus Eigeninteresse. Er wollte das Unvermeidbare nicht akzeptieren, genausowenig wie sie selbst es hatte akzeptieren wollen. Aber jetzt war sie hier, und hier wollte sie auch bleiben. Die vergangenen Monate hatten ihr gezeigt, daß sie es wahrscheinlich nicht viel weiter als zu einer kompetenten medizinischen Gutachterin gebracht hätte (und eine Frau mußte weit mehr sein als kompetent, um überhaupt weiterzukommen) – daß sie aber andererseits eine Chance hatte, es zu einer sehr guten Allgemeinärztin zu bringen.

Im *Copper Kettle* angekommen, nahm sie einen der Ecktische für zwei Personen. Wenige Minuten später kam Frances Murphy herein, winkte und trat näher. Sie trug einen grünen Mantel und einen hellroten Schal, was Jennifer an einen prächtigen, reifen Apfel erinnerte. Auch innerlich war sie ein Apfel – vom Wesen her süß, doch mit dem Nebengeschmack bitterer Ironie. In der Hand hielt sie eine Zeitung, die sie auf den Tisch fallen ließ, während sie ihren Mantel aufmachte, auszog und schließlich das Eßbesteck durch ein neues ersetzte, weil sie es mit dem Mantel vom Tisch gefegt hatte.

«Es ist nicht zu fassen, es hat einen Mord gegeben!» verkündete sie voller Dramatik. «Ausgerechnet mitten in Wychford!» Frances war in der Grafschaft Cork zur Welt gekommen und ihren Worten haftete immer noch der Akzent an, der ihren R's eine herrliche Rundung und ihren Sätzen etwas Wiegendes verlieh. (Da sie selbst etwas rundlich geraten war, mochte sie es nicht, wenn von ihren runden R's die Rede war.) Ansonsten hatte sie schwarzes Haar, eine schöne Haut und ein warmes Lächeln. Sie war Physiotherapeutin und selbst erst vor ein paar Monaten, bevor Jennifer nach Wychford zurückkehrte, hierher gekommen. Sie waren gute Freundinnen geworden, auf der gesunden Grundlage, sich gegenseitig zum Lachen bringen zu können, aber bei einem Mord hörte der Spaß auf.

«Das wird Tante Clodie ganz schön aufschrecken», meinte Jennifer und griff nach der Zeitung. «Sie behauptet immer, Wychford sei die eintönigste Stadt in ganz Großbritannien.»

«Calglannon sollte man dann gleich im selben Atemzug nennen», sagte Frances. «Es ist der eintönigste Ort in ganz Irland, nur mit dem Unterschied, daß die Aufregung nicht wegen eines Mordes entstanden war, sondern weil der Schnellkochtopf meiner Mutter eines Tages explodierte. Ich sehe sie immer noch mit den gelben Rüben im Haar.» Sie strahlte zu Jennifer hinüber. «Meinst du, sie haben noch etwas von dem Schmalzgebäck übrig?»

«Ich dachte, du wolltest diese Woche mit einer Abmagerungskur anfangen», sagte Jennifer abwesend, weil sie ganz in die Einzelheiten versunken war, die im *Chronicle* über den Mord zu lesen waren.

«Nein, das war letzte Woche», sagte Frances. «Diese Woche mache ich eine Trinkkur. Oder ist es eine Saufkur?» Die Kellnerin kam an den Tisch, und sie bestellte Tee und Kuchen für zwei, nachdem sie sich vergewissert hatte, daß das Schmalzgebackene längst von ein paar Touristen verschlungen worden war. «Wen hat man denn umgebracht?» fragte sie bei ihrem Versuch, die Zeitung verkehrt herum zu lesen. In ihrer Freizeit versuchte Frances sich mit dem Schreiben. Sie wollte Schriftstellerin werden. Ein paar ihrer Geschichten waren schon veröffentlicht worden, und derzeit arbeitete sie an einem Roman. Es gab nichts, was nicht Wasser für ihre Mühlen war, und wenn die angeborene Neugier ein Indikator für schriftstellerisches Talent war, dann mußte Frances eines Tages berühmt werden. «Beryl Tompkins», sagte sie ganz langsam, wie wenn sie den Namen buchstabierte. «Oh.» Sie lehnte sich zurück und sah ganz unglücklich drein. «Oh.»

Jennifer sah bei dem Tonfall auf. «Du kanntest sie?»

«Ja. Du müßtest sie auch kennen. Sie war Patientin bei dir. Dr. Gregson überwies sie an Mr. Blythe, sie war bei uns in der Klinik. Vier kaputte Bandscheiben.»

«Ich denke nicht, daß ich sie je gesehen habe.» Jennifer versuchte vergeblich, den Namen einzuordnen. «War es vielleicht schon, bevor ich kam?»

«Vielleicht», gab Frances vage zur Antwort, während sie sich zurücklehnte, damit die Kellnerin das Tablett mit dem Tee abstellen konnte. «Ich versuchte es mit verschiedenen Therapien, aber sie meinte, daß sie ihr nicht gut taten. Natürlich helfen sie nicht, sagte ich ihr, solange Sie immer noch in dem Fotobetrieb saubermachen und dieses Ungetüm von Bohnerapparat herumschieben.

Aber sie brauche das Geld, sagte sie immer. Und jetzt liegt die Arme da, ermordet in ihrer zweitbesten Kleidung.»

«Wie kommst du denn da drauf?» wollte Jennifer wissen.

Frances sah sie mit einem vorwurfsvollen Blick an. «Nun, da steht doch, daß sie gerade auf dem Nachhauseweg von ihrer Putzstelle war, nicht wahr? Sie wird wohl kaum ihre besten Kleider dafür angezogen haben, oder?»

«Nein, vermutlich nicht.» Der Gedanke, daß die Frau in ihren alten Kleidern ermordet aufgefunden worden war, ließ alles irgendwie noch trauriger und grausamer erscheinen – sogar ihre Würde war auf mörderische Weise zerstört worden. Es sah Frances ähnlich, dieses winzige Detail aufzulesen. Sie überflog den Rest der Geschichte. «Hier steht, daß sie auf einem Pfad ermordet wurde, der von der Fotofirma hinunter zur Hauptstraße führt. Und daß man ihr die Kehle durchgeschnitten hat, wobei der Schnitt von einem Ohr zum anderen reicht.»

Frances goß gerade den Tee ein und verfehlte beinahe die Tassen. «Das Werk liegt genau auf der Anhöhe hinter dem Krankenhaus», hauchte sie. Sie stellte die Kanne ab und nahm einen kräftigen Schluck von dem dampfenden Tee. «Ich bin froh, daß ich den Wagen behalten habe», meinte sie mit einem Seufzer.

«Du meinst, du fährst ihn immer noch?»

«Warum nicht?» wollte Frances wissen.

Der Gedanke an Frances am Steuer eines Autos ließ Jennifer stets ihre eigenen Fahrten mit Vorsicht planen. Frances haßte jede Art von Maschinen, und die Feindschaft schien gegenseitig. Wenn es je einen Menschen gab, mit dem eine Maschine nicht kooperierte, war es Frances Murphy. Mit schöner Regelmäßigkeit sprang ihr Auto ohne Warnung gegen Verkehrspfeiler und Mauern. Bäume verließen bekanntermaßen den Wald, nur um sie in einen Straßengraben zu zwingen. Am Arbeitsplatz schmolzen Höhensonnenapparate Plastiksofas weg oder verdunkelten sich von selbst, und Whirlpools schäumten über, ehe daraus gewaltige Mahlströme wurden, die alles unter Wasser setzten. Zu Hause war ihr Ofen entweder kalt und dunkel, oder er wurde so heiß, daß jeder Kuchen, den sie versuchte, darin unbarmherzig verkohlte. Für Frances war die Welt unerklärlich böswillig, brannten Fernsehapparate durch, verglühten Bügeleisen, statt der Haare kräuselte sich der Fön und der Dosenöffner hatte es auf ihre Daumen abgesehen. Ihrer Meinung nach steckten entweder Elfenwesen dahinter, oder es war die Rache des zwanzigsten Jahrhunderts. Im großen und ganzen zog sie die Version mit den Elfen vor.

«Lieber einen platten Reifen als eine durchgeschnittene Kehle», räumte Jennifer ein.

«Lieber keins von beiden», sagte Frances und nahm noch ein Sahnetörtchen. Ihr Blick ging über die Straße. «Mark Peacock hat schon wieder früh geschlossen, wie ich sehe. Wahrscheinlich fliegen die Touristen wieder alle ab.»

Jennifer folgte ihrem Blick. Kein Licht brannte mehr in dem Antiquitätenladen, und an der Tür hing, etwas schief, das Geschlossen-Schild.

«Merkwürdig», war alles, was sie sagte.

Frances, durch ihren Gesichtsausdruck gewarnt, wechselte das Thema. «Wie läuft's denn zwischen dir und David Gregson? Seid ihr noch im Krieg miteinander?»

Jennifer war völlig überrascht. «Was hat dich denn an ihn denken lassen?»

«Nichts Besonderes, ich wollte nur nicht an die arme ermordete Frau denken», sagte Frances und faltete resolut die Zeitung zusammen und legte sie dann auf einen Stuhl unter den Tisch und außer Sicht. «Sprecht ihr noch miteinander?»

«O ja, aber nur mit knirschenden Zähnen», sagte Jennifer. «Es wäre einfacher, wenn er nicht bei uns im Haus wohnen würde. Beim Essen müssen wir jedesmal höflich zueinander sein, genauso wenn wir über die Praxis reden und über die Behandlung von Patienten beratschlagen. Es ist bei Gott kein Zuckerschlecken.»

«Seine Patienten halten sehr viel von ihm», flötete Frances mitfühlend, «zu mir ist er auch immer nett gewesen, und sehr zuvorkommend. Ich verstehe nicht, warum du mit ihm nicht auskommst. Deinem Onkel gegenüber hat er sich wunderbar verhalten, weißt du.»

Jennifer seufzte. «Das weiß ich. Das macht es ja gerade um so schwieriger, weil es dann an mir liegen muß. Aber verdammt, es liegt nicht an mir. Es liegt an ihm. Er ist nicht fair. Oder sensibel. Ich bin eine gute Ärztin. Ich kann in der Praxis eine enorme Hilfe sein, aber setzt er mich voll ein? Er tut es partout nicht. Wäre ich keine Nichte, sondern Neffe, wäre es bestimmt anders. Die Wahrheit ist, daß er Frauen haßt.»

«Ging seine Ehe nicht vor kurzem in die Brüche?»

«Ja. Aber ich sehe nicht ein, daß er es an mir ausläßt.»

«Du bist halt für ihn greifbar. Auf der anderen Seite reagierst du zu heftig», stellte Frances fest. Sie schob ihr den Kuchenteller zu. «Nimm dir den letzten Krapfen. Das wird dich stärken.»

«Das habe ich auch nötig», gab ihr Jennifer recht. «Besonders, wenn die Leute hier langsam ermordet werden. Noch ein paar solche Zusammenstöße mit David Gregsons verwundetem Ego, und ich werde selbst zur Mörderin.»

Kapitel drei

«Mark, das darfst du nicht! Das lasse ich nicht zu!»

Mark Peacock sah seine Mutter flehend an. «Eine andere Chance haben wir nicht, wenn wir an diesem Ort bleiben wollen. Oder willst du etwa in eine dieser gottserbärmlichen kleinen Mietwohnungen irgendeiner Küstenstadt umziehen?»

Seine Mutter schauderte bei dem Gedanken. «Kaum. Aber fremde Leute hereinzulassen ... finde ich grauenvoll. Ich will keine Fremden hier haben, ich würde solche Leute nie in mein Haus laden. Es wäre reine Heuchelei, für die ich auch noch Geld nähme.»

«Geld ist der Nerv der Dinge, Mutter.» Mark merkte, daß es aussichtslos war. Sie sprachen nicht zum erstenmal darüber, und er hoffte inständig, es wäre zum letztenmal. Die Zeit drängte. «Ich habe diese Woche genau drei Antiquitäten verkauft – mit weniger als fünfzig Pfund Profit, und mit Wintereinbruch wird alles nur schlimmer. Du kannst diesen Adelsmythos nicht so weiterleben, wenn wir nicht genug auf der Bank haben, um die erste Hypothek – geschweige denn die zweite – zu begleichen. Wir hatten schon einmal kein Geld mehr dafür, und gleich fing der Bankdirektor an, mich schief anzusehen und meine Schecks etwas zu verzögern.»

«Mark!» Ihr Entsetzen war echt, wenn auch überaus dramatisiert.

«Ich habe nicht gesagt, daß er sie platzen ließ, lediglich, daß sie etwas langsamer bearbeitet wurden», meinte Mark. «Aber es fehlte nicht mehr viel. Dabei dachte ich immer, ich könnte mal Babies zum Platzen bringen, vor Lachen, meine ich, aber daß ich Schecks zum Platzen bringe, weil kein Geld da ist...»

«Du bist ja nicht mal verheiratet!»

«Das ist wohl kaum meine Schuld – du hast ja nie auch nur eines der Mädchen gebilligt, für die ich mich interessiert habe – immer bist du darauf aus gewesen, mich zu frustrieren.»

Seine Mutter war momentan etwas verwirrt. «Seit du darauf bestehst, mit völlig unpassenden Mädchen auszugehen, bleibt mir kaum eine andere Wahl. Ich weiß überhaupt nicht, wieso wir dich auf diese teuren Schulen geschickt haben – sie scheinen keinerlei Wert in dir entfaltet zu haben. Ein Mann in deiner Position...»

«Ich habe keine ‹Position›, Mutter, es sei denn die, gebückt herumzulaufen, weil die Bürde dieses Hauses eine immer größere Last wird», bemerkte Mark mürrisch. «Wenn es nicht um Vaters lächerlichen letzten Willen gegangen wäre, der schon aufgesetzt war, als ich noch ein Kind war...»

«Du bist ja immer noch eins», fuhr seine Mutter ihn an. «Du hast eine fatale Schwäche für Äußerlichkeiten. Du sitzt doch der geringsten Dirne auf.»

«Jennifer Eames gehört wohl kaum dazu.»

Sie schaute plötzlich etwas verstört. «An die dachtest du also? Ich glaubte...»

Er machte ein abweisendes Gesicht. «Was? Du dachtest was?»

Sie wandte sich ab. «Man hört so einiges, mein Lieber. Wir sind hier nicht total vom Dorf abgeschnitten, verstehst du.»

«Nein, ich verstehe nicht», murrte er. «Würdest du das näher erklären?»

Sie wollte etwas sagen, schien es sich dann aber doch anders zu überlegen. «Nein, mein Lieber, ich tu's nicht. Jungs müssen offensichtlich ihr Spielzeug haben. Außerdem dachte ich, du hättest mit Jennifer Eames schon längst Schluß gemacht.» Eigentlich war es als Frage gedacht.

Er ballte seine Fäuste. «Wir hatten in der letzten Zeit beide viel zu tun. Das besagt nichts. Ihr Beruf nimmt sie...»

Wieder schnitt seine Mutter ihm das Wort ab und schnaufte vielsagend. «Im Innenleben völlig fremder Leute herumzustöbern, ist wohl kaum eine Arbeit, die einer Dame ansteht.»

«Mein Gott, du bist unmöglich, Mutter! Behältst du diese vorsintflutliche Haltung absichtlich bei – als eine Art Lack für dein Image in der Öffentlichkeit –, oder entspringt sie eigensinniger Ignoranz?»

Sie überhörte es entschieden. «Was ihre Familie angeht – kaum Leute unseres Schlags. Soweit ich weiß, gab ihr Vater eine sichere, wenn auch untergeordnete Stelle im öffentlichen Dienst auf, um zu seinem Selbst zu finden, und jetzt verbringt er sein Leben damit, zweitklassige Gemälde in irgendwelchen Fischerdörfern auf die Leinwand zu pinseln...»

«Ihr Vater lebt in St. Ives und ist ein ausgezeichneter Aquarell-Maler, sogar Mitglied der Royal Academy.»

«Und ihre Mutter fertigt Sandalen und reiht Perlen auf, wie die Hippies dort oben im Kunstgewerbezentrum», setzte sie nach. Sie blickte ihn verstohlen an, um zu sehen, ob ihn diese Spitzen getroffen hatten. Zu ihrem Ärger aber bemerkte sie an ihm nur einen Ausdruck von geduldiger Resignation. Es war Zeit für eine Kursänderung. «Natürlich ist ihre Tante im Kirchenkomitee, wie ich. Schließlich war sie vor ihrer Heirat eine Debenham. Ich finde sie akzeptabel, wenn auch etwas schusselig. Wie alle Debenhams. Aber erst dieser Onkel von ihr!» Ihr Urteilsvermögen wurde mal wieder zunichte gemacht, wie so oft, wenn sie entsetzt und schokkiert war. «Ein schrecklicher Mann. Wirklich schrecklich!»

Marks Mund zuckte. «Bloß weil er dir ein paar Familienwahrheiten erzählt hat...»

«Sei nicht albern», wehrte sie ab, um das Thema damit zu beenden.

«Du willst mich doch bloß mit so einem scheußlichen Weib aus sogenanntem guten Hause verheiratet sehen, das mich herumkommandiert und mir vorschreibt, was ich sagen darf und was nicht, und mich womöglich immer ermahnt, wie ich meine Gabel zu halten habe. Darauf kann ich verzichten! Es wäre mein endgültiger Untergang, und – verdammt! – du reichst mir schon. Ich brauche ein robustes, rotbackiges Landmädel, dem es nichts ausmacht, sich die Finger schmutzig zu machen.»

Seine Mutter, eine kleine, teuer gekleidete Frau mit graugelocktem Haar und flatternden Händen, zitterte heftig.

Mark hatte große Lust, ihr eine Ohrfeige zu geben, und vielleicht hätte er es getan, wenn es für ihn den gewünschten Effekt gehabt hätte, und sei es nur, die Mauer ihrer Einbildung einzureißen, die sie um sich herum aufgerichtet hatte. Mit sechsundfünfzig tat Mabel Peacock Taubman alles, um den Zahn der Zeit von sich abzuhalten, unter dem ihr Körper, ihr Geist und ihre Umgebung zu leiden hatten.

Peacock Manor war ein großes, wunderschönes Gut, inmitten der Cotswold-Gärten gelegen, die im Osten an die Ländereien eines erst unlängst seiner ursprünglichen Bestimmung enthobenen Mönchsklosters angrenzten. Es hatte viel Sorgfalt und Mühe gekostet, diese Änderung unbemerkt vonstatten gehen zu lassen. Das Monkswell-Kunstgewerbezentrum ins Leben zu rufen, war überhaupt nur möglich gewesen, weil man sich über die ständigen Einwendungen von Mrs. Taubman hinwegsetzte. Sie hatte behauptet, daß auf diese Weise das «Ambiente» des Peacock-Guts ruiniert würde, doch dazu hätte es mehr bedurft als die Einrichtung eines Kunstgewerbezentrums. Ein unbekannter Architekt hatte sich mit dem herrschaftlichen Haus bereits vor Jahrhunderten ein Denkmal gesetzt. Angeblich hatte der berühmte Brown seine Hand bei der Gestaltung der Gärten mit im Spiel gehabt, doch Mark hatte diesbezüglich keinen Hinweis in den Urkunden finden können. Selbst Architekt, aus Neigung wie auch aus (wenngleich unvollkommener) Erfahrung, war das Haus für ihn ein steter Quell, aus dem er Inspiration und ein behagliches Leben schöpfte. Während seine Mutter es als ein passendes Milieu für sich selbst sowie als unübersehbares Statussymbol ansah, betrachtete er es durchaus mit realistischen Augen.

Es zerstörte sie, indem es sie förmlich auffraß. Steuern, Raten, Unterhaltungskosten – das ganze bescheidene Vermögen, das ihnen geblieben war, wurde davon verschlungen.

Die Schwierigkeit war, daß seine Mutter dem Willen seines Vaters gemäß die Hände auf dem Geld hatte, bis er heiratete und ein Erbe da war. Infolgedessen waren Geld und Haus ihrer Meinung nach immer noch ihr anvertraut, und sie dachte nicht daran, daß es geradewegs irgendeinem dahergelaufenen Mädchen in den Schoß fiel. Sie war eine eigenwillige Frau, die es ihm nicht leicht machte, sein Glück zu finden. Daß sie mit der Braut einverstanden sein mußte, war ebenfalls ins Testament seines Vaters eingegangen, den sie genauso bevormundet hatte wie seinen Sohn.

Mark hatte nach dem Tod seines Vaters die Universität verlassen, da Mabel sich nicht vorstellen konnte, wie sie das Anwesen allein in Schwung halten sollte, und folglich von ihm verlangt, nach Hause zurückzukommen. Selbstverständlich wollte sie die Dinge nicht in professionelle Hände geben. Oder, wie sie es nannte, «Fremden» überlassen. Sie hatte damit jedoch nur einen weiteren Faden gesponnen, um ihn noch enger in das Netz zu verstricken. Mark mußte an ihre Großzügigkeit appellieren, damit das Haus überhaupt am Leben erhalten werden konnte. Sie spielte ein kokettes Spiel, indem sie behauptete, von Finanzen nichts zu verstehen, und machte fürchterliche Szenen bei jeder Ausgabe, die nicht eigens für sie war. Nicht, daß das Haus nicht der Mühe wert gewesen wäre. Mark hätte sie wegen des Hauses sein Leben lang belabert, aber die augenblickliche Situation war aussichtslos. Die simple Wahrheit war, daß etwas Drastisches geschehen mußte, wenn sie es nicht verlieren wollten.

«Ein Konferenzzentrum ist etwas anderes als ein Hotel, Mutter», fuhr Mark verdrossen fort. «Es gibt viele Firmen, die ihr oberstes Management dorthin schicken, um an Diskussionen oder Intensivkursen teilzunehmen...»

«Eine Schule? Das ist ja noch ärger.»

«Nein, meine Liebe. Wie ... wie...» Er wühlte im Geiste nach der rechten Beschreibung, eine, die ihre Halsstarrigkeit überwand und zugleich ihrer Eitelkeit entgegenkam.

«Ein Veranstaltungsort beispielsweise», sagte er endlich. «Es stimmt, wir würden die Leute zwar nicht persönlich kennen, aber es wären wohl kaum irgendwelche Habenichtse oder Langweiler. Und jemand wie du weiß doch, wie man die Dinge richtig angeht und so weiter... nun... das wäre der einzige Unterschied. Du hättest Personal, das dich unterstützt, wo immer du Hilfe brauchst, verstehst du – beim Kochen, Wirtschaften und so weiter. Du müßtest nur als taktvolle Gastgeberin auftreten, mit an der Tafel sitzen, Fragen zum Haus beantworten... und dergleichen.» Damit schloß er ab. Er konnte nicht erkennen, was sie dachte, da sie ihm den Rücken zugekehrt hatte. «Es wären Leute aus den besten Kreisen, Mutter, Kabinettsmitglieder vielleicht, Industrielle, Künster...»

«Wie, ein Salon?»

Sie drehte sich um, und erleichtert nahm er wahr, daß es sie schließlich doch berührt hatte. Überdies erschien sie plötzlich von der Idee eingenommen. «Im napoleonischen Frankreich hatten Frauen der Gesellschaft oft Salons, wo sich die Berühmtheiten zum Gedankenaustausch trafen. Manche dieser Frauen wurden ihrerseits berühmt; Madame de Staël zum Beispiel, und diese andere... nein, sie war ja die Geliebte von einem dieser... Oder war sie ein Modell oder so was Ähnliches? Egal. Ist es das, was du meinst?»

«So ungefähr. Meistens wären es Wochenenden oder einzelne Wochen, so daß wir für den Rest der Zeit allein im Haus wären – oder so gut wie, wenn man vom Personal mal absieht – und das Leben wäre wieder so wie eh und je. Wir müssen bloß mehr unternehmen, das ist alles.»

«Deinem Stiefvater wäre das bestimmt nicht recht.»

Mark schüttelte den Kopf. «Eigentlich war es zuerst Basils Idee. Er äußerte den Gedanken ganz beiläufig, aber ich sah sofort die Chancen, und so haben wir ein bißchen darüber geplaudert.»

«Basil findet das gut?» Der Gedanke schien sie aus der Fassung zu bringen.

«Natürlich. Mein Gott, du weißt, wie sehr er an dem Haus hängt, vielleicht sogar mehr als wir. Er liebt praktisch alle Ecken und Enden, ich habe ihn schon ertappt, wie er bisweilen die Steine streichelte.» Er sprach leise, aber entschieden. «Und wie er zu ihnen sprach.»

«Mach dich doch nicht lächerlich.» Beinahe hätte seine Mutter gelächelt. Sie fand es irgendwie charmant, daß ihr zweiter Mann eine solche enthusiastische Liebe für das Gut aufbrachte. Bestimmt reflektierte sich darin nur seine Liebe für sie.

«Nun, du weißt, was ich meine. Er sagt, daß sich jeder Aufwand lohne, um zu verhindern, daß es an fremde Leute veräußert werden muß. Er hat recht. Aber wir werden es verlieren, Mutter. Ich werde es schon bald verkaufen müssen, wenn sich keine andere Möglichkeit findet. Es ist mein Haus, denk dran.»

«Du kannst es nicht ohne mein Einverständnis verkaufen, Mark!»

«Ah! Und ob ich das kann, Mutter. Ich würde schon einen Weg finden.» Er hatte sie erschrecken wollen, und es war ihm gelungen. Er konnte es ihr ansehen. Er stand auf und schaute aus einem der Fenster auf den weiten ungemähten Rasen. «Wie auch immer, ich bin Basil für seine Unterstützung dankbar, selbst wenn es nur Worte und keine Taten sind.»

«Er versucht, für uns Geld zu verdienen...»

«Aber ohne Erfolg. Seien wir ehrlich, Mutter, er ist ein witziger Kerl, aber geschäftlich keine besondere Leuchte.»

«Genau das gleiche könnte man auch von dir sagen, mein lieber Junge.» Ihre Stimme klang versöhnlich, aber ihr Ausdruck war alles andere als sanft, und Mark wußte, daß er den Bogen überspannt hatte. Ihren teuren zweiten Ehemann zu kritisieren, führte unweigerlich in eine Sackgasse.

«Weißt du», fuhr er etwas verzagt fort, «Basil wäre hier auch eine Stütze. Er sieht gut aus, spielt gut Tennis und Golf, kommt mit allen aus, und die Leute fühlen sich zu ihm hingezogen. Wirklich.»

«Ja, natürlich», sagte seine Mutter ungeduldig. «Du mußt es nicht so dick auftragen, Liebling. Weißt du, ich liebäugele ja mit deiner kleinen Idee, vielleicht ist sie gar nicht so schlecht, wie ich anfangs dachte.»

Mark zuckte inwendig zusammen, als er hörte, daß sie sein grandioses Vorhaben mit einer «kleinen Idee» verglich, hatte er sich doch seit gut einem Jahr den Kopf darüber zerbrochen, wie sich aus *Peacock Manor* ein kommerzielles Unternehmen machen ließe. Natürlich hübsch diskret – aber immerhin ein Geschäft.

Das Anwesen war ideal gelegen und hatte gleichzeitig den Vorzug einer Direktverbindung nach London. Zugegebenermaßen ließ der Service manches zu wünschen übrig – nur vier Züge hin und vier Züge her am Tag –, doch sie fuhren morgens und abends, zeitgerecht zum Hin- und Herpendeln. Auch das Autobahnnetz reichte fast bis an die Stadt heran, die anschließend von allen vier Richtungen her auf anständigen und hübschen Landstraßen angesteuert werden konnte. Gewiß, auf dem Weg über die Martyr's Bridge kam es immer wieder zu Verkehrsstaus, aber *Peacock Manor* lag weitab davon. Es war in der Tat der ideale Platz für gestresste Geschäftsleute, die Erholung und Entspannung suchten.

Mark hatte vor, beizeiten einen kleinen Golfplatz zu den bereits bestehenden Tennisplätzen (die allerdings einer Überholung bedurften) anlegen zu lassen, möglicherweise auch eine Squashhalle oder zwei in den geräumigen Kellern, die derzeit weithin ungenutzt waren. Doch verlor er über diese ins Auge gefaßten «Verbesserungen» klugerweise noch kein Wort.

«Ich denke, ich könnte eine Menge Geld verdienen und das Haus berühmt machen – in der richtigen Weise natürlich – und, generell gesagt, auf die Dauer alles auf solide finanzielle Füße stellen. Vielleicht glückt es uns sogar, am Ende genügend Kapital zu haben, um die Sache wieder zu beenden.» Allerdings nur über meine Leiche, fügte er im stillen hinzu.

«Zeig mir noch mal die Pläne. Ich meine die für die Gäste- und Schlafzimmer.»

Mark machte sich auf in sein Arbeitszimmer. «Sie sind hier drüben», sagte er voll Eifer.

Gemächlich und in sich hineinlächelnd folgte ihm seine Mutter. Sie konnte sich seine Pläne ja anschauen, es verpflichtete sie ja zu nichts, und er wäre für den Augenblick beruhigt. Morgen würde sie sich nochmals das verflixte Testament ansehen.

Kapitel vier

Jennifers letzte Visite führte sie in die neue Siedlung, wo sie nach Tricia Baldwins Baby sah, dem es in der Nacht schlecht ergangen sein sollte. Es zeigte sich jedoch sofort, daß sich Darren Patrick bester Gesundheit erfreute; wohlgenährt und strahlend lag er im Kinderwagen. Ganz anders seine Mutter, die blaß und übermüdet aussah. Jennifer richtete einige Fragen an sie und machte sich Notizen. Die vergangene Nacht hatte ihr einfach zugesetzt, gestand Tricia. Sie machte sich Sorgen, weil ihr am Morgen der Geduldsfaden gerissen war, und sie das Baby angeschrien hatte. Sie wollte ihm nur einen Schrecken einjagen – und war zugleich selbst darüber tief erschrocken.

Jennifer grinste. «Ich bin froh, daß Sie das sagen», erklärte sie. «Mal aus der Fassung zu geraten, ist vollkommen normal. Wenn eine junge Mutter erzählt, sie habe manchmal den Wunsch, ihr Kind die Treppe hinunterzuschmeißen, dann wissen wir, daß mit ihr wahrscheinlich alles in Ordnung ist. Sorgen machen uns die, die reizbare Kinder haben und darauf beharren, daß alles perfekt ist.

Eines Tages bekommen sie einen Knacks und richten wirklichen Schaden an. Kleine Kinder sind nun einmal selbstbezogene und egoistische Plagegeister. Würde sich ein Erwachsener so benehmen, bekämen Sie einen Wutanfall, nicht wahr?»

«Ja, wahrscheinlich.» Tricia sah Jennifer von der Seite an. «Manchmal geht es auch Fred fürchterlich auf die Nerven. Wenn er es dann nicht mehr aushält, stürmt er aus dem Haus und läuft stundenlang durch die Gegend. Er sagt, das Gebrüll mache ihn noch völlig verrückt, und das ist wahr. Vergangene Nacht bekam er ganz leere Augen, von einem Moment zum anderen, und er machte sich davon wie ein Roboter. Er blieb stundenlang fort. Was Sie da eben sagten, trifft das auch auf Väter zu?»

War das etwa der Grund, weshalb sie um einen Hausbesuch gebeten hatte? Jennifer nahm es an, erst recht, als sie das Baby so gesund und quietschvergnügt antraf. Armes Ding, sie hatte vor ihrem eigenen Mann Angst bekommen. Jennifer kannte das Gefühl nur zu gut und hatte augenblicklich Mitgefühl mit ihr, während sie sich im Geiste insgeheim notierte, sobald sie wieder in der Praxis war, in Fred Baldwins Unterlagen nachzuschauen, ob es bei ihm bereits irgendwelche Hinweise auf Labilität gab. Es hatte keinen Sinn, Mutter und Kind einem solchen Risiko ausgesetzt zu lassen.

«Väter können natürlich genauso aus der Fassung geraten. Doch bevor er dem Kind etwas antut, geht er lieber aus dem Haus, nicht wahr? Auf diese Weise wird er seinen Ärger los und verbraucht beim Spazierengehen die Energie, die sich durch den Ärger in ihm angestaut hat. Ich halte das für eine gute Lösung. Ich kann mir vorstellen, daß auch Sie oft gern so handeln würden – einfach weggehen. Habe ich recht?» Sie schaute die junge Frau fest an. Nach einer Weile errötete Tricia und nickte.

«Einmal hab ich's auch getan. Wirklich. Ich ließ ihn einfach mit dem Kind sitzen. Als ich zurückkam, waren sie beide auf dem Sofa eingenickt, während der Fernseher vor sich hinflimmerte.»

«Und es hat beiden nichts geschadet.» Jennifer lächelte. «Machen Sie sich nicht verrückt. Sie sind eine großartige Mutter, und der Kleine ist vollkommen gesund. Ich vermute, daß er vergangene Nacht Schmerzen hatte, weil ein Zahn durchbricht. Ich verschreibe ihm etwas, dann wird er das besser überstehen. Manchmal denke ich, daß Eltern mehr leiden als ihre Babies, wenn die ersten Zähne kommen. Wenn Sie meinen, daß das schlimm ist, dann warten Sie mal ab, bis er anfängt, an den Möbeln herumzubeißen! Es kann mit ihnen so schlimm werden wie bei jungen Hunden!»

Tricia lachte zum Schluß. Jennifer kitzelte den Bauch des Kleinen, der sie ganz komisch anschaute. Sollte er losbrüllen, oder nicht? Er war gerade erst gefüttert worden, und im Kinderwagen war es recht gemütlich. Ausgeglichen und mit sich zufrieden beschloß er, es sein zu lassen und statt dessen ruhig einzuschlafen.

«Bist du's, Jennifer?» fragte eine Stimme aus dem Wohnzimmer.

«Wenn nicht, dann solltest du besser die Schlösser auswechseln lassen, Tante Clodie», rief Jennifer, stellte ihre Tasche ab und hängte ihre Jacke auf. Sie ging ins Wohnzimmer und gab ihrer Tante einen Kuß, die an ihrem Stickrahmen vor dem Erkerfenster saß, um den letzten Rest der Nachmittagssonne mitzuerleben.

«Sei nicht so vorlaut, Liebes», murmelte ihre Tante sanft, wobei sie einen neuen französischen Knoten mit geübter Leichtigkeit einstickte. «Auf diese Weise wirst du dir nur Hüftschmerzen holen.»

Jennifer blieb auf halbem Weg zum Sofa stehn. «Wie, um Himmels willen, kann ich Hüftschmerzen bekommen, wenn ich vorlaut bin?» wollte sie wissen.

Tante Clodie biß das Ende ihres Seidenfadens ab. «Weil dir früher oder später jemand dafür ins Hinterteil treten wird», sagte sie, während sie sich herunterbeugte, um eine andere Farbe aus ihrem Strickkorb herauszuholen.

«Sag mal», erkundigte sich Jennifer und ließ sich auf das Sofa nieder, «sind irgendwelche Anrufe gekommen, während ich fort war?»

«Nein, Liebes. Kein einziger. Die Welt scheint heute ganz in Ordnung zu sein.»

«Nicht ganz. Es hat einen Mord gegeben!» Sie warf das Abendblatt ihrer Tante hinüber. «Ein ziemlich gemeiner Mord, so viel steht fest. Offenbar eine unserer Patientinnen. Frances kannte die Frau, sie war zuletzt bei ihr in Behandlung, wegen eines Bandscheibenschadens.»

«Die gute Frances – sie war ein Segen für deinen Onkel.» Clotilda warf einen Blick nach unten auf die Zeitung, die neben ihren Füßen lag. «Ich werde das nach dem Essen lesen, wenn ich mich gestärkt habe.»

Jennifer holte tief Luft und schüttelte sich die Schuhe von ihren Füßen. «David erlaubte mir heute nachmittag vier Hausbesuche, bei Mr. Teague, Mr. Kretzmer, Mrs. Tippit und Mrs. Baldwin. Alle anderen übernahm er selbst.»

«Vielleicht versucht er, dich zu schonen.»

«Ach komm», sagte Jennifer verärgert. «Ich weiß, du magst ihn. Aber sei mal ehrlich, Tante Clodie, ist es nicht an der Zeit, daß er mir mehr zutraut als Beulen und Babies?»

«Er wird es schon noch tun. Wenn du nicht immer gleich aus dem Häuschen geraten würdest... ich weiß, das beunruhigt ihn.»

«Er macht sich einfach dicht wie eine Auster und verschwindet. Er ist ein selbstzufriedener, unerträglicher Angeber!» Jennifer schlug mit geballter Faust auf die Lehne des Sofas und wünschte, es wäre Gregsons Kopf.

Tante Clodie seufzte. «Warum sind nur alle attraktiven Männer solche Widerlinge? Es scheint ein Naturgesetz zu sein. Als ich deinen Onkel zum erstenmal sah, dachte ich, er wäre ein Spaßvogel, weil er so häßlich war. Nach all diesen eitlen Gecken, die ich bis dahin kennengelernt hatte, war es eine große Erleichterung mit ihm. Aber Spaß ist nicht gleich Spaß, merk dir das», fügte sie einigermaßen schroff hinzu. «Er war nur ein netter alter Trottel.»

Jennifer sah ihre Tante liebevoll und belustigt an. Tante Clodie war ein flatterhaftes Mädchen gewesen, nach allem, was man so hörte; die herausragende Schönheit in der ganzen Grafschaft, ein bunter Schmetterling bei jeder Geselligkeit, aber mit einer Marotte: sie war so unbeugsam wie Eisen. Die Heirat mit Wallace Mayberry kam einem Aufstand gleich. Die folgenden Jahre des Zusammenlebens mit ihrem vergötterten, aber unmöglichen Ehemann hatte in ihr so etwas wie Duldsamkeit erzeugt, wie man sie sonst nur bei chronisch kranken oder ganz armen Leuten kennt.

«Ich war mit Frances im *Copper Kettle* zum Tee. Aus irgendeinem Grund hatte Mark Peacock seinen Laden schon früh dicht gemacht. Vermutlich war er ganz erledigt davon, die amerikanischen Touristen zu rupfen.»

«Sei nicht so boshaft, Liebes. Das bringt nur Falten im Gesicht.» Tante Clodie stach die Nadel in das Leinen und wieder heraus.

«Mark mag viele Fehler haben, aber unredlich ist er nicht.» Sie blickte auf, und beider Blicke trafen sich. «Zumindest glaube ich das.» Bei all ihrem sanften Äußeren hatte Clotilda Mayberry, geborene Eames, einen sagenhaften Verstand und einen guten Instinkt für Menschen. «Mark ist ein so charmanter Mann, so kultiviert und intelligent, ich wollte, du würdest...» Sie unterbrach sich. Tante Clodie hatte auch ein scharfes Auge und sah, daß Jennifer nicht dazu aufgelegt war, sich durch ihre Schmeicheleien für Mark Peacock erwärmen zu lassen. Sie fragte sich, und das nicht zum erstenmal, was denn den Bruch zwischen den beiden verursacht hatte. Am Anfang, als Jennifer gerade angekommen war, hatten sie sich oft gesehen. Dann war Jennifer für eine Woche nach London gefahren, um den Verkauf ihrer Wohnung endgültig abzuwickeln, und seit ihrer Rückkehr hatte sie sich bei Mark nicht mehr sehen lassen, dessen war sie sich sicher. Clodie verstand das nicht. Verzagt machte sie sich wieder an die Stickarbeit.

«Vielleicht wäre es eine Möglichkeit, wenn ich David Gregson vergifte», überlegte Jennifer.

«Sei nicht albern, Jennifer. Damit bringst du David nur ein weiteres Mal auf die Palme. Red also nicht so abenteuerliches Zeug daher.»

«Gut. Du weißt, wie ich es meine. Jedenfalls ist es so, daß ich momentan einfach daran denken mußte. Die Sache mit dem Vergiften geisterte mir einfach durch den Kopf. Ich habe mich heute schon einmal dabei ertappt, weil ich doch tatsächlich die arme Mrs. Teague verdächtigt habe, ihrem widerlichen Mann heute nachmittag eine Dosis Arsen verabreicht zu haben.»

Ihre Tante erwog diese Möglichkeit, als ob sie darum gebeten worden war, ein Kreuzworträtsel zu lösen. «Sie arbeitet als Putzfrau an verschiedenen Stellen, einmal bei Mr. Pelmer, dann bei dieser Fotofirma. Dort werden eine Menge Chemikalien benützt, könnte ich mir vorstellen. Sie kann an alles mögliche ran. Wer weiß?»

Sie starrten sich gegenseitig einen Moment lang an, bevor Jennifer einen Seufzer tat. «Wir sollten damit aufhören, Tante Clodie», sagte sie.

«Es ist ja nicht so, als wäre es wirklich so», meinte ihre Tante und schaute angewidert auf die Zeitung am Fußboden. «Unsere kleinen gedanklichen Abschweifungen sind ja ganz harmlos.»

«Da bin ich mir nicht so sicher», sagte Jennifer und ließ ihre Füße herunter, um sich aufzusetzen. «Es ist deine Schuld, weißt du.»

«Vermutlich», erwiderte ihre Tante resigniert. Tante Clodie war eine eingefleischte Leserin von geheimnisvollen und spannungsgeladenen Geschichten. Die Stumpfsinnigkeit ihres Lebens glich sie dadurch aus, daß sie ständig über das eine oder andere Vorkommnis im Ort allerlei Mutmaßungen anstellte. Über ihren Stickrahmen gebeugt, konnte sie ihren Geist frei schweifen lassen, und überall stellt sie sich gleich die schlimmsten Morde vor. Sie spielte mit diesen Gedanken nur, natürlich – es war ein reines Gedankenspiel, eines, welches sich nur schwer aufgeben ließ, tat es doch niemandem weh.

Jennifer teilte die Vorliebe ihrer Tante Clodie, sich irgendwelche Mordgeschichten zusammenzureimen, und als sie von London herübergekommen war, um die Praxis ihres Onkels zu übernehmen, dauerte es nicht lange, bis Tante Clodie ihr enthüllte, welche fixe Ideen sie manchmal hatte – sich auszumalen, wer wen gerne ermorden würde, oder wer wen tatsächlich umgebracht haben könnte, oder wer wen gerade zu ermorden plante, oder wer gerade dabei war... Und so weiter.

Hatte Jennifer es diesmal zu weit getrieben?

«Du verdächtigst Mrs. Teague doch nicht wirklich, oder?» wollte Tante Clodie wissen, irritiert genug, um ihre Stickerei für einen Augenblick zu vergessen. Ein langer Faden, scharlachrot, hing von ihrer hochgehaltenen Hand herab, als sie Jennifer mit einigem Entsetzen ansah. «Ich meine, du würdest doch nicht wirklich etwas unternehmen, oder?»

«Ich müßte wohl etwas unternehmen, wenn die Tests Arsen ergäben», sagte Jennifer. «Ich müßte der Polizei dann mitteilen, daß irgendwer das Zeug Jack Teague verabreicht haben mußte. Selbstverständlich würde ich keinen spezifischen Verdacht äußern, das ist Sache der Polizei, aber ich bin sicher, daß man von mir erwarten würde, es mitzuteilen.»

«Aber müßtest du es denn nicht zuerst Mr. Teague sagen? Ehe du zur Polizei gingest?»

«Ich weiß nicht», räumte Jennifer langsam ein. «Natürlich wäre die Sache wesentlich einfacher, wenn sie ihn auf der Stelle und mit einemmal umbringen würde.» Sie hielt inne. Was sagte sie da? Clodie hatte sie mal wieder so weit gebracht. Es war wirklich zuviel – und angesichts eines echten Mords in der unmittelbaren Nähe erst recht, und geschmacklos obendrein. Aber wenn sie an Mrs. Teague dachte, an diese dunklen wütenden Augen, diesen fest zusammengepreßten kleinen Mund, o je. Sie schlüpfte in ihre Schuhe, erhob sich, gab widerwillig die Behaglichkeit des Sofas und des Kaminfeuers auf. «Ich werde noch rasch vor der abendlichen Sprechstunde ein Bad nehmen.» Sie verzog leicht ihr Gesicht. «Wo ich doch nur herumhocken und allen Patienten zuhören werde, die Dr. Gregson sehen wollen.»

Ihre Tante sah ihr beim Hinausgehen nach. Dieses Mädchen war einfach hinreißend. Es war traurig, mit anzusehen, wie sie sich auf diese Weise verausgabte, mit kranken Menschen zu arbeiten, sich abzurackern, wobei ihre großen braunen Augen, ihr seidenweiches Haar und ihre hübschen Beine völlig ungewürdigt blieben. Wally mochte eine Plage gewesen sein, aber er hatte wenigstens immer seine Frau gewürdigt. Jennifer verdiente es besser, besonders nach dem, was sie mit diesem lächerlichen Ex-Mann alles durchgemacht hatte. Clodie hatte große Hoffnungen auf Mark Peacock gesetzt, trotz seiner garstigen und snobistischen Mutter. (Eine Frau, die wenig Grund zur Überheblichkeit hatte, war sie doch eine Norwood gewesen, bevor sie sich den armen liebenswürdigen Major Peacock geangelt hatte. Eine unberechenbare Familie, diese Norwoods. Erst brannte die Großmutter mit diesem bizarren italienischen Nobelmann durch, der laufend versuchte, von irgendwelchen Höhen mit den eigenartigsten Konstruktionen herunterzufliegen, die dann beständig zu Bruch gingen, und dann die Mutter, die trank und einen Affen als Haustier hatte. Und war da nicht auch noch die Rede von einem geisteskranken Onkel, den man zwischen den Kriegen wegsperrte? Freilich, wer konnte in dieser Zeit schon sagen, was Geisteskrankheit war? Man machte inzwischen erstaunliche Dinge mit Psychopharmaka.

Clodie lebte bei dem Gedanken an derartige Dinge wie Psychopharmaka förmlich auf. Vielleicht versuchte Mrs. Teague tatsächlich, ihren Mann umzubringen. Vielleicht würde sich Jennifers ahnungsvoller Verdacht als richtig erweisen, und wenn sie dann zur Polizei ginge, gäbe es dort einen großen, gut aussehenden Kriminalbeamten, der den Fall in seine Hände bekäme, und...

«Onkel Wally?» Jennifer klopfte an, und als sie einen mürrischen Befehl von drinnen vernahm, öffnete sie die Tür und steckte ihren Kopf hinein. «Ist der Doktor da?» fragte sie.

«Nein», sagte ihr Onkel vom Bett aus. «Aber dein Onkel ist hier.»

«O fein.» Jennifer trat ein und betrachtete gerührt die große Gestalt, die unter der bestickten Bettdecke vergraben lag. «Ich habe diesen kratzbürstigen alten Arzt sowieso noch nie ausstehen können.»

«Er war schwer zu ertragen», gestand Wallace Mayberry zu. «Er trug zu viel mit sich im Kopf herum, das war sein Übel. Hattest du einen guten Tag?»

«Nicht allzu schlimm.» Sie erzählte kurz vom Verlauf des Tages während der beiden Sprechstundenzeiten. Er war der festen Meinung, daß Jennifer eine tüchtige Ärztin war, wenn auch zu «sanft». Sie war in vielen Fällen glücklich über seine Ratschläge, die Leute betrafen, die er über die Jahre hin behandelt hatte und deren Eigenschaften ihm so vertraut waren wie seine eigenen. Sein rechter Arm und sein rechtes Bein waren zwar immer noch schwach, aber sein Verstand war so messerscharf wie eh und je.

«Ich habe heute zehn Krankenbesuche gemacht, David Gregson dreiundzwanzig», brummte Jennifer. «Du mußt unbedingt mit ihm reden, Onkel Wally. Was soll ich noch hier, wenn ich meinen Teil überhaupt nicht leisten kann?»

«Sprich selbst mit ihm», sagte Onkel Wally wohlwollend. «Er ist kein Ungeheuer. Setz dich mit ihm zusammen und diskutier die Dinge mit ihm aus, dann geht es schon.»

«Man kann mit ihm darüber nicht vernünftig sprechen», hielt Jennifer entgegen, wenngleich es etwas kindisch von ihr war. «Er verabscheut Frauen, da bin ich mir ganz sicher. Möglicherweise hat er Angst, daß ich als Ärztin besser bin als er.»

«David ist ein ausgezeichneter Arzt», meinte Onkel Wally. «Sonst wäre er wohl kaum mein Partner. Und er ist keineswegs ein Frauenhasser, obwohl man es ihm nicht verübeln könnte, nach allem, was er mit seiner Frau erlebt hat. Mich wundert es jedenfalls nicht. Er ist halt etwas – na ja, konservativ.» Er seufzte und schaute zum Fenster hinaus. «Das Wetter trübt sich ein, wie ich sehe. Der Herbst scheint zu kommen.»

Normalerweise hätte ihr Onkel sie schon längst in ein angeregtes Gespräch über die Praxis verwickelt, aber er schien sich an diesem Tag damit zu begnügen, das Thema ohne weiteres Wenn und Aber vom Tisch zu kehren. Jennifer war etwas beunruhigt, doch dann fiel ihr ein, daß Frances heute noch kam, um nach ihm zu sehen. «Fühlst du dich müde?» erlaubte sie sich zu fragen.

Fast schien er empört über die Frage. «Müde? Ich und müde? Dieses Frauenzimmer ist eine Sadistin, weißt du das? Sie liebt es, wenn ich ihr auf Gedeih und Verderb ausgeliefert bin. Ein garstiges Weib. Man sollte sie einfach feuern.»

Jennifer grinste. «Aus einem Kanonenrohr vielleicht?»

«Ja. Das wäre wohl am besten.» Er lächelte etwas ermüdet zurück. «Sie will, daß ich mich auf ein Fahrrad setze.»

Einen Moment lang dachte Jennifer, sie hatte nicht richtig gehört, doch dann lächelte sie. «Ich nehme an, sie meint eines dieser Heimtrainingsgeräte.»

«Nun, noch bin ich ja wohl nicht so weit, daß ich die Allee herunterradeln könnte, oder?» brummelte Onkel Wally etwas freundlicher. «Andererseits sagte sie etwas von frischer Luft und Sonnenschein. Ziemlich ungezogen von ihr. Normalerweise würde es mir ja nichts ausmachen, weißt du, aber sie ist immer so verdammt heiter aufgelegt. Ich könnte ihr den Hintern dafür versohlen.»

Jennifer wußte, wie Frances sich jedesmal dafür rüsten mußte, wenn sie dem alten Mann gegenübertrat und die Behandlung an ihm durchführte. Sie lächelte in sich hinein. Onkel Wally machte unter Frances' liebenswürdiger Tyrannei stete Fortschritte, trotz seiner Klagen.

«Ich bin ein alter Mann, ich bin müde, es schadet mir nicht, hier zu liegen und mich auszuruhen.»

«Lügner. Du weißt, daß das nicht stimmt. Und außerdem ruhst du dich schon seit Monaten aus», sagte Jennifer munter. «Ich finde, dieses Übungsgerät ist eine sehr gute Idee. Dreißig Kilometer täglich hielte ich für einen ganz guten Anfang.»

«Sie dachte an achtzig. Sie meinte, sie würde es an meinen Fernseher koppeln, so daß ich am Nachmittag meinen eigenen Strom zum Gucken der alten Fernsehfilme erzeugen könnte.»

Der Gedanke, daß Frances alles miteinander verband, ließ Jennifer laut auflachen. «Heute nachmittag läuft ein guter Film», wechselte ihr Onkel begeistert das Thema. «Wie Don Ameche das Telefon erfand. Er –»

Jennifer fiel ihrem Onkel, allen Regeln zum Trotz, ins Wort. «Glaubst du, Mrs. Teague wäre imstande, ihren Mann zu vergiften?» fragte sie.

Ihr Onkel sah sie vorwurfsvoll an, da er immer noch an den Zauber des alten Hollywood dachte. Dennoch nahm er die Frage auf und dachte nach. «Ist sie also schon wieder bei ihren alten Tricks angelangt?» erkundigte sich Onkel Wally.

«Du meinst, all diese rätselhaften Vermerke, die ich in seiner Akte über gastritische...?»

Er winkte ab. «Über die Jahre hinweg bestimmt drei- oder viermal, würde ich sagen. Ich schickte ihn zur Röntgenuntersuchung, mit Barium als Kontrastmittel, Gastroskopie, und dem ganzen Pipapo, wie du es ja den Vermerken entnehmen konntest. Dann stieß ich auf Arsen.»

«Was hast du unternommen?»

Er zuckte die Achseln. «Ob richtig oder falsch. Ich tat gar nichts, denn, ehrlich gesagt, konnte ich nicht feststellen, ob sie wirklich vorhatte, ihn umzubringen, oder ob sie ihm nur heimzahlen wollte, daß er ihr das Leben zur Hölle gemacht hatte. Die Dosen waren sehr gering, keinesfalls tödlich. Aber ich arrangierte es so, daß sie Bescheid wußte, daß ich ihr auf die Schliche gekommen war. Sein Zustand verbesserte sich daraufhin drastisch. Obgleich es ihn auch schwächte. Eine Zeitlang war er nicht in der Lage, sie zu verprügeln. Ich hatte einige Sympathie für die Frau, doch Mord...» Er schüttelte den Kopf. «Das macht man nicht, weißt du.»

«Ich weiß», sagte Jennifer trocken. «Auf der anderen Seite soll man aber auch nicht seine Frau schlagen.»

«Ich hätte meine mal schlagen sollen», sagte Onkel Wally stur. «Dann wäre sie vielleicht öfters hierher zu Besuch gekommen.»

«Das ist nicht fair», wies Jennifer ihn zurecht. «Du bist durchaus imstande, dich in deinen Rollstuhl zu setzen und nach unten zu fahren. Der Aufzug funktioniert tadellos. Du könntest auch gehen, wenn du nur wolltest und es langsam angingest. Und wenn sie tatsächlich herkommt, beschwerst du dich, daß sie dich immer dann unterbricht, wenn die besten Filme laufen. Es ist ein Wunder, daß sie dich noch nicht vergiftet hat!»

Sein Gesicht hellte sich auf. «Meinst du, sie hat es vielleicht schon getan? Mit einem dieser seltenen südamerikanischen Gifte aus diesen verfluchten Mordgeschichten, die sie ständig liest? Würde eine ganze Menge erklären.»

«Onkel Wally, so gerne du die Schuld an deiner Krankheit auch jemand anderem zuschieben wolltest, es bleibt in Wirklichkeit doch so, daß du dein ganzes Leben lang zu viel gegessen, zu viel geraucht, zu viel getrunken und dir zu viele Sorgen gemacht hast – und zu wenig dagegen unternommen hast. Einen Schlaganfall kann man schnell bekommen, wenn du mich fragst. Ich hätte mindestens einen Gehirnschlag erwartet, speziell bei einer dieser sonntäglichen Politdiskussionen während des Mittagessens im *Woolsack*, bei denen du dich ja nie zurückhalten konntest.»

«Was ist denn inzwischen aus dem *Woolsack* geworden?» versuchte er sie von weiteren Vorträgen über gesundes Leben abzulenken.

«Er besteht noch, obwohl er dich als Stammkunden verloren hat», erwiderte Jennifer patzig. «Das Essen kommt gleich, wie man mir sagte. Du kannst dich also glücklich schätzen, daß ich keine Zeit habe, dir die Leviten zu lesen. Und wage nicht, auf leeren Magen die Zigarre zu rauchen, die du da versteckt hast, du... du alter... elender Wurm!» Im Fortgehen warf sie ihm noch einen bösen Blick zu.

«Selbst Würmer können sich noch krümmen, wenn sie getreten werden, wie dir sicher bekannt ist», murmelte er geheimnisvoll und grinste, während er zusah, wie die Tür zuging. Dann holte er die Zigarre unter der Bettdecke hervor und legte sie in die Nachttischschublade – für später.

Die Abenddämmerung brach allmählich über das liebliche Städtchen Wychford herein.

Nach und nach verwandelte sich das Farbenmeer aus Gold und Grün in dunkles, samtiges Schwarz mit leuchtenden Diamanten: Straßenlampen, Scheinwerfer, Lichter von Fenstern in allen Größen und Formen, es funkelte überall auf den Abhängen, während von unten her das Murmeln des inzwischen unsichtbar gewordenen Flusses Purle zu hören war. Entlang dem Ufer flüsterten die Bäume miteinander, ihr Gewisper drang die Felder hinauf, über die Hecken hinweg bis zu den jenseitig gelegenen bewaldeten Höhen hin.

Die Lichter in den Häusern des alten Städtchens warfen ihren Schein nach draußen, über die verblühenden Gärten und laubbedeckten Rasenplätze. Die Verkehrsschlange in der High Street hatte sich letztlich aufgelöst. Die Milde des Spätsommers wich der Herbstkühle, und die Nacht zog herauf.

Auf *Peacock Manor* servierte der Hausherr den Sherry, den man vor dem Abendessen zu trinken pflegte. Bei den Mayberrys stand dagegen das Abendessen schon auf dem Tisch. Dr. Mayberrys Tablett war zu ihm nach oben gebracht worden, und er schnitt gerade sein Roastbeef, während er sich im Fernsehen einen alten Will-Hay-Film ansah.

Mr. Pelmer, der noch spät geöffnet hatte, um noch einige Rezepte von der Sprechstunde am Abend entgegenzunehmen, hatte schließlich abgesperrt. Es war Feierabend, und er verschwand. In seinen Schaufenstern strahlten die hellen Scheinwerfer auf Abführmittel, Tonika, Kosmetika, Parfums und Schnellpflasterpackungen, doch hinter dieser großzügigen Auslage war alles dunkel.

Im Haus von David Gregson, hoch zwischen den umliegenden Hügeln gelegen, tickte eine alte Uhr und schlug zur Stunde. Der Gongschlag hallte durch die hell erleuchteten und leeren Räume.

In der neuen Wohnsiedlung wurden die Kinder in die Badewanne gesteckt und die Babies (auch der immer noch quietschfiedele Darren Patrick Baldwin) gefüttert, gewindelt und stolz den müden Vätern vorgestellt, die soeben erst von einem langen Arbeitstag nach Hause gekommen waren.

Bei Frances Murphy sammelten sich Rauchschwaden in den vier Zimmern ihrer kleinen Wohnung, da auf dem Ofen fröhlich, fleißig und gründlich die Kasserolle anbrannte. Sie hatte zum Kochen die automatische Abschaltuhr eingestellt.

Im Monkswell-Kunstgewerbezentrum stieg eine Fete. Heiterkeit, Wein und Blödsinn regierten die Stunde. Leute kamen und gingen, Gelächter war zu hören, und in fast allen dunklen Ecken trieben Liebespaare ihre stummen Spiele, was als künstlerische Ausdruckskraft galt und mehr oder weniger toleriert wurde. Hätte man dagegen protestiert, wäre man ein für allemal als «unkreativ» abgestempelt worden, ein unerträgliches Fatum.

Es wurde spät. Und immer später. Allmählich kehrte auf den Gassen und Straßen Stille ein. Ein leichter Nebeldunst stieg aus den abkühlenden Feldern auf und legte sich über den Fluß. Eine Eule schrie und huschte tieffliegend und nach Beute spähend über die dunklen Wiesengründe. Die Turmuhr der St. Mary-Kirche schlug ein Uhr. Die Leute von Wychford waren alle zu Hause in Sicherheit und in Frieden.

Außer zweien.

An der zweiten Biegung des Swann Way, unter einem Holunderbusch, lag jemand – tot.

Und jemand anders rannte davon.

Kapitel fünf

Luke Abbott und Paddy Smith saßen in der Gaststube des *Woolsack*, als der Wirt zu ihnen herüberkam. Sie waren länger geblieben, um ihre Nachforschungen über den Tod von Beryl Tompkins voranzutreiben. Abbott wollte gerade noch um etwas Toast und Kaffee bitten, als der Wirt meldete, daß jemand für sie am Telefon war.

Als Luke zum Tisch zurückkam, waren die Tassen bereits wieder mit Kaffee gefüllt und im Brotkorb lag frischer Toast. Mit finsterer Miene blickte er auf den Tisch.

«Das war Constable Bennett. Wir haben schon wieder was zu tun bekommen», sagte er.

«Oh?» Paddy bestrich seinen Toast mit Butter. Vermutlich waren noch mehr dieser verdammten Formblätter auszufüllen.

«Ein zweiter Mord. Genau hier in Wychford, gerade eben. Noch eine Frau mit durchgeschnittener Kehle.»

Paddy starrte ihn an. «Du machst Witze», sagte er, den Mund voll mit Toast und Erdbeermarmelade.

«Schön wär's.»

«Zum Teufel. Die gleiche Methode?»

«Genau die gleiche, laut Bennett. Man hat den Leichnam vor etwa zwanzig Minuten gefunden, am Treidelpfad neben dem Fluß. Wenn ich mich recht erinnere, führt der Weg von der Fotolaborfirma den Hügel hinunter und mündet schließlich in den Treidelpfad.» Sein Gesicht war ausdruckslos. «Cyril hat sich bereits auf den Weg gemacht. Ich denke, das sollten wir auch tun.»

«Es sieht ganz danach aus, als würden wir eine Weile bleiben», sagte Paddy vorsichtig. «Vielleicht hast du sogar Zeit, ein paar alte Freunde zu besuchen.»

«Alte Freunde oder alte Feinde?» fragte Luke.

«So wollte ich das nicht sagen», kommentierte Paddy, nahm dabei den letzten Schluck heißen Kaffees und stand auf. «Ich habe kein Wort gesagt.»

«Das wäre auch nicht nötig gewesen», sagte Luke und stand ebenfalls auf. «Jedesmal, wenn wir in diesen Tagen in einem Mordfall ermitteln, habe ich dieses Wort im Hinterkopf. Geht es dir nicht auch so?»

«Psycho?» fragte Paddy. Ihre Blicke trafen sich.

«Genau», stimmte Luke zu.

Sie verließen das *Woolsack* und blickten die leicht abfallende High Street hinunter. Der Regen vom Vortag hatte die Luft gereinigt und über ihren Köpfen bildete die Formation der nach Süden ziehenden Gänse ein großes V am blauen Himmel. Einigen Bäumen war anzusehen, daß die ersten Fröste eingesetzt hatten; ihre Blattspitzen hatten sich rot und gelb verfärbt. Die Scheiben der Autos waren beschlagen, ein weiteres Indiz dafür, daß die kalte Jahreszeit begonnen hatte.

«Vielleicht hätte ich mir wärmere Sachen einpacken sollen», sagte Luke. «Ich habe das Gefühl, daß ich sie noch brauchen werde.»

Kapitel sechs

Die Vormittagssprechstunde war schon halb vorüber, als Jennifer von dem zweiten Mord erfuhr. Kay, ihre Sekretärin / Empfangsdame, brachte die Neuigkeit zusammen mit dem Kaffee herein.

«Wir haben einen Patienten verloren.»

Jennifer blickte resigniert auf. «Mr. Wymark? Ich hatte erwartet, daß das Krankenhaus anrufen würde –»

«Nein. Win Frenholm.»

Jennifers resignierter Gesichtsausdruck wich einem Erstaunen. «Aber sie war doch gestern erst hier gewesen. Sie wollte, daß ich sie –» plötzlich hielt sie inne. «Ich vermute, sie ist zu Mitchell gegangen, oder zu Larrabee. Mein Gott, ich muß sie wirklich in Angst versetzt haben.»

«Bestimmt nicht so, wie die Person, die ihr die Kehle durchgeschnitten hat», sagte Kay, die endlich die Bombe platzen ließ.

«Was?»

Kay nickte. «Der Sohn der Schwester meiner Schwägerin ist bei der Polizei. Sie haben sie heute morgen draußen am Treidelpfad gefunden. Unter einem Holunderstrauch. Die arme Kuh. Sie war ja nicht ganz meine Kragenweite, aber niemand verdient es, auf so eine Art dahinzuscheiden.» Kay verschränkte ihre dünnen Arme und betrachtete Jennifer eingehend. «Was hast du denn getan, was sie so in Aufregung versetzt hat?»

«Nichts», sagte Jennifer beiläufig. «Nichts von Bedeutung. Mein Gott, das sind zwei Morde, oder? Der eine in Woodbury drüben und jetzt dieser.»

«Und alle beide mit durchgeschnittenen Kehlen. Es hat den Anschein, als ob da ein Verrückter frei herumläuft. Außer dir und mir jedenfalls.» Kays üblicher Sarkasmus war ein bißchen lahm an diesem Morgen.

«Hat man sie vergewaltigt?»

«Ich weiß es nicht. Er hat nichts darüber gesagt. Nur, daß es überhaupt passiert ist, oder so. Um genau zu sein, er darf eigentlich überhaupt nicht darüber sprechen, aber ich habe dort unterwegs Station gemacht, um für seine Mutter einen Kuchen vorbeizubringen, die sich nicht ganz auf dem Damm fühlt, oder so, und da hat er es eben erwähnt, so ganz nebenbei.» Kay schauderte. «Es macht einen ganz krank, wenn man nur daran denkt, ein Schnitt und zack, es ist aus mit dir.» Sie warf Jennifer einen etwas seltsamen Blick zu. «Dein Onkel wurde hin und wieder von der Polizei gerufen. Glaubst du denn, daß man dir auch mal diese Anerkennung zukommen läßt?»

«Nein. Soweit ich informiert bin, rufen sie jetzt Larrabee – sein Sohn ist Constable bei der Polizei. Alles, was er macht, ist den Tod bestätigen – mehr nicht. Wenn es eine verdächtige Todesursache ist, lassen sie die Experten von der Gerichtsmedizin und auch vom CID kommen.»

«Woher zum Teufel weißt du das alles?» wollte Kay wissen.

Jennifer nippte an ihrem Kaffee und lächelte über den Tassenrand. Zu gern hätte sie gesagt, daß sie das aus der Lektüre all dieser Kriminalromane von Tante Clodie hatte, aber es machte mehr Spaß, für allwissend gehalten zu werden.

«Gott im Himmel», murmelte sie indigniert. «Weiß ich irgendetwas, das du nicht weißt?»

«Das wäre ja noch schöner», sagte Kay und spielte die Wütende. «Es heißt immer, daß ich herumtratsche, du ja nicht. Willst du mir etwa den Rang ablaufen, oder was?»

«Bestimmt nicht», sagte Jennifer. Kay Hall war seit zehn Jahren die Sekretärin/Empfangsdame ihres Onkels gewesen. Sie war ungemein tatkräftig, intelligent, witzig und kannte Gott und die Welt, auch die Wychforder und die anderen aus der Gegend. Sie war eine große, kantige Frau in den Vierzigern, mit blonder Mähne, einem schnellen Mundwerk und einem warmen Herz. Sie war eine gelernte Krankenschwester, hatte aber bald nach ihrer Ausbildung geheiratet und war nie wieder in den Beruf zurückgekehrt. Die Arbeit in der Mayberry-Praxis (jetzt Gregson und Eames) kam ihr sehr gelegen, da sie sie gut mit ihrem Familienleben unter einen Hut bringen konnte.

«Schade, daß man dich nicht ranläßt.» Kay sprach mit dem objektiven Bedauern eines wahrhaften Neuigkeitensammlers.

«Herzlichen Dank, aber ich habe schon genug am Hals», sagte Jennifer und trank ihren Kaffee aus.

«Nicht, wenn wir unsere Patienten weiter auf diese Weise verlieren», sagte Kay und hob die Tasse. Jennifer hatte den Eindruck, daß man Mrs. Frenholm nicht vermissen würde. Kay war keine besonders gute Heuchlerin. «Nach Einbruch der Dunkelheit wird mich draußen niemand mehr sehen, bis man ihn geschnappt hat, und Debbie auch nicht, außer wenn sie in Begleitung ihres Vaters oder ihres Bruders ist.» Sie sah Jennifer streng an. «Und was ist, wenn du nachts gerufen wirst? Wenn du mit deinem kleinen Arztkoffer besorgt herumziehst und an nichts Böses denkst? Du wirst damit aufhören, und zwar sofort. Könnte ein Drogensüchtiger sein, verstehst du, etwas in der Art. Süchtige wollen Geld, damit sie sich den Stoff kaufen können – aber manchmal sind sie direkt hinter dem Stoff her. Weißt du, viele Ärzte werden wegen Drogen überfallen.»

«Ich werde vorsichtig sein», versprach Jennifer. «Ich bin nicht besonders scharf darauf, daß man mir die Kehle durchschneidet.»

«Sie nimmt mich auf den Arm», murmelte Kay vor sich hin. «Genauso sprichst du auch mit Dr. Gregson.»

«Hey!» rief Jennifer – aber Kay war auf und davon, denn sie wußte, daß diese Spitze gesessen hatte. Sie war besorgt über die Spannungen zwischen den beiden Ärzten und wollte, daß sie besser miteinander auskämen. Jennifer tat das leid, aber sie sah momentan keinen Ausweg.

Sie drückte den Summer, damit der nächste Patient eintreten konnte und machte ganz resolut ihren Kopf klar, um sich auf Symptome und Wehklagen einzustellen. Aber als die Tür aufging, kam statt eines Patienten David Gregson herein. Er schloß die Tür hinter sich und sah sie an.

Sie erwiderte den Blick, dabei fiel ihr das Grau in seinem dichten hellbraunen Haar auf und die stechenden grünen Augen, die Männer zu durchbohren schienen und Frauen faszinierten. Jedenfalls alle Frauen außer Jennifer und seiner Ex-Ehefrau. Jennifer hielt ihn für kalt und fand ihn unsympathisch, obwohl sie, wenn auch nur widerwillig, zugestehen mußte, daß er ein guter Mediziner war, speziell was die Diagnosen betraf. Darüber hinaus standen seine Patienten in glühender Loyalität hinter ihm, was ihr sagte, daß die Wärme, die sie an ihm nicht entdecken konnte, da sein mußte, irgendwo.

«Ja?» fragte sie ihn endlich.

Er ging von der Tür weg und trat ein paar Schritte an ihren Schreibtisch heran. «Dieser Mord», hob er an.

«Ja?»

«Das gefällt mir irgendwie nicht. Das sind nun schon zwei Frauen, allem Anschein nach. Ich hoffe, du wirst nicht die dritte sein. Ich werde die nächtlichen Bereitschaftsdienste so lange übernehmen, bis der Mann gefaßt ist.»

«Unsinn», sagte Jennifer barsch.

«Das ist kein Unsinn, das ist Gemeinsinn», schnauzte Gregson sie an. «Wenn du nur nicht so eine verdammte Feministin wärst...»

«Ich bin keine Feministin und ich bin keine Idiotin. Ich werde mich vorsehen. Du läßt mich ohnehin nicht allzuviele Bereitschaftsdienste übernehmen. Wenn ich überhaupt etwas Interessantes zu sehen bekomme, dann in den Nachtdiensten. Üblicherweise überläßt du mir die Furunkel und Fußkrankheiten und...und...»

«Blaue Flecken?» meinte er mit einem Lächeln, das auf halbem Weg steckenblieb. «Tut mir leid, daß es so aussieht, aber ich bekomme in Wirklichkeit auch nichts anderes zu sehen. Das ist so üblich. Im Krankenhaus hast du nur die Präzedenzfälle gesehen, die höhere Medizin sozusagen. Hier draußen geht es mehr um die Grundlagen. Du mußt dir vorstellen, wir wären das Lymphsystem der Medizin, wir filtern lediglich die alltäglichen Vorkommnisse heraus. Es kommt nicht allzuoft vor, daß wir etwas Spektakuläres bekommen...»

«Etwa wie Mr. Crittendon?»

«Deshalb habe ich dich hergerufen», erinnerte er sie freundlich. «Mr. Crittendon war ein Mann aus dem Ort mit einer fortgeschrittenen Malaria, die er sich auf einer Verkaufsreise in Fernost eingefangen hatte. Malaria hat es im Cotswold-Gebiet kaum je gegeben – und Mr. Crittendon war ein Fall wie aus dem Lehrbuch.»

Jennifer wurde weich. «Ja, das stimmt. Es tut mir leid, David, ich habe das nicht vorwurfsvoll gemeint, aber...»

«Aber dir ist danach? Schön. Ich glaube das auch. Immerhin hätten die meisten Partner in einer Gemeinschaftspraxis wohl ein Wörtchen mitzureden, wer der Nachfolger wird, wenn ein Partner aufhört, oder nicht?»

«Genaugenommen hat Onkel Wally nicht aufgehört...»

Mitleidig sah er sie an. «Du weißt ebensogut wie ich, daß er jetzt Schluß machen muß. Das ganze Gerede vom Zurückkommen und von der Übernahme des Zepters ist doch nichts weiter als selbstbeschwichtigender Unsinn. Selbst wenn er körperlich noch Schritt halten könnte, sein Geist könnte dem Druck auf gar keinen Fall mehr standhalten. Es ist zu Ende mit ihm, und wir beide wissen das. Was seine Ratschläge betrifft, wird er wohl von unschätzbarem Wert sein, aber...»

«Wie nett von dir, daß du ein solches Zugeständnis machst», sagte Jennifer, die es schwer getroffen hatte, mit welch brüsker Offenheit er eine Tatsache äußerte, von der sie wußte, daß sie stimmte. «Ich dachte, du würdest mir für immer etwas vormachen.»

Gregson ignorierte das. «Er war ein hervorragender Mediziner, aber er ist müde, Jennifer, sehr müde.»

«In diesem Falle wärst du der Seniorpartner und würdest wohl zweifelsohne nach einem Ersatz suchen, der mehr nach deinem Geschmack wäre», sagte sie bitter. «Ein bißchen schofel, findest du nicht, wenn man bedenkt, daß du in seinem Haus wohnst und ebenso in seinem Haus arbeitest?» Das war unfair, und sie wußte es, aber er ging sie auch immer von der verkehrten Seite an.

«Es gibt noch eine andere Alternative», sagte er. «Ich könnte derjenige sein, der aufhört und statt meiner dich den Laden übernehmen lassen. Das würde dir doch bestimmt gefallen, oder? Alles nur für dich?»

«Nein», sagte sie gefaßt. «Das will ich nicht. Ich wäre auch nicht in der Lage, eine Praxis dieser Größe selbständig zu führen, aber ich bin imstande, sie zur Hälfte zu führen. Jedenfalls, wenn man mich ließe.» Sie ließ dieses Argument fallen und versuchte es mit einem anderen. «Wie dem auch sei, Onkel Wally braucht einen Mann in seiner Nähe, mit dem er reden kann.»

«Und du?»

Irgend etwas in seinem Blick zwang sie, ihn anzusehen. «Ja, ich mag es, einen Kollegen zu haben, mit dem ich diskutieren kann», gab sie zu. «Wir machten das im Krankenhaus auch immer. Mir jagt die allgemeine Medizin manchmal ... ein bißchen Angst ein, um ehrlich zu sein.» Wenn er sie so ansah, konnte sie gar nicht anders. «Ich meine, in einem Krankenzimmer ganz allein eine Diagnose zu stellen, wenn du nur deine Augen und Ohren und deinen Tastsinn hast, auf die du dich verlassen kannst – ich finde das schrecklich. Offen gesagt, es ängstigt mich manchmal zu Tode!»

«So, du gibst das also zu?» Sein Blick wurde irgendwie milder. «Vielleicht wird aus dir noch ein besserer praktischer Arzt, als ich dachte. Wir alle haben Angst, Jennifer – alleine in diesen Krankenzimmern, mit irgendeinem furchtsamen Patienten, während dir der Ehemann oder die Ehefrau zusieht und dich für einen Gott hält, wo du doch nur ein Mensch bist, der sich verzweifelt an die dreiundzwanzig verschiedenen Bedingungen zu erinnern versucht, die sich aus all diesen verdammten Symptomen ergeben. Oder schlimmer noch, du suchst nach einem Weg, ihnen beizubringen, daß das alles ziemlich schlimm aussieht. Als ich hier anfing, sagte mir Wally, daß es am härtesten ist, sich als Facharzt für Allgemeinmedizin zu spezialisieren. Er hat recht.»

Jennifer lächelte. «Das hat er mir auch immer erzählt, als ich noch ein Kind war und mit ihm auf seinen Visiten mitzog.» Sie sah ihn erneut an. Sie war sich nicht ganz sicher, ob er das vorher sarkastisch gemeint hatte, oder nicht. «Hast du tatsächlich manchmal Angst?»

«Ja.»

«Dann bedanke ich mich dafür, daß du es mir gesagt hast. Ich hielt dich allmächlich schon für einen echten Mann aus Stahl.»

Er zuckte mit den Schultern, gerade so, als wäre er plötzlich verlegen, weil er vor ihr so viel preisgegeben hatte. Oder nur, weil er mehr als zwei Minuten in ihrem Büro zugebracht hatte. «Ich habe nicht die Zeit, diesen faszinierenden Charakter- und Interessenkonflikt mit dir jetzt zu diskutieren. Auf uns beide warten Patienten. Ich werde die nächtlichen Notrufe übernehmen. Tags kannst du die meisten Notrufe übernehmen. Du wirst nicht glauben, wie viele Furunkel es um diese Jahreszeit auf den Hintern der Leute gibt.»

Bevor sie überhaupt protestieren konnte, war er auch schon gegangen.

Zwei mit Halsweh, vier, denen es einfach nur schlecht ging, ein verstauchtes Handgelenk, ein drohender Kreislaufkollaps, einmal Masern, eine steife Schulter, einmal Schlaflosigkeit und ein Schwangerschaftsnachweis, danach war sie «frei». Frei jedenfalls, um ihre Aufzeichnungen zu schreiben, neue Rezepte auszustellen oder alte durch eine Unterschrift zu verlängern und ihre Liste mit den Hausbesuchen durchzugehen. Sie wollte gerade los, als das Telefon klingelte.

«Die Polizei», sagte Kay mit der Hand vor der Sprechmuschel. «Offensichtlich mußte Barry Treat die Leiche von Mrs. Frenholm identifizieren und ist dabei zusammengebrochen. Sie wollten schon die Ambulanz herbeiholen, aber er fragt nach dir. Darf ich bitten?»

«Schon unterwegs», sagte Jennifer.

«Leichenfresserin», sagte Kay mit einem Grinsen, bevor sie die Meldung weitergab.

«Wir können nur beten, daß die überregionale Presse nicht davon Wind bekommt, mehr kann ich nicht sagen», sagte Mabel Peacock Taubman und wandte sich vom Fenster ab, durch das sie die Aktivitäten der Polizei am anderen Ufer beobachtet hatte. «Habe ich dich nicht immer gewarnt, daß es nur Unglück bringt, wenn du diese Hippietypen bis vor unsere Haustür schleppst.»

«Ich möchte wissen, was das mit den Handwerkern vom Zentrum zu tun hat?» Mark sagte das so heftig, daß sie erschrak.

«Warum, sie gehörte doch zu ihnen», sagte seine Mutter spöttisch. «Der Milchmann sagte mir, daß sie eine von denen war, die da herumtöpferten. Wenn ich mich nicht ganz irre, kennst du sie auch», fuhr sie säuerlich fort. «Selbstverständlich besser, als es in ihrem Falle angebracht ist. Sie hat mit zwei Männern zusammengearbeitet – das sagt ja schon alles.»

«Sagt was?» fragte Basil gelangweilt. Er hatte kurz das rege Treiben der Polizisten verfolgt, was ihn aber nicht weiter interessierte. «Meine Liebe, vielleicht hat sie ja mit ihnen gearbeitet, aber das heißt nicht unbedingt, daß sie auch mit ihnen geschlafen hat. Ich glaube, daß die beiden sowieso ein bißchen andersrum sind.»

«Ein bißchen andersrum?» schnaubte Mabel. «Ich verstehe nicht, was an der Homosexualität ein bißchen andersrum ist – schmutzig und abstoßend, das ist sie.»

Die beiden Männer sahen einander an. Mark blickte an die Decke, als ob er auf eine Eingebung wartete, und Basil zuckte die Achseln. «Die Zeiten ändern sich, meine Liebe. Derartige Dinge sind doch heutzutage vollkommen akzeptabel.»

«Nicht bei mir», sagte Mabel resolut. «Die bizarren sexuellen Verbindungen, die da im Zentrum immer wieder eingegangen werden, reichen für Hunderte von aufsehenerregenden Romanen, die sich ja in diesen Zeiten so gut verkaufen. Du weißt, daß es stimmt, Basil. Ich weiß nicht, von welchem Esel ich geritten wurde, als ich dieser Sache damals meine Zustimmung gab, genau vor unserer Haustür.»

Das war einer von Mabels Lieblingssprüchen – «genau vor unserer Haustür». Die Tatsache, daß sie im Umkreis einer halben Meile keine Nachbarn hatten, spielte keine Rolle. Was immer in Wychford passierte, es passierte ihr, und es war beinahe immer ein Affront. Nicht zum erstenmal sah Mark seine Mutter und seinen Stiefvater an und fragte sich, welche Leidenschaft beide miteinander verband, wenn es eine solche überhaupt gab. Basil war zehn Jahre jünger als seine Frau. Bei aller Liebe war Mabel schwerlich als umwerfende Schönheit zu bezeichnen. Wegen ihrer Figur hielt sie sich eisern an Diätpläne und gymnastische Übungen; sie trug elegante Kleider, war immer gekonnt geschminkt (für ihren Teint war sie dankbar), und ihr Haar war hochtoupiert. Aber auch an ihr waren die Jahre nicht spurlos vorübergegangen. Beide gaben fürwahr ein attraktives «reifes» Paar ab, das wie füreinander geschaffen schien. Aber er konnte sich beide nicht zusammen im Bett vorstellen, oder daß sie mehr machten, als sich die Wangen reiben. Er wollte sich das auch nicht vorstellen. Schon gar nicht während des Frühstücks.

«Nun, wer immer es war, ich glaube, sie werden ihn bald haben», sagte Mark. «In Woodbury passierte vor ein paar Tagen ein ähnlicher Mord.»

«Lieber Gott», sagte seine Mutter bestürzt. «Das wußte ich gar nicht.»

«Du wußtest es, meine Liebe», sagte Basil, inzwischen beim vierten Toast mit Marmelade. «Ich habe dir gestern den Leitartikel darüber in der Abendzeitung gezeigt.»

«Noch eine Frau?»

«Aber ja.»

«Wurden sie...» sie machte eine bedeutungsvolle Pause, «wurden sie mißhandelt?»

«Darüber stand nichts in der Zeitung. Glaub ich jedenfalls – die Handtaschen sollen gefehlt haben.»

«Also, von einem ‹einheimischen› Mord kann ja wohl nicht mehr die Rede sein, oder?» sagte Mark heiter. «Scheint sich wohl eher um ein reisendes Phänomen zu handeln.»

Mit starrem Blick fixierte seine Mutter ihn. «Mark, deinen Humor halte ich in diesem Zusammenhang nicht für angebracht. Schon deshalb nicht, weil dieses Mädchen direkt gegenüber, am anderen Flußufer ermordet wurde. Gerade ein paar hundert Yards –»

«Dazu kommen noch ein paar hundert Yards, die der Fluß breit ist.»

«Nun, ich werde meinen Fuß nicht eher vor die Tür setzen, bis man diesen Verrückten geschnappt hat. Keine Frau kann sich sicher fühlen, solange so ein Ungeheuer frei herumläuft.»

Mark öffnete seinen Mund, verkniff sich aber die spöttische Bemerkung, die ihm auf der Zunge lag. Er sah zu seinem Stiefvater hinüber. «Du wirst noch deinen Zug verpassen, mein Guter, wenn du dich nicht ein bißchen beeilst. Soll ich dich zum Bahnhof fahren?»

Basil sah von seiner Zeitung auf. Sein Blick richtete sich auf die Standuhr an der Wand hinter Mark. «Großer Gott, daran habe ich gar nicht gedacht. Ich bin spät dran mit meinem Morgenbummel.» Er sah zum Fenster. «Das Wetter sieht nicht eben freundlich aus. Danke Mark, ich nehme dein Angebot gerne an.»

«Wohin fährst du, Mark? Donnerstags öffnest du den Laden doch gar nicht. Ich dachte, du wolltest mich heute morgen nach Milchester fahren», erinnerte ihn seine Mutter bissig. «Du weißt, daß ich noch ein Kostüm brauche für die Hochzeit in Carslake.»

«Ja Mutter, ich weiß», sagte Mark, stand auf und legte seine Serviette neben den Teller. «Ich weiß aber auch, daß ich den Verkauf einfädeln muß, von etwas, wofür ich gerne bezahle.»

Sie sah ihn überrascht an und stieß einen verächtlichen Laut aus. «Mach dich nicht lächerlich.»

«Wirklich, ich muß in die Stadt. Ich werde in etwa einer Stunde wieder zurück sein, dann können wir immer noch nach Milchester fahren. Mach dir mal keine Sorgen.»

«Und was soll ich machen, während du in der Stadt bist?»

Mark folgte Basil durch die Tür. «Du könntest über den Sinn des Lebens nachdenken. Das wird dir ungemein guttun.»

Als Basil, mit Hut und Schirm ausgestattet, zurückkam, um sich zu verabschieden, sagte sie wütend: «Du mußt ein ernstes Wort mit ihm sprechen, Basil. Er wird in letzter Zeit immer unmöglicher.»

«Meine Liebe, er wird mir kaum zuhören», sagte Basil. Er war ein großer, schlanker, sehr distinguiert wirkender Mann in den Fünfzigern. Sein Aussehen stellte einen nicht unwesentlichen Aktivposten innerhalb der gesellschaftlichen Kreise Londons dar. Eine frühzeitig geschlossene, kurzlebige Ehe hatte seine Heterosexualität unter Beweis gestellt, so daß man sein fortgesetztes Junggesellendasein entweder auf sein «gebrochenes Herz» zurückführte oder darauf, daß er diesen frühen Fehler nicht wiederholen wollte. Auf Grund seiner Nonchalance und seines Charmes war er sehr begehrt. Mit Erstaunen und einiger Bestürzung wurde seine plötzliche Heirat mit der «unbekannten» Mabel Peacock, einer Witwe, von der niemand genau wußte, wie alt sie war, aber offensichtlich über gewisse Mittel verfügte, von der «Gesellschaft» und Nigel Dempster begrüßt. Wieder einer weniger, sagten sie und hatten recht. Entgegen allen Erwartungen blieb Basil seiner Frau und seinen Pflichten treu, behielt seine bescheidene Anstellung in der Stadt und benahm sich ohne Fehl und Tadel. «Du weißt doch, Mark hält mich für einen oberflächlichen Idioten», sagte Basil amüsiert über seinen reumütigen Ton. «Er kann nicht abwarten, seinen eigenen Plan durchzusetzen, Liebes, und es ärgert ihn, daß du ihm im Weg stehst. Vielleicht solltest du doch allmählich nachgeben.»

Sie sah ihn vorwurfsvoll an: «Ich hätte nie gedacht, daß du so etwas sagst.» Basil seufzte. «Und ich hätte nie gedacht, wie anstrengend und unerfreulich es ist, in der Stadt zu arbeiten.»

Schlagartig war ihre Sympathie erwacht. «Ist es denn so schrecklich?»

«Nicht schrecklich, meine Liebe. Einfach verdammt langweilig, das ist alles. Und dann immer die Fahrt hin und her...» Er zuckte mit den Schultern. «Na ja, ein kleiner Preis, der eben zu bezahlen ist, denke ich. Dennoch, Marks Plan würde bedeuten, daß ich immer hier bei dir bleiben könnte. Solch herrliche Aussichten sollten doch ein kleines Opfer wert sein, glaubst du nicht?»

«In der Tat ein Opfer», sagte Mabel bissig, wurde aber dann versöhnlicher, als sie seinen vorwurfsvollen Ausdruck sah. «Ich denke darüber nach, ehrlich.»

Seine Miene hellte sich auf. «Genau, denk das mal durch. Das ist alles, worum der Junge dich bittet.»

«Der Junge» erschien in der Tür zum Eßzimmer. «Fertig?»

«Ich komme», sagte Basil. Er beugte sich herab, um seine Frau noch einmal zu küssen. «Auf Wiedersehen bis Samstag, meine Liebe. Ich werde einen Morgenzug nehmen.»

«Du bleibst doch nicht schon wieder in der Stadt?» sagte Mabel mit plötzlicher Bestürzung.

«Was sein muß, muß sein, Schatz. Heute abend ein Dinner mit den Direktoren, und gleich am Freitagmorgen eine große Konferenz. Ich muß frisch und klar sein», sagte Basil. «Die kann sich den ganzen Tag lang hinziehen und wahrscheinlich endet es mit einem weiteren Dinner. Ich werde wie üblich im Club bleiben. Hör zu, zum Ausgleich bringe ich dir ein kleines Geschenk mit, in Ordnung? Adieu, Schatz.»

Grollend starrte Mabel zum Eingang und hörte, wie die Haustür hinter dem leisen Gespräch der beiden zugeschlagen wurde. Sie ließ den Blick durch das leere Eßzimmer schweifen, konnte aber keinen rechten Gefallen an der Teakholzverkleidung oder an den Silbersachen auf der Anrichte finden. Sie starrte auf den kalten Toast auf ihrem Teller. «Schweinerei», sagte sie.

Kapitel sieben

Ein Fremder hätte das Polizeirevier im Vorbeigehen fälschlicherweise für ein kleines Collegegebäude oder eine Public School halten können. Im georgischen Stil erbaut, stand es auf der Anhöhe der abfallenden High Street im Schutze mehrerer ausladender Kastanienbäume.

Von innen jedoch war es unverwechselbar. In der Mitte der siebziger Jahre war es vollkommen ausgebrannt und wieder hergerichtet worden. Inzwischen war das dunkelgrüne Linoleum abgetreten, die Plastikblenden waren zerbrochen und vergilbt, und überall geriffelte Fensterscheiben und viel Chrom. Für die Öffentlichkeit hatte man im Vorraum zwei große Pflanzen aufgestellt, deren Blattwerk so löchrig war wie Schweizerkäse. Ihr Wachstum war derart ungehemmt, daß sie einen unangenehm an ein Netz von Verwicklungen und Betrügereien erinnerten. Dennoch, es war so sauber, wie es abgespannte Frauen allabendlich nur putzen konnten, und es roch nicht nach Desinfektionsmitteln.

Es roch nach Computerterminals.

Jennifer wies sich dem Beamten am Schreibtisch gegenüber aus, ehe sie durch eine kahle Tür in einen kahlen Korridor und schließlich in ein kleines Zimmer geführt wurde, wo Barry Treat saß. Er zitterte am ganzen Leib, hatte Schluckauf und verweigerte den heißen, süßen Tee, der ihm von einer kühlen, netten Polizistin angeboten wurde.

«O Gott, Dr. Eames, es war schauderhaft», wimmerte er, als Jennifer durch die Tür trat. «Sie war total verblutet, man konnte glatt durch ihre Hände hindurchsehen, diese schönen, begabten Hände, so, so... so...»

«So, jetzt reicht es», sagte Jennifer barsch. Mittlerweile kümmerte sie sich schon ein paar Monate um Mr. Treats körperliche Gebrechen, und sie hatte gelernt, daß es am besten war, kurz und hart zu antworten, statt mit Witzen zu reagieren. Langsam wurde ihre Stimme jedoch etwas freundlicher. «Ich weiß, daß es entsetzlich ist, dem Tod ins Gesicht zu sehen, aber was Sie gesehen haben, war in Wirklichkeit gar nicht Ihre Cousine, verstehen Sie? Es war lediglich Ihre Erinnerung daran. Es war schrecklich und ein großer Schock, aber Sie müssen sich jetzt zusammennehmen und Sie dürfen nicht aufgeben. Sie sind eine so sensible Natur. Mit solchen Ausbrüchen werden Sie lediglich sich selber schaden, und das hat überhaupt keinen Sinn.» Die Polizistin gab ihr über den Kopf von Mr. Treat hinweg ein Zeichen mit dem Daumen. «Warum wollten Sie denn nicht ins Krankenhaus gehen?»

«Großer Gott, ich hasse solche Orte», stöhnte Mr. Treat. Jennifers deutliche Worte hatten dem hysterischen Ausbruch ein Ende bereitet. Aber nun drohte Selbstmitleid ihn zu überschwemmen. «Meine Mutter starb im Krankenhaus, mein Vater starb im Krankenhaus, mein allerbester Freund starb im Krankenhaus, die Menschen gehen da rein und kommen nicht wieder heraus, ich kann nicht...»

«Ich verstehe, Mr. Treat», sagte Jennifer und öffnete ihre Tasche. «Sie sind nicht besonders scharf auf Krankenhäuser.» Sie hatte gefunden, wonach sie gekramt hatte, und begann, eine Einmalspritze vorzubereiten. Treat sah zu ihr auf und lief grün an.

«Muß das sein?» jammerte er.

Jennifer sah zu ihm herab und seufzte. «Sie mögen auch keine Spritzen?» Er schüttelte den Kopf, und aus einem seiner vorstehenden Augen rann eine Träne herab. Sein klein geratenes Gesicht wirkte durch einige etwas groß ausgefallene Merkmale clownhaft, das Kinn verschwand förmlich hinter dem Eindruck von Nase und Augen. Seine Kleidung war in den Farben braun und orange; Kittel, Seidenhemd, enge Hosen und spitze Lederstiefel ließen ihn koboldhaft aussehen. Er hatte etwas Hellseherisches und Kindhaftes an sich – und war sich dessen bewußt. Sie warf die Spritze in einen Behälter, dann kramte sie ein paar Beruhigungspillen hervor, gab ihm zwei davon und stellte ihm ein Rezept für weitere aus.

«Erledigen Sie das auf Ihrem Heimweg», sagte sie. «Oder würden Sie lieber zur Arbeit gehen?»

«Gordon erwartet mich», sagte Treat matt und stellte den Pappbecher ab, den ihm die Polizistin gegeben hatte.

«Sind Sie soweit in Ordnung, daß Sie fahren können?»

Mit leidender Miene tat er einen tiefen Seufzer, aber es war klar, daß er es kaum erwarten konnte, hier herauszukommen und seinem Partner von der Dramatik der Ereignisse, die ihm an diesem Morgen widerfahren waren, zu berichten. «Ich werde es schon hinkriegen», sagte er. «Es muß ja schließlich weitergehen, nicht wahr?»

«Aber selbstverständlich, das ist der einzig gangbare Weg», stimmte Jennifer leidlich freundlich zu. Seine Miene war unglücklich. Aus seiner gesamten Erscheinung konnte sie schließen, daß er wirklich aufgeregt war. Das würde den meisten Leuten so gehen, und kreativen, phantasiebegabten Menschen ganz besonders. «Sind Sie fertig mit ihm?» fragte sie die Polizistin.

«O ja, Ma'am», sagte das Mädchen. «Es ging lediglich um die Identifizierung. Dabei hat er sich tapfer gehalten, aber als wir hierher zurückgekommen sind, um den Totenschein auszustellen...»

Mr. Treat stand auf und sah sie entgeistert an. «Ich mag auch keine Polizeireviere», sagte er, nahm seine angeknackste Würde zusammen und schritt hinaus.

Sein Abgang wurde durch einen kurzen Kampf mit der Tür gestört, die sich nach innen anstatt nach außen öffnete, aber schließlich siegte er und entschwand mit leichten Schritten.

Jennifer machte ihre Tasche zu und sah die Polizistin an. «Kann ich etwas für Sie tun? Sie sehen mitgenommen aus.»

«Wenn es nicht die Gesellschaft ist, dann sind's die Stunden. Wir haben hier nicht viele Morde. Es war ziemlich unappetitlich, aber immerhin bin ich nicht in Ohnmacht gefallen, noch nicht. Das werde ich mir für später aufheben und bei meinem Glück passiert's mir vor den Augen des Chief Inspectors.»

«Ach, ich glaube, Sie werden ganz gut klarkommen», sagte Jennifer und folgte ihr auf den Flur hinaus. «Das ist der zweite, oder?»

«Ja, es gab einen ähnlichen gestern in Woodbury», sagte die Polizistin kühl.

«Gibt es irgendeine Verbindung zwischen den beiden?»

Vorwurfsvoll blickte das Mädchen sie an.

«Entschuldigen Sie, ich hätte nicht fragen sollen», sagte Jennifer.

Die Polizistin seufzte. «Sie sind nicht die erste, und Sie werden nicht die letzte sein, Dr. Eames. Ich fürchte, die meisten Leute werden die gleiche Schlußfolgerung ziehen.» An der Tür blieb sie kurz stehen. «Blimey, da ist er ja.»

«Wer?»

«Der Detective Chief Inspector.»

Als sie in den Vorraum traten, sprachen zwei Männer mit dem wachhabenden PC. Der größere der beiden drehte sich um, ganz zufällig, und erstarrte. Jennifer erstarrte ebenfalls.

«Jenny Eames? Was zum Teufel machst du hier?» erkundigte er sich.

Jennifer hatte Luke Abbott das letzte Mal bei einer Cricketpartie in der Schule gesehen, an dem Tag, als sie von Wychford weggegangen war. Großartig hatte er damals ausgesehen, ganz in weiß und dick ausgepolstert. Er hatte sich eine heftige Auseinandersetzung mit dem Schiedsrichter geliefert, in deren Verlauf er gefährlich mit seinem Schläger herumwirbelte. Sie erinnerte sich noch, der alte Referree hatte sehr beunruhigt ausgesehen, und das wohl aus gutem Grund.

Im Laufe der Jahre war er größer und schlanker geworden, er hatte gelernt, seine Schuhe zu putzen, er hatte keine aufgeschürften Knöchel mehr, und er hatte in seinem Lächeln einen hübschen Zug entwickelt. Sein Piratenschnurrbart stand ihm wirklich gut, ebenso sein gut geschnittener dreiteiliger Anzug. Dennoch – gerade in diesem Augenblick – spürte sie, daß sein ungestümes jugendliches Temperament durch so manchen schlimmen Schmerz harten Prüfungen ausgesetzt gewesen war, wobei eine noch größere Ernsthaftigkeit und Empfindsamkeit zurückgeblieben waren, als er sie schon als Junge offenbart hatte. Er war ein Held gewesen, damals. Sie hatte erwartet, daß er Profisportler werden würde, Rechtsanwalt oder Arzt oder sogar Premierminister. Aber das nicht.

«Detective Chief Inspector?» Sie holte tief Luft. «Du?»

«Was ist so schlimm daran, Polizist zu sein?» fragte er, leicht in die Defensive gehend, da er genau wußte, wohin sich alle Augen und Ohren im Augenblick richteten. «Ist doch ein äußerst angesehener Beruf.»

«Aber ja, da stimme ich vollkommen zu. Absolut.» Ihr Mund

spitzte sich. «Ich habe mich nur darüber gewundert, wie du es soweit gebracht hast. Bei deinem Temperament, ich hätte erwartet, daß du ständig ins Fettnäpfchen trittst.»

Er grinste. «Das habe ich auch das eine oder andere Mal getan. Aber mit der Zeit habe ich gelernt, mein Temperament im Zaum zu halten, und bin so durch meine eigene blendende Brillanz groß geworden. Wie sonst?»

«Ich kann es kaum glauben.» Sie blickte sich im Vorraum um. «Eines hat sich nicht verändert, wie ich sehe.»

«Was ist das?»

«Immer noch haben alle Angst vor dir.»

«Das liegt daran, daß er ein Scheusal ist», tönte es lakonisch herüber. Es war der Sergeant von Luke, der sich amüsierte und zeigte, daß das natürlich gelogen war. «Wie war er denn als Kind?»

Jennifer sah Abbott an, der diesen Blick eindringlich erwiderte. «Ein abgemagertes Scheusal», lächelte sie. «Sehr flott, wenn er guter Laune war, ziemlich übel, wenn nicht. Die Leute neigten dazu, einen großen Bogen um ihn zu machen.»

«Mmmm. Dann ist er immer noch der alte.» Paddy nickte mit einem Grinsen.

Abbott blickte zu den Polizeibeamten, die von ihren Schreibtischen aus zugesehen hatten, und räusperte sich. Die ganze Angelegenheit schien ihm aus den Händen zu gleiten, und außerdem hatte er ja seine Arbeit zu erledigen.

«Nun, es sieht ganz danach aus, als ob wir noch ein Weilchen in dieser Gegend sein sollten. Wie wär's, wenn wir uns mal am Abend treffen?»

«Das wäre schön. Ich lebe bei meiner Tante und meinem Onkel – ich habe seine Praxis übernommen.» Abbott nickte, als ob er das bereits gewußt hätte – gerade so, als wäre er nicht überrascht, sie zu sehen, sondern verwundert, ihr auf der Polizeiwache zu begegnen. Jennifer zögerte. «Win Frenholm war eine unserer Patientinnen», sagte sie zurückhaltend. Mit einem Schlag war er völlig verändert. Jetzt war sie nicht mehr die alte Freundin aus Kindertagen, mit der er sich für einen Augenblick privat abgegeben hatte. Sie war nun Teil seiner Untersuchungen.

«Oh?» sagte er. «Hattest du sie in letzter Zeit gesehen?»

«In der Tat, und zwar gestern früh», sagte Jennifer. Die Schärfe in seinem Blick und seinem Tonfall brachten sie etwas aus der Fassung. «Sie stand bei Dr. Gregson auf der Liste, und üblicherweise konsultierte sie ihn. Am Vormittag, zu den Sprechstunden, betreuen wir die Patienten der Reihe nach, wie sie kommen, aber gestern fragte sie ausdrücklich nach der ‹Frau Doktor›. Nachdem ich mit ihr gesprochen hatte, war klar warum – sie wollte eine Abtreibung.»

«Und hast du ihr gesagt, du würdest ihr dabei helfen?»

«Ich erklärte ihr die Vorgehensweise», sagte Jennifer. «Ich schlug ihr auch vor, zunächst mit dem Vater zu reden.

Sie sagte, er wolle mit ihr nichts mehr zu tun haben, und das war ihr ganz lieb.»

«Hat sie dir seinen Namen genannt?»

«Nein. Sie war ganz schön aufgeregt – sie glaubte wohl, ich könnte es gleich an Ort und Stelle machen, ganz alleine. Als sie hörte, daß sie weitere Gutachten und den ganzen Firlefanz machen müsse, damit die Krankenkasse die Kosten übernimmt, oder daß sie es als Privatpatientin selbst zu zahlen hätte, da bekam sie einen kleinen Anfall. Dann, nach etwa einer Minute, wurde sie ziemlich ruhig. Es war richtig unheimlich zu beobachten, wirklich. Sie fragte mich nach den Bluttests zum Vaterschaftsnachweis, und lauter solche Dinge. In ihrem Kopf schien alles auf Hochtouren zu laufen. Sie war in vielerlei Hinsicht ein außergewöhnliches Mädchen – total egoistisch möchte ich sagen. Auch kaltschnäuzig. Und trotzdem, mit einem Engelsgesicht wie dem ihren, konnte sie wahrscheinlich jeden dazu bringen, zu glauben, daß sie noch ein süßes, unschuldiges Kind war. Sie sagte, daß sie wüßte, wer der Vater wäre. Sie sagte, er könnte es sich leisten –»

«– wäre?»

«Sie sagte, ‹ich weiß, wer es sein wird, der arme Hund›.»

«Damit könnte sie sich aber auf das Kind bezogen haben.»

Jennifer dachte darüber nach. «Das könnte sein. Ich fragte sie, was sie damit meinte, aber sie sah mich nur rätselnd an und sagte, daß sie in ein bis zwei Tagen wieder zurück sei, und dann alles ‹unter Dach und Fach› hätte.»

«Das sagte sie gestern morgen?»

«Ja.»

«Und gestern abend wurde sie ermordet», bemerkte Paddy ruhig.

«Aber...» hob Jennifer an.

«Was?» fragte Abbott.

«Die andere Frau – in Woodbury. War es nicht die gleiche Tötungsart? Handelt es sich nicht um denselben Mörder?»

«Genau deswegen sind wir hier draußen», sagte Abbott. «Das erstaunt dich wohl, oder?»

Kapitel acht

Luke Abbott betrachtete den Körper von Win Frenholm mit leidenschaftslosem Interesse, als wäre er Chirurg. Es handelte sich nicht mehr um eine Person, sondern um ein Problem.

«Attraktives Mädchen», sagte er ruhig. Sie war um die Dreißig, hatte langes blondes Haar und eine schlanke, zierliche Figur. Kleine, regelmäßige Züge prägten ein feines Gesicht. Die Nacktheit des Todes verriet nichts über ihre Persönlichkeit. Jennifer Eames hatte gesagt, sie wäre egoistisch, sogar kaltschnäuzig gewesen, und daß sie den Leuten wahrscheinlich alles vormachen konnte. Irgend jemand war offensichtlich von ihr nicht eingenommen worden. Ihre Kleidung war betont individuell, hatte etwas Künstlerisches – aber das bunte Top und die Hose waren sauber, gepflegt, und wie er schätzte, auch ziemlich teuer.

Die Frau in Woodbury war wesentlich älter und schon lange nicht mehr so attraktiv. «Übrigens war sie schwanger», sagte er, ohne jemanden im besonderen anzusprechen.

Cyril Franklin, der im Gras neben dem Leichnam kniete, sah überrascht auf und wunderte sich, ob Abbott hellsehen konnte.

Luke lächelte. «Ihre Ärztin erzählte mir, daß sie um eine Abtreibung gebeten hatte.» Seine Augen registrierten Details. «Die Wunde verläuft von links nach rechts, ein Schnitt, sauber, kräftig, vermutlich ein Rechtshänder, der von hinten kam.» Cyril seufzte, nahm seine Brille, ein schwarzes Gestell, ab und begann sie zu putzen, während Luke offensichtlich Feststellungen traf. «Keine Verletzungen an den Handflächen, die von einer Verteidigung stammen, keine abgebrochenen Fingernägel, nichts, was auf eine Art Kampf schließen läßt.»

Die Kleider des Mädchens waren blutgetränkt, besonders auf der rechten Seite, aber weder in Unordnung noch zerrissen, genau wie bei der Frau in Woodbury.

«Hat man sie am Fundort getötet?» fragte Paddy.

«Aller Wahrscheinlichkeit nach, ja.» Cyril deutete mit seiner Brille. «Ein ganz regelmäßiger Umriß der Blutlache. Sie ist genau um sie herum geronnen. Gar nicht so viel Blut, wie man erwarten möchte, bei einer Wunde dieser Größe, aber sie bestand fast nur aus Haut und Knochen.»

«So wie die andere?» fragte Luke, ein wenig zu ruhig.

Cyril war einen Moment lang still. Er sah das Mädchen an. In einer Hand schlenkerte seine Brille. Er wollte darauf keine Antwort geben, genausowenig, wie Luke das eigentlich hatte fragen wollen. Schließlich setzte er seine Brille wieder auf und nickte. «Möglich.»

«Ich will mich ein bißchen umsehen», sagte Luke und wandte sich von dem grausigen Leichnam am Boden ab. So war es leichter, nicht wütend zu werden. Nach ein paar Schritten drehte er sich um. «Da ist etwas, was du für mich tun könntest, wenn es dir nichts ausmacht.» Er erklärte Franklin, was er wollte.

«Mein Gott, du eiskalter Bastard», sagte Cyril. Dann grinste er. «Daran hätte ich natürlich selber denken müssen.»

«Ich will ganze Arbeit, denk dran», sagte Luke. «Überhaupt kann alles, was du entdeckst, hilfreich sein.»

«Wird gemacht, Großer Meister, bis ins letzte Molekül», sagte Cyril. «Sollte faszinierend sein.»

«Selbst ein eiskalter Bastard, nicht wahr?» bemerkte Luke.

«Kalte Hände, warmes Herz.»

«Natürlich», nickte Luke und wandte sich wieder Paddy zu, der am Weg wartete.

Swann Way war der gepflegte Abschnitt des alten Treidelpfades entlang des Purle. Er war in Schuß gebracht und neu benannt worden. In den dreißiger Jahren hatte man ein paar Häuser dort gebaut, deren Gärten bis ans Wasser reichten. Hier und da standen ein paar alte Bootshäuser am Ufer, und im Wasser sah man noch, was von den Docks übriggeblieben war, die man nach dem Krieg nicht mehr nutzen wollte und verfallen ließ, bis die alten Häuser wie Drogen auf dem Markt gehandelt wurden. Jetzt war der Fluß wieder in Mode, aber der Treidelpfad war den neuen Bewohnern ein Dorn im Auge, da Fremde an ihren Gärten entlanggehen konnten.

Seit dem Krieg gab es auf dem Purle nicht mehr viel Durchgangsverkehr. Der Flußlauf war an vielen Stellen schlammig oder zu flach für große Hausboote. Nur kleine Motorboote konnten auf der ganzen Länge verkehren, und es gab einige Abschnitte, die nur ein paar einzelne Fischer noch zu Gesicht bekamen. Der Treidelpfad war mehr oder weniger auf seiner ganzen Länge verschwunden. Swann Way aber war ein passabler Weg, denn die Einheimischen benutzten ihn als Abkürzung zwischen der Stadt und dem neuen Wohnviertel. Genau an diesem Abschnitt hatte man Win Frenholms elegant beschuhten Fuß hinter dem Busch hervorschauen sehen, wo sie in einer purpurnen Lache ihres eigenen Blutes lag.

Das Gebiet war von der Polizei abgeriegelt worden. Ein paar Gaffer lungerten herum, und daneben trieb ein Boot auf dem Wasser. Die beiden Männer darin waren ostentativ am Angeln, aber sie hatten den Treidelpfad und die Aktivitäten dort fest im Blick.

«Was sich hier abgespielt hat, läßt sich ziemlich gut sehen», meinte PC Bennett. Als Police Constable war es seine Aufgabe, mit dem örtlichen CID Verbindung aufzunehmen, und er brannte voller Nervosität darauf, seine Fähigkeiten unter Beweis zu stellen. «Er hat sie erwischt, gerade als sie das Ende der Abkürzung erreicht hatte und sich auf die Steigung in Richtung Stadt begab. Ich fürchte, wir werden am Treidelpfad kein Glück haben mit eventuellen Abdrücken – die Ratsversammlung hat in ihrer unendlichen Weisheit erst letzte Woche eine Ladung Kies aufschütten lassen. Es läßt sich nicht sagen, ob sie gemerkt hatte, daß sie verfolgt wurde, und wegrannte, oder ob sie ihn erst spürte, als es schon zu spät war. Bei dem dicken Kies läßt sich das nicht feststellen.»

«Gibt es eine Stelle, an der er auf sie hätte warten können?» fragte Paddy und drehte sich um, um noch einmal auf den Treidelpfad zurückzublicken. «Etwa in dem alten Bootshaus? Haben Sie dort nachgesehen?»

Bennett nickte. «Wir haben das alles wirklich gründlich untersucht, Sir, bis zu den Siedlungen. Die meisten Häuser sind halb verfallen, oder sie dienen, soweit sie noch in Ordnung sind, als Behelfslager. Wir haben ein paar Plätze gefunden, wo am Tage Angler waren, aber, soweit wir glauben, keine Spuren, die von dem Mörder stammen könnten. Wir vermuten, daß er ihr den Weg entlang gefolgt war, schon von der Siedlung an.»

«Gibt es jemanden in diesen Häusern, der einen Schrei gehört hat, oder Geräusche, wie jemand wegläuft, irgend etwas?»

«Bisher noch nicht. Selbstverständlich gehen wir von Haus zu Haus.»

«Selbstverständlich.» Lukes Stimme klang neutral. «Wer fand die Leiche?»

«Merkwürdigerweise einer ihrer Geschäftspartner – ein Typ namens Barry Treat. Er nahm die Abkürzung in die Stadt und sah ihren Fuß unter einem Busch hervorragen. Er erkannte sofort ihren Schuh. Allem Anschein nach sind sie handgearbeitet, von einem der Kunsthandwerker aus dem Zentrum da oben.»

Bennett schlug in seinem Notizbuch nach. «Er sagte, er hatte so ‹eine Vorahnung›, weil er wußte, daß es ihrer war. Er ging noch ein paar Schritte weiter. Als er das Blut sah, rannte er zum nächsten Telefon. Zunächst ging es ihm noch ganz gut, dann brach er auf dem Revier zusammen. Neurotischer Zeitgenosse», bemerkte er.

«Sie sagten, er ist ein Geschäftspartner?»

«In Wirklichkeit ist er ein Cousin zweiten Grades. Soweit ich weiß, der einzig lebende Verwandte. Sie führte zusammen mit ihm und einem anderen Kerl einen Kunstgewerbeladen draußen in Monkswell. Gordon Sinclair ist sein Name. Töpfer sind sie. Waren sie. Das heißt, ich meine, die anderen beiden sind es immer noch.» Bennetts selbstsicheres Auftreten schwand dahin, als er sich um eine Erklärung mühte. «Sie bewohnten auch gemeinsam ein Haus – aber das war nicht besonders lustig. Das heißt doch. Aber nicht für das Mädchen.»

«Für die beiden Männer?»

«Möglich. Natürlich reine Vermutung.»

«Aber, aber Bennett, legen Sie los, ich werde es aushalten.»

«Beide schwul bis in die Haarspitzen, Sir», sagte Bennett und lächelte erlöst.

«Also kommt von den beiden wahrscheinlich keiner als Vater ihres ungeborenen Kindes in Frage.»

«Um Gottes willen, nein!» Sofort bereute Bennett seine Heftigkeit. «Ich meine...»

«Fahren Sie fort.»

«Nun, sie scheren sich nicht die Bohne darum, Sir. Die haben ihr Fähnchen immer hochgehalten, wenn ich das so sagen darf.»

«Verstehe. Waren es viele, oder nur ein paar?»

«Sir?»

«Ich dachte gerade an Tarnung, das ist alles. Aber ich kann dafür keinen Grund erkennen, in unseren Tagen, in diesem Jahrhundert. Es war nur ein Gedanke. Wohl mehr ein Zufall, daß ausgerechnet er sie finden sollte. Sie sagten, dieser Treat ist ein Verwandter?»

«Cousin zweiten Grades. Offensichtlich gibt es sonst niemanden.»

«Also beerbt er sie ganz allein? Oder gab es ein Testament? Oder vielleicht ein Abkommen unter Partnern?»

«So weit sind wir noch nicht gekommen, Sir.»

Paddy grinste. «Was? Fünf Stunden sind nun schon vergangen, und ihr seid immer noch nicht so weit gekommen?»

«Sir...»

Auch Luke lächelte. Bennett schien ein angenehmer Bursche zu sein. «Machen Sie weiter, Constable. Sie machen Ihre Sache gut. Ich werde einmal diesen Treidelpfad hinaufgehen, bevor sich die Regenwolke da oben entschließt, herunterzuprasseln. Kommst du, Paddy?»

Sie brachen sich ihren Weg durch das Unterholz entlang des Flusses, der seinem Namen alle Ehre machte und friedlich in seinem Bett flußabwärts murmelte, das am gegenüberliegenden Ufer von weit ausladenden Weiden bewachsen war. Jenseits davon erstreckte sich eine Zone von Wildwuchs, und dahinter ein Rasenstreifen. «Das da drüben ist *Peacock Manor*, Paddy. Wir sind dran vorbeigefahren, als wir herkamen, großes, vornehmes Anwesen mit einer bogenförmigen Auffahrt, Bleiglasscheiben und Efeu. Ich hatte mal tolle Pläne: Wenn ich eines Tages groß wäre, das Ganze von meinen Millionen zu kaufen. Der Sohn des Hauses war ungefähr in meinem Alter, er besuchte die besten Schulen und so, während ich auf die hiesige Grammar School ging. In den Ferien mimte er den feinen Landlord, darum habe ich ihn in einem Sommer mal fürchterlich verprügelt. Danach gab's zwischen uns nie mehr Ärger. Kein schlechter Kerl, außer...» Er hielt inne, ging aber weiter.

«Was außer?» fragte Paddy, während er sich Mühe gab, nicht vom Ufer abzurutschen, wo das Wasser den Weg unterspült hatte.

Luke lächelte. «Außer, daß er verdammt reich ist», sagte er.

«Beim derzeitigen Ausgabenstand würde ich sagen, daß Sie in etwa ein bis anderthalb Jahren unausweichlich tief in Schulden stecken werden. Es ist eine schreckliche Geschichte, Mark, und ich hasse es, das sagen zu müssen, aber es scheint keinen Ausweg zu geben. Das Geld aus den Landverkäufen für die Wohnsiedlung diente lediglich als Lückenfüller und zum Abzahlen der Erbschaftssteuer. Außer Sie machen sich mit dem Gedanken vertraut, noch mehr Land zu verkaufen...» Heatherington, der Bankmanager hob die Hände und ließ sie wieder sinken.

«Eine weitere Hypothek kommt vermutlich nicht in Frage?»

Heatherington sah ihn über seine Brille hinweg an. «Das ist doch weder hü noch hott. Wenn Sie ein regelmäßiges Einkommen hätten, Mark, oder wenigstens das Einkommen Ihres Stiefvaters ein bißchen regelmäßiger wäre... könnte die Bank das ins Auge fassen. Aber unter den gegenwärtigen Umständen, nein, ich fürchte nein. Sie brauchen bestimmt nicht das Land zwischen dem Haus und dem Fluß, oder?»

«Selbstverständlich brauchen wir es nicht.» Mark ging etwas wütend darauf ein. «Aber teilweise macht es eben den speziellen Charakter des Hauses aus. Ich habe Ihnen die Pläne für das Konferenzzentrum gezeigt. Dieser Teil des Grundstücks sollte zu einem kleinen Golfplatz ausgebaut werden. Wenn wir das verkaufen, würde das Zentrum einen wertvollen Teil verlieren.»

«Was ist denn mit dem Grundstück hinter dem Haus?»

«Sie meinen Fox Run? Ich denke, wir könnten es verkaufen. Es liegt hinter der Anhöhe, vom Haus aus kann man es gar nicht sehen. Der Förster wird natürlich jammern, aber ich kann doch nicht bankrott gehen, nur um zuzusehen, wie ein paar ‹Tierfreunde› ihre kleine Freude haben, oder? Glauben Sie, wir könnten einen Käufer dafür finden?»

«Zufällig kenne ich ein nationales Konsortium, das sich in dieser Gegend nach einem geeigneten Standort umsieht», sagte Heatherington langsam.

«Standort, wofür?»

«Einen Verbrauchergroßmarkt.»

Mark wurde bleich. «Sieht sich noch jemand um?»

«Vielleicht ein Elektronikhersteller. Und ein paar Bauherren für Spekulationsobjekte. Ich kann mich ja mal umhören, oder?» Da er sich eines Geschäftsabschlusses und der weiteren Zahlungsfähigkeit eines alten und geschätzten Kunden sicher war, wurde Heatherington mitteilsamer. «Sie haben doch nicht irgendwelche Erbinnen im Auge, oder?» lächelte er.

Mark Peacock hob eine Augenbraue. «Glauben Sie nicht, daß ich nicht schon daran gedacht habe», sagte er, «aber es fällt mir schwer, so kaltblütig zu sein, wenn es um die Erhaltung des Anwesens geht. Wenn mir jemand direkt über den Weg läuft, schön, aber ich weigere mich, als Glücksritter aufzutreten.» Nicht wie Basil, dachte er im stillen. Sieh dir mal an, was er nun hat, weil er glaubte, daß Mutter so reich war. Basil hat sich von dem Haus täuschen lassen, wie schon viele andere, Mark eingeschlossen. Aber er liebte es so sehr, daß er Jennifer Eames nicht mehr zu treffen gewillt war, bis er merkte, daß er sie wirklich über alles liebte und bereit war, alle Vernunft fahren zu lassen. Sie war ein tolles Mädchen, aber er konnte kaum von ihr verlangen, daß sie das alles auf sich nahm, ihn, seine Mutter, Basil und die Sorgen um das Haus. Außerdem glaubte er keinen Moment lang, daß sie ihn haben wollte. Wenn nur Mutter die Zügel locker ließe, dachte er. Wenn ich bloß stärker wäre und ihr sagen könnte, daß sie zur Hölle fahren soll.

«Nun, ich überlasse das dann Ihnen», sagte er im Aufstehen und streckte Heatherington die Hand hin. «Sobald Sie einen möglichen Käufer ausgemacht haben, sagen Sie mir Bescheid.»

Auf der Straße atmete Mark erst einmal tief durch. Es hatte geregnet, während er in der Bank gewesen war, und die gereinigte Luft tat ihm gut.

Auf dem Weg zu seinem Auto, sah er Jennifer Eames gegenüber aus der Apotheke kommen. Während er einen Moment lang wartete, um sie zu begrüßen, falls sie die Straße überqueren würde, sah er, wie sie in seine Richtung schaute und dann mit erhobenem Kopf weiterging.

Mark spürte, wie sich in ihm etwas zuschnürte. Er stieg in seinen Wagen. Basil Taubman sah ihn an und zog die Augenbrauen hoch. «Nun?»

Mark beobachtete, wie Jennifer in ihr Auto einstieg und wegfuhr. Er wollte den Wagen starten, verfehlte aber das Zündschloß. «Wir werden wahrscheinlich Fox Run verkaufen müssen», sagte er wütend. «Er will uns keine Zeit mehr geben. Wie es sich anhört, gibt es da mehrere Möglichkeiten, unter anderem ein Verbrauchergroßmarkt.»

«Mabel würde das nie zulassen», sagte Basil, der erschreckt die mögliche Szene vor seinem inneren Auge heraufbeschwor.

«Damit rechne ich auch», sagte Mark. «Wenn ich ihr darlege, daß dies die einzige Alternative ist, könnte sie dem Plan doch zustimmen und die verdammten Dokumente am Ende unterschreiben.»

«Wieviel Zeit bleibt uns?»

«Oh, Heatherington muß noch ein paar Hausaufgaben erledigen. Ich habe ihm jetzt gesagt, daß ich verkaufen will – bzw. ihm zu verstehen gegeben, daß ich gewillt bin. Also wird er wohl ein bis zwei Monate stillhalten. Darüberhinaus hegt seine Frau gesellschaftliche Ambitionen, und sie wollen es mit Mabel bestimmt nicht verscherzen. Sie meinen, sie könnten es mit ihr verscherzen.» Sein Lächeln war gequält. «Wir können die Dinge aufhalten, aber letztendlich...» Mark fiel in seinen Sitz zurück. «Du mußt sie überzeugen, Basil.»

«Ich werde mein möglichstes tun», sagte sein Stiefvater und lächelte. «Ich bin bekannt für meine kleinen Erfolge in der Vergangenheit.»

«Sieh nicht zurück in die Vergangenheit. Wir müssen uns über die Zukunft Gedanken machen», meinte Mark.

«Ins Schwarze getroffen, mein Lieber», pflichtete Basil bei. «Und wenn du mich jetzt wie versprochen am Bahnhof absetzt, werde ich tun, was in meiner Kraft steht, um die Rechnungen zu bezahlen. In Ordnung?»

Mark blickte ihn an. «In Ordnung. Danke.»

Basil zuckte mit den Schultern. «*De nada*. Ich möchte wie du, daß sich die Dinge gut entwickeln. Auch ich liebe das Haus – es ist mein Zuhause, bildlich und wörtlich. Ich habe dir das oft gesagt. Ich werde alles tun, um *Peacock Manor* zu halten. Du weißt das.»

«Ja, weiß ich.» Die Sentimentalitäten seines Stiefvaters wegen des Hauses grenzten manchmal schon ans Peinliche, aber er war froh um jede Unterstützung. Mark ließ den Wagen an und fuhr los, zuerst zum Bahnhof und dann zurück nach Hause. Waghalsig steuerte er auf die Brücke zu, schnitt einen Lastwagen, so daß dieser zu einer Vollbremsung genötigt war. Er raste viel zu schnell über die Brücke und mußte selbst heftig bremsen, um einem Touristenbus auszuweichen, der auf der anderen Straßenseite geparkt war.

Es wurde Zeit, Mutter nach Milchester zu fahren.

Er hätte wärmere Gefilde für sie vorgezogen.

«Zuerst wollen wir herausbekommen, wer der Vater von dem Kind war», sagte Luke zu Paddy, der sich Aufzeichnungen machte. «Wir sprechen zuerst mit ihrem Cousin und seinem Freund, dann mit ihren anderen Bekannten und werden versuchen, uns ein Bild von ihr zu machen.»

«Und die Zeitungen? Möchtest du, daß ich eine Pressemitteilung mache?»

Luke überlegte. «Sag ihnen, daß es zwischen diesem Mord und dem in Woodbury gewisse Parallelen gibt, aber geh nicht in Einzelheiten. Wie ich sie kenne, ist das alles, was sie brauchen. Ich möchte nichts aus der Hand geben.» Er sah Paddy an, der wieder seine eine Augenbraue hochzog.

«Nun, in beiden Fällen waren es Frauen, und beiden wurde die Kehle durchgeschnitten. Das sind gewiß Parallelen», sagte Paddy achselzuckend. «Aber du weißt ja, daß sie bei den spärlichen Informationen eine Art Jack-the-Ripper-Geschichte zusammenbasteln werden.»

«Vielleicht ist es genauso», sagte Luke finster.

«Ich dachte, du wolltest darüber nicht reden», erinnerte Paddy ihn.

«Ich nicht. Cyril auch nicht – wie du sicher bemerkt hast. Aber du hast recht, wir müssen das in Erwägung ziehen, ebenso die Möglichkeit, daß wir es mit einem Nachahmungsdelikt zu tun haben – genau deshalb kommt einige Laufarbeit auf uns zu. Wir müssen sehen, ob wir irgendwelche Verbindungen zwischen diesen Frauen herausfinden, oder ob wir sie separat betrachten und für jeden Mord ein individuelles Motiv finden. Falls es sich um ein Nachahmungsverbrechen handelt, wäre es nicht schlecht, wenn jeder der beiden Mörder glaubt, daß wir nach einem Psychopathen suchen. Das könnte sie einlullen und sorglos machen, was ihre Alibis und derartiges angeht. Andererseits, falls wir nach einem Psychopathen suchen, könnte es am Ende passieren, daß er sich wieder meldet. Das tun sie häufig.»

Paddy schauderte. «Du meinst, indem er wieder einen Mord begeht?»

Lucke nickte, machte ein grimmiges Gesicht und sagte: «Noch einen, und noch einen, und noch einen.»

Kapitel neun

Das Kunstgewerbezentrum Monkswell bestand aus einstöckigen Gebäuden mit Feldsteinmauern, knapp zweihundert Meter abseits der Hauptstraße. Ein großes hübsch gemaltes Schild kündigte die Abzweigung an, einen Kiesweg, der zu einem holprigen Parkplatz an der Rückseite der in Rechteck-Form angelegten Gebäude führte. Luke und Paddy stellten den Wagen ab und gingen einen gepflasterten Weg entlang, der durch einen Torbogen in der Mauer führte.

Die alten Kreuzgänge waren wunderschön restauriert worden. Der Innenhof war ganz mit Bodenplatten ausgelegt, das alte Mauerwerk hier und da von grünen und weißen Flechten bewachsen. Die geschmackvollen Spitzbögen, die die Arkadengänge überspannten, hatte man vollständig restauriert. Sie waren eingefaßt von gemeißelten Rosetten, und an jeder Ecke streckte ein kleiner Wasserspeier dem Teufel die Zunge heraus. Um den Springbrunnen in der Mitte standen einfache handgezimmerte Bänke, die die Kauflustigen oder auch die Besucher des kleinen Cafés, das an der Stelle der ursprünglichen Küche eingerichtet worden war, zum Sitzen einluden. Im Augenblick war der Brunnen ziemlich überflüssig, denn es hatte zu regnen begonnen, und die in die Höhe schießenden Tropfen wurden eins mit den herabfallenden. Das Regenwasser ergoß sich aus den Wasserspeiern in die kleinen Bekken darunter und ihr schadenfroher Ausdruck bekam durch die glitzernde Feuchtigkeit etwas Düsteres. Niemand saß auf den Bänken, und die Tauben (es gab deutliche Anzeichen für ihr Vorhandensein) hatten sich zur *Siesta* irgendwohin ins Trockene verzogen.

Überall innerhalb der alten Kreuzgänge des Klosters konnte man durch die hell erleuchteten Fenster in die verschiedenen Läden sehen. Der Strickladen zeigte dicke Pullis mit fröhlichen Motiven und Mustern, im *Amboß* gab es Schmiedeeisernes und Zinngegossenes, bei *Rosie-Posie* Seidenblumen, handgetauchte Kerzen im *Docht*, im *Webstuhl* handgewebte Schals und Kleider. Zusätzlich zu diesen Läden gab es noch andere, deren Besitzer einfach ihren Namen und ihr Kunsthandwerk an die Tür geschrieben hatten – ein Möbeltischler, der Pinienholzmöbel herstellte, einen Kunstglaser, eine Bildhauerin, einen Schuhmacher. Win Frenholm hatte ihren Laden *Töpferscheibe* genannt, und hinter dem kleinen Schaufenster stapelten sich seltsam geformte Gefäße und Teller.

Luke, der bei einigen der recht ausgefallenen Stücke schauderte, sah durch die Glasregale hindurch im Ladeninnern zwei ins Gespräch vertiefte Männer. Beide hielten sich an den Händen.

Der kleinere der beiden weinte – vermutlich handelte es sich bei ihm um den sensiblen Mr. Barry Treat. Der andere, ein grobschlächtiger Mann mit grauen Haaren in einem tonverschmierten Pullover, mußte Gordon Sinclair sein. Er redete heftig auf seinen Partner ein, wobei er die Augenbrauen finster zusammenzog.

Luke wandte sich zu Paddy. «Weißt du was, ich habe zuerst mal Lust auf eine Tasse Kaffee. Was hältst du davon?»

«Das ist immer ein guter Anfang», stimmte Paddy zu. Sie gingen zur Snackbar und betraten das dunstige, wohlriechende Lokal. Eine lange Theke mit Barhockern zog sich an der einen Seite lang, ganz im amerikanischen Stil, den übrigen Raum nahmen fünf runde Tische ein, mit karierten Plastiktischdecken und in der Mitte eine kleine Vase mit künstlichen Blumen (ein Gruß von *Rosie-Posie*?). Lukes Nase sagte ihm, daß in dem Lokal gebacken wurde, was die Pasteten und Kuchen, die auf der Theke unter einer Glasglocke lagen, bestätigten. Offensichtlich war am Morgen Speck gebraten worden. Auch der Kaffee roch frisch gebrüht. Kurz gesagt, es gab hier etwas Besonderes – nicht wie üblich Tee von der Warmhalteplatte und pappige Rosinenbrötchen. Drei Frauen, die im hinteren Teil vor ihren leeren Tassen saßen und miteinander plauderten, blickten auf und sahen sich dann gegenseitig an. Luke grüßte mit einem Nicken und ließ sich mit Paddy an der Theke nieder. Der Mann trat hinter der Kaffeemaschine hervor, kahlköpfig, wirkte trotz seiner Tätowierung, die am Rande seines kurzärmeligen T-Shirts hervorlugte, ausgesprochen freundlich, und nahm ihre Bestellung auf.

«Zwei Kaffee, bitte, mit Milch. Ein bißchen weit im Landesinneren, oder?» fragte Paddy.

Der Mann grinste und zeigte seine altmodischen falschen Zähne, die ungefähr das Schlimmste waren, was man an falschen Zähnen tragen konnte, und ließ den Kaffee aus der großen Maschine rinnen, auf der sich sein strahlendes Grinsen spiegelte. «Das kann man wohl sagen», stimmte er gutmütig zu.

«Auf die Handelsmarine», sagte Luke anerkennend und prostete dem Tätowierten mit der Kaffeetasse zu.

«Jawohl. Ein kleiner Imbiß dazu?» fragte der Mann.

«Nein, vielen Dank», sagte Luke.

«Der Kuchen sieht lecker aus», meinte Paddy. «Ich nehme ein Stück.»

«Hab ich selbst gemacht, heute morgen.» Der Mann schnitt ein dickes Stück aus dem mit Zuckerguß bedeckten Apfelkuchen und bot es Paddy mit großer, schnörkelhafter Geste an. «Es wird Ihnen ganz bestimmt schmecken. Holländisches Rezept. Das gibt Ihnen Kraft für einen Tag wie diesen.» Er sah sie nachdenklich an. «Sie sind hergekommen, um die beiden in der Töpferei zu verhören, stimmt doch, oder?» sagte er nach einer kurzen Pause.

«Was hat uns denn verraten», fragte Luke.

«Die Augen», sagte der Mann und lehnte sich über die Theke. «Ein Polizist hat niemals einen ruhigen Blick. Immer am Beobachten, wie ihr. Es könnte ja sein, daß jemand einen Streit vom Zaun bricht. Eine schlimme Ansicht über das Leben, die Sie da mit sich herumschleppen, meine Herren. Sehr zynisch. – Schade um das Mädchen.»

«Kannten Sie sie?»

«Ich kenn sie alle», sagte der Mann. Er hob seine Stimme etwas an. «Die Polizei ist da, meine Damen – wegen Win.»

«Verdammt», murmelte Luke in seine Tasse. Er drehte sich um und schenkte den Damen ein breites strahlendes Lächeln, ohne es erwidert zu bekommen. «Tag zusammen», sagte er, dann gab er sich im Geiste einen Tritt dafür, weil er wie ein Staubsaugervertreter geklungen hatte. Er konnte hören, wie sich Paddy, über seinen

Kuchen gebeugt, lustig machte. «Halt die Klappe», murrte er, und gab seinem Lächeln etwas mehr Feuer. «Haben Sie was dagegen, wenn ich mich zu Ihnen setze?»

Die drei Frauen waren von ihrem Äußeren her ziemlich verschieden. Eine von ihnen war groß, kantig und weißhaarig, die andere klein, dunkel und mollig, die dritte eine echte Schönheit, mit Haar wie auf einem Gemälde von Tizian.

«Ich denke doch», sagte die Ältere. Ihre Augen waren gerötet, als ob sie vor kurzer Zeit erst geweint hatte. «Sam, könnten wir bitte noch etwas Kaffee haben?»

«Schon unterwegs», sagte der Kahlkopf.

Luke setzte sich zu ihnen an den Tisch. «Ich bin Chief Inspector Abbott.»

«Abbott vom Yard?» fragte die Rothaarige.

«Nein, Abbott vom Regional Crime Squard», lächelte er. «Ich gebe zu, das klingt nicht so toll. Arbeiten Sie alle hier im Zentrum?»

«Wir arbeiten im Strickladen», sagte die mit dem roten Schopf und zeigte auf ihre dunkelhaarige Partnerin. «Mary Straker. Ich bin Annabel Leigh. Und das hier, Hannah Putnam, ist die Porträtbildhauerin.»

«Ich habe einige Ihrer Arbeiten im Vorbeigehen gesehen, Miss Putnam. Mir gefiel die kleine schwarze Figur, die ganz hinten stand, am besten.»

Hannah Putnams strenge Gesichtszüge wurden freundlicher. «Old Tom?» fragte sie. «Der einzige, der es wert ist, ausgestellt zu werden. Vielen Dank.»

«Im Sommer gestaltet Hannah Kinderköpfe, um davon leben zu können, wenn sie im Winter ihre eigenen Sachen macht», sagte Annabel von sich aus. «So arbeiten die meisten von uns. Zu Weihnachten haben wir immer einen kleinen Aufschwung im Geschäft, aber unsere Hauptverkaufszeit ist im Sommer. Wie Sie sehen, ist es jetzt ziemlich ruhig hier.»

«Das wird nicht lange dauern», sagte Paddy, der mit seinem Kaffee herüberkam. «Soweit mir bekannt ist, kommt eure hiesige Zeitung am Nachmittag heraus. Danach kann hier einiges los sein.»

«Sie meinen Neugierige?» fragte Hannah voller Abscheu.

«Ganz so schlecht ist das ja nicht», sagte Luke locker und lehnte sich zurück. «Die lassen bestimmt auch ein bißchen Geld hier.»

«Keine Publicity ist schlechte Publicity», warf Sam ein, der hinter der Theke stand.

Hannah Putnam drehte sich auf ihrem Stuhl und fixierte ihn. «Das ist nicht gerade sehr geschmackvoll, Sam Ashfort.»

Sam Ashfort ließ sich nicht beeindrucken. «Aber wahr. Ray Moss sagte mir heute morgen, daß er ein paar alte Zeichnungen hat, die er mal von ihr gemacht hatte – er wollte sie einrahmen und dann verkaufen. Du hast auch einen Kopf von ihr, Hannah, ich weiß es. Könntest ihn jetzt für einen guten Preis verkaufen.» Er wußte, daß sie das ablehnen würden, und schlug einen etwas zurückhaltenderen Ton an. «Schaut, mit uns geht es doch den Bach hinunter, auch wenn es keine von euch zugeben möchte. Sie hat nicht viel für uns getan, als sie noch am Leben war, weiß Gott. Jetzt, da sie tot ist, könnt ihr sie ruhig etwas Gutes tun lassen.»

Luke ließ sich nicht beirren. «Der Name Ray Moss ist mir an keinem der Läden aufgefallen. Ist er einer von hier?»

«Er ist Lithograph und Drucker. Sie finden sein Atelier in einer langen Scheune neben dem Klostergemäuer. Ich glaube, es war einmal der Kornspeicher. Die meisten von uns haben einige seiner Arbeiten in ihren Geschäften. Wir verkaufen sie für ihn gegen eine kleine Kommission. Es stört ihn nicht, wenn jemand ihm bei der Arbeit zusieht, das ist eine der Bedingungen unter denen man uns diese Räumlichkeiten vermietet, aber er haßt es, unmittelbar mit den Kunden in Kontakt zu kommen.» Etwas in Annabel Leighs Stimme machte Luke neugierig.

«Ist er gut?»

«Er leistet hervorragende Arbeit», betonte Hannah Putnam. «Er lebt nur für seine Arbeit. Als Künstler ist er für uns alle ein Vorbild.» Sie hielt inne. «Als Mensch –»

Mary Straker beugte sich nach vorne, um zum erstenmal etwas zu sagen. «Er ist riesengroß, und wenn er ißt, bleibt immer was in seinen Mundwinkeln hängen. Er ist widerlich.» Sie blickte etwas verwirrt über ihre eigene Kühnheit drein, lehnte sich wieder zurück und faßte mit beiden Händen nach ihrer Tasse.

«Ich verstehe. Sie sagen, er hat ein paar Zeichnungen von Win Frenholm?»

«Von Zeit zu Zeit stand sie für manchen von uns Modell», erklärte Hannah. «Wie Sam schon sagte, ich habe eine Büste von ihr angefertigt. Auch eine Ganzkörperstudie. Sie hatte einen wundervollen Körper, perfekte Proportionen, und sie konnte lange still stehen. Heutzutage haben doch die meisten nervöse Zuckungen. Das an sich ist schon eine Kunst, ganz ruhig zu sein. Sie konnte das.»

«Aber niemand mochte sie.» Hannah Putnam sah ihn einen Moment lang fest an.

«Vermutlich werden Sie das im Laufe der Zeit sowieso herausfinden, und ich sehe keinen Grund, das zu verbergen. Nein, ich mochte sie auch nicht. Ich liebte sie, was sie nie erwiderte. Sie besaß jene Grausamkeit, die gelegentlich mit großer Schönheit einhergeht. Sie hatte viele Männer, denn sie waren ständig hinter ihr her, und es machte ihr Spaß zu sehen, wie sie ihr zu Füßen lagen. Sie haßte Männer, aber das hieß nicht, daß sie Frauen liebte. Nur sich selbst.» Hannah Putnam sagte das alles mit großer Würde. Luke hatte Mitleid mit ihr und war von ihrer Aufrichtigkeit beeindruckt. Sie entschuldigte sich für nichts und täuschte auch nichts vor. Trotz ihres Alters besaß sie eine herbe, verhaltene Schönheit. Sie war schlank und einfach gekleidet, mit einem Sweater und einer Hose. Sie sah ihn an, während Annabel Leigh ihre Hand auf die ihre legte und sich mit großer Zurückhaltung einschaltete.

«Win Frenholm war ein Flittchen, und es lassen sich hier draußen einige suspekte Gestalten finden, fürchte ich. Ich wünsche Ihnen Glück, Inspector. In dem Jahr, als wir hierherkamen, versuchte sie es bei meinem Mann und bei dem von Mary. Ich hätte sie mit Vergnügen auch selber töten können. Ich war's aber nicht. Wir hatten hier eine Party, gestern nacht. Die meisten von uns waren da. Auch Win. Es war so eine Art Abschlußparty zum Ende der Saison, wo es noch mal so richtig rund gehen sollte. Sie mischte sich unter die Leute, verschwand und kam wieder, mischte sich erneut unter die Leute, verschwand wieder, kam wieder zurück, um dann endgültig zu gehen. So war sie. Vielleicht kann Ihnen der Mann, den sie zuletzt verführte, sagen, was Sie in Erfahrung bringen möchten. Wir können es nicht.»

«Verstehe», sagte Luke. «Trotzdem, vielen Dank für Ihre Offenheit.» Er stand auf. «Wenn Sie so freundlich wären, Sergeant Smith alle Einzelheiten von gestern abend zu berichten, an die Sie sich noch erinnern können. Ich werde mich derweil ein bißchen mit Mr. Moss unterhalten.»

Er ließ Paddy, der seinen Notizblock herausnahm, zurück und trat wieder hinaus in die schattige Kühle der Kreuzgänge. Er ging den Steinweg entlang, bis zur *Getreidemühle*. Die große Doppeltür stand offen, und er trat in den scharfen Geruch von Säuren, Chemikalien, Tinten und heißgelaufenen Maschinen. Vermutlich gehörte das alles zum lithographischen Verfahren. Der langgestreckte, höhlenartige Raum schien auf den ersten Blick leer. Dann aber sah er einen breiten Rücken, der sich am entgegengesetzten Ende über eine Werkbank beugte. «Mr. Moss?»

Die Gestalt richtete sich ruckartig auf und drehte sich um. Im grellen Licht der Deckenbeleuchtung ähnelte Ray Moss einem schlechtgelaunten Bären, der zu früh aus seinem Winterschlaf geschreckt wurde. Dickes, glattes Haar hing in sein bärtiges Gesicht, und dunkle Augen bohrten sich durch die Strähnen, um den Eindringling ins Visier zu nehmen. «Ja?»

Luke zeigte seine Erkennungsmarke. «Ich bin Chief Inspector Abbott. Ich leite die Untersuchungen über den Tod von Win Frenholm. Ich weiß, Sie kannten sie. Können Sie mir etwas über sie erzählen?»

Moss schnaubte. «Ich könnte Ihnen sagen, wo sie überall Muttermale hatte, wenn Sie das meinen. Sie war eine dürre Schlampe, aber was sie an Fleisch hatte, war Güteklasse eins.»

«Das war nicht ganz das, was ich meinte.» Luke war überrascht, daß er sich über die grobe Antwort von Moss ärgerte. Er selbst war auch nicht von zart besaiteter Natur, aber der üble Geruch und die Ausstrahlung dieses Mannes waren irgendwie schockierend. Er schien überhaupt keine geistig-spirituelle Dimension zu kennen, sondern lediglich wie ein Tier zu existieren. Und dennoch... Luke ging weiter und sah ein paar Exemplare an den Wänden, die vermutlich Arbeiten dieses Mannes waren, und war gleichermaßen verwirrt. An Stelle ausgesprochener Pornographie oder fetter Farbgraphiken handelte es sich dabei um die feinsten Blumenstudien, Stilleben von Hecken, Farnen, kleinen Tieren, Flußlandschaften, Vögeln. «Ich meine, was für ein Mensch war sie, und ob Sie gestern abend mit ihr gesprochen haben. Ich hörte etwas von einer Party hier.»

«Ich war nicht auf dieser verdammten Party. Ich habe gearbeitet, und ich arbeite auch jetzt», sagte er betont.

Luke blickte auf die Werkbank und sah etwa ein Dutzend Zeichnungen im gleichen zarten Stil wie die an der Wand. Die Ähnlichkeit mit der Toten, die er vor ein paar Stunden gesehen hatte, war unschwer zu erkennen. «Verstehe. Sie fixieren sie gerade, um sie zu verkaufen, oder?»

«Und wenn?» In der Stimme von Moss lag etwas Drohendes.

Abbott zuckte mit den Schultern. «Ich hätte gedacht, sie würden sie vielleicht behalten wollen. Zur Erinnerung...»

«Wenn ich wollte, könnte ich mich erinnern. Ich habe kein Alibi, wenn es das ist, was sie suchen. Ich war alleine hier, bis nach Mitternacht, dann ging ich nach oben, zu Bett.» Er zeigte auf eine einfache, fast leiterartige Treppe, die durch ein Loch in der Holzdecke nach oben führte. «Ich habe ein Bett hier, auf dem Dachboden. Ich darf das eigentlich nicht, aber niemand beschwert sich. Kommt billiger, als noch etwas zum Schlafen zu mieten. Ich will nur meine Arbeit, was nützt mir also irgendeine gottverdammte Wohnung oder ein Haus?»

«Gar nichts, wahrscheinlich», sagte Luke ruhig. Schon allein die physische Gegenwart dieses Mannes war eine Art Bedrohung, und es überraschte ihn überhaupt nicht, daß Moss kaum eine seiner Arbeiten selbst verkaufte. Die Kunden wären erschrocken über ihn. «Ich hörte, sie soll mehrmals während der Party gegangen und gekommen sein. Kam sie während einer dieser Abwesenheiten bei Ihnen vorbei?»

Moss hielt ein scharfes Stanley-Messer in seiner riesigen Hand, um die Pappen für die Zeichnungen auszuschneiden. Er hielt in seiner Bewegung mit dem Messer inne, hob es von der Unterlage auf und schnitt dann feinfühlig weiter. Nein», sagte Moss.

«Sind Sie si-»

«Ich sagte nein.»

Und Sie lügen, dachte Luke im stillen. Er sah sich einige der Zeichnungen an, die bereits fixiert und mit einer durchsichtigen Schutzfolie überzogen waren. «Wieviel verlangen Sie für diese hier?» fragte er und deutete auf eine schlichte Aktstudie von Win Frenholm. Sie saß zu Dreiviertel abgewandt mit den Knien vor ihrer Brust, während das Licht auf die feine Krümmung ihrer Wirbelsäule und auf die weichen Schatten ihres Rückens fiel.

Ihr Kopf war dem Betrachter zugewandt, und obwohl diese Pose nichts Sexuelles ausstrahlte, lag etwas Herausforderndes in ihrem Gesichtsausdruck, dem sich nur wenige Männer widersetzen könnten. Ihr langes Haar war hochgesteckt, aber einige Strähnen hingen lose über ihren Hals und ihre Schultern herab. Es war eine ganz hervorragende Studie.

«Fünfzig Pfund», sagte Moss barsch.

«Nehmen Sie auch einen Scheck an?»

Moss drehte sich um und betrachtete ihn mit einer gewissen Neugier. «Sie wollen es wirklich?»

«Es ist sehr schön», sagte Luke wahrheitsgemäß. «Ich habe in meiner Wohnung einen guten Platz dafür, wo die Nachmittagssonne es genau im richtigen Winkel trifft. Ja, ich hätte es gern.»

Moss schien etwas aus der Fassung geraten zu sein und sah weg. «Weshalb?»

«Ich glaube, es könnte mich daran erinnern, warum ich ursprünglich Polizist geworden bin», sagte Luke einfach. «Sie war am Leben – jetzt ist sie tot. Man hat ihr das Leben genommen, und das ist nicht richtig, ganz gleich, wer sie war. Und das sollte bestraft werden.»

Moss dachte darüber nach. «Was ist nachts? Woher kommt das Licht in der Nacht?»

«Ich habe eine chinesische Lampe, sie ist ziemlich niedrig und steht links davon», sagte Luke abwartend.

«Das mit dem Scheck geht in Ordnung.» Moss ging beiseite, als ob er beim Ausstellen nicht zusehen wollte. «Legen Sie ihn einfach oben auf das Regal.»

«Sie war doch hier, oder?» sagte Luke, während er schrieb. Moss gab ein Geräusch von sich, halb schnaubend, halb knurrend. Er stand immer noch mit dem Rücken zu ihm.

«Sie kam. Ich hatte meinen Spaß mit ihr. Dann ging sie wieder. So war sie. Sie... ließ mich ran, wenn ihr danach war, oder sie sich langweilte. Manchmal lachte sie mich aus, sagte, daß ich stinke, abstoßend sei. Es machte mir nichts aus, was sie sagte, solange ich sie anfassen durfte. Sie war... perfekt. Zentimeter für Zentimeter. Perfekt wie eine Blume.»

Luke zog den Scheck heraus und legte ihn sorgsam auf das Regal über der Werkbank. Er nahm die Zeichnung. «Wann ist sie gekommen? Wann ist sie wieder gegangen?»

«Sie kam etwa um sieben und ging vor acht. Wahrscheinlich zurück zur Party. Ich konnte den Lärm hören.»

«Und Sie selbst sind dort nicht hingegangen?»

«Mit den meisten will ich meine Zeit nicht verschwenden, nichts als ein Haufen Pupskünstler. Insgesamt gibt es hier vielleicht drei Künstler, das ist auch schon alles. Leute, die ihre Arbeit wirklich ernst nehmen, die nicht nur darauf schielen, im Trend zu liegen, danach, was sich gerade gut verkaufen läßt.»

«Künstler müssen auch überleben.»

«Nur um zu arbeiten», lautete die zornige Antwort. Moss kehrte ihm immer noch den Rücken zu. «Noch Fragen?»

«Momentan nicht, nein. Vielleicht komme ich wieder.»

«Oh, Sie können jederzeit hereinschauen», grollte Moss, nun wieder höflicher. «Ich gehe nirgendwohin.»

Abbott traf Paddy Smith auf dem Rückweg ins Café. «Nun?» fragte Paddy.

«Sie war von sieben bis acht bei ihm.» Abbott hielt das Bild hoch und neigte es etwas, damit sich das fahle Licht des verregneten Nachmittags nicht in der Schutzfolie spiegelte. «Er ist doppelt so groß wie ich, hat keine Begabung zu reden, ist wild behaart und grummelt wie ein Bär. Sie lachte ihn aus, beleidigte ihn, gesellte sich zu ihm – und spielte ihre Version vom Märchen mit der Prinzessin und dem Monster. So jedenfalls fühlte er sich mit ihr.» Er drehte die Zeichnung so, daß Paddy sie sehen konnte.

Paddy pfiff leise. «Armer Kerl.»

Luke nickte. «Höchste Zeit für einen Besuch beim trauernden Cousin, glaube ich.»

Kapitel zehn

Erst durch unablässiges Trommeln gegen die Tür der *Töpferscheibe* gelang es schließlich, Gordon Sinclair aus dem Hinterzimmer des Ladens zu bewegen. Mit finsterem Blick öffnete er die Tür einen Spalt. «Wir haben heute geschlossen», sagte er.

Abbott holte seine Dienstmarke heraus. «Es tut mir leid, aber ich fürchte, es muß sein.»

«Kann das denn nicht bis morgen warten?» wollte Sinclair wissen.

«Ich fürchte, nein.» Luke lächelte und sah ihn erwartungsvoll an.

«Verflixter Bolschewik», brummte Sinclair und löste die Sicherheitskette. Er ließ sie eintreten und machte hinter ihnen die Kette wieder vor. Zur Sicherheit zog er auch noch die Jalousie herunter. Dann drehte er sich zu ihnen um. «Kommen Sie nach hinten. Wir arbeiten gerade.»

Die frischen Spritzer auf seinem Arbeitskittel hatten ihnen das schon verraten. Sie folgten ihm an den Ausstellungsvitrinen vorbei, und zufällig fiel Paddys Blick auf ein Preisschild, wobei er fast gestolpert wäre. Einhundertundfünfzehn Pfund für einen Lampenfuß? Für einen limonengrünen und purpurnen Lampenfuß? Mit... irgendwelchem aufgeklebten Zeug? Oder war es eine Art Pilzbefall? Die Ähnlichkeit mit Pilzen war jedenfalls erheblich, und wie es schien, sogar mit Giftpilzen.

Er hatte Kunstverstand, auch wenn er sich selten sicher war, was ihm gefiel. Aber er wußte genau, was ihm nicht gefiel, und dieses Stück gehörte genau in diese Kategorie.

Durch die Vorhänge im hinteren Teil gelangten sie zu einem Werkraum mit drei Töpferdrehscheiben. Die Regale zum Trocknen der Töpferware nahmen eine Menge Platz ein, und ein riesiger Brennofen besetzte fast die gesamte Rückwand. Abflußbecken und Werktische vervollständigten das Bild einer, wenn auch kleinen, Töpferei.

Eine kleine schmuddelige Gestalt saß an einer der mächtigen Drehscheiben und fummelte niedergeschlagen an einem Topf herum. Paddy seufzte, um seinem unbehaglichen Gefühl Luft zu machen.

«Polizei, mein Lieber», sagte Gordon Sinclair, während er zu Barry Treat hinüberging und ihm aufmunternd die Hand auf die Schulter legte. «Reiß dich zusammen.»

«O Gott», sagte Barry und fegte mit einer dramatischen Geste den Topf von der Drehscheibe. «O GOTT!»

Paddy, der an einem Arbeitstisch lehnte, atmete tief durch. Er war mit J. Alfred Prufrock einer Meinung: Besser ein heruntergekommener Krebs, der sich am Meeresgrund herumdrückt, als ein überarbeiteter Bulle, der mit einem schmachtenden Schwulenpärchen über einen Mord sprechen muß. Schließlich war ein Interview mit Mr. Treat kein Interview im gewöhnlichen Sinne.

Luke ignorierte die melodramatische Szene und lächelte die beiden Männer an. Treats Miene hellte sich leicht auf. Sinclair blickte nach wie vor finster drein. Luke konzentrierte sich auf Mr. Treat.

«Es tut mir leid, daß ich gerade zu diesem Zeitpunkt eindringen muß, aber ich bin überzeugt, daß Sie ebenso wie wir darum bemüht sind, den Mörder Ihrer Cousine zu fassen, Mr. Treat.»

«Natürlich ist er das», redete Sinclair ungeduldig dazwischen.

«Auch wenn es sehr schwierig sein wird, wäre ich Ihnen dankbar, wenn Sie die Ereignisse der vergangenen Nacht und von heute morgen noch einmal mit mir durchgehen könnten.»

«Ist das denn wirklich nötig?» unterbrach Sinclair. «Er hat doch schon eine Aussage bei der Polizei gemacht, das ist doch sicher ausreichend für Sie, um Ihre Ermittlungen fortzuführen?»

Luke behielt sein Lächeln. «Ach, ja? Aber das war lediglich die hiesige Polizei, die ihre Sache zwar gut macht, aber, was die Aufklärung eines Mordes betrifft, doch nicht ganz so erfahren ist.»

«Und Sie sind es?»

«Ja, ein makabrer Zeitvertreib, aber er liegt mir.»

Paddy drehte sich um, damit man sein grinsendes Gesicht nicht sehen konnte. Luke fand sich in seiner Rolle immer besser zurecht – ohne sich dabei über sie lustig zu machen, eine Kunst, die Paddy niemals beherrschte. Seine Methode war, offen und unverhohlen vorzugehen. Luke war wie ein Chamäleon.

«In Ordnung», sagte Barry Treat. «Nein Gordon, reg dich nicht auf, mir geht es gut. Wenn es weiterhilft, werde ich tun, was ich kann. Immerhin war sie meine … sehr geliebte Cousine.» Er stieß einen tiefer Seufzer aus und nahm sich zusammen. «Was möchten Sie wissen?»

Luke zog einen Stuhl heran, ließ sich elegant nieder und zog mit einer ausholenden Bewegung sein Notizbuch hervor. Sinclair, etwas hochnäsig, ging schmollend an einen Arbeitstisch und fing an, Ton zu schlagen.

«Ich vermute, Miss Frenholm lebte bei Ihnen.»

«Wir teilten uns ein Haus, ja. Aber wir teilten es so auf, daß wir praktisch zwei Wohnungen hatten, obwohl das nicht ganz richtig ist – Sie verstehen was ich meine. Gordon und ich bewohnten die oberen Zimmer, Win wohnte unten. Die Küche und so weiter teilten wir uns. Es klappte ganz gut.»

«Einigermaßen», maulte Sinclair.

Treat sah ihn an und wandte sich dann wieder Luke zu.

«Gordon war nur etwas eifersüchtig auf meine Freundschaft mit Win», vertraute er ihm an. «Aber immerhin war sie meine einzige Verwandte. Ihre Eltern nahmen mich zu sich, als meine Eltern starben, und als ihre dahinschieden, paßte sie auf mich auf. Wir haben zusammen die Kunstschule besucht und für unseren Abschluß in der gleichen gräßlichen Porzellanfabrik gearbeitet, und so ging es weiter. Dann habe ich Gordon kennengelernt, und wir hatten die Möglichkeit, hierherzugehen. Selbstverständlich kam Win mit mir.»

«Selbstverständlich», knurrte Sinclair.

«Gordon, du hast nie gesagt, daß es dich störte», protestierte Barry Treat. Sinclair sagte nichts, sondern schlug weiter seinen Ton auf die Tischplatte. «Egal, jedenfalls sind wir hierher gekommen. Win besaß Charme und war ein großer Gewinn, als es darum ging, unsere Sachen zu verkaufen.»

Sinclair schnaubte und ließ den Ton mit einem lauten Knall auf den Tisch fallen. «Sie war eine Hure, Barry, die es mit allen trieb, du weißt das genau. Sie verschwenden bloß Ihre Zeit, Inspector, wenn er Ihnen Märchen auftischt. Ich sage Ihnen, was Sie wissen wollen. Wir lebten im gleichen Haus, gut, aber sie war selten da, denn sie trieb sich heftig in anderen Betten herum. Ich fürchte, wir können Ihnen nicht sagen, wer ihre Spielgefährten waren. Daß sie vergangene Nacht mit uns nach Hause ging, war ausgesprochen selten – vermutlich war sie hundemüde, nachdem sie sich mit Moss und Graham und mit wem auch immer amüsiert hatte. Auf diese Weise steuerte sie zum Gemeinschaftsgefühl bei.» Sinclairs Stimme triefte förmlich vor Gehässigkeit.

«Graham?» fragte Luke nach. «Etwa Graham Moyle, der Glaser?»

«Ja, er kam bei ihr regelmäßig zum Zuge. Und dann gab es da noch einen ausgeliehenen Ehegatten, oder auch sechs. Wenn Win zur Sache kam, war sie unersättlich. Mein Gott, sie hat es sogar einmal bei mir versucht.»

«Was?!?» kreischte Barry Treat.

«Oh, reg dich nicht auf», sagte Sinclair, für einen Moment sanftmütig. «Ich habe sie nur ausgelacht. Ach, es war lächerlich, sie war... nicht normal. Sie war einfach eine sexbesessene Hure, der es Spaß machte, mit den Männern herumzuspielen. Sie war immer auf den Superfick aus, wie man so sagt. Aber was da bei der Party für sie auch gelaufen sein mag, war wohl nicht genug, denn kaum war sie zu Hause, hing sie auch schon am Telefon. Ich hörte das Klingelzeichen, als sie den Hörer auflegte. Zehn Minuten später ging sie weg.»

«Um welche Zeit war das?»

Sinclair überlegte. «Etwa gegen Mitternacht.»

«Keine sehr lange Party demnach?»

«Vielleicht schon, aber wir sind ungefähr um halb zwölf gegangen. Wir sind keine Nachteulen», sagte Sinclair.

«Allerdings war ich überrascht, daß Win mit uns ging. Sie benahm sich ein wenig eigenartig. Sie kam zwar während der Party mit immer neuen Männern an, aber da war noch etwas mehr. Sie war sehr ungestüm, verstehen Sie? Mir fiel auch auf, daß sie im Laufe des Abends mehrmals das Telefon benutzte. Ich glaube, als sie nach Hause kam, erreichte sie endlich denjenigen, den sie erreichen wollte. Vielleicht war es sogar ihr Mörder. Vielleicht wußte sie, daß sie sterben würde, und sie trieb es deshalb so toll.» Er schnitt eine Grimasse. «Ich denke, da schoß sie ein bißchen über das Ziel hinaus, selbst in meinen Augen. Aber sie war nicht so wie immer, und es war wirklich nicht zum Lachen.»

«Sie war schwanger», sagte Luke. «Hat sie Ihnen davon erzählt?»

«Schwanger? Win? Sie hat niemals...» hob Sinclair etwas überrascht an, während Barry nach Luft schnappte.

«Sie meinen, daß da noch ein Baby war? Daß auch ein Baby starb? Ein winziges Leben in ihrem Leib... mein Gott, wie grausam. Wir hätten eine kleine Familie haben können, Gordon, ein kleines Baby zum Liebhaben...»

Das war nun selbst für Luke zuviel. «Sie hatte offensichtlich vor, es abtreiben zu lassen», sagte er barsch. «Wir glauben, daß sie in der letzten Nacht den Vater treffen wollte, um mit ihm über Alimente zu reden. Haben Sie eine Ahnung, um wen es sich gehandelt haben könnte?»

«Nein», sagte Gordon und sah Barry an, der nun wegen einer neuerlichen Gefühlswandlung zitterte – vereitelte Mutterschaft. «Gut, gibt es noch etwas?»

«Ich fürchte, ja», sagte Luke. «Soweit mir bekannt ist, fand Mr. Treat heute morgen die Leiche.»

«O Gott!» schrie Barry. «Ich will nicht mehr daran denken.»

«Sie sind allein den Weg in die Stadt gegangen...» bohrte Luke weiter. Gordon sah ihn mit einem gemeinen Blick an und nahm Barry in den Arm. «Weshalb?»

«Zum... Milchholen», schluckte Barry. «Wir hatten vergessen, die Kanne für den Milchmann herauszustellen, und wir hatten keine Milch mehr im Haus. Unten an der Brücke, wenn man vom Treidelpfad kommt, ist gleich ein kleiner Laden. Ich bin losgegangen, weil Gordon noch nicht wach war. Ich wollte... ihm den Tee machen. Und da sah ich ihren Stiefel... und... dann ihr Bein. Zuerst dachte ich, sie liegt mit irgend jemandem im Gebüsch – Sie verstehen schon. Aber ihr Fuß bewegte sich nicht. Als ich näher herankam, sah ich das Blut... und rannte davon. Ich habe mich nicht mehr umgedreht, ich rannte einfach zum Milchgeschäft und ließ die Polizei rufen. Als sie kamen, mußte ich noch einmal mit ihnen zurückgehen, es war Win... Ich hatte ihnen gesagt, daß ich glaubte, es wäre Win, und es war Win. Es war Win... und sie war...» Er gab eine Art Glucksen von sich und wurde kreidebleich. Sinclair hielt ihn fest, aus Angst, er könnte umkippen.

«Um Himmel willen, was brauchen Sie denn noch?» krächzte er.

«Wem gehört dieser Laden?»

«Mir», sagte Sinclair. «Mir gehört das Haus, der Laden, alles. Falls Sie an Erbgeschichten denken, schlagen Sie sich das aus dem Kopf. Barry hat nichts als Verdruß durch Win – wie immer. Aber das hört nun wenigstens auf, da diese Hure tot ist. Ich hätte sie umbringen können, aber nicht Barry.

Er hielt sie für wundervoll.»

Sie ließen sich aus der Töpferei geleiten, Paddy voller Erleichterung, Luke voller Resignation. «Mit zweien ist es bereits zu Ende, die anderen haben es noch vor sich», sagte er. «Wir haben zwei Opfer – eine sensible treusorgende Frau mit Familie, und eine männerverschlingende Nutte. Wo ist die Verbindung, Paddy? Was zum Teufel hatten die beiden gemeinsam?»

«Beide trafen zur falschen Zeit mit dem falschen Mann zusammen», sagte Paddy trocken.

«Glaubst du?»

«Ich fürchte, ja», sagte Paddy. «Ich fürchte, wir jagen einem Psychopathen hinterher, der willkürlich Frauen umbringt. Und ich fürchte, er wird es wieder tun.»

«Ich bin noch immer nicht davon überzeugt. Meiner Meinung nach waren es keine willkürlichen Morde», sagte Luke grimmig und steuerte auf den Wagen zu.

Kapitel elf

Die physiotherapeutische Abteilung des Krankenhauses war zu warm und zu überfüllt. Aus den mit Vorhängen abgetrennten Kabinen, wo die Behandlungen durchgeführt wurden, drang angestrengtes Keuchen und Stöhnen. Ab und zu drang ein «Au» ans Ohr. Über dieser Geräuschkulisse lag, ähnlich neutral wie Kaufhausmusik, das Gesumme der kleinen Maschinen und ein rhythmisches Plätschern aus der Richtung des Hydrotherapie-Beckens.

Jennifer traf Frances in ihrem Büro, die sich gerade bemühte, Wachsflecken von ihren Schuhen abzukratzen. Jennifers «Hallo» erschreckte sie. Sie schwang auf ihrem Drehstuhl herum, der kippte und sie beinahe unter ihrem Schreibtisch ablud.

«Hast du einen Führerschein für dieses Vehikel?» lachte Jennifer, während sie einen Satz nach vorn machte, um ihre Freundin zu halten.

«Entzogen», sagte Frances, die sich mühselig aufrappelte. Sie beäugte den Stuhl und blieb zur Vorsicht stehen. «Was führt dich hierher?»

«Kays Wagen ist schon wieder in der Werkstatt, und ihr Mann liegt auf Station 6 und läßt sich endlich seine entzündeten Fußballen in Ordnung bringen, also habe ich sie hergefahren. Und ich wollte dich fragen, ob du heute zum Abendessen kommen magst. Ich brauche etwas moralische Unterstützung.»

Frances stützte sich auf Jennifers Schulter und zog den Schuh an, den sie vom Wachs saubergemacht hatte. «Warum? Nicht daß ich einen Grund bräuchte, um mich den Kochkünsten von Mrs. Louis hinzugeben, wenn ich dazu eingeladen werde.»

«Nun, ich würde sagen, weil deine Gegenwart so überaus angenehm ist, wirklich, auch wenn es in Wahrheit um Verstärkung geht. Die Polizei kommt zum Abendessen.»

«Wie bitte?»

«Ohne mein Wissen – oder das von Tante Clotilda – hat mein verrückter Onkel über die Jahre einen Briefwechsel mit Luke Abbott aufrechterhalten. Er half Luke Abbott wieder auf die Beine zu kommen, nachdem sein Vater abgehauen war, und seit dieser Zeit sind sie in Kontakt geblieben. Er rief Luke sofort an, als er erfuhr, daß er in der Stadt war, und lud beide heute zum Abendessen ein.»

«Beide?»

«Luke und seinen Sergeant – Paddy Smith.»

«Jetzt verstehe ich, warum du noch Verstärkung möchtest», grinste Frances. «Wetten, daß dein Onkel innerhalb von neun Minuten glatt jede blutige Einzelheit aus ihnen herauskriegt?»

«Keine Wetten», ertönte Kays Stimme ernst von der Tür herüber. «Meine Wette lautet, daß er mit Luke Abbott nur in Verbindung blieb, um einen Draht zu Scotland Yard zu haben, der alte Wichtigtuer. Er sagte immer, daß die Zeitungen nie die ganze Wahrheit berichteten.»

«Und dann hat er dich losgeschickt, um alle Einzelheiten in Erfahrung zu bringen, oder?» lachte Jennifer.

«Ich hab so meine Gewohnheiten», meinte Kay und erwiderte das Lächeln.

«Sie verfügt über einen wahren Geheimdienst aus Freunden und Verwandten, der über das ganze Land verteilt ist», sagte Jennifer zu Frances. «Was würdest du denn gerne wissen?»

«Wem gehört die kleine Hütte im Wald gegenüber dem Kunstgewerbezentrum?» fragte Frances prompt.

«Mr. Ebenezer, dem Schuhmacher», erwiderte Kay ebenso schnell. «Weshalb, trägst du dich etwa mit dem Gedanken, es zu kaufen?»

«Steht es zum Verkauf?»

«Ich frag ihn mal – und sag dir dann Bescheid», versprach Kay.

«Siehst du?» kicherte Jennifer. Dann wurde sie ernst. «Kay, kennst du Luke Abbott?»

«Sicher», sagte Kay, «was möchtest du über ihn wissen?»

«Was genau geschah mit seinem Vater?»

Kay stöhnte und lehnte sich an einen großen Aktenschrank.

«Ist mit irgendeinem Mädchen aus Milchester durchgebrannt, das hat seiner Frau das Herz gebrochen. Ich weiß, es ist eine altmodische Phrase, aber dein Onkel sagte, daß es in ihrem Falle tatsächlich so war. Sie bekam wirklich eine Herzerkrankung und starb nach etwa zwei Jahren. Luke war damals – laß mich nachdenken – ungefähr fünfzehn.»

«Das wußte ich nicht», sagte Jennifer und ließ ihre Gedanken zurückschweifen. Es mußte etwa die Zeit gewesen sein, als sie sehr in ihn verknallt war.

«Ja, ja, er gehörte nicht zu denen, die ihre Probleme offen zur Schau stellen, aber er kümmerte sich um sie während der ganzen Zeit ihrer Krankheit. Er verehrte sie wirklich sehr, so sehr, daß er ihren Tod kaum verkraftete. Er sollte in ein Fürsorgeheim, aber dein Onkel machte da nicht mit, sondern brachte ihn bei einer Familie unter. So konnte er immerhin seinen Schulabschluß machen. Anfangs war Luke ein ziemlich wilder Typ, aber als sich dein Onkel einschaltete, wurde er wieder ruhiger. Sie waren nahezu unzertrennlich, bis Luke an die Universität ging. Ich weiß, eine Zeit lang schrieben sie sich eifrig. Dann fing Luke bei der Polizei an, wurde befördert, heiratete, und seither weiß ich nicht viel mehr über ihn.»

«Luke Abbott ist verheiratet?» fiel Jennifer ein, wobei ihre Stimme leicht sehnsüchtig klang.

«Er war. Ich glaube, seine Frau starb vor ein paar Jahren», sagte Kay. «Warum? Wärst du interessiert?»

«Nein, natürlich nicht. Das heißt...»

«Ha, was ist denn hier los?» sagte Kay. Sie und Frances fixierten nun Jennifer mit Blicken, vor denen es kein Entkommen gab.

«Nichts», sagte Jennifer gelangweilt. «Ich habe nur gefragt.»

«Keine Frau ‹fragt nur› nach einem Mann», sagte Kay, als wußte sie es ganz genau.

«Ist er attraktiv, Jennifer?» fragte Frances.

«Nein. Ja. Nun...»

«Wenn er so aussieht wie damals, als er die Universität verließ, sieht er nicht übel aus», gestand Kay zu.

«Nun?» Frances ließ nicht locker.

Jennifer wurde schwach. «Er sieht nicht schlecht aus», gab sie zu.

«Das heißt also, daß ich mich mit dem anderen abgeben muß, nicht wahr? Wie sagtest du, war sein Name?» fragte Frances eher freudlos.

«Paddy Smith», sagte Jennifer.

«Mein Gott – klingt wie ein Ire», stöhnte Frances. «Entkomme ich denn nicht einmal hier diesen Teufeln?»

«Scheint ein verdammt idiotischer Zeitpunkt zu sein, um unter die Leute zu gehen, wo wir noch mit diesem Fall zu tun haben», brummte Paddy Luke an, während sie zu *High Hedges*, dem Haus der Mayberrys, hinauffuhren. Es war ein großes langgestrecktes Haus, aus goldgelbem Stein, wie er in der Gegend vorkam, stark mit Efeu bewachsen, mit Sprossenfenstern und einer Rasenfläche, die das Haus auf drei Seiten umgab. Ein kleines Schild mit der Aufschrift *Praxis* wies auf eine kleinere Tür neben dem Haupteingang. «Sehr hübsch, richtig *Country life*, und ich komme in meinem alten Tweedanzug her.»

«Die Mayberrys sind nicht so», sagte Luke, brachte den Wagen zum Stehen und sah zu den blitzsauberen Fenstern hinauf. «Dr. Wally ist für mich fast so etwas wie ein Vater. Er war verdammt gut zu mir – während meiner Jugend. Wenn es ihn nicht gegeben hätte, wäre ich jetzt nicht hier.»

«Glaubst du, er ist der Mörder?» fragte Paddy gequält.

«Nein – aber ich hätte es sein können. Oder ich hätte selbst im Gefängnis sitzen können, anstatt andere Leute dorthin zu bringen», sagte Luke ernst. «Ich glaube, das ist vielleicht auch der Grund für den Erfolg, den ich bisher hatte – im Herzen bin ich ein Gauner. Dr. Wally erkannte das und bekehrte mich. Wir sind zusammen angeln gegangen, haben viel miteinander gesprochen – wir standen uns sehr nahe. Dann, als ich zur Universität ging, haben wir uns allmählich aus den Augen verloren. Gut, ich habe mich weiterentwikkelt, denke ich. Bin erwachsen geworden. Zuletzt haben wir nur noch über unsere Weihnachtskarten den Kontakt gehalten, aber ich hatte immer das Gefühl, daß er immer für mich da ist, bereit für ein Gespräch am Flußufer. Leider ist es nicht diese Zuneigung, die mich zu ihm zurückführt, obwohl es eigentlich so sein sollte. Er ist ein bemerkenswerter Mensch.»

Aber der erste Anblick seines alten Mentors sagte Luke, daß auch hier eine Veränderung stattgefunden hatte. Einst aufrecht und voller Spontaneität und Energie, saß der alte Mann jetzt schwach und vornübergebeugt in seinem Rollstuhl am Kaminfeuer. Trotzdem, sein Blick war noch scharf und klar, als er Luke von oben bis unten musterte und dabei finster auf dessen Schnurrbart blickte.

«Gefällt mir nicht, die Rotzbremse», knurrte er.

«Ich werde mir überlegen, sie abzurasieren», sagte Luke.

«Nur Überlegungen – keine Versprechen?»

«Ich gehöre nicht zu der Sorte, die Versprechen gibt», lachte Luke.

«Gut, ich werde daran denken. Und wer ist das, den du da mitgebracht hast, der sich umsieht wie ein mißtrauischer Collie? Hier gibt es kein Gras und kein Koks, junger Mann.»

«Wie bitte, Sir?» fragte Paddy erschrocken.

Der alte Mann wandte sich an seine Frau. «Stimmt den der Ausdruck etwa nicht?»

«Onkel Wally, hör doch auf damit», ermahnte ihn Jennifer lächelnd. Sie freute sich, wie er mit Lukes Erscheinen auflebte. (Tatsächlich lebte auch sie ein bißchen durch Lukes Nähe auf.)

Luke stellte Paddy dem alten Mann vor. Jennifer übernahm die übrigen Formalitäten, wobei Frances betroffen dreinschaute und anfing, sich mit einem gleichermaßen unglücklich aussehenden Paddy neben dem Kamin zu unterhalten. Als Jennifer David Gregson bei den Drinks half, bemerkte sie, wie seine Hände zitterten. Sie beobachtete ihn einen Moment lang aus den Augenwinkeln, aber sein Gesicht war völlig ausdruckslos. Es befremdete sie ein wenig. Sie konnte verstehen, daß sich Frances und Paddy unbeholfen vorkamen, aber was in aller Welt konnte mit David los sein? Er bemerkte, wie sie ihn ansah und wurde rot.

«Habe ich Zahnpasta am Kinn oder was?» murrte er.

«Nein, natürlich nicht. Bist du in Ordnung?»

«Mir geht's gut», sagte er brüsk und wandte sich ab, um die Gläser anzubieten. Sie beobachtete ihn noch einen Moment, dann zuckte sie mit den Achseln und bemühte sich um die Gäste. Wenn er sie weiterhin ausschließen wollte, sollte er doch. Sie würde keine Zeit mehr für ihn verschwenden.

Einen Augenblick später kam strahlend Clotilda herein. «Das Essen wird gleich fertig sein, falls Mrs. Louis nicht vorher die Nerven verliert», sagte sie in die Runde und holte sich im Vorbeigehen einen Drink bei David ab. Er sah ihr nach, dann betrachtete er wieder intensiv die Bücherregale. Jennifer warf ihm einen tadelnden Blick zu, aber er schenkte dem keine Beachtung.

Clodie war ganz in ihrem Element. Dies war die erste Dinnerparty, an der sie teilnehmen konnte, seit der Krankheit von Wally, und sie war entschlossen, einen Erfolg daraus zu machen. Emsig kümmerte sie sich um das Wohlergehen ihrer Gäste – sie war ganz in ihrem Element. Es war zwar eine etwas ungewöhnliche Mischung von Charakteren, aber mit etwas Glück sollte es gut gehen.

So lange sich Wally zivilisiert benahm.

Clodies Optimismus hielt an, bis etwa eine halbe Stunde nach dem Dessert.

Sie hatten sich mit den Veränderungen in Wychford beschäftigt, seit Luke zum letztenmal dagewesen war, mit Wallys Schlaganfall, Jennifers Scheidung, dem Tod von Lukes Frau und wie er es seitdem schaffte, sich um die Zwillingssöhne zu kümmern, mit Clodies Arbeit im Kirchenrat (sie machte den Wandteppich für den Altar), mit Frances' Suche nach einem Haus und wie schrecklich hoch die Preise doch sind, Paddys erhoffter Beförderung, mit Davids Einzug in diesem Haus und um wieviel leistungsfähiger die Praxis dadurch würde, und dann noch, in aller Eile, mit dem Wetter.

Wally hatte in letzter Zeit nicht viel mit dem Wetter zu tun, da er ans Haus gefesselt war. Außerdem hatte er das Gefühl, daß den allgemeinen und den persönlichen Angelegenheiten nun ausreichend Rechnung getragen worden war.

Unter Vermeidung von Clodies Blicken stürzte er sich mitten ins Thema. «Also, wer hat nun diese Frauen getötet?» wollte er von Luke wissen. «Hast du den Mann schon?»

«Wir arbeiten daran», sagte Luke lediglich.

«Gibt es schon ein paar gute Hinweise? Ein paar Hauptverdächtige?» Wally ließ nicht locker.

«Ein paar.»

«Nun komm schon, Luke», sagte Wally leicht verärgert. «Gib dir einen Ruck. Du bist hier mitten unter Freunden.»

«Wallace, hör auf», sagte Clodie. «Du weißt ganz genau, daß Luke einen Fall nicht diskutieren kann, solange er noch Untersuchungen durchführt.»

«Quatsch», sagte Wally, «es gibt überhaupt keinen Grund, warum er uns nicht sagt, wie er vorgeht. Wir werden mit niemandem darüber reden.»

«Dessen kann er sich nicht sicher sein.»

Onkel Wally wurde langsam rot. «Schön, vielen Dank. Ich war also ein ganzes Leben lang Arzt, ohne zu lernen, wie man das eine oder andere Geheimnis für sich behält, oder?»

«Etwa über eine bestimmte Dame, die versucht, ihren Mann mit Arsen zu vergiften?» warf Jennifer eilends ein. «Was wäre in diesem Fall die offizielle Haltung, Luke?»

«Ist das dein Ernst?» Dankbar blickte Luke über den Tisch zu ihr hinüber.

«Völliger Ernst.» Sie gab die Geschichte von den Teagues wieder, die sie Mr. und Mrs. X nannte. Onkel Wally wußte, daß dies sein schwacher Punkt war, und beruhigte sich etwas. Als sie mit ihrer Geschichte fertig war, dachte Luke nach, und Paddy redete.

«Versuchter Mord ist ein Verbrechen.»

«Seine Frau zu schlagen auch», sagte Frances unvermittelt. «Für mich hört sich das wie Notwehr an.»

«Auf eine ziemlich drastische Art allerdings», lächelte Luke. «Ich habe keine Ahnung, was ein Verteidiger in einem solchen Fall machen würde, aber was die Polizei betrifft, können wir ohne eine Klage keine Festnahme durchführen. Natürlich können wir unsererseits einen Fall aufgreifen, aber irgend jemand muß uns die nötigen Informationen liefern, damit die weitere Strafverfolgung ausreichend begründet ist.»

«Du meinst, ihr würdet euch im Falle des versuchten Mordes blind stellen?» wollte Clodie wissen.

«Notwehr», bekräftige Frances noch einmal. Ihre Wut über diesen Punkt des Frauenrechts hatte ihr die Röte ins Gesicht getrieben, und ihre Augen funkelten. «Kein Mann hat das Recht seine Frau zu schlagen und ihr Leben zur Hölle zu machen. Keine Frau sollte sich damit abfinden müssen. Meine Sympathie hat sie, ganz und gar. Ich würde ihm auch Arsen verpassen, diesem Schurken.»

Paddy drehte sich um und sah sie an. Sie war eine völlig andere

Frau, als er anfangs gedacht hatte. Als ob ein Spatz sich nun doch zum Singen entschlossen hatte. «Das Problem beginnt, wenn sie ihm ein Quentchen zuviel verabreicht und ihn damit ins Jenseits befördert», sagte er freundlich zu ihr. «Es tut mir leid, aber angesichts einer Leiche können wir uns kaum blind stellen.»

«Nun, natürlich nicht», sagte Frances, die unter seinem steten Blick allmählich nervös wurde. Schon als er hereingekommen war, war ihr seine Ähnlichkeit mit Cornel Wilde aufgefallen, und von diesem Augenblick an war sie so schüchtern, daß sie nur ein paar freundliche einsilbige Worte mit ihm sprechen konnte. Selbstverständlich konnte sie von ihm nicht erwarten, daß er in ihr wieder all die erregenden, warmen Gefühle einer Samstagnachmittagsvorstellung im Kino wachrief. Bestimmt hielt er sie bloß für ungeschickt und etwas sonderbar. Und sie fühlte sich, weiß Gott, ungeschickt und sonderbar. Sie war es nicht gewohnt, die Polizei unter solchen Umständen zu erleben. Wenn sie sich nun nach vorn beugte und sein Hemd aufriß, wäre dann eine blaue Uniform darunter?

«Ist etwas?» fragte er, der nun plötzlich seinerseits durch ihren veränderten Ausdruck aus der Fassung geriet.

«Nichts», sagte sie mit unterdrückter Stimme und wandte sich wieder ihrem Zitronensoufflé zu, betend, daß sie nicht an dem Kloß im Hals erstickte. Es waren noch keine dreißig Minuten vergangen, und schon dachte sie daran, ihm das Hemd vom Leib zu reißen. Frances Murphy, was würde wohl Schwester Ursula zu dir sagen, wenn sie jetzt deine bösen Gedanken kennen würde? Gottloses Mädchen. Frances schluckte ein Kichern hinunter, das ihr im Halse stecken blieb, faßte nach einer Serviette und kippte ihr Weinglas um. Der Wein rann über die Tischdecke und tropfte schließlich auf Paddys Knie herab, der einen Satz nach hinten machte und gegen Clodies Ellbogen schlug, so daß das Soufflé von ihrem Teelöffel geradewegs in Lukes Schoß flog.

Die folgenden Aktivitäten, das Aufspringen, sich Entschuldigen und der rasche Einsatz von Stoffservietten und Salz, verdrängte bei allen die Frage nach dem Arsen, außer bei Onkel Wally.

«Wißt ihr, sie war eine kleine Hure», verkündete er lauthals.

Jeder erstarrte. Einen Moment lang dachte Jennifer ganz aufgeregt, daß er das auf Mrs. Teague bezog, die dünn, schlampig und hinterlistig war.

«Wer war eine kleine Hure?» fragte David Gregson, der während der ganzen Aufregung sitzen geblieben war und sich auf das Dessert konzentriert hatte. Einen Augenblick lang schien es, als ob die beiden Männer allein im Zimmer wären und sich die ganze Unruhe auf einer entfernten Bühne eines Theaters abgespielt hätte und sie kaum oder gar nicht interessierte.

«Das ermordete Mädchen. Die zweite – unten am Kanal. Frenholm war ihr Name. Zufällig eine unserer Patienten. Ich hatte sie vor ungefähr zehn Monaten wegen einer Geschlechtskrankheit bei mir in Behandlung, kurz vor meiner Krankheit. Sie mußte selbstverständlich ihre Sexualpartner nennen, die ganze zwei Seiten füllten. Keine Ahnung, woher diese jungen Leute die Energie nehmen. Ich war schon vom Aufschreiben erschöpft.»

«Ich würde mir diese Liste gern mal ansehen», sagte Luke.

«Arztgeheimnis», antwortete Onkel Wally schlagartig. «Hör zu, zu einem Tausch würde ich nicht nein sagen...»

«Aha, du alter Teufel», sagte Clodie verärgert. «Das planst du doch schon eine ganze Weile.»

«Ich kann die Information auch über die Gesundheitsbehörde bekommen», sagte Luke beim Hinsetzen. «Natürlich würde es ein paar Tage dauern.»

«Nun, ein paar Tage können natürlich einen erheblichen Unterschied ausmachen», sagte Onkel Wally aufmunternd. «Schließlich könnte er schon heute abend oder morgen nacht wieder zuschlagen.»

«Wer?» fragte Frances, peinlich betroffen von dem Aufruhr, den sie verursacht hatte, sich jedoch nicht mehr darum scherte, denn schlimmer konnte es kaum noch kommen.

«Na ja, eben dieses Monster, dieser verrückte Mörder, der mit seinem kleinen Messer herumstreift und bereit ist, zuzustechen», sagte Onkel Wally. «Zwei Frauen, beide Male die Kehlen durchgeschnitten, kann sich nur um denselben Kerl handeln. Ein Psychopath, wahrscheinlich ein Frauenhasser...»

Ohne es zu wollen, sah Jennifer zu David Gregson, der sie im gleichen Moment ansah. Er wurde bleich, lief dann rot an und sah schnell weg.

«Wir wissen noch nicht, daß es ein und derselbe ist», entgegnete Luke.

«Aha!» sagte Onkel Wally fröhlich.

«Wir wissen auch nicht, ob er es nicht ist», fügte Paddy hinzu. «Wir haben gerade erst die Ermittlungen aufgenommen...»

«Unfug», sagte Onkel Wally. «Ihr wißt es. Ihr wißt es immer. Luke, du selbst schriebst mir mal, daß die meisten Mordfälle innerhalb der ersten achtundvierzig Stunden gelöst werden können...»

«Die meisten, ja. Die meisten Mordfälle sind sozusagen Familienangelegenheiten», sagte Luke.

«Aber es gibt doch jetzt eine neue Art von Mördern, nicht wahr?» fragte Clodie in aller Ruhe. «Nennt man sie nicht Serientäter? Jemand, der nur aus Lust tötet und einfach weitergeht, Fremde ermordet...»

«Noch so ein amerikanischer Importartikel», knurrte Onkel Wally. «Nicht hier.»

«Was ist mit dem Yorkshire Ripper? Oder mit dem einen in London, der die Opfer in die Kanalisation und unter Dielenbretter steckte?» fragte Frances. «Meinen Sie so einen Kerl?»

«Sie hatten ein sexuelles Tatmotiv», sagte Jennifer. «Aber diese Frauen sind nicht vergewaltigt worden.»

«Nein?» fiel Wally ein und starrte Luke an, als ob es seine Schuld wäre, wenn ihnen dieser besondere Horror erspart geblieben war.

«Ich bin nicht davon überzeugt, daß ein und dieselbe Person beide Frauen getötet hat», sagte Luke. «Wir warten noch auf die Obduktionsbefunde.» Er hielt Jennifer, die aufgestanden war, um abzuräumen, bevor es Käse und Kaffee gab, seinen leeren Teller entgegen. «Derzeit scheint es keinerlei klare Verdachtsmomente und Motive für den Tod von Beryl Tompkins zu geben, während es im Fall Win Frenholm beinahe zuviel davon gibt. Jennifer war so freundlich, mir mitzuteilen, daß die Frenholm schwanger war. Deshalb habe ich eine eingehende Analyse vom Blut des Fötus angeordnet. Falls in der Schwangerschaft ein direktes oder indirektes Motiv für ihren Tod lag, könnte die Kenntnis des väterlichen Anteils uns helfen, den Kreis der Verdächtigen einzuengen.»

«Würde das für einen Schuldspruch reichen?» fragte David mit seltsamem Tonfall.

«Nein, selbstverständlich nicht. Aber es käme erschwerend zu den anderen Beweisen hinzu. Wir könnten damit auch Druck gegen den Verdächtigen machen, wenn wir ihn haben. Natürlich ist das nur ein Verdachtsmoment, aber manchmal trifft es den Nagel genau auf den Kopf. Ich kann derzeit wirklich nicht mehr darüber sagen.»

Onkel Wally, der anfangs über diese bruchstückhafte Einweihung begeistert war, war jetzt sehr enttäuscht. Was ursprünglich wie ein frischer Quell schien, war nun plötzlich versiegt, denn an Lukes Tonfall war deutlich zu merken, daß er alles gesagt hatte, was er zu sagen bereit war. «Du hast dich verändert, mein Junge. Wirklich.»

Luke erwiderte seinen Blick. «Das hoffe ich», sagte er gelassen. «Ich bin Chief Inspector, Doktor Wally. Wenn ich meinen Beruf bis heute noch nicht gelernt habe, sollte ich es besser sein lassen, nicht wahr?»

David Gregson ergriff unvermittelt das Wort. «Ich würde sagen, es ist ähnlich wie mit der Frau, die ihren Mann vergiftet. Sie brauchen eine Leiche, um den Charakter des Verbrechens beweisen zu können. Zwei ähnliche Morde sind möglicherweise purer Zufall, aber drei – das ist schon weniger wahrscheinlich. Worauf Sie also warten, ist ein dritter Mord, oder?» Seine Stimme klang nachdenklich. «Das würde klären, ob es sich um eine Mordserie handelt oder nicht, stimmt doch?»

«Wir arbeiten lieber mit dem, was wir haben», sagte Paddy entschlossen. «Zwei tote Frauen sind mehr als genug für uns, vielen Dank.»

«Ja, natürlich. Aber es würde die Sache klarer machen, nicht wahr?» fuhr David fort. Er klang wissenschaftlich, objektiv. Am Tisch war man ob der Kälte betroffen. «Dann würden Sie es doch wissen, oder? Ich meine, dann wären Sie sich sicher?»

«Alles, dessen wir uns sicher sein könnten, wäre, daß wir drei tote Frauen hätten und nicht zwei», sagte Luke. «Es gibt sogenannte Nachahmungstäter, verstehen Sie? Ich vertrete derzeit sehr stark diese Möglichkeit.»

«Aber wo ziehst du eine Grenze?» Wally ließ nicht locker. «Ich akzeptiere, wenn ein zweiter Mord begangen wird, der dem ersten ähnelt, daß du sagst, das ist ein Nachahmungsdelikt. Aber David hat recht. Ganz sicher wäre die klare Schlußfolgerung, wenn dieselbe Person drei Morde begangen hätte, oder irren wir da? In welchem Fall wäre es kein Nachahmungsdelikt mehr, sondern langsam etwas viel Schlimmeres? Oder willst du dann allen Ernstes behaupten, daß ein dritter Mord möglicherweise von einer dritten Person begangen worden sein könnte?»

«Nein, das will ich nicht.» Lukes Tonfall wurde eisern. «Genaugenommen bemühe ich mich, überhaupt nichts zu sagen. Im Augenblick müssen wir zwei Morde untersuchen, einen in Woodbury drüben –»

«– Das liegt doch nur eine Meile hinter den Hügeln», unterbrach David ihn.

«– und einen hier in Wychford», fuhr Luke mit zusammengebissenen Zähnen fort. «Die Medien schüren gern solche Ängste – damit lassen sich die Zeitungen gut verkaufen, aber keine Verbrechen lösen.»

«Luke», sagte Paddy ruhig, «es ist doch nur eine Unterhaltung.»

Luke riß sich zusammen. «Ja, natürlich. Entschuldigt.» Ihm glückte ein kleines Lächeln für Clodie. «Offensichtlich beschäftigt es mich mehr, als ich dachte.» Er wandte sich an Wally und David Gregson. «Ihr müßt das Problem doch auch in der Medizin haben.»

«Manchmal», sagte Wally. «Es ist sehr ehrenwert von dir, Luke, wenn du dir darüber Gedanken machst. Aber es kann ein Hindernis sein.»

«Das weiß ich.»

Jennifer konnte erkennen, daß er sich in einer schwierigen Position befand, und schlug mit betont fröhlicher Stimme vor, daß sich jeder selbst am Käsebuffet bedienen solle, während sie in der Zwischenzeit den Kaffee hole. Clodie sagte irgend etwas über das Wetter zu Luke, und Frances fing eine in ihren Augen unsinnige Unterhaltung über die Jagd nach einem Haus und die damit zusammenhängenden Schwierigkeiten an.

Unterdessen griff David Gregson nach den Keksen und murmelte Onkel Wally etwas ins Ohr, der zu schmollen schien. Einen Augenblick lang machte der alte Mann ein ganz erschrockenes Gesicht. Nach einer Weile nickte er. Er stellte keine Fragen mehr, nicht an Luke, noch an jemand anderen. Sollten doch die anderen das Gespräch in Gang halten.

Clodie, die ihren Mann vom anderen Ende des Tisches beobachtete, sah, daß er müde war. Vielleicht war es nach allem zu früh gewesen, zu erwarten, daß er sich einer solchen Strapaze aussetzen konnte. Zu Beginn schien er noch quicklebendig, zur Halbzeit beinahe zu quicklebendig. Jetzt war er ganz fahl im Gesicht und in sich zusammengesunken. Er sah immer noch zu David Gregson herüber, ehe er den Blick auf seinen Teller senkte und merkte, daß er seinen Käse kaum angerührt hatte.

Kapitel zwölf

«Ich vermute, du hast dich gewundert, warum ich dich nicht angerufen habe, nachdem du aus London zurück warst.» Mark Peacock stellte Jennifers Drink ab und nahm mit seinem Glas ihr gegenüber Platz.

«Ich nahm an, du wolltest mich nicht anrufen.» Sie sagte es mit einem Lächeln, zurückhaltend, nicht zu dezent und nicht übertrieben. «Soweit war unsere Freundschaft doch nicht, oder?»

«Ich habe es mir selbst verboten, dich anzurufen, weil ich Komplikationen befürchtete», sagte Mark und gab sich allen Anschein von Offenheit. «Meine Situation war nicht gerade einfach. Vis-à-vis das Haus, und dann meine Mutter, und – einfach alles.»

«Entschuldige, das verstehe ich nicht.»

«Das macht nichts. Wesentlich ist, daß jetzt alles anders ist. Jedenfalls stimmt sie nun doch meinen Plänen für *Peacock Manor* zu.»

«Du meinst die Pläne für das Konferenzzentrum? Das ist ja wunderbar, Mark. Ich freue mich wirklich für dich.» Und das tat sie. Irgendwie schien er verändert, zu seinem Vorteil wie es schien. Seine Augen leuchteten, fast schon wie besessen, er strahlte ein Gefühl der Kraft aus, während er früher gedrückt und verbittert war. So oder so, sie mußte zugeben, daß er ein verflixt attraktiver Mann war. Vor lauter Frustration war er sexuell sehr stürmisch gewesen, jetzt strahlte er ein seltsames Gefühl von Macht und Erregung aus. Sie mußte sich wie früher ins Gedächtnis rufen, als sie noch mit ihm zusammen war, daß das für eine Romanze oder gar ein gemeinsames Leben nicht reichte. Ihr waren Tante Clodies ehrgeizige Hoffnungen auf eine «gute Partie» sehr wohl bekannt, und sie war entschlossen, den gleichen Fehler nicht zu wiederholen. Sie hatte schon einmal des Sexes wegen geheiratet, was mit einer Unterjochung endete.

Nie wieder.

Das schloß jedoch nicht eine interessante Beziehung zwischen zwei übereinstimmenden Erwachsenen aus, wie es den Anschein hatte, bevor sie vor einigen Wochen nach London gefahren war. Als er sie nach ihrer Rückkehr nicht angerufen hatte, nahm sie an, daß er kein Interesse mehr hatte. Sie war traurig, denn es gab nicht allzuviele attraktive Männer in Wychford. Es sah nach einem langen, einsamen Winter aus. Ihr Ego hatte schon ein paar Schrammen, was sich nicht leugnen ließ. Aber sie bereute nichts – sie hatte auch nicht die Absicht, ihn anzurufen. Deshalb war sie heute morgen, als er in der Praxis angerufen und sie zum Mittagessen eingeladen hatte, eher vorsichtig, ja fast abgeneigt gewesen.

Aber irgendwo mußte man ja schließlich mittagessen.

Jetzt wurde er richtig überschwenglich, stand geradezu in Flammen. «Wir werden unverzüglich mit den Umbauarbeiten beginnen – Hixon, der Baumeister, zieht schon das Gerüst hoch. Seit Monaten hatte ich ihn mir bereitgehalten, seit ich merkte, daß Mutter schwach wurde.» Er nahm einen hastigen Schluck von seinem Drink. «Ich muß Basil wirklich dankbar sein. Er war es, der den letzten Anstoß gab und ihr in höchsten Tönen vorträllerte, wie sehr er sich wünschte, mehr Zeit mit ihr verbringen zu können. Kannst du dir so was vorstellen?»

«Warum nicht?»

«Und vielleicht hat er Angst um seinen Arbeitsplatz in der Stadt», sagte Mark mit mehr Einsicht, als sie es bislang von ihm gewohnt war. «Natürlich glaubte sie ihm, da sie meint, das Leben spiele sich ab wie in ihren Lieblingsromanen. Für Basil würde sie alles tun – Gott sei Dank sieht er es so wie ich.» Sein Gesicht nahm einen eigenartigen Ausdruck an. «Ich muß sagen, daß er letzte Nacht sehr überzeugend gewesen ist. Sehr beeindruckend. Jedenfalls steht *Peacock Manor* kurz davor, sich von selbst zu tragen – was höchste Zeit wird. Es ging allmählich an die Substanz.»

«Ist das wahr?» Jennifer war überrascht. Es war ihr nie gekommen, daß Leute wie die Peacocks in finanziellen Problemen stecken könnten. «Dann freut es mich um so mehr für dich, Mark. Ich weiß, wie sehr dir das Projekt am Herzen liegt.»

«Na, dir doch auch.»

Sie zog die Brauen zusammen. «Ich verstehe nicht.»

«Nein?» fragte er. Er schien aus irgendeinem Grund, den sie nicht ausloten konnte, von ihr enttäuscht zu sein. Als ob ihr etwas entgangen war. Er stellte sein Glas ab und betrachtete es einen Augenblick lang, räusperte sich, hob den Blick und sah sie an. «Wenn es erst einmal läuft, werden die Leute scharenweise hierher kommen, wie du weißt. Auch wenn es uns das Gesetz nicht vorschreibt, hätte ich gern einen Arzt zur Verfügung, falls unsere Gäste, Gott behüte uns, einen brauchen. Ich hätte gern dich als Arzt. Was würdest du über ein jährliches Honorar als offizieller medizinischer Berater des Peacock-Konferenzzentrums denken?»

«Oh.» Dieses Mal war sie es, die sich enttäuscht fühlte, was sie schnell hinter einem sanften Lächeln verbarg. «Warum ich, Mark?»

«Nun, es wird ein ausgezeichnetes Geschäft werden, und bei deinem Charme und deinem Aussehen wirst du ein echter Gewinn für uns sein. Natürlich gehört dann etwas mehr dazu, als verstauchte Knöchel zu bandagieren. Ich brauche deinen Rat für die Ausstattung eines kleinen Gesundheitsstudios, mit Gymnastikeinrichtungen, Behandlungsmöglichkeiten, Sauna, Whirlpool und so weiter. Wir müßten vor der Eröffnung schon eng zusammenarbeiten. Würde dir das etwas ausmachen?»

«Natürlich nicht. Aber sicherlich ...»

«Was?»

«Nun, wäre deine Mutter nicht dagegen? Ich habe den Eindruck, sie hält nichts von Ärztinnen. Oder vielleicht mag sie nur mich nicht.»

«Mutter wird mit dem administrativen Teil nichts zu tun haben», sagte Mark entschlossen, nahm sein Glas, setzte es ab, nahm es erneut und trank einen Schluck, ehe er es wieder abstellte, was diesmal nicht zu überhören war. «Du möchtest die Wahrheit hören, oder?»

«Ja, Mark.»

«Das ist die einzige Möglichkeit, dich häufiger zu sehen, ohne daß sie die Nase darüber rümpft», gestand er beinahe wie ein kleiner Junge, der etwas ausgefressen hatte. «Du hast recht, sie akzeptiert dich nicht. Offen gesagt, sie akzeptiert überhaupt kein Mädchen für mich. In der Vergangenheit mußte ich immer klein beigeben, aber wenn es mit dem Plan klappt, und davon bin ich überzeugt, dann ist es egal, was sie denkt und sagt. Bisher lag mir keine so am Herzen, daß ich mich gegen sie aufgelehnt hätte... aber jetzt.» Vorwurfsvoll sah er sie an. «Ich dachte, du wüßtest das.»

«Du bist ein erwachsener Mann, Mark, dein Leben gehört dir.»

«Mein Leben schon. Mein Einkommen nicht.» Er hielt inne, da die Bedienung zu ihnen kam, um einen freien Tisch anzuweisen. Sie nahmen in der Gaststube Platz. Trotz des Ortswechsels fühlte Mark sich offensichtlich gezwungen, sich weiterhin zu rechtfertigen. «Zugegeben, für Geld habe ich immer nach ihrer Pfeife getanzt. Was machte das schon. Meine Laufbahn war sowieso eingemauert. Ich war zu schwach, mich loszulösen, oder zu bequem. Mir lag nur das Haus am Herzen. Aber jetzt ...»

Jennifer fing mit dem Essen an, ganz automatisch. Ein Teil von ihr war hungrig und verlangte nach Nahrung, der Rest von ihr war wie betäubt. Sie konnte gar nicht glauben, was Mark ihr da sagte, war sie doch vor Wochen noch überzeugt, lediglich eine weitere Trophäe in seiner Sammlung zu sein.

«Ich meine es ehrlich mit dir, Jenny, weil ich glaube, du verdienst es», fuhr Mark unentwegt fort. «Ich möchte mehr über dich erfahren. Außerdem hoffe ich, daß aus unserer Beziehung mehr wird als ein rein kollegiales Verhältnis. Noch weiß ich das nicht. Ich weiß nur, meine Mutter ist schwierig – manchmal schlichtweg unmöglich. Ich gebe zu, daß ich ihr immer nachgegeben habe, um ein ruhiges Leben zu haben. Aber für dieses Projekt will ich kämpfen. Und das gleiche gilt für uns. Ich habe mich bei dir aus gutem Grund in den vergangenen Wochen nicht gemeldet – ich wollte einfach sehen, ob meine Gefühle wirklich stark waren, wie ich glaubte. Jetzt weiß ich es. Ich war bequem und schwach, aber das soll aufhören. Ich möchte dich nicht verlieren, Jenny. Gib mir eine Chance. Hilf mir dabei, endlich aufrecht zu stehen.»

Sie glaubte ihm. Sie war sicher, daß er noch nie so ehrlich zu einer Frau gewesen war, so ungeschickt benahm er sich. Noch nie hatte sie ihn dermaßen unsicher erlebt, aber ob sie das jetzt erleben wollte, dessen war sie sich gar nicht so sicher.

«Ich werde darüber mit David sprechen müssen», sagte sie.

«Was?»

Sie hatte ihn wirklich getroffen. Ein gutes Gefühl. Seine Annahme, daß sie lediglich auf seinen Vorstoß gewartet hatte, hatte sie irritiert. Hätte je eine Frau angesichts seines Charmes gezögert? Wahrscheinlich nicht. Es würde ihm guttun. «Ich meinte wegen der medizinischen Beratung für dich. Das ist eine geschäftliche Angelegenheit, Mark. Ich bin ein Teil der Praxis, verstehst du? Möglicherweise wird es ein Gemeinschaftsunternehmen...»

«Ich will nicht Gregson, ich will dich. Würdest du ihn auch um Erlaubnis fragen, mich zu heiraten?»

«Bittest du mich darum, dich zu heiraten?»

Er sah gereizt aus. Glücklicherweise unterhielten sich Männer um sie herum über Politik, so daß ihnen niemand auch nur die geringste Aufmerksamkeit schenkte. «Ich dachte, ich hätte das erklärt...»

Sie lenkte ein. «Ja, Mark. Irgendwie schon. Schau, Mark, du mußt mir verzeihen, aber das kommt alles ein bißchen plötzlich, um es mal so klischeehaft auszudrücken.» Sie seufzte. «Ich dachte, wir sind damals ein paarmal ausgegangen und verbrachten eine schöne Zeit miteinander, und das war alles. Nie hast du etwas gesagt oder mir zu verstehen gegeben, daß ich für dich in irgendeiner Hinsicht etwas Besonderes war. Jetzt kommst du plötzlich daher und erzählst mir von deinen tiefen Gefühlen... Was soll ich davon halten? Was soll ich tun?»

«Du hast mit mir geschlafen.»

«Natürlich», schnauzte sie. «Du bist ein attraktiver und aufregender Mann, und ich bin eine gesunde, normale Frau.»

«Gehst du mit jedem attraktiven Mann ins Bett, mit dem du ausgehst?» fragte er ganz neutral, aber neugierig.

«Nein, selbstverständlich nicht!» Es hatte gar keinen Sinn, ihm erklären zu wollen, wie gut es ihr getan hatte, einen Mann zu haben, der ihr bewies, daß sie auch nach der Scheidung noch eine attraktive Frau war. Er war ihr Heilmittel gewesen, ein Antibiotikum gegen eine Infektion von Zweifeln an ihr selbst.

Plötzlich lächelte er. «Ich mach das auch nicht. Ich meine, mit jeder Frau schlafen. Ich hatte also doch recht mit dir. Oder uns.»

«Sagen wir ja und nein. Was ich mit meinem Körper mache, ist eine Geschichte, was ich mit meinem Leben mache, eine ganz andere.»

«Du meinst, jetzt, da ich deinem Verlangen nachgegeben habe, empfindest du keine Achtung mehr für mich?» fragte er ganz unschuldig.

Sie blickte auf, ganz schnell. Dieser Bastard, er lachte sie aus. Geschah ihr ganz recht, da sie ihn unterschätzt hatte. Herrje, er war so attraktiv, hatte solch schöne Hände und so einen hübschen Mund. Und unter der Oberfläche dieser Sticheleien war er völlig ernst. Sie mußte das respektieren.

«Iß jetzt», sagte sie zu ihm, «dein Essen wird kalt.»

«Ist das irgendeine Form von verschlüsselter Antwort?» fragte er und nahm gehorsam seine Gabel zur Hand, ohne weiter etwas damit zu machen. «Steht ‹Iß jetzt› vielleicht zufällig für ‹Ja, Mark›?»

«Es steht für alles mögliche», sagte sie mit einem Lächeln. «Auch für ‹Ich werde darüber nachdenken›.» Sie sah auf die Uhr. «Und für ‹Mein Gott, es ist schon nach zwei, und ich habe heute nachmittag Schwangerschaftsberatung›. Deine Mutter hat recht, Ärztinnen taugen nicht viel. Sie kennen keine Gnade.»

«Meine Mutter ist also nach wie vor das Problem?»

«Nein, überhaupt nicht. Ich brauche nur etwas Zeit zum Nachdenken, das ist alles.»

«Ich dachte...» fing er an, hielt dann aber inne. Ruhig sah er zu, wie sie den Schellfisch *à la Mornay* verschlang. «Vielleicht hätte ich etwas mehr nachdenken sollen», sagte er schließlich mit einer Spur von Bitterkeit. «Ich kann nicht sagen, daß ich dir böse bin. Du würdest sie nicht immer um dich haben wollen, habe ich recht?»

«Wie bitte?» Sie trank ihren Wein aus. Wahrscheinlich trafen gerade die schwangeren Frauen ein, und Kay würden allmählich keine Ausreden mehr einfallen.

«Nichts. Wie wäre es mit heute abend?»

Sie war so erstaunt, daß sie zu essen aufhörte. «Heute abend?»

«Wir könnten zusammen essen.»

«O ich weiß nicht... ruf mich nach der Sprechstunde heute abend an, ja?»

«Du hast heute abend auch Sprechstunde?»

«Ja.»

«Du arbeitest zuviel.» Mark machte ein finsteres Gesicht. «Gregson erwartet zuviel von dir.»

«Und von der Zeit», meinte Jennifer zusätzlich. «Vielen Dank für das Essen, Mark. Und... alles andere. Ich ruf dich an.»

«Wann?»

«Sobald ich kann. Bis bald.» Sie gab ihm einen Kuß auf die Wange und ging, während er ihr stirnrunzelnd hinterhersah. Als er merkte, daß die anderen Leute im Lokal ihn anstarrten, setzte er sich wieder. Die Kellnerin brachte die Käseplatte. Schwungvoll schnitt er mit dem Messer ein großes Stück Cheddarkäse ab, worüber die Kellnerin beinahe zu Tode erschrak.

Er entschuldigte sich, lächelte und bestellte einen Brandy.

Ein toller Mann, dachte die Bedienung, die neu hier war und sogleich loseilte, um seine Bestellung zu erledigen.

Nach einem anstrengenden Nachmittag mit werdenden nervösen Müttern kam Jennifer keuchend in die Wohnung und verlangte nach einer Tasse Tee. Ihre Tante war wie üblich an ihrem Platz über dem Stickrahmen. Sie nahm die Neuigkeiten über Mark Peacock mit überraschender Ruhe und einer gewissen Skepsis auf.

«Ich würde jetzt gerne wissen, weshalb er plötzlich wieder in dein Leben tritt.»

«Weil ich toll, begehrenswert und aufregend bin?»

«Nein», sagte Clodie trocken und fädelte blaßrosa Garn durch das Leinen, auf dem sich ein weiteres Blütenblatt herausbildete.

«Herzlichen Dank», sagte Jennifer gequält.

«Natürlich bist du all das, Schatz», meinte Clodie vage. «Ganz bestimmt. Aber dich über einen Monat lang zu ignorieren und dir dann mehr oder weniger einen Antrag zu machen...»

«Er machte mir keinen Antrag, er erwähnte es nur als eine Möglichkeit. Nun, ich dachte, du wolltest immer, daß er mir einen Antrag macht», fiel Jennifer ihr ins Wort. Sie hatte das Gefühl, daß ihre Neuigkeiten nicht in der richtigen Weise aufgenommen wurden. Warum war Clodie nicht aufgeregt? Und warum schlug eigentlich ihr eigenes Herz nicht höher?

«Ich wollte, daß du glücklich wirst», sagte Clodie.

«Ich bin glücklich», sagte Jennifer. «Und überhaupt, es verpflichtet mich zu gar nichts. Er sagte bloß, er wollte...»

«– dich zu seiner persönlichen Freude und Befriedigung an sich binden», erklang eine Stimme aus der anderen Ecke des Zimmers. Es war David Gregson, der sich aus einem Sessel am Erkerfenster erhob, wo er etwas gedöst hatte. Sein Gesicht war so verknittert wie seine Kleidung, und hinten standen ihm die Haare zu Berge wie bei einem kleinen Jungen. «Damit er seinen geschätzten Kunden sagen kann, seht her, was für ein schlauer Bursche ich bin – diese schöne Ärztin habe ich für mein Vorhaben gewonnen. Wie aufgeklärt und liberal von mir. Und wie geschickt, besonders, wenn man sieht, wie sie mir aus der Hand frißt.»

«David, das war nicht freundlich», murmelte Clodie, die klang, als versuchte sie, ein Lachen zu unterdrücken.

«Sehr amüsant.» Jennifer spürte, wie die Wut in ihr hochkam. «Belauschst du öfter die privaten Unterhaltungen anderer Leute, oder ist das dein neues Steckenpferd, um die freien Stunden auszufüllen?»

«Clodie wußte, daß ich hier war», sagte David. «Wenn der umwerfende und begehrenswerte Mark Peacock schon so lange auf sein Projekt erpicht war, warum hat er dann mit dir nie vorher über diese Sache geredet?»

«Vielleicht hat er das. Weiß Gott, wenn wir ausgingen, war fast immer nur von diesem Konferenzzentrum die Rede. Ich kann mich nicht erinnern, ob er die Möglichkeit meiner Teilnahme daran erwähnte oder nicht», sagte Jennifer unsicher. «Wie auch immer, das ist ja gar nicht der Punkt.»

«Der Punkt ist, daß wir alle über jede berufliche Verpflichtung, die du eingehst, nachdenken müssen. Deine wesentliche Verantwortung ist die Praxis, das weißt du.»

«Das weiß ich», sagte Jennifer. «Ich wollte mit dir bei der ersten Gelegenheit darüber sprechen.»

«Natürlich wolltest du. Ich denke nur daran, wie ich gestern abend noch der Meinung war, daß du von dem armen Mann, unserem Sherlock Holmes, hingerissen bist. Ich hätte wissen sollen, daß der Ärger noch viel näher lag.» David wandte sich an Clodie. «Siehst du? Das beweist mein Argument von vorhin. Man verschwendet abertausende Pfund und Stunden, um eine Frau zum Arzt auszubilden, während du alles das genausogut in den Abguß schütten könntest. In dem Augenblick, wo ein Mann daherkommt und einen kleinen Finger für sie krumm macht – ist sie auch schon weg. Das sind nur die Hormone. Bemitleidenswert, wirklich.»

«Bloß, weil du nicht in der Lage warst, deine eigene Frau zu halten...»

«Jennifer!» sagte Clodie schockiert.

Aber Jennifer hatte nur noch David Gregson im Blick. «Wenn du gut zugehört hättest, wäre dir aufgefallen, daß ich weder Marks Angebot eines Privathonorars noch irgend etwas anderes angenommen habe. Ich bin mir meiner Verantwortung für die Praxis und für unsere Patienten durchaus bewußt. Das liegt doch alles sowieso in weiter Zukunft. Ich hatte fest vor, mit dir und Onkel Wally darüber zu reden, und das habe ich Mark gesagt. Darüber hinaus, ich lasse meinen Verstand nicht von Hormonen steuern, aber du, wie mir scheint. Von allen voreingenommenen, chauvinistischen, dickköpfigen Männern, die ich je kennengelernt habe –»

«Zweifelsohne kanntest du einige...»

«David!» Tante Clodie verlor allmählich die Fassung – erreichte aber nichts. Die beiden hätten sich ebensogut allein in dem Zimmer befinden können.

«Billiger Treffer, Doktor», schnauzte Jennifer zurück.

«Nicht der erste, der in diesem Zimmer gelandet wird», sagte David in einer Ruhe, die einen verrückt machen konnte. Nur seine Hände verrieten ihn, die hinter seinem Rücken zu Fäusten geballt waren. «Was schlug er denn als Honorar vor – oder solltest du ihn bezahlen?»

«Über Geld wurde nicht gesprochen.» Es tat ihr leid, daß es jetzt damit losging.

«Das überrascht mich. Ich hatte immer den Eindruck, Peacock spricht über nichts anderes.»

«Mark ist ein äußerst kultivierter, intelligenter, charmanter –»

«– Feigling», unterbrach David.

Jennifer starrte ihn an. «Ein was?» Brachte sie schließlich heraus.

Taktvollerweise sah er auf den Boden. «Feigling.»

«Ein wirklich treffendes Wort», merkte Tante Clodie an. «Jetzt bist du an der Reihe, Jennifer.»

Jennifer sah David Gregson seltsam an. Er starrte zurück und machte ein beklommenes Gesicht. «Etwas Besseres als Feigling ist dir nicht eingefallen?» fragte sie und merkte, wie ein plötzliches unerklärliches Lachen in ihr hochstieg, obwohl sie ganz entschieden versuchte, wütend zu bleiben. Er sah so unordentlich und zerzaust aus, und plötzlich kam er ihr wie ein kleiner Junge vor, dem man die Murmeln weggenommen hatte. Er war so verstimmt, daß es schon wieder lustig war.

«Nun, das ist mir spontan so eingefallen», sagte er abwehrend. «Ich lese gerade Dumas.»

«Verstehe. Das erklärt natürlich alles.»

«Natürlich» schallte Tante Clodie.

Er starrte sie beide an. Sie amüsierten sich über ihn, und er fühlte sich wie ein Narr. «Ich fürchte, ich bin schon zu müde, um noch etwas Schlaues zu sagen», meinte er zum Abschluß leicht verbittert. «Solche Sachen überlasse ich euch Frauen. Es ist außerdem schon spät, und ich habe vor dem Abendessen noch einiges zu erledigen. Ihr entschuldigt mich. – Er ging zur Tür.

«David», sagte Jennifer in versöhnlichem Ton. Er blieb stehen, drehte sich aber nicht um. «Mark ist wirklich kein schlechter Mann, verstehst du.» Ihr Wunsch, ihn versöhnlich zu stimmen, überraschte sie. «Er kann doch nicht aus seiner Haut heraus. Mit der Honorarfrage können wir uns auseinandersetzen, wenn das Angebot konkret wird. Bis dahin ist es meine persönliche Angelegenheit, was ich mit meinem persönlichen Leben mache, solange ich meine Arbeit weiterhin verantwortungsbewußt erledige. Ich möchte doch klarstellen, daß auch Männer Opfer emotionaler Spannungen sind und dies in ihr Berufsleben hineintragen können. Denk nur an die Statistiken über Mord und Drogenabhängigkeit bei Ärzten, die Fälle, die man vor die Ärztekammer gebracht hat, alles Männer ...»

«Das saß aber», sagte David über die Schulter hinweg, in einem Tonfall, der verriet, daß er mit ihr und der Unterhaltung fertig war. Er verschwand, und Jennifer blickte durch die leere Tür.

«Diese Runde ging an dich», bemerkte Tante Clodie. «Er hat erwartet, daß du explodierst, bist du aber nicht. Jedenfalls nicht sehr. Ich halte das für einen großen Triumph in der Sache, Jennifer.»

«Ja, doch», stimmte Jennifer knapp zu. «Übrigens, ich gehe heute abend vielleicht mit Mark aus. Ich habe mich noch nicht entschieden.»

«Wie schön, Liebes», sagte Clodie. Finster blickte sie auf ihre Stickerei. Die Blume stimmte hinten und vorne nicht. Das Ganze mußte aufgetrennt und von neuem begonnen werden. Sie hob den

Kopf und fing an, etwas zu sagen, sah dann aber, daß auch Jennifer das Zimmer verlassen hatte. «Mach mit deiner Arbeit weiter, du dummes altes Weib», sagte sie zu sich. «Laß die jungen Leute ihre Probleme selbst klären, so wie du das auch gemacht hast, vor langer Zeit.» Sie arbeitete und zog und zupfte an der Stickerei herum, aber es wollte nicht werden, wie es sollte, denn immer wieder wurden ihre Gedanken von anderen Dingen abgelenkt. «Dummes Weibsbild», schalt sie erneut. Es half aber nicht.

Die Abendsprechstunde dauerte länger, als Jennifer erwartet hatte. Als sie Mark endlich anrief, war es zu spät zum Essen. Sie schnappte sich in der Küche ein Sandwich und traf ihn dann im *Woolsack* zu einem Drink.

Aus irgendeinem Grunde hielt er die Tatsache, daß sie ihn angerufen hatte, für eine Kapitulation und den Drink lediglich als Vorspiel zu einer Wiederaufnahme ihrer Affäre. Als sie ihm klarmachte, daß sie nicht die Absicht hatte, den Abend in irgendeinem Hotelbett zu beenden, fing er prompt einen Streit an, der nur dadurch ein Ende fand, daß sie schlagartig ging. Es war wohl etwas viel, einen Mann zweimal am gleichen Tag mit einem finsteren Gesicht sitzen zu lassen, dachte sie, als sie allein nach Hause fuhr. Wollte sie mit einem großen Schuljungen verheiratet sein? Nie und nimmer, dachte sie.

Totmüde fiel sie ins Bett und sank sofort in einen tiefen, traumlosen Schlaf, aber nicht lange.

Jemand schüttelte sie an der Schulter. Sie brummte und drehte sich unter der Bettdecke auf die andere Seite.

«Jennifer! Verdammt noch mal! Jennifer! Wach auf!» Es klang dringend. David Gregsons Stimme – mein Gott, ein Notfall, dachte sie und kam aus den Tiefen ihres Schlafs hoch. Verschwommen erkannte sie sein Gesicht in der Dunkelheit.

«Was ist los? Schon wieder Mr. Deever?» murmelte sie und hielt mit Mühe ihre Augen offen.

«Nein, nicht Mr. Deever», sagte David mit rauher Stimme. «Es handelt sich um deinen Freund. Es scheint, seine Mutter ist ermordet worden. Man hat einen Arzt gerufen. Möchtest du gehen, oder soll ich?»

Kapitel dreizehn

Als Luke und Paddy ankamen, hatte man schon ein paar Behelfslampen aufgestellt. Die Nacht war so bitterkalt, daß der Atem gefror und die Kondenswolken die Köpfe der herumstehenden uniformierten Männer umhüllten. Viele stampften vor Kälte mit den Füßen und klatschten mit den Händen, um warm zu bleiben, während sie darauf warteten, daß die offiziellen Untersuchungen begannen.

Über Mabel Peacock Taubmans Mund hing keine Kondenswolke, aber man konnte einen schwachen Dunstschleier über der klaffenden Wunde in ihrer Kehle sehen, da ihr Körper noch warm war.

Sie lag am Rande der Wiese, die sich zwischen *Peacock Manor* und dem Fluß ausdehnte. Sie hatte ein geblümtes Seidenkleid an, und unter ihr lag ein Mantel. Luke erkannte, daß ihre Arme nicht in den Ärmeln steckten, sie mußte ihn also über den Schultern getragen haben. Aus irgendeinem zwingenden Grund aber war sie hinausgegangen, offensichtlich nicht in der Absicht, länger fortzubleiben.

«Wir dachten, daß es wegen des Hundes war, Sir», sagte Constable Bennett, nachdem sich Luke umgesehen hatte. «Möglicherweise ging sie hinaus, um ihn zu rufen und lief die Wiese hinunter und wurde erwischt.»

«Es gibt hier einen Hund?» fragte Luke.

«Ja, Sir. Ihr Sohn sagt, daß er nach Hause kam und die Tür sperrangelweit offen war. Der Hund strich frei herum und benahm sich irgendwie seltsam. Er rannte immer wieder zum Fluß herunter und kam zurück, wenn Sie verstehen, was ich meine, als ob er verfolgt würde. Mr. Peacock suchte das Haus ab und stellte fest, daß seine Mutter weg war, also nahm er sich eine Taschenlampe und ging dem Hund hinterher. Er dachte, daß sie möglicherweise mit dem Hund nach draußen gegangen war und sich einen Knöchel verstaucht hatte. Schließlich fand er sie. Er stand seiner Mutter sehr nahe. Er nahm es sehr tragisch. Wir haben für ihn den Arzt gerufen.»

«Ich verstehe. Danke. Ist der Untersuchungsrichter verständigt worden?»

«Ja, Sir, bereits unterwegs.» Bennett wußte inzwischen, wie es lief. Kein Wunder bei all diesen Morden.

Mark Peacock saß mit kreidebleichem Gesicht im Haus. Seine Hände umklammerten die derb geschnitzten Armlehnen des Stuhls. Als Luke und Paddy hereinkamen, sah er nicht einmal auf. Luke mußte hingehen und ihn zweimal ansprechen, ehe er sich rührte.

«Mr. Peacock, ich bin Chief Inspector Abbott. Es tut mir leid wegen Ihrer Mutter, und es tut mir leid, daß ich Sie ausgerechnet jetzt stören muß, aber es gibt da ein paar Fragen...»

«Sie ist tot», sagte Mark. Seine Stimme klang so gleichförmig, als ob er gerade die Nachrichten vorlesen würde.

«Ja, Sir, es tut mir leid.»

Mark blickte auf. «Das ergibt keinen Sinn, verstehen Sie?»

«Sir?»

«Sie sagte, sie wollte nicht hinausgehen, verstehen Sie? Sie war heute abend allein zu Hause. Wir haben kein Personal, das im Hause lebt. Basil ist in London, ich ging am Abend aus, und sie sagte, daß sie keinen Schritt vor die Tür machen wollte, wegen dieses Mörders, aber sie muß letztlich doch nach draußen gegangen sein. Wegen Barkis war es bestimmt nicht – er kommt, wenn man ihn ruft. Er ist ein guter Hund. Warum ist sie hinausgegangen?»

«Ich weiß es nicht, Mr. Peacock.» Luke sah sich um. Die Vorhalle war schön möbliert und hell erleuchtet, aber kaum der Ort für ein Verhör. Draußen waren Stimmen zu hören, Motorenlärm und ein Hin und Her von Schritten, da das gerichtsmedizinische Team eingetroffen war. Drinnen gab es nur schwarze und weiße Marmorfliesen, Eichenholztäfelung, bestickte Draperien aus der Zeit der Jakobiner, ein paar Ölgemälde und Mark Peacock. Neben dem Stuhl bewegte sich etwas, und Luke korrigierte sich. Natürlich, da war ja noch der Hund von Mark Peacock, ein braun-weiß gescheckter Spaniel, der unsicher neben dem Stuhl saß und sein Herrchen sorgenvoll ansah. «Können wir uns irgendwo unterhalten, Sir? Irgendwo, wo wir vielleicht ungestörter sind?»

«Was?» Zum erstenmal, seit Luke hereingekommen war, schien Mark Peacock seine Umgebung wahrzunehmen. «O ja... selbstverständlich.» Beim Aufstehen schwankte er ein wenig. Sein Blick konzentrierte sich auf Luke. «Ich kenne Sie doch», sagte er nach einer Weile. «Nicht wahr?»

Luke nickte. «Ich bin in Wychford aufgewachsen. Luke Abbott.»

Mark starrte ihn einen Moment lang an. «In einem Sommer haben Sie mich einmal gehörig vermöbelt. Wenn ich mich recht erinnere, hatte ich es verdient. Stimmt's?»

«Damals schien es richtig gewesen zu sein», räumte Luke ein. «Rückblickend würde ich sagen, daß ich damals etwas über das Ziel hinausgeschossen bin.»

«Ich habe das nie vergessen», sagte Mark, immer noch mit jener seltsamen, entfernt klingenden Stimme. «Meine Mutter wollte –» Er hielt abrupt inne. «Hier entlang.» Er drehte sich um und ging durch eine Tür zu ihrer Rechten, der Hund hinterher, in ein anderes schönes Zimmer. Auf dem Kaminrost einer riesigen Feuerstelle sah Luke eine flache Glut vor sich hinbrennen, davor einen Sessel, neben dem eine hohe Lampe und ein kleines Tischchen standen, mit einer leeren Teetasse und einer metallenen Keksdose darauf, voller bunter Teppichwolle. Auf einer Fußbank vor dem Sessel lag ein kleiner runder Stickrahmen. Die Nadel steckte in einem halbfertigen Lamm-Motiv. Für Luke sah es so aus, als wäre die Arbeit mittendrin unterbrochen worden. Mark blieb kurz stehen und sah zum Sessel. «Sehen Sie? Sie hörte Musik und machte Handarbeiten – so war es, als ich wegging.» Er zeigte auf eine fein bearbeitete Musiktruhe. Sie war offen, und Luke sah ein rotes Lämpchen leuchten. Offenbar war die Stereoanlage immer noch angeschaltet. Er sah sie sich aus der Nähe an.

The Pirates of Penzance las er auf dem Plattenetikett. Auf der Plattenhülle schielte ein Pirat nach ihm, in den gefletschten Zähnen hielt er einen Krummdolch. Luke drehte sich sachte um, so daß das Piratengesicht zur Wand schaute. Das Messer war nicht gerade dazu angetan, eine angenehme Atmosphäre zu vermitteln.

«Eines ihrer Lieblingsstücke – es ist die gesamte Aufführung, mit Dialogen und ... und ...» Mark Peacocks Stimme kam einen Augenblick lang ins Stocken. «So habe ich sie zurückgelassen», erklärte er zum wiederholtenmal. «Warum ist sie nur hinausgegangen?»

«Wann sind Sie weggegangen?»

Mark schaute verwirrt. «Es muß gegen acht gewesen sein. Ich gab ihr noch einen schnellen Kuß und sagte, daß ich auf ein Glas wegginge, und daß es wohl spät werden würde, und sie nicht auf mich warten müsse.» Er versuchte, sich unter Kontrolle zu bekommen, nahm einen raschen Atemzug und begann zu zittern. «O Gott.» Er sank auf das Sofa und vergrub seinen Kopf in den Händen.

Die Tür ging auf und herein kam Paddy. «Der Arzt kommt gerade die Auffahrt hochgefahren», sagte er gedämpft, als er den Mann auf dem Sofa schluchzen sah.

«Fein», sagte Luke. «Ich glaube, wir sollten auf ihn warten. Sieh mal nach, ob du etwas Kaffee oder etwas anderes in der Küche findest, ja? Ich bin verdammt müde, und das sieht wieder mal nach einer langen Nacht aus.»

«Wirst du ihn verhaften?»

Luke starrte Jennifer erstaunt an. Er hatte nicht erwartet, daß sie «der Arzt» war, und war eindeutig nicht auf ihre unvermittelte Frage gefaßt. «Ihn verhaften? Weshalb fragst du das?»

«Ich weiß nicht», sagte Jennifer. «Ich bin eben erst gekommen und habe nicht einmal passende Schuhe an.» Überrascht sah sie auf ihre Füße. In der Eile hatte sie sich einen blauen und einen braunen Turnschuh angezogen.

«Ich will dich hier nicht haben, Jennifer», bemerkte Mark unvermittelt. Sein Schluchzen hatte für einen Augenblick nachgelassen. «Hier treibt sich ein Mörder herum. Dies ist kein Ort für eine Dame.»

«Sie ist keine Dame, sie ist Arzt», sagte Luke.

«Immer noch der Teufel mit den Engelszungen, ich verstehe», sagte Jennifer eisig. «Aber er hat recht, Mark. Ich bin hier als Arzt, nicht als deine... na ja, du weißt schon. Luke möchte dir ein paar Fragen stellen, aber wie ich sehe, bist du sehr aufgeregt.»

«Ich bin schon in der Lage, Fragen zu beantworten», sagte Mark beleidigt. «Es wäre nicht nötig gewesen, dich oder irgend jemand anderes zu holen.»

«Als die Polizei Doktor Gregson anrief, sagten sie, du seist ohnmächtig geworden», erklärte Jennifer.

«Und wenn schon.» Mark war offensichtlich in keiner guten Verfassung. «Du sagtest mir, daß Gregson die nächtlichen Notrufe übernehmen würde.»

«Das tut er auch, aber heute nacht...» Jennifer unterbrach sich. «Bitte laß mich dir helfen, Mark. Du hast mir heute mittag gesagt, daß ich dir helfen soll, aufrecht zu stehen, weißt du noch? Das mußt du jetzt auch.»

«Mutter ist tot», sagte Mark. «Mutter ist tot, ja, und nun muß das Muttersöhnchen auf eigenen Füßen stehen...» Sein Gesicht nahm einen betroffenen Ausdruck an, und plötzlich fing er an zu lachen. Es klang schrecklich, und er sah sie an, als ob er es selbst nicht verstehen konnte. Als ob irgend etwas in ihm steckte, lachte, und er es nicht aufhalten konnte. Seine Augen waren vor Erstaunen weit aufgerissen, voller Schrecken, aber etwas in ihm hörte nicht auf zu lachen, immer wieder zu lachen...

Jennifer gab ihm einen leichten Schlag auf die Wange, dann noch einen, aber es half nichts. Sein Lachen wurde immer lauter und artete in einen hysterischen Anfall aus. Sie griff nach ihrer Tasche, holte eine Einmalspritze hervor und zog rasch ein Beruhigungsmittel auf. Paddy, der sah, was sie vorhatte, schob den Ärmel von Marks Jackett zurück und hielt ihn fest, bis sie fertig war. Marks schreckliches Gelächter ging noch eine knappe Minute lang weiter und hörte dann schlagartig auf. Seine Augen fielen zu und er sackte im Sofa zusammen.

«Du solltest ihn nicht gleich ausschalten», sagte Luke tadelnd.

«Das hatte ich nicht vor», sagte Jennifer leicht überrascht. Sie sah auf die Glasampulle, aus der sie das Medikament aufgezogen hatte, um sich noch einmal zu vergewissern. «Nein, alles in Ordnung. Ich würde sagen, in ein bis zwei Minuten ist er wieder da. Es ist nur ein Schock – nichts weiter.» Sie fühlte Marks Puls und strich das blonde Haar zärtlich aus seinem feuchten Gesicht.

Luke bekam ein Muskelzucken in der Wange und wurde ziemlich schroff. «Ich hörte, du bist heute abend mit Mr. Peacock ausgegangen», sagte er. «Ich dachte, Ärzte sollten mit ihren Patienten keine zu engen Kontakte pflegen. Oder trifft das für Ärztinnen nicht zu?»

«Mark ist Doktor Gregsons Patient, nicht meiner.»

«Ein feiner Unterschied, nicht wahr?»

«Vielleicht.»

«Warum kam Doktor Gregson nicht selber? Er übernimmt doch die nächtlichen Bereitschaftsdienste, oder?»

«Ja, doch. Vermutlich dachte er, daß ich unter den gegebenen Umständen gerne bei Mark wäre. Mark und ich waren – na ja, ziemlich eng befreundet. Darüber hinaus war er dann frei, um weitere Notrufe anzunehmen, da ich wahrscheinlich eine gewisse Zeit hier bleiben würde. Ich habe mir wirklich nicht die Zeit genommen, seine Motive zu ergründen – ich war einfach dankbar für sein Entgegenkommen.»

«Verstehe.» Lukes Stimme klang zurückhaltend neutral. «Laut Aussage des Wirtschafters hatten Mr. Peacock und seine Mutter eine Auseinandersetzung, bevor er heute abend aus dem Haus ging. Eine Auseinandersetzung wegen dir.»

«Oh?» Jennifer ließ den Blick nicht von Mark.

«Ja», lächelte Luke sparsam. «Er sagte, daß es auch schon früher Auseinandersetzungen gegeben hatte. Deinetwegen.»

Jennifer seufzte. «Mrs. Taubman – konnte mich nicht ausstehen. Mich nicht oder meinen Beruf nicht, oder beides.»

Luke nickte. «Offensichtlich machte sie die Bemerkung ‹nur über meine Leiche›. Irgendwas dazu zu sagen?»

«Sie war eine äußerst melodramatische Frau, die gern eine Szene machte», sagte Jennifer. «Das war eine der Methoden, die sie anwendete, um ihren Kopf durchzusetzen.»

«Erwähnte Mr. Peacock diese Auseinandersetzung dir gegenüber?» fragte Luke.

«Nein. Es kann so wichtig nicht gewesen sein.»

«Verstehe.»

Jennifer ging unruhig auf und ab. «Warum bist du nicht draußen, bei den anderen und suchst nach Fingerabdrücken, Fußspuren und derartigem?» drängte sie. Sie fühlte sich in Lukes Gegenwart eingeschüchtert. Er wirkte fremd und distanziert, und sie konnte sich kaum noch vorstellen, wie charmant und verletzlich er sich bei dem Essen neulich abend gegeben hatte, so schroff und angsteinflößend war er jetzt.

«Dafür gibt es Spezialisten», sagte Luke freundlich, als er ihre Verärgerung merkte. «Unsere Aufgabe ist es, ihre Ergebnisse auszuwerten und Verdächtige zu befragen.»

«Also doch. Ich wußte, daß du ihn verdächtigst», sagte Jennifer bissig. Ihre schlimmste Vermutung hatte sich also bestätigt. «Mark war mit mir zusammen bis kurz vor elf.»

«Elf? Bist du sicher, daß diese Zeit stimmt?»

«Ja. Ich sah auf die Uhr, als ich ging.»

«Als du gingst? Ihr seid getrennt gegangen?»

«Ich hatte mich mit Mark verabredet und war deshalb mit meinem Wagen gefahren.»

«Verstehe.» Luke machte sich eine Notiz.

«Also konnte er damit nichts zu tun haben.»

«Das sagte ich ja auch nicht», erklärte Luke nachsichtig. «Worüber regst du dich so auf?»

«Oh...» Jennifer merkte, wie sie den Tränen gefährlich nahe war. «Erst David, jetzt du... Es macht mich einfach krank, das ist alles.»

«Krank? Weshalb?» fragte Paddy einigermaßen verwirrt, während Luke Jennifer beobachtete, wie sie Mark das Haar aus dem Gesicht strich und sich dann beschützend neben ihn setzte, als gehörte sie zu ihm.

«Ach, wegen der Leute, die Mark nicht trauen, bloß weil er reich ist und gut aussieht», brummte Jennifer.

«Der arme Junge», sagte Luke gequält. «Mir kommen die Tränen.»

Jennifers Augen blitzten kurz auf, ehe sie ein kleines Lächeln hervorzauberte. «Du weißt genau, was ich meine», sagte sie traurig. «Es kam nur etwas komisch heraus, das ist alles.»

Neben ihr regte sich Mark. «Jenny...» flüsterte er.

«Ja, Mark?»

«Basil... jemand muß Basil verständigen. Ich brauche ihn hier.»

«Wer ist Basil?» fragte Luke.

«Basil Taubman ist der zweite Ehemann seiner Mutter. Sein Stiefvater sozusagen, auch wenn man sich ihn nicht als solchen vorstellen kann. Er ist nicht unbedingt ein väterlicher Typ», erklärte Jennifer.

«Wo ist dieser Taubman?» wollte Luke von Mark wissen.

Mark blickte verträumt vor sich hin und verhielt sich äußerst vage. «London. Basil ist seit gestern in seinem Club in London, wegen ein paar Terminen und Treffen.» Mark redete sehr langsam und gedehnt. «Jemand muß ihn über ihren Tod benachrichtigen. Ding-Dong, die Hexe ist tot.» Während er wieder schwieg, begannen sich in seinen Augen Tränen zu stauen und dann über die Wangen herunterzulaufen.

Abbott hatte ihn die ganze Zeit angesehen. Er merkte, daß er versuchte, Abstand zu Mark zu bekommen. Der Mann sieht sogar in seinem Kummer noch gut aus, dachte er. Irgendwie erschien ihm das ungerecht. Dennoch hatte er das Gefühl, daß wenigstens der Kummer echt war.

«Ich glaube nicht, daß uns das heute nacht noch weiterbringt», sagte Paddy. «Bringen wir ihn zu Bett und sprechen am Morgen mit ihm. Sind Sie nicht auch dieser Meinung, Doktor?» Er sah Jennifer an. Sie konnte seinen Blick nicht deuten, fand aber, daß sein Vorschlag eine gewisse Freundlichkeit enthielt. Oder besser gesagt, ein gewisses Gespür.

«Ja, es wäre besser für ihn.»

«Ich will jetzt mit ihm sprechen», sagte Luke rundheraus. Paddy sah ihn überrascht an, Jennifer gereizt.

«Kannst du denn nicht sehen, daß er außerstande ist und unter dem Einfluß von Medikamenten steht?» hakte sie nach.

«Gerade das könnte es um so interessanter machen», sagte Luke. «Hast du etwa Angst, daß er etwas sagen wird, Jennifer?»

«Ich habe vor nichts Angst, egal, was er sagt», entgegnete sie wütend. «Ich habe nur Angst, daß du ihn so einschüchterst, daß er etwas sagt, das zu Fehlinterpretationen führen könnte.»

«Ah, ja – sieht so aus, als ob er bei seinen Frauen mütterliche Instinkte weckt, wie?» sagte Luke. «So ein großer Junge wie er sollte doch selbst auf sich aufpassen können.»

«Das war eine überflüssige Bemerkung», gab Jennifer verärgert zurück.

«Ja», sagte Paddy. «Sie hat recht, Luke. Du solltest wissen, daß nichts von dem, was er jetzt sagt, als Beweismittel verwendet werden kann. Heben wir ihn uns für morgen auf.» Paddy war betroffen über Lukes emotionale Reaktion und führte sie auf alte Feindschaften, oder vielleicht neue Interessen zurück. Jennifer Eames war eine sehr attraktive Frau, und Margaret Abbott war nun schon zwei Jahre tot. Luke hatte es gar nicht gefallen, zu erfahren, daß Jennifer mit Peacock ein Techtelmechtel hatte, den er ganz offensichtlich noch nie gemocht hatte.

Es war ein Fehler gewesen, Luke hierherzuschicken. Üblich war das jedenfalls nicht, jemanden mit einem Fall an einem Ort zu beauftragen, wo er private Beziehungen gehabt hatte. Vielleicht hatte man gedacht, daß Luke nach zwanzig Jahren ein Fremder in seiner Heimatstadt war. Vielleicht hatten sie nicht erkannt, daß die alte

Verbindung nach wie vor bestand. Wenn in einer Mordsache ermittelt werden soll, bleibt selten Zeit für ein gründliches Studium der Personalakte des ermittelnden Beamten. Oder vielleicht – und das war sehr wahrscheinlich – hatte man in dem Moment keinen anderen zur Verfügung. Hätte er das nicht erkannt, hätte er mit Luke nicht auf diese Weise im Beisein einer anderen Person gesprochen.

Luke starrte seinen Partner an und las irgendwie seine Gedanken. Er akzeptierte Paddys Vorbehalte. Vielleicht hatte Paddy das Muster in diesen Morden noch nicht erkannt, das ihm inzwischen aufgefallen war.

Andererseits gab es dieses Muster vielleicht gar nicht.

«Okay», sagte er barsch. «Dann bringt ihn eben zu Bett. Aber es soll jemand bis morgen früh bei ihm bleiben.»

«Darf er das? Mark wie einen Verdächtigen behandeln?» wollte Jennifer von Paddy wissen, der Lukes Rückzieher mit Verwirrung aufnahm.

«Ich fürchte, er darf so gut wie alles, was ihm Spaß macht, so lange er sich an die Buchstaben des Gesetzes hält. Und er kennt die Buchstaben des Gesetzes, das können Sie mir glauben. Ich würde mir darüber keine Sorgen machen», sicherte Paddy ihr zu. «Bringen wir ihn nach oben in sein Bett. Morgen sieht die Welt schon besser aus.»

Jennifer sah ihn an und verzog den Mund. «Ich verdiene etwas Besseres, Mr. Smith.»

Er grinste gewinnend. «Das ist allerding wahr. Am Morgen sieht die Welt wirklich besser aus. Das hat zweifellos etwas mit Blutzukker zu tun, oder mit dem Mangel an Sauerstoff im Gehirn.»

Zusammen halfen sie dem schlaffen und wimmernden Mark die elegant geschwungene Treppe hinauf. «Ich hörte, Sie haben heute abend Frances zum Essen ausgeführt», murmelte Jennifer.

«Das hätte ich beinahe», bejahte Paddy ein klein wenig außer Atem. «Sie wollte mich in der Stadt treffen, aber ihr Wagen streikte. Bis ich schließlich bei ihr war, war es so spät, daß wir dort blieben, bei Rührei und Toast.»

«Hat Frances gekocht?» fragte Jennifer erstaunt.

«Mehr oder weniger.» Paddy lächelte, als er an den Qualm in der Küche dachte, und an die Eispritzer an der Wand.

«Ja, mehr oder weniger.»

Kapitel vierzehn

«Entschuldige, Paddy», sagte Luke, als sein Partner sich neben ihn stellte und sie gemeinsam zuschauten, wie Jennifers Wagen zur Einfahrt hinausfuhr und einen sorgfältigen Bogen um die versammelten Polizeiautos machte. «Das war dumm von mir.»

Paddy zuckte mit den Schultern. «Du hast dich schon mal dumm verhalten, und ich erwarte –»

«– daß ich mich wieder dumm verhalte?» Luke seufzte. «Kein Zweifel.» Er drehte sich um und sah zum Haus. «Heult er noch?»

«Nein», sagte Paddy ernst. «Er bekam einen Lachanfall, als wir versuchten, ihm die Socken auszuziehen. Er konnte gar nicht mehr aufhören. Jennifer behauptet, daß manchmal Beruhigungsmittel diese Wirkung haben.»

«Komisch», sagte Luke unbeteiligt und spazierte über die Wiese. «War Bennetts Mann schon da, als du weggingst?»

«Es kam ein Beamter, mit einem Block in der Hand, wie angeordnet. Glaubst du wirklich, daß Peacock irgend etwas Wissenswertes von sich gibt?»

«Vielleicht. Selbst unter Drogen müßte ein Mann, der seine Mutter getötet hat, unruhig schlafen.»

«Meinst du das ernst?»

«Sicher. Guten Abend, Cyril. Ziemlich kalte Nacht für so was.»

Der Pathologe sah auf und ließ verwirrt das Maßband ins Gehäuse zurückschnappen. «Man sollte meinen, daß Mörder wenigstens so viel Anstand hätten, sich vor einer Lungenentzündung zu hüten, wie jeder andere», jammerte er. «Ich werde allmählich zu alt, um auf solchen feuchten Wiesen herumzukriechen.»

«Kannst du mir von der da den genauen Zeitpunkt ihres Todes sagen?» fragte Luke.

«Im Moment nicht.»

«Kannst du ihn wenigstens ungefähr nennen?» fragte Luke geduldig. «War es vor oder nach Mitternacht?»

Franklin sah auf seine Uhr, dann auf die Leiche. «Wahrscheinlich vor – vielleicht auch danach. Aber bestimmt in diesem Zeitraum.»

Luke schaute Paddy an. «Danke.»

«Willst du mir sagen, daß die hier auch schwanger war?» fragte Franklin sarkastisch.

«Nein, das glaube ich nicht.»

«Schade», sagte der Pathologe. «Ich mach mich mal an die Arbeit.»

«Cyril...»

Franklin seufzte. «Ja, Luke, es sprechen gute Gründe für die Annahme, daß dies das Werk derselben Person oder Personen ist, die die anderen zwei ermordeten.»

«Sagtest du Personen?» fragte Paddy schnell.

«Ich möchte keine Möglichkeit ausschließen», sagte der Leichenbeschauer. «Man weiß ja nie, wer zuhört.» Er fuhr in seiner makabren Arbeit fort, indem er sich direkt auf die Wunde konzentrierte. Plötzlich hörte es sich an, als läge Mabel Taubman immer noch in den letzten Zügen. Aber das weiße, blutleere Gesicht fiel irgendwie unter der Maske sorgfältig aufgetragener Schminke zusammen. Luke ging eilends weg, Paddy folgte ihm umgehend.

«Ich schwöre, er hat das absichtlich gemacht», sagte Paddy, während er sich in seinen Trenchcoat mühte, mit dem er sich nicht gerade allseits Ansehen verschaffte.

«Er haßt es, wenn man ihm zusieht», sagte Luke.

PC Bennett holte sie ein und trabte neben ihnen her wie ein eifriger Apportierhund. «Wir haben es mit einem Psychopathen zu tun, nicht wahr?» fragte er. Er schien hin und her gerissen zwischen der Wut des Gesetzeshüters über die Gemeinheit des Verbrechers und einer Art morbiden Stolzes, daß diese einfache Gegend einen Mörder von solchem Kaliber hervorbringen konnte. Andererseits war es schon eine äußerst ungewöhnliche Geschichte für Wychford, die nicht mehr aus den überregionalen Zeitungen herauszuhalten war. Seine Sache hier gut zu machen und so zu einer Beförderung zu kommen, war ein ermutigender Gedanke, den er sonst lieber aus seinem Kopf verbannte. Trotzdem blieb ein Echo. Er war vierundzwanzig und wollte eine Familie gründen.

«Könnte sein», sagte Luke unverbindlich. «Haben Sie einen guten Mann bei Peacock gelassen?»

«Nein, eine gute Frau», sagte Bennett, aber das Lachen über seinen eigenen Witz blieb ihm in der Kehle stecken, als er Abbotts Blick sah.

«Handelt es sich etwa um die Carter, die reizende blonde Polizistin, die unsere Protokolle und Abschlußberichte tippt?»

«Nun, ja...»

«Rufen Sie sie sofort wieder ab und schaffen Sie einen Mann herbei», ordnete Abbott auf der Stelle an. «Sagen Sie ihr, das hat nichts mit ihren Fähigkeiten zu tun – ich möchte mich nur nicht möglicher Kritik von seiten der Presse aussetzen. Das würde ihnen nur zu gut gefallen, wenn wir eine Frau allein mit einem unter Drogen stehenden Romeo vom Ort ließen, oder etwa nicht?» Er sah zu Paddy.

«Sie ist eine gute Polizistin. Es wird ihr wohl kaum gefallen», sagte Paddy verständnisvoll.

«Eine durchgeschnittene Kehle wird ihr noch weniger gefallen», meinte Luke.

«Du glaubst doch nicht im Ernst, daß Peacock seine eigene Mutter getötet hat», sagte Paddy etwas überrascht. «Auch die anderen beiden? Er hat von Jennifer ein Alibi für heute nacht...»

«Du hast doch gehört, was Cyril gesagt hat. Etwa um Mitternacht. Jennifer sagt, er ist vor elf von ihr weggegangen. Sein Anruf auf dem Revier ist um zwanzig Minuten nach Mitternacht dort festgehalten worden – mehr als eine Stunde ohne Rechenschaft. Er könnte nach Hause gekommen sein und den Streit, den er mit seiner Mutter vor seinem Weggehen gehabt hatte, erneut vom Zaun gebrochen haben. Angenommen, seine Mutter fand heraus, daß er mit Jennifer zusammen gewesen war, und fing mit ihm einen Streit darüber an, bei dem er sie umbrachte.»

«Cyril sagte auch, daß sie am Fundort gestorben ist», erinnerte ihn Paddy. «Wenn er sie als Folge eines Streits tötete, wie schaffte er es dann, daß sie nach draußen kam?»

«Vielleicht rannte sie raus, um ihm zu entkommen.»

«Und dabei nahm sie sich noch die Zeit, einen Mantel anzuziehen?»

«Genau», sagte Luke grimmig. «Hätte ihr denn ein Fremder die Zeit dazu gelassen?»

«Vielleicht hängte sie ihn einfach über ihre Schultern, um nach draußen zu gehen und den Hund zu rufen. Sie öffnete die Tür, und der Kerl packte sie an der Türschwelle», erklärte Bennett eifrig. «So könnte es doch passiert sein, oder?»

Luke sah zuerst ihn an, dann zum Eingang, tat einen Seufzer und nickte. «Ja, so könnte es gewesen sein.»

«Werden Sie das den Zeitungsleuten erzählen?» wollte Bennett wissen.

Am Ende der Wiese, wo der Wagen stand, drehte Abbott sich um und sah den jungen Constable an. «Nein. Wir werden ihnen erzählen, daß sich ein psychopathischer Killer in Wychford herumtreibt und daß wir harte Maßnahmen ergreifen, ihn zu identifizieren und zu verhaften.»

«Ja?» fragte Bennett, dessen Miene sich schlagartig aufhellte.

Abbott sah ihn enttäuscht an. «Streng mal deinen Kopf an, Junge», sagte er und stieg in seinen Wagen. Bennett sah Paddy fragend an.

«Wir wollen keine Panik auslösen, sondern einen Mörder stellen», sagte Paddy freundlich. «Geben Sie einfach das übliche *Wir erwarten in Kürze eine Verhaftung* heraus, in Ordnung?»

«Aber damit werden sie sich bestimmt nicht zufriedengeben», protestierte Bennett.

«Dann werden Sie sich eben etwas ausdenken müssen, wie sie das ja immer machen, oder nicht? Die können Panik schüren, wie es ihnen gefällt, wir nicht, weder offiziell, noch inoffiziell», sagte Paddy und ging herum, um sich hinter das Steuerrad zu setzen.

Bennett sah dem davonfahrenden Wagen nach, dann machte er kehrt, sah die Wiese hinunter, wo ein Lichtkreis das abgesperrte Gebiet erhellte und eine angesammelte forensische Expertenschaft wild durcheinanderlief. Da sich alle im Licht der Scheinwerfer bewegten, sah man deutlich die Wolke kondensierten Atems um jeden Kopf. Die Nacht war kristallklar, und die tieferen Stimmen der Männer wurden weit über den Rasen getragen. Am einen Ende wurde ein Sack und eine Trage zum Abtransport der Leiche bereitgestellt, während am anderen die Suche begonnen hatte.

Die Presse wird daraus einen schönen Zirkus machen, dachte Bennett mit Schrecken. Er schauderte in seinem Uniformmantel, ehe er sich umdrehte und einen Blick auf das Gutsgebäude warf. Das lange Gestänge des Baugerüsts erweckte von weitem den Eindruck eines großen Spinnennetzes vor einem dunklen, riesigen Klotz. Durch die Dunkelheit war ihr unheimliches Knarren zu hören. Dann ist es wohl besser, ich löse die Carter ab, dachte er als nächstes. Wenn daraus ein Zirkus werden sollte, dann beabsichtigte er als letztes, für die Presse die Dame im hautengen Glitzerkostüm auftreten zu lassen.

Also würde er selbst den Kerl hüten.

Als Jennifer nach *High Hedges* zurückkam, fand sie David in Tante Clodies Lieblingssessel vor dem langsam erlöschenden Feuer eingenickt. Sie sah ihn von der Tür aus einen Moment lang an, bevor sie wieder hinausging und etwas Lärm machte. Als sie wieder ins Wohnzimmer zurückkam, war er wach.

«Nun?» fragte er neugierig. «Nachdem du weg warst, kam mir die Idee, daß es sich um irgendeinen falschen Alarm gehandelt haben könnte. Ich rief also zurück, um sicherzugehen. Paddy Smith war am Apparat. Von ihm...»

«Sie sind alle da», sagte Jennifer und sank ihm gegenüber in den Sessel. «Sie liegt unten am Ende der Wiese. Da ich schon mal da war, stellte ich ihnen den Totenschein aus.»

«Und war es so, wie bei den anderen?»

«Ich denke ja. Ihre Kehle hatte jedenfalls einen tiefen Schnitt.»

«Und überzeugt das endlich deinen wunderbaren Inspector Luke Abbott, daß wir in Wychford einen psychopathischen Mörder auf freiem Fuß herumlaufen haben?»

«Nein», sagte Jennifer kleinlaut.

David richtete sich erstaunt auf. «Nein? Ist das dein Ernst?»

«Ich fürchte, es ist meine Schuld. Mark bekam einen hysterischen Anfall, und ich gab ihm einen reichlichen Schuß Thorazin. Er trat beinahe völlig weg.»

«Warum zum Teufel hast du das gemacht?»

«Ich wollte ihn nicht gleich flachlegen – Mark muß darauf hypersensibel reagiert haben. Egal, damit war das polizeiliche Verhör gelaufen. Mehr wollte ich eigentlich nicht.»

«Weshalb?»

«Ich weiß nicht. Weil sie sich anscheinend alle gegen ihn zusammentaten. Es schien mir das einzig Richtige zu sein. Luke hätte möglicherweise manches falsch ausgelegt. Mark verstand sich nicht mit seiner Mutter und stand immer unter ihrer Fuchtel. Ich wollte einfach, daß er sich besser unter Kontrolle hatte, wenn sie ihn verhörten.»

«Hört sich an, als ob du ihn selbst verdächtigen würdest.»

«Sei nicht albern, natürlich nicht. Ich tat es nur, weil Luke sich so... so... wie ein Polizist benahm.»

«Das überrascht kaum», bemerkte David.

«Ich weiß, ich weiß. Wie dem auch sei, das Ergebnis scheint zu sein, daß er Mark des Mordes an seiner Mutter verdächtigt.» Jennifers Stimme klang seltsam distanziert. «So benimmt er sich jedenfalls im Augenblick. Er hat jemanden abgestellt, der Mark während des Schlafs beobachten soll, für den Fall, daß er etwas sagt, was ihn belastet, vermute ich. Er hat vor, ihm jede Menge Fragen zu stellen, sobald er aufwacht.»

David schaute, als ob er das nicht ganz glauben konnte. «Ach, Jennifer. Du fühlst dich nur in der Defensive wegen deiner Gefühle für Mark.» Seine Augenbrauen entspannten sich ein wenig. «Luke ist einfach übertrieben diensteifrig. Du mißverstehst...»

«Nein.» Ihre Stimme wurde ernst. «Nein, ich bin mir ganz sicher. Er glaubt, daß Mark seine Mutter getötet hat.»

«Und auch die anderen Frauen?»

Sie starrte ihn vor Schreck an. «Das muß er wohl. Du glaubst es mir wahrscheinlich nicht, aber als ich das Haus dort betrat, dachte ich überhaupt nicht an die anderen Morde, nur an all die Streitereien, die Mark mit seiner Mutter hatte. Wenn Luke ihn dieses Mordes verdächtigt, muß er auch an die anderen Morde denken... es war meine Schuld!»

«Quatsch. Nichts als blanker Unsinn», sagte David gereizt. «Du hast etwas Schönes angerichtet, zugegeben, aber vor lauter Selbstvorwürfen reagierst du übersensibel, und verstehst wahrscheinlich alles falsch. Ich hätte dich nicht dorthinschicken sollen, es war ein Fehler. Ich hätte selbst gehen sollen.»

«Und warum bist du nicht selbst gegangen?» fragte sie.

«Ich... weiß es nicht.» Er stand auf und ging ans Fenster, die Hände in den Hosentaschen. «Ich denke, die Situation schien klar genug, und ich wollte mich für eventuelle andere Notrufe freihalten. Mrs. Clack erlitt heute morgen einen leichten Schlaganfall... ich befürchtete noch einen zweiten. Dann ist da noch das Baby der Saunders, das sich zwar tapfer gegen eine neue Bronchitis wehrt, aber du weißt ja, wie kalt es bei ihnen ist, selbst im Sommer...» Er drehte sich wieder um. «Vor allem glaubte ich einfach, daß es dir so lieber wäre, weil du dann in der Nähe deines Geliebten sein konntest, in seinen Leidensstunden.»

«Er ist nicht mein Geliebter», sagte Jennifer heftig.

David zog eine Augenbraue hoch. «Nein? Da hatte ich aber einen ganz anderen Eindruck. War der etwa falsch?»

«Genauso irrig wie deine Vermutungen über Mark und mich.»

«Ich meinte – ach, es ist egal.» Er blickte sie finster an. «Hat er dir denn nicht heute beim Mittagessen einen Ehering vor deine verwirrten Augen gehalten?»

«Nein, das hat er nicht. Er sagte lediglich, daß seine Mutter den Widerstand gegen seine Pläne aufgegeben habe und er jetzt freie Bahn habe...»

«Das hat er jetzt allerdings», bemerkte David. «Ist das der Grund, weshalb Abbott ihn so verdächtigt?»

«Nein. Meiner Ansicht nach glaubt er, sie hätten meinetwegen gestritten.»

«Meine Güte, eine echte *femme fatale* in meiner Nähe. Buchstäblich fatal, in der Tat.» David schüttelte den Kopf vor Abscheu. «Er tappt einfach im dunkeln und versucht, die naheliegende Erklärung zu vermeiden, weil er vor den Medien Angst hat. Oder schlimmer noch, davor, daß die Medien ihn schlecht aussehen lassen, weil er das Monster nicht schnappt. Ich halte nicht viel von deinem Chief Inspector Luke Abbott.»

«Das hast du neulich abend nur allzu klar durchscheinen lassen», sagte Jennifer.

«Nun, es ist doch eindeutig. Es müssen zufällige Morde sein. Welche Verbindung könnte es denn zwischen einer hübschen, gewöhnlichen Putzfrau, einer sexhungrigen Hure und jetzt einer reichen Matrone geben?» Vor Aufregung ging er auf und ab. «Keine, überhaupt keine.»

«Es gibt eine», sagte Jennifer nach kurzem Nachdenken.

Er drehte sich um und blickte sie an. «Um Gottes willen, welche denn?»

«Der Treidelpfad. Alle Morde ereigneten sich entlang desselben Weges.»

«Die erste Frau ist in Woodbury getötet worden.»

«Ja, aber derselbe Weg führt am Fluß entlang und mündet in den Treidelpfad ein. Ich kenne ihn gut, wir sind früher immer da lang gegangen, um in den Wald zu gehen, der mal dort war, wo heute der Fotobetrieb steht. Die Hauptstraße war damals nur eine kleine Seitenstraße. Sie wurde erweitert, als man die Autobahn baute, um eine bessere Verbindung herzustellen. Damals wuchsen dort die besten Brombeeren.»

«Hast du das gegenüber Abbott erwähnt?» fragte David.

Jennifer lächelte, da im Augenblick die Erinnerungen wieder auflebten. «Oh, er kennt ihn. Wir gingen manchmal zusammen dorthin. Er würde sich gewiß daran erinnern.»

«Ich verstehe.» David wandte seinen Blick von ihr ab und trat wieder ans Fenster, um sein eigenes Spiegelbild zu betrachten. «Und bist du dort auch mit Mark Peacock hingegangen?»

«Gott im Himmel, nein. Mark Peacock war für mich damals außer Reichweite. Außerdem ging er woanders zur Schule, er war nie in unserer Clique. Luke und ich waren ausgesprochene Stadtkinder.»

«Also seid ihr ‹alte Freunde›, Luke und du, oder? Ich dachte mir doch, daß ich neulich abend einige unterschwellige Strömungen spürte, aber ich konnte mir kein richtiges Bild machen. Jetzt verstehe ich, warum er so schnell zum Essen eingeladen wurde – und Clodie einiges dazu tat, eine alte Flamme neu zu entfachen. Und in meiner Unschuld dachte ich, sie tat es, damit Wally mehr über die Morde herausfinden konnte.»

«So war es auch. Du weißt, wie unersättlich er ist, wenn es um Klatsch geht. Er möchte immer alle Hintergrunddetails kennen. Manchmal glaube ich, aus diesem Grund wurde er auch Arzt. Er ist absolut diskret, er möchte nur über alles und jeden Bescheid wissen, das ist alles.»

«Ein ziemlich gefährliches Hobby, würde ich meinen.» David war nachdenklich. «Die Leute mögen es nicht, wenn ihre Geheimnisse bekannt werden.»

«Nun, jetzt ist er auf alle Fälle sicher», sagte Jennifer und stand auf. «Ich mache einen heißen Kakao. Möchtest du auch eine Tasse?»

«Nein, danke.» Davids Stimme klang entfernt, während er aus dem Fenster starrte. «Was tat Abbott, als du gingst?»

«Er warf einen durchdringenden Blick in die Runde», sagte sie, «besonders auf mich.»

Kapitel fünfzehn

Eine der überregionalen Zeitungen hatte einen freien Mitarbeiter in dem Gebiet um Wychford, der sie mit Neuigkeiten beliefern sollte. Ordnungsgemäß hatte er einen Bericht über die Ermordung von Beryl Tompkins, einer Putzfrau im Fotoentwicklungslabor, eingeschickt und ihn mit Vermutungen über mögliche Machenschaften der Firma angereichert, daß sie eventuell etwas gesehen hatte, was nicht für ihre Augen bestimmt war. Die vier Zeilen lange Nachricht erschien am Ende einer Spalte. Sein Fortsetzungsbericht wurde überhaupt nicht abgedruckt, aber es blieb ihm immerhin der Trost, daß er das lokale Käseblatt aufgerüttelt hatte.

Nach dem Mord an Win Frenholm sandte er einen weiteren Bericht an die überregionalen Blätter, diesmal mit Vermutungen über das Wesen und die Motive des Mörders und mit Hinweisen auf eine mögliche Verbindung zwischen den beiden Morden, die in der Ähnlichkeit der Methode zu liegen schien. Unglücklicherweise war in der Nacht zuvor ein Regierungsskandal publik geworden, so daß für das Ausschlachten der Geschichte wenig Platz war. Zwar hatte man der Geschichte zwei Absätze gewidmet, aber so weit hinten, daß sie kaum Aufmerksamkeit erregte. Die anderen Tageszeitungen brachten überhaupt nichts.

Mabel Peacocks Tod war vor ein Uhr morgens eingetreten. Journalistisch gesehen war der Abend öde verlaufen. Keine aus irgendwelchen Nachtclubs herausgeworfenen Filmstars, keine neuen Affären, die Regierung verhielt sich ruhig, das Pfund war stabil, das Wetter schön. Von einem Kontaktmann im örtlichen Polizeirevier herausgeklingelt, erschien der Reporter nur knapp zehn Minuten später am Tatort als der Untersuchungsrichter. Für die Morgenausgabe der überregionalen Zeitungen war es schon zu spät, aber er erreichte noch die Nachtredakteure der lokalen Fernsehstation, die er beide sehr gut kannte, und die regionale Zeitung nahm alles von ihm.

Während in Wychford also ein neuer Tag begann, wurden in London die Taschen gepackt. Der Nachrichtenjäger, zynisches, aasfressendes Opfer einer Verleumdungskampagne in der Fleet

Street, bereitete sich auf die Verteidigung seines Territoriums vor. Er hatte eine ganz große Story an der Hand und er wollte unbedingt dranbleiben.

Mabel Peacock Taubman hatte zur feinen Gesellschaft (einer kleineren Grafschaft) gehört. Sie war wohlhabend (mit einem Konto bei Fortnum) und das letzte Opfer des Schlächters von Cotswold (auf das nächste konnte man warten).

Luke Abbott hörte dem Bericht des lokalen Radiosenders zu, der durch die Küchentüren des Hotels drang, und blickte finster über den Tisch zu Paddy Smith hinüber. «Erinnere mich daran, daß der Ventilator am Wagen saubergemacht werden muß», sagte er.

Kay Hall stand neben Jennifers Schreibtisch. Sie sah bedrückt aus. «Sie wollen Mark Peacocks Blutgruppe wissen. Soll ich es ihnen sagen?»

Verwirrt blickte Jennifer auf. «Wer möchte das wissen?»

«Die Polizei. Es ist gerade jemand am Telefon. Soll ich es sagen?»

«Haben wir einen Befund darüber?»

«Ja, sie ist A-negativ.»

Jennifer sah sie an und seufzte resigniert. «Ob wir es sagen oder nicht, spielt auf lange Sicht keine Rolle. Sie wenden sich dann einfach mit einem Gerichtsbeschluß an eine andere Quelle, Krankenhaus, Blutbank oder ähnliches. Vermutlich hat sich Mark geweigert, ihnen die Information oder eine Blutprobe zu geben.»

«Ja, vermutlich», sagte Kay nicht ohne Ironie. «Man gibt doch nicht einfach irgendwem sein Blut, oder? Sie könnten auch abwarten und ihn wegen Trunkenheit am Steuer anhalten – aber dann würde er wohl nur zu gerne ins Röhrchen blasen, oder eine Urinprobe abgeben, was ihnen kaum nützen dürfte, oder? Sie sind hinter dem Blut her. Wie üblich.»

«Bist du auch gegen die Polizei?» fragte Jennifer.

«Nur, wenn es mir in den Kram paßt», sagte Kay grimmig. In ihrem Blick lag ein seltsamer Schimmer. «Heute morgen ist es mir gerade recht, wegen dieser kleinen Rotznase am anderen Ende der Leitung, die von mir etwas über die Blutgruppe wissen wollte. Wenn sie endlich den Gauner schnappen, der Raymonds Motorrad gestohlen hat, sind sie mir wieder recht.»

«Verstehe», lächelte Jennifer. «Logik siegt, wie üblich.»

«Was soll ich dieser Tante am Telefon sagen?»

«Entschuldige dich und sage –» fing Jennifer an.

«Wieso», schimpfte Kay. «Muß das sein?»

«Ja. Sag ihr, es ist eine Frage des Arztgeheimnisses.»

«Nun, ich werde sie ein Weilchen hinhalten, ehe das Telefonat ‹zufällig› unterbrochen wird», erklärte Kay und lächelte. «Dann muß sie wieder zurückrufen.»

«Und du wirst dich natürlich entschuldigen.»

«Ist doch nicht meine Schuld, daß die britische Telefongesellschaft ab und zu jemanden aus der Leitung wirft, oder?» sagte Kay heiter und ließ beim Hinausgehen Mark Peacocks Krankenblatt auf Jennifers Schreibtisch liegen.

Jennifer seufzte. Natürlich hatte sie das Recht, sich querzustellen. Luke und seine Leute taten auch nur ihre Pflicht. Es war dumm von ihr gewesen, daß sie den Verdacht auf ihn gelenkt hatte, aber es konnte nichts Schlimmes passieren, denn Mark war vollkommen unschuldig. Die Frage nach Marks Blutgruppe gehörte lediglich zu den Untersuchungen – man wollte eben sehen, ob er der Vater des ungeborenen Kindes von Win Frenholm war. Das war natürlich gleichermaßen lächerlich wie die Vorstellung, daß er seine eigene Mutter getötet haben sollte.

Oder etwa nicht?

Gelangweilt öffnete sie die Mappe. Ihr Blick fiel sofort auf einen roten Umschlag unter ein paar Briefen. Sie holte ihn heraus und öffnete ihn. Sie wußte bereits, was sie finden würde, denn rote Umschläge wurden für Krankenberichte der Psychiatrie verwendet, und dieser hier war ziemlich dick.

Zögernd begann sie zu lesen.

Luke legte den Telefonhörer auf und blickte über die Unordnung in dem Bürozimmer hinweg zu Paddy. «Cyril meint, er kann Mark Peacock nicht als Vater des ungeborenen Kindes ausschließen, wenn er A-negativ hat. Um spezifischere Aussagen machen zu können, braucht er eine komplette Blutprobe.

«Verdammt. Wie kommen wir da ran?»

«Gar nicht. Jedenfalls nicht im Augenblick.» Luke seufzte und lehnte sich in den geliehenen Drehstuhl zurück. Es knackte, und einen Moment lang sah es aus, als ob er umkippen und auf dem Boden landen würde, ehe er sich gerade noch fing. «Ich wünschte, ich wüßte, warum ich Peacock nicht traue», sagte er nachdenklich. «Ich werde einfach das Gefühl nicht los, daß er die ganze Zeit nur irgendwelche Phrasen gedroschen, phantasiert und uns etwas vorgeflennt hat, während er uns durch seine Finger hindurch beobachtete.»

«Verdachtsmomente sind keine zugelassenen Beweismittel», sagte Paddy phlegmatisch. Er glaubte zu wissen, weshalb Luke Peacock nicht mochte. Es hatte etwas mit der Vergangenheit zu tun, aber noch mehr mit der Gegenwart – und mit Jennifer Eames. Als sie letzte Nacht zu Marks Verteidigung einsprang, hatte sie Lukes Eifersucht zu spüren bekommen.

Paddy überraschte es zu sehen, daß Luke nach einer so kurzen Zeit des Wiedersehens zärtliche Gefühle für Jennifer entwickelte, und vermutlich wäre Luke selbst gar noch überraschter. Trotzdem, es gab alle Anzeichen dafür. Paddy wußte nicht, ob er darüber erfreut sein sollte oder nicht. Luke war seit dem Tod seiner Frau schrecklich einsam gewesen. Frauen hatte es genug gegeben, doch nie die richtige. Die jungen Söhne konnten die Lücke nicht schließen, denn obwohl Luke ein liebender und hingebungsvoller Vater war, brauchte er eine direktere Unterstützung, als Kinder sie geben konnten. Paddy gefiel der Gedanke, daß seine Freundschaft Luke durch die schwere Zeit geholfen hatte – aber wenn es mit seiner Beförderung klappte, würde Luke einen Fremden an die Seite bekommen. Er hatte zwar ein paar vielversprechende junge Sergeanten im Visier, die ein gutes Gegengewicht zu Lukes eher exzentrischen Aufdeckungsmethoden darstellten, aber wahrscheinlich würde keiner Lukes Freund werden können.

Sie selbst waren in mehr als zehn Jahren gemeinsamer Arbeit zu einem guten partnerschaftlichen Team zusammengewachsen, sowohl im Beruflichen wie auch im Privaten. Die Freundschaft würde nie enden, aber sich verändern, wenn er selbst in Eigenverantwortung andere Fälle bearbeiten würde. Sie würden sich zum Essen verabreden, bei offiziellen Sitzungen sehen – und dann ‹Auf Wiedersehen›. Es wäre einfach alles ganz anders.

«Drei Frauen», sagte Luke schließlich. «Eine in den Zwanzigern, eine in den Vierzigern, eine in den Sechzigern – oder kurz davor. Eine arm, eine freiberuflich mit mittlerem Einkommen, eine aus einer wohlhabenden Adelsfamilie. Eine bieder, aber ehrlich, eine schön und verhurt, eine wohl behütet und anspruchsvoll. Zwei verheiratet und offensichtlich treu, eine alleinstehend und promiskuitiv. Alle mittelgroß und mittelschwer. Eine Brünette, eine Blonde, eine Ergrauende. Die eine Mutter kleiner Kinder, die andere schwanger, die dritte aus dem gebärfähigen Alter heraus, aber Mutter eines erwachsenen Sohnes.»

«Das sind die Unterschiede», sagte Paddy. «Was sind die Gemeinsamkeiten?»

«Daß sie alle tot sind», erwiderte Luke kurz und bündig.

«Und?»

Luke stöhnte. «Allen wurde um Mitternacht die Kehle durchgeschnitten. Alle wurden von hinten angegriffen. Keine sexuellen Mißhandlungen. Außer der Wunde keine weiteren Verstümmelungen. Keine gefundene Tatwaffe. Keine unbekannte Person oder Personen, die die Verantwortung übernehmen. Alle entlang oder gegenüber des Wegs ermordet, der von der Fotofirma zum Fluß und an ihm entlang führt.»

«Etwas hast du ausgelassen», sagte Paddy. Fragend hob Luke die Augenbrauen, während Paddy fortfuhr. «Alle drei waren Patienten von Dr. David Gregson.»

Luke nahm seine Füße vom Tisch und starrte ihn an. «Wie hast du das herausbekommen?»

«Ich habe gefragt», sagte Paddy ruhig. «Von Win Frenholm wissen wir es, obwohl sie zum letztenmal aus irgendeinem Grund bei Jennifer war, und von Mrs. Peacock auch. Ich mußte heute morgen beim Aufwachen darüber nachdenken. Ich rief Mr. Tompkins in Woodbury an und fragte, wer der Arzt seiner Frau war. Er sagte mir, daß sie früher zum alten Dr. Mayberry gegangen war, aber nachdem er erkrankt war, den jungen Dr. Gregson konsultierte. Es gab also eine Verbindung.» Vorsichtig äugte er zu Luke hinüber. «Was denkst du?»

Luke stand auf und ging ans Fenster ihres kleinen Büros, das man ihnen überlassen hatte. Er schaute auf den Parkplatz hinunter und betrachtete die bunt zusammengewürfelten Autos. Schwarz-weiß waren die Streifenwagen, dunkelblau die anderen Dienstwagen und im Kontrast dazu die andersfarbigen Privatautos der Polizeiangehörigen. Sein eigener Wagen, scharlachrot, stand in einer entfernten Ecke. Er benutzte einen Dienstwagen, damit die örtliche Polizei und Verkehrswacht ihn erkennen konnten. Bei seinem letzten Fall hatte er sich vier Strafzettel eingehandelt, wegen seiner Gewohnheit, dort zu parken, wo es ihm gerade beliebte. Eine schlechte Angewohnheit. Er hatte eine Menge schlechter Angewohnheiten, dachte er. Aber keine davon ließ es zu, daß seine persönlichen Gefühle seinen professionellen Instinkt störten. Er wandte sich wieder vom Fenster ab und sah, wie Paddy ihn anschaute.

«Ich denke, wir sollten dieser Spur nachgehen.»

Kapitel sechzehn

Der erste richtige Herbstfrost hatte in den ersten Stunden vor der Morgendämmerung eingesetzt, und alles war von Rauhreif bedeckt. An den schattigen Stellen waren noch silbrig glänzende Spuren davon sichtbar, wie versteckter Flitter einer unerlaubten nächtlichen Orgie. Luke und Paddy ließen ihren Wagen auf dem Parkplatz vor dem Fotobetrieb stehen und gingen auf die Umzäunung zu, wo eine Lücke den Anfang des Wegs markierte. Dort blieb Luke stehen und blickte über die Landschaft, die unter ihm lag.

«Hier war mal alles Wald, Paddy», sagte er ruhig. «Er hat der Straße weichen müssen, wie üblich. Der Weg verlief zum Fluß hinunter, wo er in den Treidelpfad mündete. Vermutlich verschwand der Fluß unter der Erde, als sie den Wald abholzten und diese verdammte Fabrik errichteten. Eigentlich war es gar kein richtiger Wald – er erschien uns lediglich so. Unten sahen wir die Erwachsenen, die uns bei unseren Geheimnissen und Spielen hier oben nicht stören konnten. Ich bin froh, daß ich wegging, bevor die großen Straßen herkamen.»

«Ich dachte immer, daß nur die Alten permanent von der Vergangenheit erzählen», sagte Paddy. «Du machst dich älter als du bist, Luke.» Es kam nicht oft vor, daß er seinen Vorgesetzten beim Vornahmen nannte, und wenn, dann nur, wenn sie unter sich waren. Er dachte, daß sich Abbott im Moment sehr allein vorkam und jemanden brauchte, der ihn in die Gegenwart zurückholte.

Luke warf ihm einen amüsierten Blick zu. «Mach dir keine Sorgen. Ich werde schon nicht senil. Es ist einfach eine Tatsache – ich bin froh, daß ich weggegangen bin, bevor sich alles verändert hat. Dieses Wychford hier hat nichts mehr mit dem Wychford zu tun, in dem ich aufwuchs. Das bewahre ich mir hier drin auf.» Er tippte sich an seine linke Schläfe. Sein Blick löste sich von Paddy und schweifte über den Parkplatz zu der Stelle, an der die Hecke auseinandergeknickt war. «Komm, laß uns gehen.»

Sie traten durch die zertrampelte Hecke und begannen mit dem Abstieg zur Hauptstraße, die dem Schwung des Hügels unter ihnen folgte. An einer Stelle führte der Pfad um eine Gruppe von Büschen herum, und genau dort hatte sich der Mord an Beryl Tompkins abgespielt. Abbott blieb stehen und sah nach rückwärts zum Hügel hinauf. «Die Parkplatzbeleuchtung war an, aber so weit reichte sie nicht. Die Hauptstraße unten ist ebenfalls beleuchtet, aber auch das reichte nicht bis hier hinauf. Ein naturliches schwarzes Loch. Ich wette, die Frauen fangen an dieser Stelle zu laufen an.»

«Warum zum Teufel gehen sie nicht die Auffahrt herunter, die zur Fabrik führt?» murrte Paddy. «Sie ist schön gepflastert, gut beleuchtet...»

«Und ein Umweg von knapp vierhundert Metern. Die Bushaltestelle befindet sich direkt unterhalb dieser Büsche. Sie müßten noch mal zurückgehen», sagte Luke. «Die Leute nehmen den leichtesten Weg, genau wie Wasser.» Er ging weiter um die Büsche herum auf die Hauptstraße zu, Paddy vorsichtig hinter ihm her. Mit seinen versteckten Froststellen war der Weg recht trügerisch. Es erwischte ihn einmal, als er schon beinahe unten war; er rutschte aus und Abbott in den Rücken. Lediglich Abbotts schnelle Reflexe verhinderten, daß er unter die Räder eines Sattelschleppers geriet, der in diesem Moment vorbeidonnerte.

Er sah in Paddys vor Schreck erstarrtes Gesicht. «Ich weiß, daß du dich auf deine Beförderung freust, aber deswegen dürfen wir uns nicht zu etwas hinreißen lassen», sagte er und lehnte sich gegen das Schild der Bushaltestelle.

«Tut mir leid», murmelte Paddy. «Es war der Frost.»

«Das ist deine Version», grinste Abbott. «Los, jetzt kommt gerade kein Auto.» Sie rannten über die vier Fahrspuren und sprangen auf der anderen Seite über den Zaun, als just ein weiterer Sattelschlepper und ein entgegenkommender Bus vorbeirasten. Luke bog nach rechts. «Wir bahnen uns einen Weg hier entlang – dort ist der Fluß, oder was davon noch übrig ist.» Er zeigte hinunter zu einer schmutzigen und häßlichen Betonröhre, aus der unmittelbar unter der Straße ein träger verfärbter Wasserschwall herausfloß und in den Farnwäldern verschwand, die den restlichen Hügel bis hinunter zum Fluß bedeckten. Er lief die nächsten fünf- bis sechshundert Meter parallel zur Straße ab, dann hielt er an. «Von hier aus führt der Pfad wieder nach unten. Ziemlich bewachsen und nicht mehr sehr frequentiert auf dieser Seite, wie man sieht.» Er ging auf eine für Paddy schier undurchdringlich scheinende Wand aus Unterholz zu, die sich aber in diesem einen Abschnitt als gar nicht so dicht herausstellte. Sie brachen durch das Gestrüpp von Dornen und Unkraut, die es auf ihre Anzüge und ihre schlecht geschützten Knöchel abgesehen hatten. Paddy, ein Stadtjunge, fand, daß er für diesen Gewaltmarsch durch die unberührte Natur nicht gerade die richtige Kleidung angezogen hatte. Er wischte sich Blut ab, das von einem Kratzer auf einer Backe stammte, und schleppte sich hinter Luke her, der sich langsam seinen Weg bahnte und seinen scharfen Blick in alle Richtungen, nach oben, nach unten und im Kreis herum, schweifen ließ. Paddy blieb einen Augenblick lang stehen, um einen Wollfaden zu untersuchen, den er an einem Zweig gefunden hatte, bis er merkte, daß er aus Lukes Hose stammte, und als er aufsah, war Luke verschwunden. Lukes plötzliches «Aha!» verriet ihm, wo sein Meister war. Paddy brach sich zu einer Lichtung durch, die an das Grundstück des Krankenhauses grenzte.

«Wir werden die Abkürzung über den Parkplatz nehmen müssen, und dann, glaube ich, geht der Weg eindeutig hinter der Wohnsiedlung weiter, bis zum Treidelpfad», sagte Luke. Sie zwängten sich zwischen den Autos hindurch, überquerten die Kiesfläche dahinter und drückten sich erneut an Autos vorbei. Am anderen Ende, nahe dem Krankenhaus, schien ein lebhaftes Treiben zu herrschen. Eine Gruppe Arbeiter stand wild gestikulierend um ein Abschleppauto herum. Luke hielt kurz an, ging weiter, blieb erneut stehen und schwellte die Brust. «Hier, ich hatte recht. Wenigstens war der Architekt des Krankenhauses so vernünftig, ein Tor einzuplanen. Muß einer der Jungs aus dem Ort gewesen sein», grinste Luke. «Jetzt wird es leichter zu gehen, Paddy. Du kannst also aufhören, hinter mir herzubrummen. Kommt mir vor, als verfolgt mich ein Bär.»

«Das muß sein. Anders halte ich das nicht aus», brummelte Paddy.

«Recht hast du. Ich glaube nicht, daß unser Mörder diesen Weg genommen hat, obwohl er ihn gekannt haben könnte. Wenn ich noch hier leben würde, würde ich ihn auch vermeiden, aber es war wichtig, einmal nachzusehen.» Sie brachen durch das letzte Stück Unterholz und blieben stehen. «Großer Gott, das konnte keiner der Jungs aus dem Ort gewesen sein, der das hier gestaltete.» Fassungslos starrte Abbott auf das öde, baumlose Straßengewirr und die mit Schindeln gedeckten Wohnschachteln, die sogenannte Riverside-Siedlung. «Andererseits glaube ich, dies ist der beste Platz, um in der Stadt zu leben, weil es der einzige ist, von dem man sie nicht sehen kann.»

«Nun, heutzutage fangen viele junge Pärchen ihr gemeinsames Leben in solchen Siedlungen an», sagte Paddy einfältig. Luke sah ihn etwas bestürzt an.

«Und viele Pärchen fangen ihre Scheidungen in solchen Siedlungen an, wo die Frauen isoliert sind, und die Männer nach Hause kommen und sich wie die Drohnen im Bienenstock vorkommen. Das ist meine Ansicht», sagte Abbott und zeigte gleich auf eine junge Frau, die auf dem Gehweg gegenüber einen Kinderwagen vor sich herschob. Sie war schlank und knackig und jung – aber in ihren Augen lag Kummer, und das Baby plärrte wie wild. Sie warf ihnen vorsichtig einen Blick zu, ohne den Kopf zu wenden. «Lieber eine vergammelte Mietwohnung – die hat wenigstens Charakter. In diesen Siedlungen gibt es mehr Kriminalität als in...»

«In Ordnung, in Ordnung, es war eine blöde Bemerkung», gab Paddy gehorsam zu. «Was wurde übrigens aus deinem berühmten Pfad?»

«Man hat ihn verlegt», sagte Abbott und drehte sich immer wieder um. «Ah... dort drüben.» Er sah zu einer kleinen Parzelle Land hinüber, die als Spielplatz diente – die Kinder waren wirklich bemitleidenswert. Paddy holte ihn bei den Schaukeln ein.

«Woher weißt du das?» fragte er.

«Wasser», sagte Abbott. Er streifte über das unregelmäßige Gras auf eine Lücke zwischen dem Wirrwarr junger und alter Bäume zu.

«Wasser?» wiederholte Paddy.

«Nimmt immer den einfachsten Weg abwärts», erklärte Abbott. «Dahinten ist eine abfallende Böschung... siehst du? Und dort ist der Treidelpfad. Wenn du hier herunter und den Pfad entlang gehst, kommst du am anderen Ende der Stadt, bei ein paar kleinen Geschäften und einer Bushaltestelle heraus. Warte ab, sie wird genau diesen Weg nehmen.»

«Sie wird den Kinderwagen niemals den Abhang herunterbekommen», sagte Paddy.

«O doch. Ich wette, das macht sie jeden Tag», sagte Abbott und blinzelte gegen die Sonne, die jetzt über den Dächern stand. Die junge Frau schob den Kinderwagen unbeirrt vor sich her, eine Tragetasche mit Kleidern schlug leicht gegen den Griff – sie war bestimmt auf dem Weg zur Reinigung. «Tag , gnädige Frau», sagte er ernst. «Können wir Ihnen mit dem Kinderwagen helfen?»

Sie sah ihn nervös an.· «Nein, danke.»

Paddy wollte sie gerade beruhigen, daß sie keine Angst vor ihnen zu haben brauchte, als sie den Kinderwagen geschickt auf die Seite drehte und so die Steile herunterrutschte, bis zum Treidelpfad zwei Meter weiter unten. Im nächsten Moment hatte sie den Kinderwagen wieder nach vorne gedreht und verschwand hinter der Hecke in Richtung Stadt. Abbott lächelte. «Siehst du? Wenn nun der Stadtrat auch nur einen Funken Verstand hätte, dann würde man diese Abkürzung schön herrichten lassen, anstatt sie abzuzäunen.» Er zeigte auf die Stelle, wo der kaputte Zaun in die Hecke gedrückt worden war und ein halbverborgenes Schild verkündete, *Kein Durchgang*. «Lächerlich. Niemand beachtet es auch nur im geringsten, was ich durchaus verstehe. Vermutlich sollen sie sich ihren Weg durch das Labyrinth der kleinen Straßen bis zur Hauptstraße bahnen und dann drei Kilometer bis ans andere Ende der Stadt gehen. Und zurück natürlich auch wieder drei Kilometer. Versuch das mal mit einem schreienden Baby, ein paar Tragetaschen voll mit Lebensmitteln, und Kopfschmerzen. Als Alternative kann ich einen kurzen Spaziergang am Ufer des kühlenden Flusses anbieten. Wie war Barry Treats Adresse gleich wieder?»

Für Paddy kam dieser abrupte Themawechsel wie ein Blitz aus

heiterem Himmel, und es dauerte etwas, bis er sein Notizbuch gefunden hatte. Luke sah sich weiter um, während er nach der Adresse suchte. «Purlway Nummer Zehn», gab er schließlich an.

«Also muß er hier irgendwo wohnen, glaube ich.» Abbott deutete mit einem Nicken die Straße entlang, auf der die junge Mutter gekommen war. «Dies ist also der Weg, den er gegangen war, und wahrscheinlich auch der Weg, den Win Frenholm genommen hatte. Komm.»

Bis sie am Treidelpfad ankamen, war die junge Frau mit dem Kinderwagen bereits verschwunden. Nach ein paar Minuten erreichten sie die Stelle, an der Win Frenholm umgebracht worden war. Auf der anderen Seite des Flusses lag *Peacock Manor.*

«Du siehst also, dort ist ein verbindender Faktor», sagte Abbott.

«Ja – eingestürzte Brückenbogen», sagte Paddy grimmig und verschaffte seinem Fuß im Schuh ein wenig Erleichterung. «Dann ist der Kerl vielleicht über den Fluß geschwommen, um Mrs. Taubman zu ermorden?»

«Nein», sagte Abbott ernst. «Er ging oder fuhr über eine der Brücken, oder er nahm den Bus, was ich jetzt auch für uns vorschlagen würde.»

«Gott sei Dank», stöhnte Paddy.

Sie mußten nicht lange auf einen Bus warten, der sie aber nur in die Stadtmitte und zum Busbahnhof brachte, wo sie zwanzig Minuten Wartezeit hatten, bis der nächste zum Fotolaborbetrieb abfuhr, wo sie ihren Wagen zurückgelassen hatten. Paddy wollte im Revier anrufen, damit jemand sie abholte, aber Luke sagte nein und suchte den Stationsvorsteher auf, um sich eine Liste mit den Namen und Adressen der Männer geben zu lassen, die die Linie zum Werk regelmäßig am Abend fuhren. Er steckte sie Paddy in die Hand, der sie Bennett überreichen sollte. «Sag ihm, er soll herausfinden, ob in der Nacht, als Beryl Tompkins getötet wurde, auf dem Hin- oder Rückweg ungewöhnliche Fahrgäste im Bus waren», trug er ihm auf. «Um diese nächtliche Zeit fahren die meisten Fahrgäste regelmäßig. Ein fremder Fahrgast wäre aufgefallen, glaube ich. Übrigens, da ist unser Bus. Wir können uns wenigstens hinsetzen, bis er abfährt.»

Als der Bus endlich abfuhr und durch die Stadt kurvte, blickte Abbott zum Fenster hinaus und war fasziniert, wie sich die Dinge verändert hatten, wenn auch nicht alle. Manche Namen auf den Läden waren noch die gleichen, aber die Fassaden hatten ein anderes Gesicht bekommen. Viele der Hauptstraßen waren ihm noch vertraut. Hier und da erinnerte er sich wieder. Manche Stellen waren so wie eh und je, mit dem gleichen Geruch, aber irgendwie kamen sie ihm kleiner vor, als er sie in Erinnerung hatte, so, als wären sie mit der Zeit komprimiert. Die Apotheke von Pelmer, der Süßigkeitenladen von Osgood, Laines Wollgeschäft, all das wiederzusehen, ließ ihn schmunzeln, einer der wenigen Augenblicke, in denen er kein ernstes Gesicht machte. «Eine gute Art, sich die Stadt anzusehen», bemerkte er zu Paddy. «Ein bißchen erhöht, in langsamer Fahrt, bekommt man eine völlig neue Perspektive. Alles sieht anders aus. Es ist nicht die Vogelperspektive, aber auch nicht die des Menschen.» Er sah zu Paddy hinüber. «Das beeindruckt dich nicht, wie ich sehe.»

«Oh, ich bin immer willens zu lernen», erwiderte Paddy. Sie erreichten jetzt den Fuß der Anhöhe. Mit einemmal richtete er sich in seinem Sitz auf. Er war auf einen Abschleppwagen aufmerksam geworden, der ein Auto mit zerbeulter Motorhaube im Schlepp hatte. Er drehte sich um. «O Gott», sagte er halb zu sich selbst.

Auch Luke drehte sich um. «Was ist los?» fragte er.

«Das ist der Wagen von Frances», sagte Paddy. «Was zum Teufel ist damit passiert? Und wo ist sie?»

Kapitel siebzehn

Frances starrte Jennifer aus dem Krankenhausbett heraus an. «O Jesses», sagte sie. Sie hatte solche Schmerzen, daß ihr Akzent noch mehr als sonst hervorkam. «Nie in meinem Leben ist mir so etwas Peinliches passiert, wie ich so durch die Wand in den Operationssaal hereinbreche und Mr. Blythe nur den Blick hebt, in der Hand das Skalpell, und überhaupt nicht überrascht ist. «Ist der Wagen sterilisiert worden?» sagt er, während ich wie ein Vollidiot mit dem Lenkrad vor der Brust im Auto sitze, und auf der Motorhaube lauter Instrumente liegen ... wie ein Besteckkasten auf Rädern.»

«Es muß fürchterlich gewesen sein», sagte Jennifer und versuchte, Mitgefühl zu zeigen und nicht zu lachen. Frances sah, wie sich ihr Mund verzog und seufzte resigniert.

«Ich würde auch lachen, wenn meine Rippen nicht so schmerzen würden. Es war nur wegen der vereisten Fahrbahn, und weil ich vor lauter Schreck die Bremse nicht löste, als ich zu rutschen anfing.»

Die neue chirurgische Abteilung war zur Hälfte unter die Erde gebaut worden, auf dreieinhalb Seiten umgeben von einem breiten, schräg abfallenden Graben. Die Wände bestanden teilweise aus getönten Einwegglasfenstern und blanken Stahlträgern. Auf der Rückseite führte in einem Bogen die Lieferantenzufahrt vom allgemeinen Parkplatz herab. Da es die Westseite war, fiel um neun Uhr morgens noch kein Sonnenstrahl dorthin. Frances war beim Einparken auf eine dünne Eisplatte geraten, die infolge eines undichten Schlauches entstanden war, und die Lieferantenzufahrt heruntergeschleudert, geradewegs in den Operationssaal II hinein, wo der Chefarzt der Orthopädie eine komplizierte Beckenosteotomie vornahm.

«Er war wirklich reizend. Er schickte den Patienten mit Mr. Marsh in den Operationssaal III und hob mich sachte wie ein Baby aus dem Wagen, nachdem er erst einmal festgestellt hatte, daß keine Brüche vorlagen», sagte Frances. «Er rief nach einem Rollstuhl für mich und schickte mich in die Notaufnahme, und hier bin ich nun. Vermutlich mußte er alles aufwischen, aber er hat sich nicht beschwert. Gott sei Dank ist der Patient nicht aufgewacht, ihm wäre glatt das Herz stehengeblieben. O Gott, ich werde das nie wieder gutmachen können und für den Rest meines Lebens hier arbeiten und es abbezahlen. Dazu kommt, daß ich auch noch so gut wie täglich Mr. Blythe begegne. Du weißt ja, wie gern er die Leute aufzieht.»

«Ich werde mich ein wenig mit ihm unterhalten», sagte Jennifer. «Und was die Haftung angeht, so scheint mir hier eher ein Fall von Nachlässigkeit seitens des Krankenhauses vorzuliegen, weil ganz offensichtlich ein Schlauch oder Abwasserrohr, oder was immer es gewesen sein mag, kaputt ist, und deshalb Wasser auf den Parkplatz floß und vereiste.»

«Es konnte doch niemand wissen, daß es Frost geben würde.»

«Ende Oktober? Die Wahrscheinlichkeit läßt sich kaum von der

Hand weisen», sagte Jennifer überzeugt. «Nein, ich denke, die Versicherungsgesellschaften werden das untereinander abklären. Nun, brauchst du etwas?»

Frances trug einen chirurgischen Kragen zur Stütze und hatte mehrere geprellte Rippen, aber ansonsten waren ihre Verletzungen überwiegend blaue Flecken. Man behielt sie für die nächsten vierundzwanzig Stunden unter Beobachtung im Krankenhaus. Sie versuchte den Kopf zu schütteln und zuckte zusammen. «Nein, nicht bevor sie sich entschließen, mich ins Irrenhaus einzuliefern», sagte sie traurig. «Es sind die Feen, sag ich dir. Sie haben mich in der Hand, ganz bestimmt. Ich könnte einschlagen auf die kleinen Teufel.»

Jennifer lachte. «Ich hole dich dann morgen nach der Sprechstunde ab», sagte sie und winkte beim Verlassen der Station. An der Tür hätte sie beinahe Paddy Smith umgerannt. «Das vierte Bett rechts», sagte sie ihm. «Sagen Sie ihr, daß die beteiligten Feen verhaftet und bis zum Prozeß in einer Schuhschachtel eingesperrt sind.»

«Also schon wieder die Feen, ja?» fragte Paddy grimmig. «Wahrscheinlicher ist, daß sie neue Gläser für ihre Brille braucht und eine Glocke, um die Leute zu warnen, bevor sie daherkommt.»

«Paddy.»

«Was?»

«Es geht ihr gut. Prellungen, keine Brüche.»

«Oh? Na dann.» Seine Erleichterung war sichtbar. «Eine Schuhschachtel, sagten Sie?»

«Ich denke, sie sind klein», grinste Jennifer.

Unten traf sie Luke, der in der Aufnahme auf seinen Mitarbeiter wartete. Seine Hände hatte er in die Hosentaschen gestemmt, während er an einer Fensterbank lehnte, seine langen Beine von sich gestreckt, und den Dreck betrachtete, der auf einem seiner Schuhe saß. Beim Klang von Jennifers Absätzen auf dem Linoleumboden sah er auf, und sofort wurden seine blauen Augen wachsam.

«Es geht ihr gut», sagte Jennifer.

«Das ist schön.»

«Woher wußtet ihr davon?»

«Wir sahen, wie ihr Wagen abgeschleppt wurde, und haben ein paar Nachforschungen angestellt. Du weißt ja, das ist unser Beruf, Nachforschungen anzustellen.»

«Man sagte mir, daß du darin sehr gut bist.»

«Du meinst, wenn wir nicht gerade hinter deinen Freunden her sind?»

Jennifer sah nach unten, dann begegnete sie seinem Blick wieder. «Es tut mir leid, Luke, ich hätte letzte Nacht nicht so wütend auf dich sein sollen. Ich war im Unrecht.»

Er neigte seinen Kopf leicht zur Seite. «Danke dir.»

«Wir hatten heute morgen eine Anfrage in der Praxis, Marks Blutgruppe betreffend. Ich nehme an, es geht darum, die Möglichkeit seiner Vaterschaft am Frenholm-Baby auszuschließen?» Sie hob eine Hand. «Warte, nein, ich habe kein Recht, danach zu fragen.»

«Weil du dich weigertest, sie uns mitzuteilen?»

Sie merkte, wie ihr Gesicht rot anlief. «Da Mark selber sich weigerte, entschied ich ...»

«Macht nichts. Wir holten uns seine Blutgruppe aus den Krankenberichten der Klinik. Wir konnten ihn nicht ausschließen, aber das will nicht viel heißen. Wir bräuchten eine vernünftige Probe, um nähere Vergleiche anzustellen. Er ist nur einer von vielen, die wir im Auge haben.» Seine Stimme klang sehr maßvoll, sehr ruhig.

«Und hier ist jemand, der dich im Auge hat, Kleiner», sagte Jennifer mit einem leicht ironischen Grinsen.

Er dachte kurz darüber nach, ehe es ihm ein kleines Lächeln wert war. «Ja», sagte er. «Und was siehst du?»

«Jemanden, den ich einmal kannte und der sich sehr stark verändert hat, oder verändert wurde. Wo ist das Lachen geblieben, dein früheres Markenzeichen, Luke?»

«Im Grab bei meiner Frau», gab er knapp zurück, dann seufzte er voller Verbitterung und sah weg. «Entschuldige, das war unpassend. Und nicht wahr, weil ich ihr Andenken damit niemals belasten würde. Es ist der Job, Jenny, der Job, die Opfer und ewig dieser Zwang, jeden und alles ständig zu verdächtigen. Es wird einem zur Gewohnheit.»

«Wozu machst du das dann?»

«Weil ich es gut kann. Weil ich, trotz der Tatsache, was er aus mir macht, meinen Beruf mag. Es ist Unrecht, Menschen zu töten. Du würdest einen Eid darauf schwören, ich auch. Die Versuchung besteht immer, daß man zu stark wird, daß man Gott spielt, daß man Entscheidungen fällt, ohne die nötige Sorgfalt und Aufmerksamkeit, nur, weil es für die Umgebung leichter wäre.»

«Etwa, Mark nicht zu verdächtigen, weil er mein... Freund ist?»

«Oder auch dich nicht zu verdächtigen, weil seine Mutter dagegen war, daß du dich mit ihrem Goldjungen einläßt.»

Jennifer war perplex. «Du verdächtigst mich?»

Er zuckte die Achseln. «Nicht ernsthaft, aber rein logisch betrachtet kann man dich als mögliche Täterin nicht ausschließen. Du bist medizinisch ausgebildet, du wüßtest, wo das Messer anzusetzen ist, und wieviel Kraft man dazu braucht. Keine der Frauen wäre bei einer anderen Frau argwöhnisch geworden, sie hätten dir ohne Furcht den Rücken zugekehrt. Du bist jung, stark und gewandt.»

«Und wahrscheinlich komme ich auch für die Vaterschaft von Win Frenholms Baby in Frage, so ganz zufällig?» Sie wußte nicht, ob sie lachen oder ihm einen Tritt versetzen sollte.

«Du könntest herausgefunden haben, daß Mark ein Verhältnis mit ihr hatte, und sie aus Eifersucht und/oder Haß umgebracht haben, danach seine Mutter, die dir beinahe ebensosehr im Wege stand.»

«Vielen Dank.»

Er zuckte die Achseln. «Das geht ganz automatisch. Ich könnte für jeden x-beliebigen Menschen einen guten Fall konstruieren, vorausgesetzt, daß bestimmte Dinge sich als richtig erweisen. Ich spreche nur über Möglichkeiten, Jennifer. Mutmaßungen. Muster. Trotzdem kennen wir immer noch nicht den Zusammenhang zwischen den Morden.»

«Mein Gott, was überzeugt dich eigentlich?» wollte sie wissen. «Ich verstehe, was David meinte. Soll der Mörder ein Schild mit der Aufschrift *Fangt mich doch, wenn ihr mich kriegt* vor sich hertragen, oder etwas Ähnliches?»

«Das wäre eine Hilfe.» Er lächelte traurig. «Verstehst du, hier kann einfach jeder – die Medien, die Leute von hier, Gregson, du – der Schlußfolgerung aufsitzen, daß es sich um denselben Mann handelt. Es wäre auch für mich einfach.»

«Und du gehst nicht gern den einfachen Weg?»

Wieder sah er auf seinen Schuh. «So ähnlich.»

«Würdest du lieber glauben, daß es sich um drei voneinander unabhängige Morde handelt?» Sie stellte diese Frage ganz ernsthaft.

«Selbstverständlich nicht. Meine Gedanken gehen momentan in die Richtung, daß nur zwei unmittelbar zusammenhängen – aber welche zwei zusammengehören, und welcher der einzelne ist, das ist das Problem. Die Person, die Beryl Tompkins tötete, könnte die anderen beiden getötet haben – oder sie könnte nur eine der beiden getötet haben. Oder keine.»

«Aber sicher gibt es gerichtsmedizinische Beweise...»

«Cyril Franklin ist brillant, aber ohne ein Zauberperiskop, mit dem er in die Vergangenheit sehen könnte, kann er nicht mehr sagen. Mord ist ein unangenehmes Geschäft – das Opfer wehrt sich, man rutscht aus, so kann's gehen. Keine zwei Todesfälle gleichen sich je haargenau. Bestenfalls sind sie ähnlich. Selbst wenn der Mörder jedesmal die gleiche Methode verwendet, treten Unterschiede auf. Sowohl für Cyril wie für uns ist die sicherste Methode die Beobachtung aus der Erfahrung heraus und der Instinkt. Manches stört ihn, manches mich, aber noch kann keiner von uns mit Bestimmtheit sagen, was es ist. Daher auch mein Verdacht an deinem Goldjungen und seiner etwas melodramatischen Überreaktion auf die Ermordung seiner Mutter.»

«Mark ist sensibel», sagte Jennifer automatisch.

Luke lächelte. «Das bin ich auch.»

«Und im nächsten Moment lud er mich für heute abend zum Essen ein.» Jennifer sah zu ihrer Tante herüber, nachdem sie ihr beim Mittagessen ein ganzes Tablett voller Informationen serviert hatte.

«Bei manchen Ärzten ist es eben so», sagte David gequält.

«Ist was so?» wollte Jennifer wissen.

«Daß sie dutzendweise verrückte Freunde und heißblütige Verehrer haben», antwortete er und griff nach der Kaffeekanne.

«Ich nicht...» fing Jennifer erregt an, wurde aber von ihrer Tante kühl unterbrochen.

«Wirst du mit ihm zum Essen gehen?»

Jennifer warf David einen letzten wütenden Blick zu, aber seine belustigte Miene blieb. «Ja, ich rief Mark an, aber Basil meinte, daß er noch zu sehr erschüttert ist, um jemanden sehen zu können.»

«Ich bin heute früh rübergegangen», sagte David. «Vielleicht ist er wirklich erschüttert, aber er war aufgestanden und angezogen. Meiner Meinung nach ist Mr. Taubman zu fürsorglich. Wenn Mark etwas mehr Realitätssinn hätte, wäre er vielleicht jetzt nicht so eine Qualle. Erst war es seine Mutter, die ihn herumkommandierte, jetzt übernimmt das Mr. Taubman.»

«Das ist nicht fair», brauste Jennifer auf. «Es ist ein fürchterlicher Schock zu sehen, wie jemand ermordet wurde, besonders, wenn es die eigene Mutter ist.»

«Stimmt. Zufälligerweise sah Mark überhaupt nicht schockiert aus», sagte David. «Er sah einfach... erlöst aus. Sie machten Pläne für den Umbau. Sie waren wirklich ganz in die Sache vertieft.»

«Basil hat seine Frau verloren, mir scheint, du vergißt das. Er ist kein Mann, der seine Gefühle in der Öffentlichkeit zeigt, nehme ich an. Vielleicht sucht er einfach Beschäftigung, auch um Mark abzulenken», sagte Jennifer. Gregson schwieg, was auch eine Art von Kommentar war. Nach einer Weile räusperte sie sich. «Zufällig warf ich heute morgen einen Blick in Marks Krankenakte.»

«Oh?»

«Mir war nicht bekannt, daß er einen Nervenzusammenbruch hatte.» Jennifer beobachtete, wie ihre Tante und David einen Blick tauschten.

«Das war, als sein Vater starb», sagte Tante Clodie. «Es war eher nervliche Erschöpfung und Trauer als ein Zusammenbruch.»

«Nicht nach dem, was in dem Bericht der Psychiater steht», sagte Jennifer und ließ ihren Blick nicht von David ab. «Sie schrieben an Onkel Wally, daß eine akute Manie, Wahnvorstellung und eine Paranoia diagnostiziert worden sei. Ich entnehme daraus, daß man ihm seither zur Stabilisierung Valium verordnet hat.» Sie wandte sich an ihre Tante. «Du hättest es ruhig erwähnen können.»

«Ich dachte, es war bloß die Trauer», sagte Tante Clodie etwas verwirrt. «Ich dachte, daß es vorüber geht. Wally hat nie etwas anderes gesagt. Mark war nur über eine sehr kurze Zeit im Krankenhaus. Ich glaubte nicht, daß er verrückt war.»

«Das ist er auch nicht», sagte David. «Sicher, in der Familie gibt es eine Tendenz zur Schizophrenie, aber das ist auch schon alles.»

«Aber wenn Jennifer ihn heiratet, wenn sie Kinder bekommen...» Tante Clodie war zutiefst erschüttert.

«Ich hatte nie die Absicht, Mark zu heiraten», erklärte Jennifer. «Aber jetzt verstehe ich, weshalb er so fügsam war und von seiner Mutter beherrscht wurde. Die Medikamente verminderten seine Aggressionsbereitschaft.»

«Zum Glück», sagte David trocken. «Und was das andere angeht, gibt es natürlich kein Problem, solange er das Medikament nimmt.» Er sah Jennifer genau an. «Und er hat sein Medikament regelmäßig genommen. Ich habe das kontrolliert.»

Jennifer merkte, wie sie rot wurde, denn sie wußte, daß er ihre Gedanken und ihre Befürchtungen genau verstanden hatte. «Nun... gut» sagte sie unzufrieden.

«Meine Güte», murmelte Tante Clodie.

David trank seinen Kaffee aus und stand auf. «Ich muß noch einige Aufzeichnungen auf den neuesten Stand bringen, bevor ich meine Runde mache. Deine Liste liegt auf dem Schreibtisch, Jennifer – Kay legt dir noch die Unterlagen raus.» Er lächelte Clodie an und ging hinaus. Sie konnten noch hören, wie er sich auf seinem Weg in die Praxis bei Mrs. Louis für das Mittagessen bedankte.

«Nie vergißt er, sich bei ihr zu bedanken», murmelte Clodie. «Er hat gute Manieren.»

«Ach ja, wirklich? Das ist mir nicht sonderlich aufgefallen», sagte Jennifer leicht gereizt.

Clodie seufzte. «Ich wünschte, ihr zwei würdet es versuchen, miteinander auszukommen, es würde das Leben in diesem Hause wesentlich leichter machen.» Sie goß sich noch eine zweite Tasse Kaffee ein. «Nun erzähl mir mal, was Luke über die Morde sagte.»

«Das hab ich doch schon.»

Clodie blickte enttäuscht drein. «Du meinst, mehr war das nicht?»

«Leider nein.»

«Herrje, ich würde gern wissen, was Hercule Poirot dazu sagen würde», murmelte Clodie. «Oder Henry Merrivale? Oder Maud Silver?»

«Ich werde Luke fragen, ob er ihren Beistand wünscht, ja?»

«Sei nicht so respektlos», riet Clodie ihr.

Jennifer grinste. «Warum nicht? Bekomme ich sonst einen Hexenschuß?»

«Nein, aber Verdauungsstörungen. Du hast dir gerade Vanillesoße anstatt Sahne in den Kaffee getan.»

Kapitel achtzehn

Annabel Leigh faßte nach oben, um die Glocke zum Schweigen zu bringen, als sie den Laden betrat, den sie mit ihrer Partnerin teilte. Sie durchquerte den Raum, wobei ihr helles Haar in einem Sonnenstrahl kurz aufflammte. Im unaufgeräumten Hinterzimmer des Ladens fand sie Mary Straker beim Kämmen der Wolle.

«Mein Gott, es hängt mir ganz schön zum Hals heraus, über Win Frenholm zu reden», sagte Annabel, zündete sich dabei eine verbotene Zigarette an und warf ihren Mantel in die Ecke. «Ich bin nur eben bei Sam rein, um mir eine Packung zu holen, da lauerte mir noch ein Reporter auf. Sie hängen herum, stehlen deine Zeit, und nie kaufen sie etwas. Sie wollen bloß noch mehr Skandalträchtiges, das sie in ihren miesen Zeitungen veröffentlichen können.»

Mitfühlend sah Mary sie an. «Ich weiß. Bei der armen Hannah war es am schlimmsten – sie haben sie richtig in Beschlag genommen, nachdem sie erst Barry und Gordon ausgequetscht hatten. Aber soviel ich weiß, verpaßte Ray Moss gestern nachmittag einem Reporter ein blaues Auge und warf ihn buchstäblich hinaus.»

«Tatsächlich?» fragte Annabel. «Ich habe davon nichts gehört. Vielleicht hatte Ray gute Gründe dafür. Ist Barry schon zurück?»

Marys Miene verdüsterte sich. «Nein. Ich habe Gordon gefragt, und er sagte, daß er Grippe hat und noch nicht wieder auf dem Damm ist, um zu arbeiten.»

«Glaubst du ihm?»

«Ja, komischerweise ja. Ich weiß nicht, ob es wirklich eine Grippe ist, aber ich bin sicher, daß der gute kleine Barry wirklich krank sein muß, um sich eine solche Chance, im Mittelpunkt der Aufmerksamkeit zu stehen, entgehen zu lassen.»

«Ganz schön boshaft», Annabel lachte.

Mary lächelte. «Tut mir leid. Ich würde es ihm auch nicht übelnehmen, wenn er schwänzen wollte. Momentan fühle ich mich so, als ob ich selber die Grippe bekäme... Verdammt.»

Die Ladenglocke hatte geklingelt, und sie stand auf, um in den Verkaufsraum zu gehen. «Ich hätte nie gedacht, daß ich mich über zuviel Arbeit beklagen würde, aber ehrlich gesagt –»

«Wir haben eine ganze Menge Sweaters verkauft», bemerkte Annabel zögernd. «Was immer Win in ihrem Leben für diesen Ort getan oder nicht getan hat, mit ihrem Tod hat sie es mehr als wettgemacht. Die Leute kommen von weit her, bloß um einen Blick zu erhaschen. Sie hat uns schließlich auf die Landkarte gebracht. Sam drüben sonnt sich in seinem Glück. Man reißt ihm die Pasteten und Krapfen förmlich aus der Hand.»

Mary nickte und ging nach vorne in den Laden. Annabel lauschte einen Augenblick, dann seufzte sie. Es klang eher nach Neugierigen als nach Käufern. Sie stand auf, um den Wasserkessel aufzusetzen, als es an der Hintertür klopfte. Sie machte auf, und Hannah Putnam stand in der Tür.

«Ich habe das Studio geschlossen», sagte Hannah. Ihre Stimme klang rauh. «Ich halte das heute nicht mehr aus.»

«Mein Gott, du bist leichenblaß. Komm herein und trink eine Tasse Kaffee oder etwas anderes.» Annabel zog ihre Freundin herein und machte hinter ihr die Tür zu.

«Oh, du hast Kunden», sagte Hannah und blieb auf ihrem Weg zu einem Stuhl stehen.

«Macht nichts, Mary ist schon draußen. Die schauen nur», sagte Annabel geringschätzig. «Nimm Platz, um Himmels willen.»

Dankbar sank Hannah in den Schaukelstuhl an der Hintertür. Sie machte den Eindruck, als wäre sie einem Zusammenbruch nahe. Ihr fein gezeichnetes Gesicht sah abgespannt aus, und unter ihren Augen hatten sich Ränder gebildet. Ihr silbernes Haar war stumpf und lag so flachgedrückt, als ob sie es schon mehrere Tage nicht gewaschen hatte. Ihre Hände fingerten ruhelos an dem großen schwarzen Schal herum, den sie zum Schutz vor der Nachmittagskühle um den Hals gewickelt hatte. «Ich bin so müde», flüsterte sie.

«Du hättest das Studio schon vor ein paar Tagen schließen sollen, gleich nachdem Win... starb.»

«Ermordet wurde, meinst du», korrigierte Hannah. «Sie wurde ermordet, Annabel. Ihre Kehle durchgeschnitten...»

«Hör auf damit!» befahl Annabel, erschrocken über den niedergeschlagenen Klang in Hannahs Stimme. Sie wirkte leblos, ihre Bewegungen waren automatisch; sie schien allen Eindrücken von außen gegenüber taub und blind zu sein. «Trink jetzt sofort diesen Kaffee.» Sie reichte ihr eine Tasse dampfenden Kaffee. Der heiße Dampf schien Hannah aus dem Keller ihrer depressiven Gefühle herauszureißen.

«Autsch, verdammt! Das ist heiß!» sagte sie in vorwurfsvollem Ton.

Annabel empfand Erleichterung angesichts dieser normalen Reaktion. Einen Moment lang hatte sie gedacht, daß Hannah völlig empfindungslos geworden war. «Er wird dir guttun», sagte sie entschlossen und goß auch für Mary und sich selbst ein. «Nun nimm schon einen Schluck.»

Hannah nippte vorsichtig, und auf ihren bleichen Wangen erschien ein Hauch von Farbe. Einen Augenblick später lächelte sie. «Danke dir. Das ist ja wirklich ein schlimmes Gebräu, Annabel. Kann ich bitte etwas Milch und Zucker haben?»

«Nur wenn du dich anständig benimmst und aufhörst, dich selbst herunterzuziehen», sagte Annabel in einem Tonfall, den sie normalerweise bei ihren schulpflichtigen Söhnen anschlug.

«Ich werde mich bemühen», sagte Hannah streng. «Ich habe einfach nicht so eine Roßnatur wie du.» Sie lockerte ihren Schal und lehnte sich nach hinten, als Mary Straker aus dem Verkaufsraum des Ladens zurückkam und mit einer Handvoll Geldscheinen winkte.

«Der schwarz-weiße Pullover mit den Fledermausärmeln ist verkauft», sagte sie triumphierend. «Ich hab dir ja gesagt, daß es nicht lange dauern würde.»

«Nur weil du ihn so schamlos aufgedrängt hast», grinste Annabel. «Prima.»

Mary nahm jetzt erst Hannah wahr, und ihr Lächeln verschwand. «Hallo, Hannah. Stimmt was nicht, Liebes? Bist du krank?»

All die Bemühungen Annabels, ihre Freundin wieder aufzurichten, waren dahin, denn beim Klang von Marys warmherziger Stimme fiel Hannah in sich zusammen und weinte wie ein Kind.

«Gar nicht prima», sagte Annabel einsilbig und blickte Mary böse an. «Vielleicht ist es besser, du weinst dich einmal richtig aus und läßt es dir von der Seele fließen», schlug sie freundlich vor.

Hannah hörte auf zu weinen. Sie atmete ein paarmal tief durch und fing sich langsam. Dann sah sie Mary durch ihre nassen Wimpern hindurch an.

«Ich kann alles vertragen außer Mitgefühl», sagte sie zu dem erschrockenen Mädchen. «Wenn du mich das nächste Mal unglücklich erlebst, dann tritt mir gegen das Schienbein. Das ist die einzige Methode.» Sie lächelte mit zitternden Lippen, atmete noch einmal tief durch und schaffte fast ein richtiges Lächeln. «So, jetzt bin ich am Tiefpunkt. In ein paar Augenblicken wird es mir besser gehen.» Gelegentlich kam Hannahs europäische Herkunft durch die Genauigkeit ihrer Sprechweise an den Tag. Nach dem Krieg hatte sie einen englischen Soldaten geheiratet, aber wie die Tätowierung auf ihrem Arm ließ sich auch ihr Erbe nicht leugnen.

«Ich habe ein Geheimnis», sagte sie nach einer Weile, nachdem sie schließlich ihren Kaffee ausgetrunken hatte. «Ein Geheimnis, das mich sehr belastet. Ich weiß nicht, was ich tun soll.»

Annabel und Mary tauschten einen weiteren Blick aus. «Ist es wegen Win?» fragte Annabel schließlich.

«Ja. Irgendwie schon. Versteht ihr, ich weiß, mit wem sie sich treffen wollte, in jener Nacht, als sie ermordet wurde.»

«Großer Gott, Hannah! Du solltest das sofort der Polizei mitteilen», sagte Annabel ganz erstaunt. «Warum hast du das nicht getan?»

Hannah senkte ihren Kopf und sah auf ihre dünnen, klugen Hände. «Ich weiß es nicht. Vielleicht, weil ich nicht glaube, daß es da irgendeine Verbindung geben könnte. Ich dachte, daß sie von diesem Schlächter von Cotswold ermordet worden war, von dem die Zeitungen jetzt immer schreiben. So wie die andere Frau, droben, in der Nähe der Fotofirma. Ich dachte, er hätte sie unterwegs zu dem Treffen mit ihrem Freund umgebracht. Oder danach. Aber keineswegs, daß der Freund sie tötete. Nicht ihr ‹Wuschelschäfchen›. Nach dem, was sie sagte, war er nicht von der Sorte.»

«Jemand von hier?» frage Mary.

«Nein. O nein. Jemand aus der Stadt. Nicht wie die anderen, kein so reicher oder ungehobelter Schnösel. Sie war... na ja, sie war eben für ihn da, wenn auch auf etwas eigenartige Weise. Sie sagte, sie traf ihn nur bei Dunkelheit. Beim Spazierengehen am Fluß. Er wußte nicht, daß sie schön war, nur, daß sie ihm beim

Sprechen zuhörte und daß sie nett zu ihm war. Sie selbst schien davon überrascht, daß sie zu jemandem freundlich sein konnte. Aber vielleicht handelte es sich um ein neues Spiel von ihr. Vielleicht wäre ihre Grausamkeit später wieder durchgebrochen. Ich frage mich jetzt, ob es vielleicht in jener Nacht dazu kam. Aber wenn schon, selbst wenn er Win tötete, weil sie grausam zu ihm war oder ihn zurückwies, glaube ich nicht, daß er diese anderen Frauen getötet haben könnte, das ist der Grund, warum ich nicht weiß, was ich glauben, was ich machen soll.»

«Sag es der Polizei», sagte Mary unverzüglich.

Aber Annabel war nicht so schnell. «Gibt es einen Grund, weshalb du ihn schützt?» fragte sie. Hannah nickte.

«Er hat eine gewisse Position, und ich glaube auch eine Ehefrau», sagte sie. «Das weiß ich, und seinen Vornamen, und ein paar Kleinigkeiten über ihn, was meiner Ansicht nach für eine Identifikation durch die Polizei ausreichen sollte. Manches, was Win mir erzählte, wäre natürlich nicht hilfreich. Es war nur ausgesprochen worden, um mir weh zu tun.» Ein Muskel in ihrer Wange zuckte kurz. «Und das gelang ihr auch.»

Mary wurde wütend. «Daß Win nicht schon viel früher ermordet wurde, hat mich schon immer überrascht. Sie hat jeden verletzt, den sie kannte, auf die eine oder andere Art.»

Hannah lächelte traurig. «Ja, jetzt... im Rückblick ist es leichter, ihre Schwächen deutlich zu erkennen, aber als sie hier war, lebendig und vital und so anmutig... wurde ihr alles verziehen. Vielleicht war es das, was sie grausam werden ließ, vielleicht wußte sie nicht, daß es Grausamkeit war...»

«Sie wußte es», sagte Annabel unmißverständlich. «So gut, wie du weißt, daß du zur Polizei gehen mußt, Hannah. Wenn dieser Mann unschuldig ist, wie du hoffst, kann er ihnen vielleicht dennoch weiterhelfen. Vielleicht sah oder hörte er etwas.»

Hannah sah sie an. «Warum hat er sich dann nicht selbst gemeldet?» fragte sie. «Das ist es, was ich nicht verstehe. Das beunruhigt mich und macht mich glauben, daß er vielleicht doch der Mörder ist.»

«Vielleicht hat er es getan», sagte Annabel vernünftig. «Vielleicht hat er mit der Polizei gesprochen und sie haben ihn wieder laufen lassen. Oder er hat sie sogar anonym angerufen. Aber du wirst es nicht wissen, du kannst es nicht wissen, wenn du nicht selber hingehst.»

«Ja», nickte Hannah. «Natürlich sehe ich ein, daß du recht hast.» Ihr normalerweise klarer Blick trübte sich mit anderen Erinnerungen, während sie sich abwesend das Handgelenk rieb. «Aber einen anderen Menschen zu denunzieren, fällt mir nicht so leicht. Das wird es nie.»

Sie lächelte beinahe entschuldigend. «Es ist... sehr schwer, Schwächen zu verurteilen, wenn man selbst schwach ist, versteht ihr?»

«Aber du mußt es tun.»

Hannah seufzte. «Ja, ich weiß.»

Kapitel neunzehn

Jennifer und Luke hatten Roastbeef und Erinnerungen zum Dinner, und über die Freude, Erlebnisse aus alten Tagen wieder wachzurufen mit jemandem, der einem etwas bedeutete, vergaßen sie die Morde. Was aus ihnen geworden war, welche Wege sie eingeschlagen hatten, welche heiteren oder traurigen Dinge sie in der Zwischenzeit erlebt hatten, sie teilten das Vergnügen daran und an diesem Augenblick, eifrig bedacht, diese Zeit nicht zu vergeuden.

Vorsichtig überbrückten sie die schweigsamen Pausen, um die heitere und gelöste Stimmung nicht zu stören. Es fiel kein falscher Bezug, keine unglückliche Anspielung, und sie vermieden es tunlichst, daß die Realität ‹draußen› ihren Abend überschattete.

Aber schließlich waren sie zwei kluge Leute, die dieses Spiel nur begrenzt aufrecht erhalten konnten. Lukes Realitätssinn und Pflichtgefühl machte einen zu großen Teil von ihm aus, als daß er lange ignoriert werden konnte. Ihr Spaziergang nach dem Essen in den kühlen Herbstabend führte sie unvermeidlich die High Street entlang und weiter zum Uferweg. Zuerst merkte Jennifer es nicht, sie war zu bezaubert von Lukes leisem Lachen und seiner großen eleganten Erscheinung. Ohne Kollegen und weit weg von seiner Arbeit hatte er seinen ausgeprägten Sinn für Humor, aber auch den sportlichen Schwung seiner Jugend wiedergewonnen, wie sie feststellte, und er ging ausgelassen neben ihr her, und erzählte lebhaft gestikulierend, wie er während seiner ersten Monate im Polizeidienst einen Taschendieb gestellt hatte.

«Er sagte, daß ich sein Recht auf Arbeit aushöhle», sagte Luke lachend. «Er meinte, an mir könne man die Zielsetzung des Establishments sehen, das nur die Rechte des kleinen Mannes zertreten will. Es war eine tolle Rede.»

«Und was hast du gesagt?»

«Ich stimme vollkommen mit Ihnen überein, aber Sie sind erwischt worden, weil das meine Arbeit ist und ich das Recht habe, ihr nachzugehen!» Er fragte, ob wir vielleicht einen Kompromiß schließen und zu einer freundschaftlichen Übereinkunft kommen könnten.»

«Und?»

«Ich bin immer ein vernünftiger Mann gewesen. Ich sagte, ich würde mich von ihm zurück auf die Wache begleiten lassen, wo es dann wieder meine Sache wäre, ihn einzubuchten. Das schien mir eine faire Arbeitsteilung zu sein. Er legte aber dermaßen heftigen Protest ein, daß mir etwa vier Zentimenter Haut am linken Schienbein fehlten. Ich habe noch heute eine Narbe.»

«Du bist ein harter Mann.» Jennifer lachte.

«Das behauptet man. Ich selbst glaube das nicht, aber damals war es anders. Paddy sagt, ich sei wie eine Dampfwalze gewesen, voll heißer Luft, unerbittlich, und deswegen hätte ich am Ende alle platt gewalzt.»

«Weinst du immer noch in traurigen Filmen?»

Er blieb stehen und sah sie an, wie sie im fahlen Licht lächelte, das von der Martyr's Bridge herüberfiel auf den Treidelpfad, wo sie standen. «Ja», sagte er mit sanfter Stimme. «Das mache ich immer noch. Du weißt, wo du deine Stiche anbringen mußt, nicht wahr?» Mit einem Finger hob er ihr Kinn an und küßte sie, einmal für gestern, einmal für heute und dann, intensiver, für morgen. «Verdammt, Jenny», flüsterte er ihr ins Haar, «warum konntest du nicht, wie versprochen, häßlich erwachsen werden?»

Benommen von der Wärme und der Gier seines Mundes konnte sie nur stammeln. «Habe ich das versprochen?»

«Ja. Oben auf dem Hügel, eines Nachmittags im Sommer, eine Woche, bevor deine Familie wegzog. Ich sagte, daß ich dich finden und heiraten würde, wenn wir erwachsen wären, und du sagtest, daß du fett und häßlich sein würdest und niemals heiraten wolltest. Ich küßte dich, doch du ranntest einfach weg.»

«Ich war erst vierzehn.»

Er trat ein wenig zurück. «Du erinnerst dich also.»

«Ja.» Auch sie machte einen Schritt zurück, aus Angst vor dem Gefühl, das er ihr gab. «Stunden später ging ich zurück an die Stelle. Ich war damals eine so eingebildete Göre, daß ich dachte, du könntest noch dort sein. Aber natürlich warst du schon weg.»

«Du bist zurückgegangen?» Einen Augenblick hatte er das schreckliche Gefühl, etwas verloren zu haben, merkte, wie die Jahre durch seinen Kopf taumelten und er wieder sechzehn war. Ihr Mund war so süß, damals wie heute. «Du hast mir das nie erzählt.»

«Nein. Weil ich mich schämte.»

«Weswegen?»

Sie kicherte. «Weil ich noch einen Kuß wollte.»

«Hier hast du ihn.» Wieder nahm er sie in seine Arme.

Plötzlich hörten sie Schritte neben sich, und eine Schattengestalt tauchte aus dem Dunkel auf. «Okay, jetzt reicht es. Sie werden jetzt leider weitergehen müssen», sagte eine barsche, aber sympathische Stimme. «Lassen Sie sich bloß nicht...» Eine Taschenlampe huschte über ihre Gesichter. Luke ließ Jennifer los und schaute wütend ins Dunkel. «Oh!» hörte man eine dunkle Gestalt hinter der Taschenlampe seufzen.

«Guten Abend, Constable», sagte Luke ruhig. «Alles friedlich?»

«Ja, Sir. Nur ein paar Spaziergänger und Liebespaare», kam die stockende Antwort. «Das ist...»

«Das ist gut zu hören», sagte Luke ernst. «Denken Sie daran, daß Sie nicht gesehen werden, ja?»

«Ja, Sir. Ah... entschuldigen Sie, Sir.»

«Keine Ursache, Sie haben richtig gehandelt. Machen Sie weiter.» Luke nahm Jennifers Arm und ging mit ihr den Treidelpfad weiter, weg von der Brücke. Neben ihnen gurgelte und plätscherte der Fluß. Über ihnen schimmerten die Lichter der Häuser und am gegenüberliegenden Ufer, zwischen den Bäumen – wie in einem Spiegel – die Lichter von *Peacock Manor.* Jennifer bemühte sich, nicht hinzusehen. Sie fragte sich, ob Mark sie sehen konnte, was natürlich genauso lächerlich war wie ihr nahezu überwältigender Impuls, einfach loszulachen.

Während sie schweigend weitergingen, tauchte eine andere Gestalt hinter einem Busch hervor. «'n Abend, Constable», grüßte Luke eintönig, bevor der Mann etwas sagte.

«Sir», kam die respektvolle Antwort, während sich die Gestalt zurückzog.

Sie gingen weiter, um eine Biegung herum. Ein Nachtvogel sang, und dann noch einer. «Wieviele laufen hier eigentlich herum?» fragte Jennifer schließlich ganz leise.

«Ich weiß es nicht», antwortete Luke, und sie konnte das Lachen in seiner Kehle hören. «Das ist Sache des Einsatzleiters. Ich habe lediglich gesagt, daß ich die Bewachung des Treidelpfads wünschte. Habe ich dein Ansehen in der Stadt nun für immer zerstört, nachdem man dich beim Herumpoussieren unter der Brücke erwischt hat?»

«Mach dir keine Gedanken um mich. Was ist mit dir?»

«Zehn Minuten Verwunderung – wenn man ihm überhaupt glaubt», sagte Luke verharmlosend. «Ich bin nicht gerade bekannt als Don Juan.» Er rieb sich am Ohr und schmunzelte. «Wenigstens bis jetzt nicht. Ich bin ein sehr ernsthafter Zeitgenosse, verstehst du? Sehr pflichtbewußt.»

«Ja», sagte Jennifer ganz leise. Unvermittelt wandte er sich zu ihr.

«Was ist los?»

«Ist das der Grund, weshalb wir hierhergegangen sind? Damit du deine Leute kontrollieren kannst?» fragte sie.

Er blieb stehen und faßte sie bei den Schultern. «Was hälst du davon, wenn ich dich in den Fluß werfe?» fragte er.

«Nicht viel.»

«Dann hör auf, dich so idiotisch zu benehmen. Ehrlich gesagt, ich wußte gar nicht, warum ich überhaupt hier war. Ich wollte mich einfach nur mit dir am Fluß unterhalten. Es schien eine gute Möglichkeit, weiterhin Erinnerungen aufzufrischen, das ist alles.»

«Aber irgend etwas in dir erinnerte dich auch an den wahren Grund, weswegen du nach Wychford zurückgekommen bist», betonte Jennifer. «Da bin ich mir sicher.»

Er ließ seine Hände sinken und seufzte, dabei sah er über den

Fluß nach *Peacock Manor* hinüber. «Ja, wahrscheinlich hast du recht. Es tut mir leid. Ich sagte dir ja, es wird zur Gewohnheit.»

«Beim Abendessen ging es mir genauso, denn plötzlich dachte ich daran, daß ich einer Patientin das Ergebnis ihres Gebärmutterabstrichs mitteilen muß. Sie hat Krebs – in einem sehr fortgeschrittenen Stadium.» Jennifer faßte nach ihm und berührte sein Gesicht. «Wir sind jetzt erwachsen, Luke. Nur Kinder genießen den Luxus der Aufrichtigkeit.»

«Und diese wie alle anderen Zeiten werden einem gestohlen», stimmte er ihr zu. «Vielleicht sind sie deshalb so wertvoll.» Er zog sie erneut an sich.

Benommen und mit einem gewissen Schuldgefühl, aus der Pflicht ausgebrochen zu sein, kehrte Luke ins Hotel zurück, nachdem er Jennifer nach Hause gebracht hatte. Er hatte dort bleiben wollen, aber Gregson war noch da, wenngleich im Aufbruch zu einem Noteinsatz. Dessen barscher Gruß und böser Blick holten ihn auf den Boden der Realität zurück, und sie beide merkten, daß der Augenblick der Vergangenheit angehörte. Sie wußten nicht, ob solche Augenblicke für sie je wiederkehrten.

Die ganze Episode hatte sie entmutigt.

Luke war nach Wychford zurückgekehrt, um einen Mörder zu finden, Jennifer um einer Berufung willen. Beide hatten nicht erwartet, einander wiederzufinden, noch daß eine solche Begegnung das Feuer entfachen könnte, das einst zwischen beiden angelegt, aber niemals entzündet worden war. Sie waren damals Kinder gewesen – einfach nur Kinder.

Nachdem David weggefahren war, hatte Luke Jennifers Gesicht zärtlich berührt. «Wir sollten uns besser in acht nehmen vor trockenem Zunder», sagte er. «Wir sind beide sehr lange Zeit allein gewesen. Wir werden uns entscheiden müssen, ob wir einen Feuersturm wollen oder ein langsam brennendes Feuer, Jenny. Und wir werden sehr vorsichtig sein müssen, damit wir das Feuer nicht austreten.»

Sie lachte. «Heißt das gute Nacht?»

«Das heißt gute Nacht.» Er küßte sie zärtlich. «Ich rufe dich morgen an. Ich hoffe, du kannst etwas für deine Patientin tun.»

«Das hoffe ich auch», sagte Jennifer und sah ihm zu, wie er in seinen Wagen stieg und wegfuhr. Er winkte, als er das Tor hinter sich ließ. Als sie die Tür schloß, merkte sie, wie sie zitterte, und war dankbar, daß in der Diele kein Licht brannte.

Als Luke hereinkam, konnte Paddy sofort sehen, daß er unruhig und rastlos war, aber er machte keine Bemerkung, obwohl er Lukes Rückkehr mit steigender Ungeduld erwartet hatte.

«Auf dem Rückweg vom Krankenhaus habe ich im Revier angerufen» sagte er. «Wir hatten einen Durchbruch. Zwei, wenn man so will.»

«Erzähl.» Luke ging ins Badezimmer und wusch Gesicht und Hände, wobei er sich einen Augenblick lang im Spiegel betrachtete. Er sah aus wie ein Fremder, kein Anzeichen von dem Jungen, der er einmal gewesen war, und wenig von dem Mann, der aus ihm geworden war, bevor er nach Wychford zurückkehrte. Und trotzdem steckten sie beide in ihm, gemeinsam mit dieser neuen Persönlichkeit, mit der er von nun an auskommen mußte. Er fühlte sich sehr seltsam.

«Also zuerst, du erinnerst dich vielleicht daran, daß du Bennett aufgetragen hast, alle Reinigungen in der Stadt abzuklappern und mit ihnen in Kontakt zu bleiben.»

«Routine.»

«Die sich vielleicht ausgezahlt hat. Es wurden ein Paar Hosen abgegeben, auf denen am unteren Teil Blut zu sein scheint. Cyril untersucht sie.»

Luke kam aus dem Badezimmer und lehnte sich an den Türpfosten, um seinen Partner anzusehen. «Und?»

«Und was?»

Luke lächelte. «Komm – da steckt doch mehr dahinter, oder nicht?»

«Und wie. Hannah Putnam vom Kunstgewerbezentrum. Sie kam herein, um eine Aussage zu machen, gerade als ich wegging.» Er hielt inne.

«Und?» Luke wurde immer ungeduldiger.

«Und sie sagte mir, daß sie wußte, mit wem sich die Frenholm in jener Nacht treffen wollte. Sieht so aus, wenn man alle Einzelheiten auslotet, daß Miss Frenholm eine Affäre mit irgendeinem Kerl aus der Siedlung hatte. Miss Putnam kennt seinen vollen Namen nicht, aber sie lieferte uns jede Menge Details, die zu einer Person führten. Wir sind dem nachgegangen.» Erneut hielt er inne.

«*Und*?» sagte Luke mit zorniger Stimme.

Paddy lächelte. «Sieht so aus, als handelte es sich um einen Kerl mit dem Namen Fred Baldwin. Er arbeitet oben im Entwicklungswerk, und am Wochenende macht er den Garten bei den Peacocks.» Paddy wollte gerade wieder eine Pause einlegen, besann sich aber eines Besseren. «Es war Baldwins Frau, die die blutverschmierten Hosen in die Reinigung brachte», schloß er.

«Oje», murmelte Luke.

«Ich dachte, das würde dich freuen», sagte Paddy trocken. «Stimmt etwas nicht, willst du den Fall nicht abschließen?»

«Aber ja, natürlich will ich das», erwiderte Luke mürrisch. Er faßte hinter sich, um das Badezimmerlicht abzuschalten. Er sah nicht mehr in den Spiegel.

Kapitel zwanzig

«Aber ich habe die Hose doch weggeworfen!» sagte Fred Baldwin vorwurfsvoll zu seiner Frau. «Verdammt noch mal, ich habe sie mit dem Müll rausgeschmissen, ich wollte sie nicht mehr.» Er war ein untersetzter junger Mann, mit kräftigem weißblondem, gelocktem Haar. Er trug Jeans und ein Hemd und schien kurz davor, aus beidem herauszuplatzen. Er stand über seine Frau gebeugt, die in einer Mischung aus Furcht und Verwirrung zu ihm aufsah.

«Ich fand sie halt, und da sie noch total in Ordnung aussah, bis auf die Flecken...» Sie war den Tränen nahe. «Ich dachte, ich könnte sie retten, sie war noch total in Ordnung, nur ein kleiner Riß am Knie –» sagte Tricia Baldwin rasch und wich dem Blick ihres Mannes aus, um statt dessen in Paddys nicht unsympathisches Gesicht zu sehen. «Ich wollte Fred überraschen, verstehen Sie. Um ihm zu zeigen, daß ich sie für ihn gerettet hatte, weil er sie sehr gern trug.» Sie sah ihren Mann an, dann blickte sie wieder weg. «Ich verstehe das alles nicht», sagte sie unglücklich.

Murrend wandte sich Fred Baldwin von seiner Frau ab. Sein

Blick, in dem sich Furcht und Resignation widerspiegelten, begegnete dem von Luke.

«Bin ich verhaftet?» fragte er.

«Wir würden uns gern mit Ihnen unterhalten», sagte Luke vorsichtig.

«Nicht hier», sagte Baldwin.

«Was ist denn, Fred? Stimmt etwas nicht?» Tricia Baldwins Stimme klang verzweifelt. Von oben drang das Plärren eines Babys durch die dünne Zimmerdecke.

«Nicht hier», sagte Baldwin noch einmal. «Ich hole meinen Mantel.»

Tricia stand auf. «Ich komme mit», sagte sie. «Ich werde Janet anrufen, daß sie sich um Darren kümmert und –»

Baldwin drehte sich um. «Nein», sagte er.

«Aber Fred...»

«Nein.» Seine Stimme klang leblos. Sie schien vor aller Augen zusammenzubrechen, sackte in ihren Stuhl, die Augen weit aufgerissen hinter ihrem blonden struwweligen Pony. Sie war kaum zwanzig Jahre alt und bis vor wenigen Augenblicken glücklich in ihrem sauberen Haushalt mit ihrem süßen Baby und ihrem zuverlässigen Ehemann, ihrer netten, gepflegten Umgebung.

«Ich glaube, es wäre gut, wenn Sie eine Freundin anrufen, damit sie herkommt», sagte Paddy freundlich zu ihr. «Dann haben Sie ein wenig Gesellschaft.»

«Dann weiß in Windeseile die ganze Siedlung Bescheid», sagte Baldwin, der mit der Luft über der Tür zu reden schien. «Geh ins Bett, Tricia. Sieh nach dem Baby und geh zu Bett, sei so lieb.»

Als sie den Weg zum Wagen entlang gingen, konnten sie noch hören, wie sie mit schleppenden Schritten nach oben zu ihrem Baby ging; sie weinte fast so laut wie das Baby.

«Mistkerle», sagte Baldwin beim Einsteigen in den Wagen. «Hättet ihr nicht bis morgen früh warten können?»

«Ich habe sie nicht getötet.»

«An Ihrer Hose war Blut, Baldwin. Blut, das mit dem ihren übereinstimmt.» Der Untersuchungsbericht war gerade hereingekommen. Lukes Stimme war vor Übermüdung belegt, genau wie

Baldwins. Luke hatte viele Fragen gestellt, verschiedene Fragen, aber Baldwin war immer bei der gleichen Antwort geblieben.

«Ich habe sie nicht getötet.»

«Aber Sie hatten ein Verhältnis mit ihr, oder nicht?» fragte Paddy.

«Ich habe sie nicht getötet.»

«Sie wollten sie in jener Nacht treffen, oder nicht?»

«Ich habe sie nicht umgebracht.»

«Sie riefen sie an und machten ein Treffen mit ihr aus, so wie Sie es schon mehrere Male davor getan hatten. Sie wollten sie am Treidelpfad treffen, um mit ihr zum alten Bootshaus zu gehen, wo Sie immer hingingen.» In Paddys Stimme lag etwas Insistierendes, Unnachgiebiges.

«Ich habe sie nicht getötet.»

«Sagte sie Ihnen, daß sie sich nicht mehr mit Ihnen treffen wollte? War es das? Oder zog sie Sie auf, daß Sie kein besonders guter Liebhaber wären? Sie wissen ja, das war einer ihrer Tricks, den sie bei allen Männern anwandte, mit denen sie intimen Kontakt hatte, wenn sie ihrer überdrüssig wurde. Sie sagte ihnen, daß sie Langweiler wären, miese Liebhaber. War das bei Ihnen auch so?» fragte Luke.

Plötzlich hob Baldwin seinen Kopf. «Es gab keine anderen», sagte er.

Luke beugte sich nach vorn, die unvermittelte Veränderung in Baldwin hatten seine Müdigkeit vertrieben und seine Gedanken auf den Punkt gebracht. Hatte er einen Zugang gefunden? Sein Gesicht blieb ausdruckslos. In aller Ruhe setzte sich Paddy zurück und ließ ihn übernehmen. «Oh, ich fürchte, daß es sehr wohl andere gab.» Luke verlieh seiner Stimme einen leicht boshaften Unterton. Er hoffte, das würde sitzen. «In der Nacht, als sie starb, trieb sie es mit mindestens drei verschiedenen Männern – dafür haben wir medizinische Beweise. Wie Sie wissen, fand an jenem Abend eine Party statt. Sie gab sich her – wie gewöhnlich. Kamen Sie auch in den Genuß?»

«Sie lügen, Sie gemeiner Kerl. Das sagen Sie bloß so. Sie lügen.» Baldwin geriet in Rage. Seine Augen funkelten vor Zorn, aber es war in ihnen auch die Verzweiflung über die Verdächtigung zu sehen – stimmte das wirklich? Er war wütend auf Abbott, weil der solche Behauptungen aufstellte, und wütend auf sich selbst – weil er sie beinahe glaubte.

«Ich fürchte, nein», sagte Abbott voll Bedauern. Armer Teufel, dachte er sich, hast du sie etwa geliebt? Macht das soviel aus?

«Sie war nicht so eine», fuhr Baldwin fort. «Oh, ich will damit nicht sagen, daß sie eine Heilige war, aber sie wollte von all dem loskommen. Die Männer hatten sie nur benützt, waren grausam zu ihr gewesen, die Arme. Sie haßte sie alle. Aber nicht mich. Mich haßte sie nicht, verstehen Sie? Weil ich sie nie angefaßt habe... das war es. Ich wollte nicht. Ich wollte nicht.»

«Erzählen Sie mir von Ihrer Beziehung zu Win Frenholm.»

«Das würden Sie nicht verstehen, niemand würde das verstehen.» Seine Stimme klang betrübt.

«Versuchen Sie es.»

Baldwin zuckte die Schultern. «Wir redeten, das ist alles. Wir redeten.»

«Wie haben Sie sie kennengelernt?»

«Bei einem Spaziergang am Fluß. Es geschah während Tricias Schwangerschaft, etwa einen Monat, bevor sie Darren bekam. Tricia war immer nur am Weinen und recht ungeduldig, überhaupt nicht sie selber, und... ich war wohl ein bißchen frustriert, auf die eine oder andere Art. Sie verstehen.»

«Ich verstehe. Reden Sie weiter.»

Baldwin seufzte. «Daher ging ich gewöhnlich aus dem Haus, wenn es zu schlimm wurde. Ich ging dann immer spazieren. So konnte ich ihr nicht weh tun, verstehen Sie. Ich liebe Trisch... ich weiß nicht, wie ich ihr das alles sagen soll.»

«Was alles?»

«Über Win Frenholm und... alles.»

«Was gibt es da zu sagen?»

«Nichts! Nichts! Wir haben einfach nur geredet, hab ich Ihnen ja schon gesagt. Ich traf sie eines Nachts am Treidelpfad, sie saß da auf einem Stein, saß einfach nur da im Mondschein, wie eine Art... Wassernixe, oder so etwas. Wie heißt das doch gleich...»

«Ein Geist?»

«Ja, genau. Ein Wassergeist.» Baldwins Gesichtsausdruck leuchtete irgendwie auf, was Luke etwas nervtötend empfand. «Sie saß da, ganz in Silber gekleidet. Wie das glänzte. Sie sagte, daß es eine

Art Kostüm oder so etwas Ähnliches war, das sie zu Vorführzwekken trug, oder so. Ich erinnere mich daran nicht mehr so genau, nur noch an ihren Anblick. Ich dachte, ich wäre in einem Märchen gelandet, es war so... ich finde keine Worte dafür.» Baldwin suchte nach einem Ausdruck für diese wundersame Geschichte. «Es war einfach außergewöhnlich. Als ob sie nur für mich aus dem Wasser aufgetaucht war. Aber sie sprach, sie sagte ‹Hallo› so wie jeder andere Mensch. Ihre Stimme klang so weich wie Seide, ja. Ich fühlte ein Prickeln am ganzen Körper.»

«Sie meinen, sie fühlten sich hingezogen?» fragte Abbott und bereute es sofort. Der leuchtende Gesichtsausdruck bei Baldwin verdunkelte sich wieder.

«Sagte ich doch, daß Sie es nicht verstehen würden», murmelte er.

Abbott atmete tief durch. «Es tut mir leid. Aber magische Begebenheiten ereignen sich im Leben eines Polizeibeamten nicht so häufig. Ich glaube, ich kann... Ihre Gefühle... ein wenig... verstehen. Wasser und Mondschein hatten schließlich im Laufe der Geschichte immer einen seltsamen Einfluß auf die Menschen. Aber sie war ja nicht wirklich ein Wassergeist, oder doch?»

Baldwin ärgerte sich langsam über Abbotts Ton, der ihm reichlich gönnerhaft vorkam. Er hatte plötzlich das Gefühl, daß man sich über ihn lustig machte. «Nein, natürlich nicht. Ich wollte Ihnen lediglich erzählen, wie es in jener ersten Nacht war, das ist alles. Was es für mich bedeutete. Warum ich sozusagen nicht mehr ich selber war. Nachdem wir erst einmal ein Gespräch begonnen hatten, war sie wie jeder andere Mensch, wirklich. Nun... nicht ganz.» Wieder erschien dieser leuchtende Gesichtsausdruck. Abbott erkannte zu seinem eigenen Unbehagen die Emotionen, die dafür verantwortlich waren. Da er selbst erst vor ein paar Stunden von einem kleinen Zauber gestreift worden war, verstand er Baldwins Verwirrung teilweise und brachte weit mehr Verständnis für die Macht einer schönen Frau im Mondschein auf, als es seiner Befragung guttat. «Verstehen Sie, ich bin nichts Besonderes», fuhr Baldwin unbeholfen fort, «das weiß ich. Aber bei jenem erstenmal – und auch die anderen Male – hatte ich bei ihr immer ein besonderes Gefühl. Sie sagte mir, das wäre so, und dann war es auch so.»

«Und wie oft haben Sie sich getroffen?»

Baldwin blickte sich verteidigend um. «Nicht so oft.»

«Wie oft?»

«Vielleicht... einmal pro Woche. Manchmal häufiger.»

«Häufiger beispielsweise, als Ihre Frau im Krankenhaus lag?»

Das saß, und Baldwin machte ein beklommenes Gesicht. «Nun, ja. Die Besuchszeit war um acht Uhr vorbei... man kann doch schließlich nicht das ganze verdammte Leben lang vor der Glotze hocken, oder?»

«Keine Freunde? Kein Stammlokal?»

Baldwin murmelte vor sich hin. Abbott beugte sich weiter nach vorne. «Wie bitte?»

«Ich sagte, das ist nicht das gleiche.»

«Nein», stimmte Abbott ernst zu. «Das nicht. Und wie sind Sie mit Miss Frenholm in Kontakt getreten – oder nahm sie den Kontakt mit Ihnen auf?»

«Manchmal rief sie mich während der Arbeit an und fragte, ob wir uns treffen könnten – wenn sie niedergeschlagen war und reden wollte. Ab und zu rief ich sie an. Aber meistens... geschah es einfach so. Ich spazierte am Treidelpfad entlang, fühlte mich mies, und da war sie dann. Sie wartete auf mich.»

«Zauberei?»

«Verdammt noch mal, lachen Sie mich nicht aus!» Baldwins Stimme wurde laut, und mit geballten Fäusten wollte er aufspringen. Paddy stand sofort auf, starrte ihn an, so daß Baldwin auf seinen Stuhl zurücksank. Baldwin atmete schwer und behielt Paddy einen Augenblick lang im Auge, seine Kiefernmuskeln traten deutlich hervor.

«Sie mögen es nicht, wenn man über Sie lacht», stellte Luke fest.

«Sie etwa?» Baldwins Tonfall war immer noch aggressiv. Es war klar, daß er mit seiner Dünnhäutigkeit einen schweren Stand hatte. Hatte Win Frenholm vielleicht diese Dünnhäutigkeit verletzt? Offensichtlich war diese Beziehung recht kompliziert gewesen, weit ab von dem, was dieser Mann bisher erfahren hatte. Baldwin war im Grunde ein phlegmatischer Mensch, langsam im Denken und mit beiden Beinen auf der Erde. Er war so plump und behäbig wie ein dickschädliger Schafbock. Voller Kummer und Frustrationen war er in der Dunkelheit – in jeder Hinsicht im Dunkeln – den Treidelpfad hinunterspaziert, und mit einem Schlag hatte sich sein Leben geändert. Win Frenholm war wie aus einem Traum erschienen, quecksilbern und ätherisch. Sie spielte mit ihm, bezauberte ihn buchstäblich, indem sie ihm ihre Aufmerksamkeit und ihre Zeit schenkte. Wie sehr mußte sie ihre Macht ausgekostet haben. Anstatt seinen Körper zu nehmen, nahm sie ihm seinen Verstand, schmeichelte ihm über alle bekannten Maßen. Kein sexueller Zauber, sondern einer, der weitaus verführerischer für einen Mann war, der bislang nur physische Verführungen gewohnt war. Worin bestand der Reiz für sie? Fühlte sie sich von seiner animalischen Stärke angezogen, so wie bei Ray Moss, oder war es ein Spiel gewesen, dieses «magische» spirituelle Bezaubern eines strauchelnden Mannes? Ein Spiel, dessen sie am Ende überdrüssig geworden war? Hatte sie letzten Endes den Zauber gebrochen? Und dafür bezahlt? Baldwin sah kräftig genug aus und hatte ungefähr die richtige Größe.

Und er haßte es, wenn man über ihn lachte.

«Sie arbeiten doch im Fotobetrieb.»

«Ja. Ich warte die Maschinen.»

«Kannten Sie Beryl Tompkins?»

«Wen?»

«Beryl Tompkins.»

«Nie von ihr gehört.» Dem Tonfall nach hatte er noch nie von irgend jemandem gehört.

«Demnach kann ich davon ausgehen, daß Sie keine Zeitungen lesen oder nie fernsehen?»

«Was?»

«Und Mrs. Taubman? Sie arbeiteten doch für sie? An den Wochenenden. Gartenarbeiten und andere Aushilfsarbeiten auf *Peacock Manor.*»

«Ah ja, ich...» Baldwins Gesicht wurde plötzlich bleich. «O nein», sagte er. «Nein, so nicht. Sie haben das alles mißverstanden. Diese Beryl – das ist doch die, die oben beim Werk getötet wurde?»

«Ja.»

«O nein... nicht mit mir. Nicht mit mir. Ich nicht, niemals. Niemals!» Panische Angst überkam ihn, und er fing an zu schwitzen. «Sie haben mich falsch verstanden. Sie haben alles falsch verstanden!»

«Dann verbessern Sie mich.» Abbotts Stimme war ruhig und

gleichtönend, sein Blick fest. Konnte das denn wirklich möglich sein, daß Baldwin bis zu diesem Moment nicht erkannt hatte, warum er verhört wurde? Oder war das alles ein Teil seiner Verteidigungsanlagen, die er um sich herum aufbaute? «Erzählen Sie mir schon.»

«Sie meinen von der Hose?» Baldwin tastete sich vorsichtig durch den Treibsand. «Wie das Blut auf die Hose kam?»

«Wenn Sie möchten, fangen Sie mit dem Blut auf der Hose an.»

«Und damit höre ich auch auf. Glauben Sie mir – da gibt es nicht mehr.»

«Ich werde mir Mühe geben. Kommen Sie – lassen Sie die Hose runter.» Abbott behielt seinen gleichmäßigen Tonfall. Baldwin war bereits über seine Rechte belehrt worden, und Paddy sah zum Stenotypisten hinüber, der den Blick auffing und nickte. Es wurde alles niedergeschrieben, Wort für Wort.

Kapitel einundzwanzig

Baldwin schien jetzt etwas ruhiger. Es war, als ob er sich nun zusammennahm, da er seine wahre Lage erkannte – die Haltung eines Mannes eben, der den Umgang mit Notsituationen gewohnt war. Es blieb abzuwarten, ob er mit Menschen genauso erfolgreich war wie mit Maschinen. Er sah Abbott an, fand aber keine Ermutigung.

«In jener Nacht rief sie mich zu Haus an. Das hatte sie zuvor noch nie getan. Nie. Sie klang aufgeregt, wütend und ängstlich, alles mögliche. Vielleicht auch betrunken. Es war schwierig zu reden, denn ich hatte Angst, Trisch könnte kommen und sich erkundigen, wer am Apparat ist. Zum Glück gehe ich abends immer selbst ans Telefon, weil man mich manchmal vom Werk wegen eines Problems oder so was anruft. Egal, sie rief an. Ich hatte eine Heidenangst, weil ich glaubte, daß Trisch vielleicht von dem Zweitapparat im anderen Zimmer aus mithörte, oder so. Aber wahrscheinlich hörte sie nicht mit. Jedenfalls sagte Win, daß sie Probleme hätte und meine Hilfe brauchte. Ich hatte das Gefühl, sie wollte, daß ich jemanden aufmischte, oder so. Es war komisch, sie sagte nichts Genaues, nur ‹du bist stark, ich brauche jemanden, der stark ist› – oder so ähnlich, ist ja egal. Sie bat mich, an unseren üblichen Treffpunkt zu kommen, zum Treidelpfad am alten Bootshaus eben, wie Sie vorhin sagten.» Er sah Abbott an, der ein ganz sanftmütiges Gesicht machte, und errötete ein wenig.

«Fahren Sie fort.»

«Nun, es war spät, und ich sagte Trisch, daß es die Firma war, und daß einer der Chemikalientanks undicht geworden war und ich sofort hochkommen sollte. Sie sagte kein böses Wort – sie ist eine gute Seele, was das betrifft.»

«Sie vertraut Ihnen.»

Baldwin bemerkte Abbotts Blick. «Es gibt keinen Grund, warum sie das nicht sollte. Ich hab Ihnen doch gesagt, daß sich zwischen mir und Win nichts Unrechtes abgespielt hat.»

«Weiter.»

«Ich machte mich wie immer auf zum Fluß. Es war später als gewöhnlich, so daß nicht mehr viel Licht von den Häusern kam. Ich fiel zweimal hin, hab geflucht. Als ich zum drittenmal hinfiel...» Er stockte und schluckte.

«Ja?»

«Beim drittenmal fiel ich über Win. Sie lag quer über den Pfad, mit dem Kopf über dem Rand... sie war... o Gott.» Baldwin klappte zusammen, erholte sich aber wieder. «Ich hab versucht, es zu vergessen», sagte er mit dem Ernst eines Kindes.

«Bitte fahren Sie fort.» Abbott mußte schon seine ganze Selbstbeherrschung aufbringen, um seinen gelassenen Tonfall nicht zu verlieren.

«Sie... gurgelte, röchelte irgendwie und zuckte wie eine Puppe. Im Mondlicht konnte ich ihr Gesicht sehen – und ihren Hals. Sie starb dort genau in dem Moment, als ich aufstand.»

«Dort? Auf dem Weg? An der Uferböschung?»

«Ja.»

Abbott gestattete sich einen Blick zu Paddy, der wiederum gestattete sich ein Stirnrunzeln. «Weiter», sagte Abbott.

«Ich wußte nicht, was ich tun sollte. Aber ich konnte sie nicht einfach so liegen lassen. Ich wußte, daß es keine Hoffnung mehr gab, daß sie tot war. Ich versuchte, die Wunde zu stillen – aber das Blut floß nur so weiter. Ich – ich hob sie auf und trug sie unter einen Busch, so daß niemand sie in dem Zustand sehen konnte. Ich wollte nicht, daß jemand – irgend jemand sie in diesem Zustand sieht. O

Gott – Gott –» Baldwin brach zusammen und schluchzte in seine Hände.

Abbott lehnte sich in seinem Stuhl zurück und sah zu Paddy hinüber. Das war's, sagten seine Lippen stumm. Ein nicht passendes Detail. Paddy nickte.

«Mr. Baldwin.» Abbotts Stimme klang jetzt freundlich. «Mr. Baldwin, haben Sie, als Sie den Pfad entlanggingen, um sich mit ihr zu treffen, noch jemanden gesehen?»

«Nein.» Es klang richtig gewürgt.

«Hörten Sie irgend etwas?»

«Ich sagte es Ihnen doch, ich fiel zweimal hin – ich hab nur mich gehört, das ist alles.» Er blickte zu Abbott auf. «O Mann, glauben Sie denn nicht, ich wünschte mir, ich hätte etwas gehört oder gesehen? Oder, daß ich dort ein paar Minuten vorher erschienen wäre? Glauben Sie nicht –»

«Strengen Sie sich an», drängte Abbott.

Baldwin schüttelte den Kopf. «Nein. Nichts. Ich sah mich um, lauschte – lediglich Autos, die über die Brücke fuhren –» Er unterbrach sich. «Ein Wagen wurde angelassen», sagte er mit einemmal, «ich hörte, wie ein Wagen angelassen wurde.»

Mit dem Zeigefinger malte Abbott einen unsichtbaren Kreis auf den Tisch, während er, ohne den Blick zu heben, sagte: «Sie sind ein Mensch, der etwas von Maschinen versteht. Fiel Ihnen noch etwas auf?»

«Ja. Die Zündung war schlecht eingestellt. Klang wie ein Sportwagen. Er mußte den Choke ziemlich weit rausgezogen haben.»

«Er? Wie kommen Sie darauf?»

«Keine Ahnung. Ich achtete nicht weiter darauf – ich schaute sie an, berührte ihr Gesicht, aber es war kalt. So schnell kalt, als ob . . . als ob . . .»

«Ja?»

«Als ob sie ins Wasser zurückgegangen wäre. Als ob sie mit ihrem Blut wieder ins Wasser zurückgeflogen wäre, wieder eins mit dem Fluß, und den Körper, den sie benutzt hatte, an Land zurückgelassen hätte.»

Fred Baldwin würde sich wohl nie mehr so poetisch ausdrücken.

Zwei Stunden später steckten sie ihn in eine Zelle.

«Ich bin nicht sicher, weder so noch so», sagte Luke. «Er hatte jede Menge Zeit, sich eine solche Tarngeschichte auszudenken.»

«Für die anderen Nächte hat er ebenfalls kein Alibi», sagte Paddy. «Beim Spazierengehen, mit ihr. Das läßt sich kaum nachprüfen. Und er hat eine Verbindung zu beiden Orten – zum Werk und zu *Peacock Manor.*»

«Ja. Du solltest dich besser noch einmal mit dem Personalchef unterhalten. Ich werde mich am späten Vormittag einmal zum Gut aufmachen.» Er sah zum Fenster hinaus. Im Osten leuchtete der Horizont. Bald würde sich der Himmel schwach färben und rosafarben über den gefrorenen Feldern zu leuchten beginnen. Schon zeichneten sich die Umrisse der entfernten Hügel ab. «Ein paar Stunden Schlaf würden uns guttun, denke ich, Paddy.»

«Amen», spöttelte Paddy. «Baldwin ging aus wie eine Lampe, als man ihn in die Zelle steckte. Armer mondsüchtiger Hund.»

«Ja. Es war beängstigend, wie er sich total veränderte, als er über sie sprach.» Abbott rieb sich am Ohr. «Ich vermute, ein Psychiater könnte aus so einer Obsession etwas machen. Falls Baldwin überhaupt psychotisch veranlagt ist, könnte er durch eine Störung seiner Besessenheit bis zum Äußersten getrieben werden. Aber das paßt nicht zusammen, wenn man an die anderen Morde denkt.» Er seufzte. «Wenigstens hat er mir einen Aspekt geklärt.»

«Du meinst, weil ihr Leichnam versteckt wurde?»

«Ja. Das war es, was mich störte, warum ihr Tod scheinbar nicht mit den beiden anderen zusammenpaßte. Sowohl die Tompkins als auch Mrs. Taubman wurden fallengelassen, buchstäblich fallengelassen, genau dort, wo sie ermordet wurden. Aber Win Frenholms Leiche war versteckt worden. Nun, falls er die Wahrheit gesagt hat, läßt sich auch die kleine Ungereimtheit erklären, die Cyril feststellte, daß nämlich weniger Blut da war, als man dies normalerweise bei einer derartigen Wunde erwarten würde. Zuerst ging alles Blut in den Fluß – das meiste noch unter dem Einfluß ihres Blutdrucks. Dann zog Baldwin sie herauf und schleppte sie ein, zwei Meter über den Kies, und dabei tropfte ihr Blut auf seine Hose. Der Rest verteilte sich dann im Gras unter dem Busch.»

«Trotzdem, was ist mit der Wunde?» fragte Paddy. «In allen drei Fällen die gleiche.»

«Ich weiß, verdammt. Laß uns darüber schlafen, um Gottes willen. Baldwin wird schon in seiner Zelle schlafen, so gut wie woanders auch – beim Frühstück werden wir dann noch einmal darüber nachdenken.»

«Was ist mit seiner Frau? Sie wird sich ängstigen.»

Luke machte ein finsteres Gesicht. «Sie wird sich noch viel mehr ängstigen, wenn er ihr unser Interesse an ihm erklären wird. Wenn ich noch etwas über Babies im Gedächtnis habe, so reflektieren sie die Stimmungen ihrer Eltern. Der kleine Darren wird ihr schon zu schaffen machen – das wird sie ablenken. Ich weiß noch, daß unsere Jungen uns immer auf die Palme trieben, wenn ich es mit einem harten Fall zu tun hatte und im Haus herumstänkerte.» Er lächelte flüchtig. «Heutzutage bitten sie mich einfach um ein zusätzliches Taschengeld und versprechen, mir aus dem Weg zu gehen, die durchtriebenen kleinen Bettler.»

«Sie fehlt ihnen genauso, Luke.»

Lukes Lächeln verhärtete sich. «Ja. Laß uns jetzt ins Hotel gehen, sonst kommen wir überhaupt nicht mehr ins Bett. Ich kann im Augenblick nicht klar denken. Irgend etwas stimmt da immer noch nicht, Paddy. Verdammt, da ist immer noch etwas, was ich nicht ganz zusammenkriege.»

Kapitel zweiundzwanzig

Wychford erwachte an einem frischen Herbstmorgen. Es war richtig Herbst, der Wind roch nach verbranntem Holz, die Bäume zeigten sich in glühenden Farben, und der Himmel war so klar und so blau wie Kinderaugen. Die Kauflustigen, angeregt durch den herrlichen Tag, waren schon früh unterwegs. Die High Street war belebt wie selten, als Luke und Paddy Stunden später ihr Hotel verließen.

«Hübsches kleines Städtchen», stellte Paddy fest. «Muß angenehm gewesen sein, hier aufzuwachsen. Auch kein übler Platz, wenn man älter wird.»

Luke blickte ihn von der Seite an. «Denkst du vielleicht jetzt schon in diesen Kategorien?»

«Früher oder später muß ein Mann sein Leben in den Griff bekommen», bemerkte Paddy. «Wenn es mit meiner Beförderung klappt...»

«Was dann?»

«Dann... weiß ich, woran ich bin, finanziell – und so weiter.»

«Trägst du dich etwa mit dem Gedanken, zu heiraten, Paddy?»

«Denken kann nie schaden», sagte Paddy ruhig, «wie es auch nie schaden kann vorauszuplanen.»

«Nein», stimmte Luke zu. Sie konzentrierten sich auf den attraktiven Anblick, den die High Street in Wychford um zehn Uhr vormittags an einem herrlichen Tag bot.

Beide hatten kaum Schlaf gefunden. Jeder hatte wachgelegen, an die Decke gestarrt und irgendwie auf ein geheimes Zeichen gewartet, das ihnen sagte, daß es formal ganz richtig war, Fred Baldwin einzubehalten, oder daß sie ihn besser freilassen sollten.

«Noch nicht», sagte Luke während des Frühstücks. «Wir müssen noch viel mehr wissen, bevor ich ein gutes Gefühl dabei habe, Baldwin gehen zu lassen. Wir können ihn noch einen weiteren Tag in Gewahrsam halten – und ich glaube, wir sollten das auch tun. Wenn er unser Mann ist, dann laß uns mehr Beweise finden, um uns abzusichern. Das Blut auf seiner Hose belastet ihn mit dem Tod, aber nicht notwendigerweise mit dem Mord. Seine Aussage könnte wahr sein. Wenn er nicht der Mörder ist, begeht vielleicht der wahre Täter einen Fehler, während wir ihn festhalten.»

«Der wahre Täter?» wiederholte Paddy. «Einer?»

Luke seufzte. «Ich glaube, ich kann es nicht länger abstreiten, jetzt, wo wir den Punkt mit der Lage der Leiche abgeklärt haben. Ja – doch, es sieht immer mehr danach aus, als ob es sich um einen einzigen handelt.»

Als sie ins Revier kamen, trafen sie Bennett und die anderen Leute vom Ort, die mit den Untersuchungen betraut waren, in einer gewissen Aufregung an.

«Sie haben den Fall geknackt, Sir. Gut gemacht!» Bennett war ganz begeistert.

«Ich nicht», sagte Luke tadelnd. «Und von Knacken kann auch nicht die Rede sein. Vielleicht habe ich einen winzigen Spalt aufgemacht. Ich bin keineswegs davon überzeugt, daß Baldwin unser Mann ist. Wir bleiben noch ein bißchen an ihm dran, aber ich wünsche keine harten Verhöre, bevor wir ihn nicht von einem Psychiater untersuchen lassen können.»

Bennett schaute völlig perplex drein. «Ein Seelenklempner? Aber... er scheint mir ziemlich unkompliziert zu sein...»

«Keineswegs unkompliziert», sagte Luke, «ich nehme an, Sie alle haben eine Kopie seiner Aussage bekommen?» Die Runde nickte. «Nun gut, dann werden Sie sehen, daß er zumindest ein Mann ist, der eine äußerst ungewöhnliche Erfahrung gemacht hat...» In einer Ecke des Raumes war ein Prusten zu vernehmen. «Ja, Jagger, wollten Sie etwas sagen?»

«Das ist doch alles Humbug, Sir», sagte der breitschultrige junge Beamte. «Er hatte einfach einen Hänger, das ist alles. Durch das Aufbauschen wird nichts anderes draus. Wassergeist, der hat doch den Arsch offen, Sir.»

Luke sah ihn lange an, ohne ein Wort zu sagen. Dann blickte er zu den anderen. «Wenn Sie etwas erfahrener sind – und ich meine das ganz ohne jede Herabsetzung –, werden Sie vielleicht verstehen, daß gelegentlich mehr als nur Tatsachen in einem Fall stecken, und daß manchmal Leute einen rationalen Eindruck machen und dennoch sehr seltsame Eigenarten haben können. Wenn Sie gehört und gesehen hätten, wie er seine Aussage machte, würden Sie nicht mehr so selbstsicher daherreden, Jagger. Die Erzählungen der alten Weiber über Männer, die von Feen und Kobolden verhext worden sind, stammen doch von irgendwoher. Ich wage sogar die Behauptung, daß, wenn es im richtigen Augenblick in der richtigen Weise geschieht, jeder von uns behaupten könnte, eine fliegende Untertasse gesehen zu haben, und davon fest überzeugt ist. Baldwins Blutgruppe liefert bereits den Hinweis, daß er nicht der Vater von Win Frenholms ungeborenem Kind gewesen sein kann. Ich glaube tatsächlich, daß der Mann verzaubert war, um es auf diese altmodische Art auszudrücken: besessen, um es moderner zu sagen. Besessen von einer Art Wahn in Gestalt einer schönen Frau, die in sein geheimes Inneres vorgedrungen war, von dem niemand vermutete, daß es bei ihm so etwas gab. Jeder kann davon mindestens ein Liedchen singen. Ist das denn so verdammt schwer zu glauben? Waren Sie denn noch nie verliebt, Jagger?»

«Nein, Sir. Ich nicht, Sir.» In seinem Gesicht stand ein schlecht unterdrücktes Grinsen.

Also hatte die Geschichte mit dem Kuß unter der Brücke bereits die Runde gemacht. Luke ignorierte es und fuhr fort. «Schade für Sie. Eine Seite dieses Mannes ist so verletzlich und zart wie bei einem Kind, aber das ist nur ein Aspekt. Andere Eigenschaften machen ihn zu einem zähen, gesunden Burschen, der sich durchaus zu wehren weiß. Geht man ihn frontal an, wird man aus ihm gar nichts herausbekommen. Jetzt, da alles vorbei und sie nicht mehr hier ist, um ihren Zauber auf den armen Kerl auszuüben, ist ihm die ganze Angelegenheit zutiefst peinlich. Er hört sich selbst reden, und es kommt ihm vor, als höre er einem anderen Mann zu. In gewisser Hinsicht einem Verrückten. Deshalb versucht er, sich vor seinen Erinnerungen zu drücken, und das ist das Letzte, was wir erreichen wollen. Dann schottet er sich nur vollkommen ab, und damit verliert er für uns jede Bedeutung, was seine Rolle im Fall Frenholm sowie die Ereignisse, die sich in jener Nacht tatsächlich abgespielt haben, angeht. Ich wünsche nicht, daß sich jemand an ihn heranmacht, mit ihm spricht, oder ihn anderweitig stört, bevor der Psychiater, den ich bestellt habe, die Gelegenheit hatte, mit ihm zu sprechen. Ist das klar?»

«Ja, Sir», sagte Bennett forsch und warf dem aufmüpfigen Constable Jagger einen Blick zu.

«Außerdem möchte ich, daß in der Zwischenzeit sein Haus nach einer Waffe oder einem anderen Gegenstand, der uns weiterhelfen könnte, durchsucht wird. Ich wünsche nicht, daß sein Garten umgegraben wird, oder daß ganze Schwärme von Uniformierten mit der Tür ins Haus platzen. Bennett, würden Sie bitte den nötigen Papierkram erledigen? Zwei Leute in Zivil sollten genügen, aber es sollte eine Frau dabei sein. Er hat eine junge Frau mit einem neugeborenen Baby. Ich will nichts über Einschüchterungen oder Schikanen in der Presse lesen müssen. In der Tat soll die Presse von der Sache mit Baldwin überhaupt nichts erfahren.» Er sah zu Bennett hinüber, der einen hochroten Kopf bekam. «Sie haben das bereits getan?»

«Ich sagte, daß wir einen Verdächtigen in Gewahrsam genommen haben, Sir. Es tut mir leid, Sir.»

«Sie sind ein Riesenarsch, Bennett», sagte Abbott locker. «Haben Sie einen Namen genannt?»

«Nein, Sir.»

«Also nur ein halber Riesenarsch. Sehr gut, aber sagen Sie nichts mehr, zu niemandem, ist das klar? Für alle anderen auch? Ich werde die Bekanntgabe persönlich vornehmen, wenn es eine solche geben soll. Nun, dann zu den Berichten. Zuerst Sie, da Sie heute morgen schon so vor Ehrgeiz brennen. Was gibt es Neues an der Börse?»

«Sir?»

«Die Befragung des Bekanntenkreises der Tompkins, junger Mann», sagte Paddy. «Haben Sie irgend etwas in Erfahrung gebracht?»

«Nein, Sir. Ich habe mit mehreren ihrer engsten Freundinnen gesprochen, aber keine Hinweise auf etwas Außergewöhnliches bekommen, etwa einen Liebhaber oder dergleichen. Eine ruhige Frau, sagten alle. Eine gute Nachbarin, gute Ehefrau und Mutter, die nur das Beste für ihre Kinder und alle anderen wollte. Deshalb putzte sie in der Firma und bei den anderen Stellen.»

«Verstehe. Vielen Dank. Wer hat das Alibi von Basil Taubman überprüft?»

Constable Sinclair schreckte hoch. «Das war ich, Sir.»

«Und?»

Sinclair holte sein Notizbuch zur Hilfe. «Constable Kinsale von der Londoner Polizei war unseretwegen in Mr. Taubmans Club. Der Portier rief in Mr. Taubmans Zimmer an, aber es nahm niemand ab, also gingen er und der Constable nach oben und fanden Mr. Taubman schlafend in seinem Bett.»

«Um welche Zeit war das?»

Sinclair räusperte sich. «Kurz nach acht Uhr morgens.»

«Sie haben etwas spät angefangen, oder?»

«Es gab einige Verwirrung», murmelte Sinclair mit hochrotem Kopf.

«Und Mr. Taubman schlief definitiv?»

«Laut Mr. Kinsale ja, Sir. ‹Er schnarchte wie ein Schwein›, waren seine Worte.» Sinclair schob zur Verteidigung sein Kinn vor.

«Verstehe.» Luke unterdrückte seinen Ärger. «Vielen Dank. Wer überprüfte die bekannten Sexualpartner der Frenholm?» Zögernd hob Bennett seine Hand. «Wie viele haben wir bis jetzt?»

«Fünfzehn, Sir.» Im Raum setzte Gemurmel und unterdrücktes Gekicher ein.

«Und auf dieser Party, in der Nacht, als sie starb?»

Bennett lief rot an. «Drei.»

«Wahrscheinlich haben die engen Slips sie gebremst», flüsterte jemand dazwischen, und alle lachten auf.

«Okay, okay, das reicht jetzt», sagte Luke ungeduldig. «Machen Sie weiter, Bennett.»

Die Berichte wurden fortgesetzt, und es dauerte noch eine ganze Zeit, ehe Luke und Paddy ihre getrennten Wege gehen konnten – Paddy wieder zum Fotobetrieb, um noch einmal Grimes, den Personalchef, zu befragen, und Luke zum Peacock-Haus.

«Chief Inspector Abbott möchte Sie sprechen, Sir.»

Mark Peacock sah zu Basil Taubman hinüber, der in einem Sessel vor dem Feuer saß. «Jetzt ist er also hier, Basil, der gefürchtete ‹Mann vom Yard›.»

Basil nickte. «So ist es.»

«Lassen Sie ihn hereinkommen, Jeffers.»

«Ja, Sir.»

Mark stand hinter seinem unaufgeräumten Schreibtisch auf, als der Butler Luke in das Arbeitszimmer geleitete. «Ah, guten Morgen, Chief Inspector. Nehmen Sie doch bitte Platz. Basil, dies ist Chief Inspector Abbott. Inspector, mein Stiefvater, Basil Taubman. Er war in London, als Sie das letzte Mal hier waren.»

Basil erhob sich aus seinem Sessel und ging durch das ganze Zimmer, um Abbott mit einem starken, trockenen Händedruck zu begrüßen. «Freut mich, endlich den verantwortlichen Mann kennenzulernen. Offensichtlich hielt man mich für nicht so wichtig, da man mich lediglich durch einen der hiesigen Beamten befragen ließ. Leider konnte ich nur sehr wenig beitragen, was weiterhelfen könnte.» Er wies auf einen zweiten Sessel. «Bitte machen Sie es sich bequem.» Hätte Abbott nicht gewußt, daß Mark Peacock der Besitzer des Gutes war, hätte er angenommen, es wäre Taubman. Er hatte durchaus die gewandten Manieren eines Landedelmannes – aber in seinem Händedruck war eine gewisse Spannung zu spüren, und unter dem einen Auge flimmerte ein Nerv. Der Mann nahm sich nur zusammen.

Abbott setzte sich hin. Wieder erschien der Butler, offensichtlich auf eine versteckte Aufforderung von Mark hin.

«Kaffee für drei, bitte, Jeffers.»

Abbott zog eine Augenbraue hoch, als der Butler sich zurückzog. «Das ist eine neue Errungenschaft in Ihrem Haus, nicht wahr? Ich kann mich nicht an einen Butler auf Ihrer Personalliste erinnern.»

«Das stimmt. Etwas Gutes hat diese schreckliche Tragödie gebracht», bemerkte Basil. «Mark ist nun für das Anwesen voll verantwortlich. Wir haben schon mit der Planung zur Ausweitung des Guts in ein Konferenzzentrum begonnen. Eines der besseren Art, versteht sich. Sehr diskret, kein Rummel oder Kommerz, Sie verstehen. Wir würden niemals etwas tun, was diesen so himmlisch schönen Ort verschandeln könnte. Niemals. Und, selbstverständlich steht am Anfang eines solchen Planes die Zusammenstellung eines effizienten Personals. Jeffers kam mit den allerbesten Referenzen zu uns. Wir haben in letzter Zeit eine ganze Reihe von Vorstellungsgesprächen geführt, selbstverständlich...» Er verstummte, ohne den Satz zu Ende zu sprechen.

«Wir hoffen, daß wir im nächsten Frühjahr eröffnen können», sagte Mark schnell. «Mutter wäre mit Jeffers sicher einverstanden gewesen, da bin ich sicher. Für die Auswahl der übrigen können wir uns jetzt mehr Zeit lassen. Selbstverständlich möchte ich, daß Jennifer volles Mitspracherecht hat, wenn wir das Personal einstellen.»

Sowohl Abbott als auch Taubman starrten ihn bestürzt an. «Jennifer Eames?» brachte Abbott schließlich hervor. «Dr. Jennifer Eames?»

«Ja, das ist richtig. Wir sind verlobt», sagte Mark. «Es tut mir leid, ich dachte, Sie wüßten das, Inspector. Natürlich werden wir vor der Hochzeit noch eine Anstandsfrist verstreichen lassen müssen, aber das ist kein Grund, weshalb sie nicht schon in die Arbeit hier auf *Peacock Manor* miteingespannt werden könnte, oder?» Er schien sehr zufrieden mit sich.

«Davon hast du mir nichts gesagt, Mark», meinte Taubman mit einem gefrorenen Lächeln.

«Ich sehe nicht, was das für einen Unterschied macht. Es ist lediglich eine persönliche Entscheidung. Das betrifft unsere Vereinbarungen doch überhaupt nicht, Basil – das fördert sie nur noch. Sie übernimmt einfach Mutters Rolle.» Er schien wirklich erstaunt über die Wirkung, die seine Äußerung bei den anderen beiden Männern auslöste. «Wir brauchen den Geist einer Frau hier, das weißt du doch. Jetzt da Mutter weg ist – ist das doch sicher eine naheliegende Lösung?»

«Nun, ja – wenn das deine Entscheidung ist», sagte Basil. «Ich stimme dir zu, daß wir die Dinge in Bewegung setzen müssen, Mark. Ich weiß, wir haben diese Entscheidung getroffen, am Tag, nachdem deine Mutter starb, und wir müssen uns daran halten. Ich bin sicher, Mabel hätte es gutgeheißen.»

Abbott zog eine Augenbraue nach oben? «Oh? Ich hatte immer den Eindruck, daß Mrs. Taubman weder von Dr. Eames noch von der Idee eines Konferenzzentrums begeistert war.»

«Das stimmt nicht», sagte Mark schnell. «Sie fing an, Jennifer immer mehr zu mögen. Sie mußten sich einfach besser kennenlernen. Und was das Projekt betrifft, so stimmte sie erst einen Tag vor ihrem Tod zu, daß der Plan in die Tat umgesetzt werde. Sie hatte sogar mit Heatherington, dem Bankmanager, darüber geredet. Genau gesagt an jenem letzten Morgen.»

«Aha. Das wußte ich nicht. Vielen Dank.» Abbott hörte auf zu reden, da der Butler mit dem Kaffeeservice hereinkam und sie alle bediente. Erst als die Tür wieder geschlossen wurde, sagte er: «Ich nehme an, daß der Untersuchungsrichter die Leiche für die Beerdigung freigegeben hat?»

«Ja, die Bestattung ist am Montag», sagte Basil und seufzte schwer. Er ging mit seinem Kaffee ans Fenster, wo er auf die Wiese, die sich bis zum Fluß erstreckte, hinaussah. «Ich kann es immer noch kaum begreifen, daß sie tot ist. Da ich, wie gesagt, in London war, scheint es für mich, als wäre sie gerade zum Einkaufen gegangen und würde jede Minute zurückkommen, durch die Tür gehen, um eine Tasse Tee bitten und nach dem allerneuesten Klatsch aus London fragen. Natürlich habe ich sie mir nicht mehr angesehen. Wenn ich es tue, wird es mir klar werden. Dann erst werden sich Wut und Trauer einstellen. Im Moment bin ich einfach nur paralysiert.» Er beugte seinen Kopf einen Moment nach vorne und nahm einen Schluck Kaffee.

«Basil, bitte... nicht.» Marks Stimme zitterte.

«Was?» Sein Stiefvater drehte sich erschrocken um. «Oh, entschuldige, Mark... ich wollte dich nicht aufregen, mein Junge.» Er sah Abbott an und bemerkte dessen Miene. Es schien ihm peinlich zu sein. «Ich bin nicht gefühllos, Inspector, ich möchte nicht, daß

Sie das denken, keineswegs. Aber es hat auch keinen Sinn, so zu tun, als ob Mabel und ich der Traum einer jungen Liebe gewesen wären. Wir haben uns erst spät in unserem Leben kennengelernt, und ich glaube, daß wir vor allem gute Gefährten waren. Genau. Gute Lebensgefährten. Wirklich bitter ist Trauer leider eher für die Jungen als für die Alten.» Sein Blick ruhte mitfühlend auf Mark, dessen Fassung allmählich Sprünge bekam. «Mit dem Älterwerden verliert der Tod allmählich seinen Schrecken. Er übt sogar eine seltsame Faszination aus. Man ist mehr oder weniger darauf vorbereitet, all die Menschen zu verlieren, die man gern hat. Mabel war älter als ich und keineswegs robust... Ich wußte, daß unsere gemeinsame Zeit kurz sein würde. Aber nicht so grausam kurz.» Plötzlich sah er wütend aus, die Knöchel der Hand, mit der er die Tasse hielt, verfärbten sich weiß. Kurz darauf räusperte er sich und hatte beim Sprechen deutliche Mühe. «Ich hoffe, es war für sie eine glückliche Zeit mit mir.»

«Verstehe.» Abbott hätte nicht gesagt, daß Basil «alt» war, sondern, daß er sich «gut gehalten» hatte. Sein Haar war elegant geschnitten, seine makellose Kleidung paßte seiner guten Figur wie angegossen, und obgleich er nicht nur hübsche Züge hatte und gut aussah, umgab ihn doch ein Hauch von Stil und Selbstsicherheit, ja fast Arroganz. Abbott stellte sich vor, daß er sich in dem Konferenzzentrum sehr gut machen würde, indem er freundlich und dezent das gemeine Volk einschüchterte. Wie es schien, fühlte er sich hier auf *Peacock Manor* eindeutig zu Hause. «Wir hatten die Londoner Polizei benachrichtigt und gebeten, Sie vom Tod Ihrer Frau zu verständigen. Ich hörte, man fand Sie am nächsten Morgen in Ihrem Club. Ich nehme an, Sie verbrachten die Nacht dort?»

«Es war ein Schock», erinnerte sich Taubman deutlich verwirrt. «Tatsächlich mußte ein Clubmitglied, ein Arzt, herbeigerufen werden, um mir zu helfen. Er verabreichte mir dies und jenes, um mich zu beruhigen. Ich kam mir schon fast lächerlich vor, und ich fürchte, sie machten ziemlich viel Aufhebens um mich. Ich habe mir niemals Gedanken darüber gemacht, ob das eines der segensreichen oder nachteiligen Merkmale eines Clubs ist.»

«Ja, natürlich. Um welche Zeit waren Sie dort angekommen?»

«Sie meinen die Nacht davor? Warten Sie. So etwa um zehn Uhr, glaube ich. Ich habe auswärts mit Kunden gegessen, danach blieb ich noch ein Weilchen, aber ich wollte eine ruhige Nacht verbringen, da ich am nächsten Morgen einen ziemlich wichtigen Termin hatte. Ich habe ihn natürlich versäumt, wie konnte es auch anders sein.» Seine Stimme klang nicht gerade gekränkt, eher überaus geduldig, als kümmerte es ihn nicht mehr.

«Verstehe. Vielen Dank.» Abbott zog sein Notizbuch heraus und schrieb etwas auf. «Kann jemand bestätigen, daß Sie tatsächlich die ganze Nacht im Club waren?»

«Ich habe keine Ahnung. Ein Kellner brachte mir Brandy und Soda, und danach ging ich sofort ins Bett. Nahm wie üblich meine Schlaftablette und war sofort weg. So wie immer.»

Mark Peacock wurde unruhig. «Worauf wollen Sie denn hinaus, Chief Inspector? Sie verdächtigen doch nicht etwa Basil des Mordes an meiner Mutter?»

«Der Ehemann oder die Ehefrau stehen praktisch immer in Verdacht in solchen Fällen. Logischerweise. Das ist doch so, Inspector?» Basil warf ihm einen verschwörerischen Blick zu.

«Morde haben häufig mit Familienangelegenheiten zu tun», pflichtete Abbott neutral bei.

«Aber Basil war in London», beharrte Mark. «Das sind beinahe zwei Stunden mit dem Zug, drei mit dem Wagen – und Basil fährt nicht Auto.»

«Oh?» Abbott sah Taubman überrascht an.

«Ich hielt das nie für nötig», sagte Taubman. «In London gibt es genügend Taxis oder Freunde, die ein Auto haben und einen vom Bahnhof abholen, wenn man sich mal auf's Land wagen sollte...»

«Basil ist auf einem Auge blind», sagte Mark. «Er behauptet, es war ein Champagnerkorken, aber in Wirklichkeit ist es eine Kriegsverletzung. Er hat in Aden gekämpft wie ein Held.»

«Na, na...» widersprach Basil, aber nicht ohne sich geschmeichelt zu zeigen.

«Ist ja egal», fuhr Mark fort. «Jedenfalls fahren um diese Zeit keine Züge mehr.»

«Um welche Zeit, Mr. Peacock?»

«Nun, um Mitternacht. Mutter starb doch um Mitternacht, oder?»

Abbott sah in sein Notizbuch. «Um welche Zeit sind Sie nach Hause gekommen, Mr. Peacock? Wann genau?»

«Warum? Ich denke, ich kann das nicht genau sagen», gab Mark leicht überrascht zu. «Bestimmt geben Ihre Aufzeichnungen Aufschluß darüber, wann ich in der Polizeiwache angerufen habe. Ich war nur wenige Minuten vorher nach Hause gekommen, bevor ich... sie fand.»

«Sie und Dr. Eames trennten sich gegen elf Uhr. Ihr Anruf in der Wache erfolgte um zwanzig nach zwölf. Was haben Sie zwischenzeitlich in der guten Stunde gemacht?»

Mark wurde rot. «Ich bin herumgefahren.»

«Einfach nur herumgefahren?»

Mark schob sein Kinn nach vorne. «Nun, Sie hat es Ihnen wahrscheinlich sowieso erzählt. Wir hatten eine kleine Auseinandersetzung, eine kleine Meinungsverschiedenheit, wie das bei Verliebten so ist. Ich war ein bißchen erregt und wollte mich beim Autofahren unterwegs durch die Seitenstraßen etwas abreagieren.»

«Ziemlich gefährlich, zu fahren, wenn man wütend ist», sagte Luke nachsichtig.

«Ja, vermutlich», meinte Mark gezwungen. «Wie dem auch sei, ganz offensichtlich ohne Alibi. Tut mir leid.» Er schluckte. «Ist... kann man den Zeitpunkt des Todes nicht wissenschaftlich bestimmen? Ich meinte gehört zu haben, wie jemand sagte, sie starb um Mitternacht. Stand das nicht auch in der Zeitung?»

«Demnach haben Sie die Zeitungen gelesen?»

«Man versuchte, sie vor mir zu verstecken, aber ich habe sie trotzdem gefunden», sagte Mark verbittert. «Die Zeitungen scheinen alle die Meinung zu vertreten, daß meine Mutter das dritte Opfer dieses *Schlächters von Cotswold* war, der die beiden anderen Frauen getötet hat.»

«Und glauben Sie das?»

«Mein Gott, woher soll ich das wissen?» fragte Mark.

«Aber ganz bestimmt eher, als daß Basil oder ich es waren, obwohl der Gedanke daran, daß meine Mutter...» Er stockte und drehte sich um. «Entschuldigen Sie.»

«Sehen Sie denn nicht, daß Sie den Jungen ganz aus der Fassung bringen?» fragte Basil verärgert. «Ist das denn jetzt nötig?»

Abbott sah ihn einigermaßen überrascht an. Der «Junge», den er so heftig verteidigte, war neununddreißig Jahre alt. «Die Fragen werden so lange nötig sein, bis wir den Mörder gefaßt haben, Mr.

Taubman. Es ist doch sicher nicht in Ihrem Interesse, wenn wir damit aufhören?»

«Selbstverständlich nicht.» Taubman wandte sich ab und ging hinüber zur Hausbar und holte eine Flasche Brandy, von dem er etwas in seinen Kaffee goß. «Wenn aber Mabel das Opfer dieses *Schlächters von Cotswold* war, was offensichtlich zutrifft, dann kann das ja gleichermaßen nichts mit Mark oder mir zu tun haben. Letzten Endes ist es kaum etwas anderes, wie wenn jemand sie überfahren und Fahrerflucht begangen hätte. Wir werden mit ihrem Tod und mit ihrer Abwesenheit leben müssen, Chief Inspector, aber doch nicht etwa noch mit einem unbegründeten Verdacht?»

Abbott klappte sein Notizbuch zu, steckte es zusammen mit seinem Füller in eine Innentasche, trank den letzten Rest seines Kaffees aus und stand auf. «Ich fürchte schon, Mr. Taubman. Wenn es nicht der meine ist, dann der der Zeitungen oder der Nachbarn, oder Ihr gegenseitiger. Das hat einfach etwas mit dem Tod zu tun. Es wird vorbei sein, wenn ich meine Aufgabe erledigt habe. In der Zwischenzeit, beißen Sie die Zähne zusammen und versuchen Sie, es zu ertragen. Ich mache es genauso.»

Kapitel dreiundzwanzig

«O mein Gott, sie sind zurück», sagte Gordon Sinclair, der aus dem Fenster spähte, während seine Hände auf dem Tongefäß erstarrten, das er gerade neu geformt hatte.

«Wer?» fragte Barry Treat von der Tür zum Werkraum aus.

«Die Polizei.»

Barry gab einen kurzen Klagelaut von sich und sank auf einen Hocker. «Sie sind gekommen, um mich zu verhaften, ich weiß es», sagte er mit schrecklicher Endgültigkeit. Zuerst dieser Schock, Win in einem derartigen Zustand zu finden, dann das Verhör auf dieser grausigen Polizeiwache, als ob er ein Verbrecher wäre, dann weitere Fragen hier, und dann, dann, diese furchtbare Zeit zu Hause, als sie Wins Zimmer und ihre gesamten Unterlagen durchsuchten.

Die reine Verfolgung. Und es war noch nicht zu Ende, denn sie waren schon wieder hier. Er konnte es einfach nicht ertragen. Er konnte es nicht.

«Nun, wenn sie gekommen sind, um dich zu verhaften, dann machen sie einen seltsamen Umweg», sagte Gordon heiter. «Sie sind zu Graham Moyle ins Studio gegangen.»

«Er ist auch krank gewesen, wie du weißt. Jedenfalls behauptet er das. Wahrscheinlich hat er sich unter der Bettdecke versteckt.» Erleichterung und Eifersucht schärften seine Zunge. «Er war einer von denen, du weißt schon. Eine ihrer ‹Eroberungen›. Diese Energie von dem Mädchen, einfach phänomenal. Nicht daß sie das etwa hier unter Beweis gestellt hätte, bei Gott nicht. Ich mußte sie immer antreiben, diese Kuh. Sie war faul, faul und noch mal faul, wenn es ums Arbeiten ging.»

Gordon kehrte der sonnendurchfluteten Szene mit dem hohen Besuch im Hof den Rücken zu und sah seinen kleinen Partner an. «Wie kommst du darauf, daß sie dich verhaften wollen? Du hast Win nicht getötet.»

«Ich hätte es tun können. Es gab Zeiten, da hätte ich es gerne getan», gestand Barry.

«Mit dem Wünschen allein ist es nicht getan», bemerkte Gordon. «Wenn das der Fall wäre, dann müßten sie mich auch verhaften. Glaubst du, sie haben das mit der Versicherung herausgekriegt?»

«Bestimmt. Bei Gott, das reicht für ein Motiv. Achtzigtausend, Gordon. Ich kann es immer noch nicht glauben. Was wollen wir machen?»

Gordon lächelte. «Es wird unser Leben nicht im geringsten verändern», sagte er wie eine makabre Parodie auf einen Lottokönig. Barry kicherte anerkennend. «Wir lassen es eine Zeitlang auf der Bank, der Zinsen wegen, und dann stecken wir es in irgendeine solide Geldanlage. Schließlich, mein Lieber, sind wir hier doch glücklich, oder? Und haben unser hübsches kleines Geschäft?»

«Aber ja», sagte Barry inbrünstig. Die Erinnerungen an seine Jugendjahre im Schmutz Londons waren noch nicht verblaßt. Auch die Vergänglichkeit seiner Attraktivität war ihm nicht entgangen. Daß er Gordon gefunden hatte, war das größte Glück, das ihm je widerfahren war. Jetzt, da Win nicht mehr da war, mußte sich Gordon um ihn kümmern. Und er spürte – er brauchte jemanden, der sich um ihn kümmerte. Wenigstens das hatte Win verstanden, bei all ihren Fehlern. Er war ein Genie – so sagte sie. Hin und wieder hatte sie auch andere Äußerungen von sich gegeben, denen er aber keine Beachtung geschenkt hatte. Wenn sie und Gordon sich bloß besser verstanden hätten. Guter Gordon. Er sah seinen Partner und Liebhaber voller Zuneigung an. Wunderschön diese Linie, die von seinem Hals über diese ausladenden Schultern, die langen Arme herab zu seinen starken Händen verlief, und erst die Locken in seinem Haar. Es inspirierte ihn ungemein. Vielleicht war es an der Zeit, daß er sich wieder in der Porträtkunst versuchte. Schließlich hatten sie nun mit dem Geld der Versicherung eine Sicherheit, ob der Laden lief oder nicht. Er wollte es der eingebildeten Hannah Putnam zeigen, daß sie hier nicht der einzige «Künstler» in Sachen Ton war. Erregung durchströmte ihn. Er würde sofort anfangen.

Er wollte gleich Gordon von seinem Plan erzählen, besann sich aber eines Besseren. Es sollte eine Überraschung werden. Gordon würde sich über das Ergebnis freuen. Und außerdem war er jetzt sowieso mit all den Unterlagen von der Versicherung beschäftigt. Am besten er störte ihn jetzt nicht.

«Graham Moyle?»

Der große schlanke Mann drehte sich erschrocken um. «Ja.» Er war eine Mischung aus einem Wikinger und Christus, blond, bärtig – mit den vorstehenden Backenknochen eines Asketen und den vollen Lippen eines sinnlichen Menschen. «Kann ich Ihnen helfen?»

Luke zeigte seine Dienstmarke. «Wir möchten Ihnen ein paar Fragen stellen. Ich nehme an, Sie haben sich inzwischen wieder erholt?»

«Ja.» Er wurde grantig, als er wußte, wer sie waren, vor allem weil es in dem vollgestellten kleinen Studio keinen Platz gab, wohin er sich hätte zurückziehen können.

Luke und Paddy sahen sich um und fanden einen freien Platz an einer Werkbank, um sich anzulehnen. Stühle gab es nicht, aber überall lagen bunte Glasscherben herum, überall funkelte und glitzerte es, und beim Gehen knirschte es unter den Sohlen. Graham Moyles Hände waren übersät mit Narben.

«Sie beschäftigen sich auch mit Fotografie?» fragte Paddy und nickte zu einem Regal an der Wand hinüber, in dem ein paar teure Kameras lagen.

«Ich mache Aufnahmen von Buntglas, wo ich auch hinkomme, hier und auf dem Kontinent», erklärte Moyle. «Ich habe sogar gerade ein Buch darüber gemacht, das bald erscheinen wird. Und ich fotografiere gern die Orte, an denen ich alte Glasfenster restauriere oder ersetze. Das hilft mir sehr.»

«Verstehe», sagte Paddy.

«Meines Wissens nach kannten Sie doch Win Frenholm sehr gut», sagte Luke.

«Vermutlich nicht besser als jeder andere hier», sagte Moyle.

«Sind Sie denn nicht erschüttert über ihren Tod?»

«Natürlich, aber was nützt es herumzuheulen», sagte der blonde junge Mann und wandte sich wieder seiner Arbeit zu. «Macht es Ihnen etwas aus, wenn ich damit weitermache, während wir reden? Ich hänge schon ziemlich hinterher, wegen der Krankheit und all den Unterbrechungen, und der Liefertermin ist am Ende der Woche.» Er holte sich dunkelrotes Glas und fing an, mit einem Filzstift Kurven darauf zu zeichnen. Dann folgte er dieser Markierung mit einem Glasschneider und brach die so entstandenen «Blütenblätter» einzeln durch rasches und routiniertes Antippen heraus. Er sah über seine Schulter. «Wären Sie bitte so freundlich, mir den blauen Tiegel herüberzureichen?»

Luke sah sich um, konnte aber keinen blauen Tiegel sehen.

«Auf dem Tisch, vor Ihnen», sagte Graham Moyle. «Das pfauenblaue Glas – wir bezeichnen hier einfarbiges Glas als ‹Tiegel›.»

«Aha, entschuldigen Sie.» Vorsichtig hob Luke die Glasplatte auf, auf der sich das Licht von draußen brach und ihn blendete.

«Danke.» Moyle arbeitete zügig und geschickt. Den dunkelroten Blütenblättern folgten blaue, bis er von jeder Sorte einen Stoß zusammen hatte, zusätzlich zu einem Stapel von goldfarbenen Glasringen. Dann holte er sich eine Spule mit grauem Metallband, die an der Wand hing, wickelte ein Stück ab und schnitt es mit einem Messer entzwei. Er warf das Messer auf den Tisch neben den Glasscherben und begann, das Fensterblei der Länge nach auszurollen. Zunächst glättete er es mit den Händen, dann bog er jedes Ende im rechten Winkel um und machte eines im Schraubstock fest, während er das andere Ende weiter festhielt. Unterdessen ging Paddy zum Tisch hinüber und sah sich das Messer genauer an. Er warf Luke einen Blick zu, zog die Brauen hoch und nickte unauffällig.

In diesem Augenblick schaute Graham Moyle auf und nahm ihre stumme Zwiesprache wahr. Sein blasser Teint leuchtete plötzlich auf, und er wurde richtig rot. «Ich habe sie nicht getötet», sagte er heiser. «Das hier ist nur ein Teppichmesser, mit dem ich das Fensterblei abschneiden kann, aber mehr nicht.»

«Damit hätte man es machen können», bemerkte Paddy.

«Warum sollte ich sie töten?» entgegnete Moyle. «Sie hat mir nichts bedeutet. Sie war – eine Annehmlichkeit. Billiger, als eine Hure aus der Stadt zu bezahlen, und noch dazu an Ort und Stelle.» Trotz seiner Bemühungen, abgebrüht und hart zu klingen, standen ihm die Tränen in den Augen.

«Sie scheint ja eine Menge gewesen zu sein – für ziemlich viele Männer», merkte Luke an.

«So war sie eben», sagte Moyle.

«Also macht es Ihnen überhaupt nichts aus, daß ihr jemand die Kehle durchgeschnitten hat?» fragte Luke, als ob er sich nach dem nächsten Schreibwarenladen erkundigte.

Schweigen. «Nein», kam schließlich die Antwort. «Nein, es kümmert mich nicht im geringsten.»

«Ein seltsamer Standpunkt – für einen Ehemann», bemerkte Luke. «Halt ihn fest, Paddy», rief er, da Graham Moyle bleich wurde und schwankte. Paddy stand neben ihm, und Luke kam herüber, um zu helfen. Zusammen ließen sie den bewußtlosen Mann auf den Boden herab und lehnten ihn gegen ein Tischbein.

«Wie haben Sie das herausbekommen?» fragte Moyle schwach, als er wieder aus seiner Ohnmacht erwachte.

«Ganz einfach durch Nachforschungen. Wir haben uns einige Dokumente vorgenommen, die wir in ihrem Zimmer gefunden hatten. Ihre Heiratsurkunde, vor etwa sechs Jahren ausgestellt, war ziemlich aufschlußreich», erzählte Luke ihm trocken. «Wir mußten herausbekommen, ob es eine Scheidung gab, stießen aber auf keinen derartigen Eintrag.»

«Das stimmt. Dem Gesetz nach sind wir noch verheiratet», sagte Moyle verbittert. «Aber ansonsten nicht. Schon sechs Monate nach dem Ausstellungsdatum der Heiratsurkunde ging es in die Brüche. Ich brauchte lange, um hinter ihr ... ihr Problem zu kommen. Sie war eine Hexe, müssen Sie wissen.» Er flüsterte, klang aber ganz ernsthaft. «Sie konnte einem alles mögliche weismachen – eine

Zeitlang. Bis sie des Spiels überdrüssig wurde. Irgendwann hatte sie es immer satt. Niemand war überraschter als ich, sie ausgerechnet hier anzutreffen. Nicht einmal ihr Cousin Barry wußte etwas von ihrem kurzen ehrbaren Ausflug in die Ehe.»

«Und Sie haben Ihre Beziehung nicht wiederaufgenommen?»

«Eher wäre ich mit einer Tarantel ins Bett gegangen», sagte Graham matt. «Wenn ich so darüber nachdenke, trifft dieser Vergleich absolut zu.»

«Aber gemäß den Aussagen der Leute hier im Zentrum verbrachte sie viel Zeit mit Ihnen.»

«Das ist richtig – in der Tat. Sie wollte mich zur Scheidung überreden.»

«Sie hätte die Scheidung selbst einreichen können – sie lebten schon länger als zwei Jahre getrennt.»

«Das habe ich ihr auch gesagt. Ich weiß nicht, ob sie sich damit befaßt hat. Manchmal dachte ich, es handelt sich nur um einen Vorwand, um hierherzukommen und mich anzumeckern.» Wieder wurde er rot, aber so bekam er wenigstens etwas Farbe ins Gesicht. «Nicht, daß sie mich wieder zurückhaben wollte, oder so. Ich vermute, sie benutzte mich als eine Art seelischer Müllplatz. Ich hörte mir all ihre Probleme an.»

«Hat sie Ihnen jemals von einem Mann namens Fred Baldwin erzählt?»

«Ich glaube nicht. Das heißt, warten Sie – ist das der Kerl, mit dem sie sich am Treidelpfad traf?»

«Ja.»

«Mein Gott, wie habe ich mit dem armen Teufel mitgefühlt», sagte Graham und schüttelte seinen Kopf. «Wenn er gehört hätte, wie sie über ihn lachte, er hätte ihr die Kehle –» Sofort unterbrach er sich. «Ich habe das nicht so gemeint», sagte er.

«Wußten Sie, das sie schwanger war?» fragte Luke und überging die Entschuldigung.

«Ja, sie sagte es mir während der Party, in jener Nacht, als sie getötet wurde.»

«Sagte sie, wer der Vater war?»

«Nein.»

Luke ließ sich die Enttäuschung nicht ansehen. «Hat sie nicht einmal einen Hinweis gegeben?»

Moyle schüttelte den Kopf. «Sie war etwas komisch, was ihre ‹Freunde› betraf. Sie bezeichnete sie mit Spitznamen oder Decknamen, wenn sie sie überhaupt bei einem Namen nannte. Win liebte ihre Spiele.» Er seufzte und schüttelte den Kopf. «Egal, zuerst war sie ziemlich sauer darüber, daß der Kerl sie drangekriegt hatte. Aber ich hatte das Gefühl, daß sie den Burschen gebrauchen wollte – verstehen Sie? Um den Kerl in irgend etwas hineinzutreiben.» Er sah von Luke zu Paddy. «Sehen Sie, so wie die Dinge lagen, hatte sie genug vom Leben. Sie sagte, zunächst wollte sie mal abtreiben lassen, oder versuchen es herauszuschütteln, wie sie dazu sagte – ich meine, sie hatte in jener Nacht allerhand zu tun. Sie konnte es so treiben – bis in alle Ewigkeit, wie eine Klapperschlange.» Er seufzte. «Aber dann, es war wohl kurz bevor sie die Party verließ, kam sie zu mir herüber, sie sah – so anders aus, wirklich verändert. Sie sagte mir, daß sie den ganzen Abend über das da drin nachgedacht hatte, daß es ihr gut täte, ein Kind zu haben, es würde sie verändern. Natürlich hatte sie getrunken, und das machte sie etwas sentimental. Es war irgendwie rührend. Ich riet ihr ab, aber sie hielt an der Geschichte mit der Veränderung fest, und ich glaube, sie meinte es wirklich ernst. Vielleicht ist das der Grund, warum ich über den Mord an ihr so niedergeschlagen bin. Gerade, als sie sich anschickte, solide zu werden – für dieses Kind, bedenken Sie das – stirbt sie. Ist das nicht ein Jammer?» Er weinte. «Herrje, sie war so chaotisch, aber in den letzten ein, zwei Stunden ihres Lebens versuchte sie, sich zu bessern, und nun sehen Sie, wie weit sie damit gekommen ist. Ach, Scheiße.» Er saß einfach da und die Tränen rannen über sein Gesicht.

Luke und Paddy sahen sich gegenseitig an und erhoben sich langsam und mühevoll aus ihrer knienden Position. Paddy schüttelte sich die Hosenbeine zurecht, und Luke rieb sich am Ohr.

«Sie hatte eine Versicherungspolice abgeschlossen, Mr. Moyle. Achtzigtausend Pfund. Wenn Sie noch immer gesetzlich verheiratet sind, gehört der Batzen meiner Meinung nach Ihnen. Augenblicklich glaubt ihr Cousin Barry, daß er der Glückliche ist. Haben Sie etwas dazu zu sagen?»

Er schaute zu ihnen auf. «Wollen Sie mich auf den Arm nehmen?»

Luke schüttelte den Kopf. «Nein, keineswegs.»

Obwohl ihm die Tränen in seinen Bart liefen, begann er zu kichern, dann lachte er. «O Gott», japste er, «dann schnappen die beiden völlig über. Gordon Sinclair ist der größte Raffer, der geizigste und gierigste Mistkerl auf der Welt. Im Geiste hat er das Geld wahrscheinlich schon hundertmal ausgegeben. Ich kann's nicht fassen. Wollte sie es mir vermachen? Wirklich?»

«Nutznießer ist der nächste Angehörige, das ist alles. Keine näheren Angaben. Ihr Anwalt bekommt seinen Anteil davon, aber wie die Dinge liegen, kommt Ihnen alles zu.»

Schlagartig hatte Moyle zu lachen aufgehört, als er gewahr wurde, daß es Zufall war, nicht ihre persönliche Absicht, wenn ihm das Geld in den Schoß fiel. Einen Augenblick lang war er bereit gewesen, ihr wieder zu vertrauen. «So wie wir miteinander standen, wäre es falsch, wenn ich es annehme. So wie ich fühlte...»

«Sie müssen es nicht nehmen», deutete Paddy an.

«Ich werde darüber nachdenken», beschloß Moyle, immer noch auf dem Boden sitzend, auch noch nachdem sie die Tür zugemacht hatten und zum Schaufenster hineinschauten.

«Das mit dem Geld war eine echte Überraschung», sagte Paddy.

«Ja.»

«Willst du wegen des Messers etwas unternehmen?»

«Nein, ich glaube nicht.» Luke blickte in die Ferne. «Er sagte, sie war eine Hexe, die einem alles weismachen konnte – eine Zeitlang. Glaubst du, sie hat ihm etwas vorgemacht, als sie sagte, sie würde sich wegen des Babys ändern?»

«Nein, ich glaube sie machte sich selbst etwas vor», sagte Paddy.

Luke nickte. «Ich frage mich, wie lange sie selbst daran geglaubt hätte.»

Kapitel vierundzwanzig

«Ich komme mir vor wie ein verdammter Idiot», schimpfte Frances vor sich hin und zog dabei zum zigstenmal ihren Schal zurecht. «Wie oft habe ich zu den Patienten gesagt, ‹Sie werden sehen, das merkt man überhaupt nicht›, und jetzt habe ich selbst so ein Ding um den Hals. Du weißt so gut wie ich, daß das einfach gelogen ist. Zum Teufel mit dem häßlichen Ding.»

Jennifer lächelte. Frances' Halskrause war weniger auffällig als die meisten, da es eine neue Sorte war, die man an ihr ausprobierte, was aber nichts daran änderte, daß sie sie als ziemlich hinderlich empfand. Frances guckte wie eine beleidigte Taube, als sie sich den Mantel anzog. «Komm, du kannst im Wagen weiterschmollen.»

«Bist du dir da sicher?» fragte Frances zum wiederholten Male, als sie die Station verließen und den Flur entlanggingen. «Ich kann sehr gut nach Hause gehen, da gibt es nichts – autsch – was ich nicht allein hinkriegen könnte.» ‹Autsch› war das Ergebnis eines Zusammenpralls mit einem Rollstuhl, der unerwartet aus einem Lift herausfuhr. «Ich brauche nur – autsch – ein bißchen Ruhe und – autsch – Erholung. Verdammt.» Es lag nicht so sehr daran, daß zahlreiche Leute im Flur herumstanden, sondern vielmehr daran, daß Frances unvermeidlich von jeder vorbeigehenden Person, jedem Rollstuhl, jedem Feuerlöscher an der Wand und von jeder offenstehenden Tür wie von einem Magneten angezogen wurde.

«Frances, du brauchst jemanden, der dich pflegt», lachte Jennifer, dabei lenkte sie ihre Freundin um einen Rollwagen mit Medikamenten und um eine Lehrschwester herum.

«Du paßt nie auf, wohin du gehst.»

Frances fühlte sich von dieser Behauptung verletzt. «Doch, tu ich», sagte sie und stieß gegen die Türkante an der Aufnahme.

«Eben nicht! Du bist so beschäftigt damit, dir irgendwelche neuen Handlungen oder Charaktere auszudenken, daß du alles andere vergißt. Du mußt lernen, deine Arbeit an der Schreibmaschine liegenzulassen.» Jennifer haßte es, Künstler zugrundezurichten, aber es war immer noch besser, als wenn sich die Künstlerin selbst zugrunderichtete – für immer. «Du lebst in einer Traumwelt. Kein Wunder, daß du laufend Unfälle hast. Meiner Meinung nach hat die physikalische Welt keine echte Bedeutung für dich – bis sie sich erhebt und dir eins verpaßt.» Jennifer verlangsamte ihren Schritt, da ihnen der Chirurg entgegenkam, der gerade mitten in einer Operation gewesen war, als Frances mit ihrem Auto durch die Wand des Operationssaals brach. «Guten Morgen, Philipp.»

«Jennifer.» Mr. Blythe war ein großer, bärenstarker Mann, der seinen Mitarbeitern unglaublich viel abverlangte und mit seinen Patienten ebenso freundlich umging. Frances, die im Moment sowohl Mitarbeiterin als auch Patientin war, stand unsicher daneben und wartete darauf, welche neue Katastrophe ihr nunmehr bevorstand. «Guten Morgen, Miss Murphy. Was machen die Prellungen und blauen Flecke?»

«Es wird schon wieder, danke.» Frances sah aus, als wollte sie sich in ihre Halskrause zurückziehen.

Seine braunen Augen blickten sie heiter an. «Das läßt sich von den Wänden des Operationssaals nicht gerade behaupten. Ich glaube, ich habe sogar einen der Bauleute vor Freude jauchzen gehört, als er den Kostenvoranschlag ausrechnete – er murmelte etwas von einer Reise auf die Kanarischen Inseln in diesem Jahr.»

«O Gott», stöhnte Frances.

«Keine Sorge – die Schadensregler der Versicherungen können dafür monatelang zum Essen ausgehen», lächelte er. «Ich habe mir heute früh Ihre Röntgenbilder angesehen. Mr. Marsh scheint glücklich darüber – ich bin es auch. Und Sie?»

«O ja... doch.»

Er kicherte. «Lügnerin. Es tut scheußlich weh, oder? Machen Sie sich nichts draus, die Zeit heilt alle Wunden. Erholen Sie sich wenigstens für zwei Wochen, aber danach können wir Sie dann nicht mehr entbehren. Sie sind so geschickt mit den Patienten, Sie wissen ja.» Und schon ging er pfeifend weiter.

«Es ist zum Haareraufen», sagte Frances und sah ihm hinterher. «Sonst ist er immer brummig zu mir.»

Jennifer lächelte. «Das liegt daran, daß du normalerweise auf der anderen Seite des Zauns stehst, und er erwartet von jedem die gleiche Perfektion, die er auch von sich fordert. Jetzt, da du eine Patientin unter seiner Obhut bist, ist die Lage anders. In diesem Mann steckt viel von einer Vaterfigur.»

«Ihr Ärzte seht euch gegenseitig in einem ganz anderen Licht als alle übrigen», bemerkte Frances.

«Wir alle teilen das gleiche Geheimnis», sagte Jennifer zu ihr. «Wir alle wissen, daß wir die Hälfte der Zeit Todesängste ausstehen und in der anderen Zeit halb zu Tode erschrecken. Wenn du bloß wüßtest, wie hinfällig ein Leben tatsächlich ist, wie wenig es bedarf, um es zu zerstören, dann hättest auch du Angst. Ich glaube, Polizisten kennen das auch.» Sie stockte. «Manche Polizisten.»

Sie traten in das gleißende Sonnenlicht und blinzelten.

«Wie ich hörte, ist Mrs. Taubman Ihre Patientin gewesen», sagte Abbott und lehnte sich auf seinem Stuhl zurück, um David Gregson über den überquellenden Schreibtisch hinweg anzusehen. «Würden Sie mir bitte etwas mehr mitteilen?»

«Ich sehe nicht, weshalb das von Bedeutung ist», sagte Gregson. Er hatte Abbott warten lassen, bis der letzte Patient die Praxis verlassen hatte. Er blickte unablässig zur Uhr auf dem Kaminsims und fingerte in einem Stapel dicker Umschläge mit Krankennotizen herum. Offensichtlich wartete er ungeduldig darauf, sich auf den Weg zu seinen Patienten machen zu können.

«Natürlich kann ich Sie nicht zwingen», sagte Abbott gelassen. Es war gleichermaßen offensichtlich, daß er so lange da zu bleiben gedachte, bis Gregson ihm sagte, was er wissen wollte. Außer Gewaltanwendung oder wüsten Beschimpfungen hatte Gregson wenig Möglichkeiten. Er traf auf einen Willen, der ebenso stark wie sein eigener war.

«Nun, wenn Sie alles wissen müssen...»

«Jede Kleinigkeit kann hilfreich sein», stellte Abbott klar.

«Ein Gallenblasenleiden, eine leichte Arthritis in der Wirbelsäule und der Hüfte, allgemeines ‹Nervenleiden›.»

«Ein Nervenleiden, weswegen?»

Gregson seufzte. «Sie hatte gerade eine späte Menopause hinter sich und neigte sowieso ein wenig zur Hysterie, und sie war zu einem deutlichen Grad egozentrisch. Was Leute ihres Schlags mit ‹äußerst angespannt› bezeichnen. Ich verschrieb ihr hin und wieder leichte Beruhigungsmittel, wenn sie sie verlangte.»

Abbott zog die Augenbrauen hoch. «Verlangte?»

Gregson erlaubte sich ein kurzes Lächeln. «Meine Entscheidung hatte etwas mit meinem persönlichen Überleben zu tun. Entweder das, oder ich mußte mir immer wieder ihre Probleme und Schmerzen anhören, die nicht ein Zehntel so schlimm waren, wie die von vielen anderen meiner weiblichen Patienten. Nach den ersten fünf bis zehn Besuchen konnte ich ihre körperlichen Symptome ohne weiteres von ihren emotionalen unterscheiden. Ich war für sie ihre ‹Bittere Medizin›, verstehen Sie? Wenn sie sich verletzlich fühlte oder Zustimmung brauchte, dann ging sie zu dem Arzt ihres Vertrauens – einem Mann mit weit mehr Diplomatie und Taktgefühl, als ich sie besitze. Wenn sie sich ein wenig schuldig fühlte – oder verängstigt –, dann kam sie im allgemeinen zu mir. Irgend etwas sagte ihr, daß ich ‹gut für sie› war, wie alles Bittere. Eine nicht seltene Überzeugung.»

«Die Sie bestärkt haben.»

Wieder war da dieses aufflackernde Lächeln. «In der Tat – das spart im allgemeinen Zeit. Sie wußte, daß ich, falls irgend etwas wirklich nicht in Ordnung wäre, schnell genug zur Stelle wäre. In der Regel bin ich es jedenfalls. Nicht, Sie verstehen, weil ich so ein wunderbarer Arzt bin, sondern eher, weil mir die Praxis von der Größe her erlaubt, meine Arbeit ordentlich durchzuführen.»

«Ich hatte den Eindruck, sie wäre eher zu groß für eine Person.»

«Ja, und ein bißchen zu klein für zwei. Daher der Konflikt zwischen Jennifer und mir.»

«Sie geben das zu?»

«Ich könnte es kaum leugnen.»

Abbott hätte gern nachgefragt, aber Gregson seufzte gequält. «Gibt es sonst noch etwas, was Sie über Mrs. Taubman wissen möchten?»

«Wie war ihr allgemeiner Gesundheitszustand, außer den Dingen, die Sie gerade erwähnten?»

«Sie war eine robuste Frau. Ein Großteil ihres Problems rührte von ihrer sexuellen Frustration her, obwohl sie das nie zugegeben hätte. Frauen wie sie machen das nie. Trotz allem war sie sehr lebenshungrig und wollte immer noch mehr – von allem.»

«Wann haben Sie sie das letzte Mal gesehen?»

«Seltsamer Zufall, am Morgen des Tages, an dem sie ermordet wurde. Sie bat mich um Beruhigungsmittel. Sie sagte, daß sie gerade eine ‹schwierige Phase› durchmache. Da sie ziemlich mitgenommen aussah, glaubte ich ihr und stellte ein Rezept aus.»

«Sie ließ sich nicht näher über die Art ihrer Schwierigkeiten aus?»

«Selbstverständlich forderte ich sie dazu auf, aber sie verhielt sich ziemlich ausweichend und sagte einfach, daß sie ‹genervt› und ‹am Rande› wäre. Sie erwähnte etwas, daß sie nicht in der Lage wäre, noch länger mit ihrem Sohn herumzustreiten und seinen Wünschen, ein neues Leben zu führen, nachgeben zu müssen, und daß ihr das alles zuviel werden würde. Phrasen in der Art – nichts Genaues, aber deutliche Hilfeschreie. Ich nahm es für bare Münze und stellte entsprechend ein Rezept aus. Aus früheren Erfahrungen wußte ich, daß sie die Medikamente nicht mißbrauchen würde. Es tut mir leid. Wenn ich gewußt hätte, daß sie ermordet werden würde, hätte ich natürlich mehr unternommen, allein ihretwegen.»

«Natürlich.» Abbotts Miene blieb neutral. «Und wann haben Sie sie vor diesem Besuch das letzte Mal gesehen?»

«Etwa vor sechs Monaten.»

«War das normal – eine derart lange Lücke?»

Gregsons Gesicht nahm einen seltsamen Ausdruck an. «Jetzt, da Sie das sagen, nein. Sie kam wegen der üblichen Erneuerung der Rezepte her, aber Kay, unsere Sprechstundenhilfe, übernahm das. Sie hat nicht um einen Termin bei mir gebeten.»

«Vielleicht hat sie sich nervlich strapaziert gefühlt und ist zu ihrem ‹Vertrauensarzt› gegangen?»

Gregson schüttelte den Kopf. «Nein, er benachrichtigt mich immer, wenn sie zu ihm geht – aus kollegialer Gefälligkeit.»

«Also, eine frustrierte und ziemlich hypochondrische Frau hört plötzlich auf, ihre Ärzte aufzusuchen. Was ließe sich daraus schließen?»

«Daß sie nicht mehr so frustriert ist?» Gregson neigte seinen Kopf zur Seite. «Wollen Sie sagen, daß sie sich einen Liebhaber genommen hat? Und daß sie deshalb in diesem Zustand war, weil diese Affäre zu Ende gegangen war?»

«Ich will überhaupt nichts sagen. Ich trage einfach nur Informationen zusammen, Doktor. War Win Frenholm je bei Ihnen in Behandlung?»

Gregson zögerte einen Augenblick lang, als versuche er, sich zu erinnern. «Nein. Sie war Wallys Patientin. Nachdem er krank wurde, rutschte sie, glaube ich, mit auf meine Liste, aber ich erinnere mich nicht an sie. Ich habe mir nach ihrem Tod ihre Krankenblätter angesehen. Der letzte Termin liegt beinahe ein Jahr zurück – es war wegen der Geschlechtskrankheit, die Wally neulich abend beim Essen erwähnte.»

«Und nichts weiter bis zu ihrem Besuch an jenem Morgen des Tags, an dem sie starb.»

«Wie Sie sagen – nichts bis zu jenem Besuch.»

«Bei dem sie Jennifer sprechen wollte, nicht Sie, sich dann eine Schwangerschaft bestätigen ließ und Fragen über die Möglichkeit einer Abtreibung stellte.» Abbott beobachtete Gregsons Gesicht genau, der nur nickte. «Noch eine lange Lücke, Doktor. Und an jenem Abend wurde sie ermordet.»

Gregsons Gesicht wurde bleich, dann puterrot. «Wollen Sie damit sagen, daß es zwischen einem Besuch in dieser Praxis und ihrem Tod eine Verbindung gibt?»

«Ich sagte Ihnen bereits, ich behaupte gar nichts. Es ist bloß eine weitere Tatsache. Genauso wie es eine Tatsache ist, daß auch die erste Frau, die starb, eine Patientin dieser Praxis war.»

«Ah, aber sie zog vor einiger Zeit von hier fort, sie sollte eigentlich zu einem anderen Arzt überwiesen worden sein. Auf jeden Fall kam sie nicht oft.»

Abbott nickte. «Also haben Sie ihren Namen nach ihrem Tod ebenfalls geprüft.»

«Ich erkannte den Namen wieder, ja.»

«Dr. Eames kannte sie nicht.»

«Sie war noch aus der Zeit vor Jennifer.» Gregson sah unruhig aus.

«Tatsache ist doch, Dr. Gregson, daß Sie am Morgen nach dem Mord gar nicht ‹nachsehen› mußten, wer sie war. Oder lagen ihre Unterlagen etwa nicht auf Ihrem Schreibtisch? Es stimmt doch nicht, daß Mrs. Beryl Tompkins zu einer anderen Praxis übergewechselt war?» Er beugte sich ein klein wenig nach vorne. «Sie sahen sie am Tage ihres Todes.»

Gregson seufzte und nickte. «Gut. Ja. Ich machte einen Hausbesuch bei ihr. Es war immer die gleiche Geschichte – Rückenbeschwerden. Ich legte ihr nahe, und das nicht zum erstenmal, daß sie ihre Stellung aufgeben sollte und daß es außerdem für sie bequemer wäre, wenn sie sich einen Arzt in der Nähe ihres neuen Wohnorts suchte.»

«Aber Sie haben sie doch sicher weiterbehandelt? Es ist doch nicht so ein weiter Weg.»

«Für mich im Wagen nicht. Aber für sie mit dem Bus.»

«Also dachten Sie mehr an sie als an sich.»

«Selbstverständlich. Für jemanden mit Rückenbeschwerden ist es nicht sonderlich bequem, in einem öffentlichen Transportmittel herumgeschüttelt zu werden und dann noch fast eine Meile aus der Stadt zu laufen, nur um gesagt zu bekommen, daß man den Job kündigen soll, was sie sich nicht leisten konnte.»

«Sie hatte eine Auseinandersetzung mit Ihnen wegen des Jobs?»

«Auseinandersetzung würde ich nicht sagen. Ich sagte ihr, daß ich ihr nicht anders helfen könne, als sie mit Schmerzmitteln zu versorgen, solange sie eine solch schwere Arbeit verrichtete. Und es könne nur noch schlimmer werden. Widerwillig akzeptierte sie das. Möglicherweise hätte eine Operation ihre Beschwerden gelindert – es handelte sich um Rückgratverschmelzung –, aber aus Angst davor weigerte sie sich. Es hilft sowieso nicht in jedem Fall, also konnte ich die Operation auch nicht aus vollem Herzen empfehlen. Die ganze Situation war sehr unglücklich. Sie tat mir leid. Die Schmerzen waren beträchtlich, das können Sie mir glauben.»

«Also, in jedem der Fälle haben wir es mit Frauen zu tun, die frustriert sind oder Schwierigkeiten haben, und eine jede ihren Arzt aufsucht und dann ermordet wird. Interessant.»

«Ich weise die Unterstellung zurück, daß dieser Zufall in irgendeiner Weise von Bedeutung für Ihre Untersuchungen ist», explodierte Gregson mit einemmal. «Sie sind sehr höflich, sehr unverbindlich, aber was Sie denken, ist vollkommen klar.»

«Ach ja?» Abbott grinste plötzlich. «In diesem Falle hätte ich es gern, wenn Sie mir das erklärten, Doktor. Der Zufall liegt möglicherweise nicht in den Besuchen an sich, aber in den Ergebnissen, die diese Besuche nach sich ziehen. Wenn man seinen Arzt aufsucht, dann will man damit gewöhnlich etwas erreichen – Erleichterung von Schmerzen, einen Wink, wie man weitermachen könnte, eine Antwort. Dinge dieser Art ziehen in aller Regel Entscheidungen nach sich. Entscheidungen beschleunigen Ereignisse und beschleunigen Konfrontationen. Und eben solche Konfrontationen führen manchmal zu Mord. Diese Frauen haben ihren Arzt aufgesucht und sind dann gestorben, ja. Daher habe ich keine andere Wahl. Haben Sie oder Jennifer etwas mit diesen Todesfällen zu tun – direkt oder indirekt? Beispielsweise, haben Sie vielleicht beschlossen, diese Frauen umzubringen, weil sie Ihnen leid taten, oder weil Sie glaubten, sie störten Sie, oder weil Sie dachten, sie verschwendeten Ihre Zeit?»

«Grotesk!»

«Ich gebe zu, es erscheint unwahrscheinlich, aber nicht unmöglich. Eine andere Alternative ist, daß Sie ihnen eine Tatsache mitgeteilt oder zu einer bestimmten Handlungsweise geraten haben, was sie dann ihren eigenen Tod herbeiführen ließ.»

«Ich verstehe Sie nicht.»

«Ganz einfach. Angenommen, Sie sagten Mrs. Tompkins, daß sie ihre Stellung aufgeben soll, und nach einiger Überlegung entschied sie sich dazu. Sie sagte ihrem Mann, daß in Zukunft weniger Geld hereinkommen würde, er verlor die Beherrschung und ermordete sie. Oder sie erzählten Mrs. Taubman, daß sie allzu angespannt wäre, und sie beschloß ihrem Sohn mitzuteilen, daß sie letzten Endes nicht bereit sei, seine Vorschläge für das Gut mitzumachen – und er tötete sie, um sie aus dem Weg zu räumen. Sehen Sie? Kleine Wellen, die genau von diesem Zentrum ausgehen. Oder, eins führt zum anderen. Wir stellen das häufig fest. Und dieses eine zu finden, darin besteht die Schwierigkeit.»

«Nun, hier werden Sie es nicht finden.»

Abbott stand auf. «Im Gegenteil, vielleicht ist es mir gerade eben gelungen. Guten Morgen, Dr. Gregson. Vielen Dank, daß Sie Ihre Zeit für mich geopfert haben.»

Kapitel fünfundzwanzig

«Paß auf, daß du Dr. Gregson nicht über den Weg läufst, er ist genau in der richtigen Stimmung», sagte Kay und zog ihren Mantel an, während sie durch die Tür in Jennifers Behandlungszimmer lugte. «Ich kann dir sagen, ich wäre nicht gern an deiner Stelle.» Dr. Gregson und Jennifer führten die Abendsprechstunde alleine durch, zu der nur angemeldete Patienten kamen.

«Was ist los?» fragte Jennifer.

«Dein geschätzter Polizist ist los», sagte Kay. «Ich rate dir, hüte dich beim Abendessen vor herumfliegenden Kartoffeln.»

«Du lieber Himmel», sagte Jennifer. «Vielen Dank für die Warnung.»

Kay grinste. «Er möchte nur, daß man ihm zuhört, mehr nicht. Hast du das denn noch nicht gelernt? Der arme Mann hat doch zur Zeit niemanden, der ihm zuhört.»

Jennifer lächelte. «Und du meinst, ich kann nicht zuhören, weil ich immer gleich auf die Barrikaden gehe?»

«Das habe ich nie behauptet. Wirklich.»

«Glaubst du, daß du uns je zusammenbringen wirst?» fragte Jennifer und lächelte vorsichtig.

«Ich weiß es nicht. Ich arbeite daran», sagte Kay grimmig. «Wie der Kerl, der den Stein den Hügel heraufrollt, aber ich arbeite daran. Ihr zwei seid stur wie die Kinder. Schafsköpfe. Zum Glück bin ich da und passe auf euch auf.»

«Amen», stimmte Jennifer ein. «Bis morgen.» Sie beendete ihre Schreibarbeiten und sah auf ihre Uhr. Kaum noch Zeit zum Abwaschen vor dem Tee. Sie ging durch das Wartezimmer und sah auf die bunt zusammengewürfelten Stühle entlang der Wand, den Tisch mit den ordentlich aufgeschichteten Stapeln von Illustrierten und die beruhigenden Bilder an den Wänden. Hinter dem Fenster erstreckte sich die Wiese bis zur Hecke – ein Fetzen aufgeweichten Papiers hatte sich in einem kahlen Busch verfangen, überall lagen goldene und dunkelrote Blätter, eine durchnäßte Drossel hüpfte hoffnungsvoll herum. Der Teppich war sowohl vor dem Anmeldetresen als auch vor jedem Stuhl abgewetzt. Unter dem großen Tisch lag eine Schachtel mit Spielsachen für die Kinder. Hinter dem Anmeldetresen stand die abgedeckte Schreibmaschine, die Aktenschränke mit ihren Geheimnissen waren verschlossen, die erledigten Arbeiten in den Ablagefächern. Wenn Kay bloß die Ärzte so im Griff hätte, wie sie ihren Arbeitsplatz im Griff hatte.

Was in aller Welt konnte Luke gesagt haben, um David so aufzuregen? Aus Erfahrung wußte sie, daß es dazu nicht viel brauchte. David war im Moment empfindlich, abweisend. Vielleicht sollte sie sich um ihn kümmern, wie Kay es sagte. Schließlich mußte ja jemand den ersten Schritt machen. Sie seufzte tief auf und ging noch einmal zurück, um an Gregsons Tür zu klopfen. Sie erhielt keine Antwort und öffnete, um hereinzusehen. Entweder war er noch unterwegs zu Hausbesuchen, oder er war schon zum Tee gegangen.

Das Zimmer war leer. Trotzdem hatte es unverkennbar eine persönliche Note. Jennifer hatte Onkel Wallys Zimmer übernommen und bislang gezögert, irgendwelche Veränderungen vorzunehmen. Davids Behandlungszimmer strahlte Frieden aus, wie das Wartezimmer. Sein Schreibtisch war aufgeräumt – nicht wie der ihre, der unter dem Berg von Papieren, Proben und Aufsätzen pharmazeutischer Hersteller und Ausschnitten aus medizinischen Aufsätzen, die sie lesen wollte, fast verschwunden war. Zögernd ging sie hinein und um seinen Schreibtisch herum. Sie ließ eine Hand auf der Rükkenlehne seines Stuhls ruhen und blickte aus dem Fenster – nur die eintönige Aussicht auf den Weg, der um das Haus herumführte, und die Lorbeerhecke fast unmittelbar vor dem Fenster. Durch die hohen Fenster konnte genügend Licht hereinfallen, man fühlte sich nicht eingeschlossen. Dann ging sie zu einem Bücherregal mit Glasfront, wo eine alte chirurgische Instrumentensammlung aufbewahrt war. Überrascht öffnete sie die Glastür und sah sich ein paar der Instrumente etwas genauer an. Sie waren fein säuberlich geputzt, die Holzgriffe frisch eingeölt, wie man an dem glänzend warmen Ton sehen konnte, und die Klingen wie neu. Weit und breit kein Staubkörnchen. Sie fragte sich, ob Kay sich darum kümmerte, aber irgendwie zweifelte sie daran, denn es war nie darüber gesprochen worden. Ganz bestimmt hätte Kay zu einer so pedantischen Aufgabe irgendeinen Kommentar abgegeben.

Jennifer nahm ein besonders brutal aussehendes Skalpell in die Hand und berührte die Klinge. Mit Schrecken sah sie, daß sie sich geschnitten hatte. Auf der Haut bildete sich eine Blutspur, dünn wie ein Faden. Es war genauso scharf wie ein modernes Skalpell, aber es lag viel, viel schwerer in der Hand. Sie ging ans Waschbecken, spülte das Skalpell sauber, wischte es mit einem Papiertuch sorgfältig ab und legte es wieder zurück, in der Hoffnung, daß David nichts merken würde. Sie hatte das Gefühl, daß sie in etwas Geheimes und Privates eingedrungen war, als hätte sie seine nackte Haut berührt, nicht mit der objektiven Hand eines Arztes, sondern mit der einer Frau. Sie wußte instinktiv, daß er deswegen wütend auf sie wäre. Er machte nicht den Eindruck, als wäre er ein Mann, der sich gern berühren ließ.

Ein paar Minuten später kam sie ins Wohnzimmer, wo man vor dem Feuer gemütlich beim Tee zusammensaß: Tante Clodie, Onkel Wally, Frances, Paddy und Luke. Kein David. War er noch immer unterwegs und machte Hausbesuche? Oder hielt er sich gar in der Wohnung versteckt? Sie war verwirrt – weshalb sollte sie denken, daß er sich versteckte?

«Was ist los, Jenny?» fragte Luke und stand auf. Ihr Gesichtsausdruck hatte sich so unvermittelt verändert. Beim Hereinkommen hatte sie ihn angesehen, dann durch ihn hindurch, und er fühlte eine körperliche Spannung. Vor lauter Arbeit den ganzen Nachmittag über, hatte er vergessen, wie heftig und tief er für sie empfand, und wie sehr ihn Mark Peacocks gelassene Bekanntgabe ihrer Verlobung aus der Fassung gebracht hatte. Bleich und irgendwie verschlossen stand sie in der Tür. Wie aus der Ferne war seine Stimme zu ihr gekommen.

«Nichts. Hallo Luke, Paddy. Werden wir jetzt über unseren Kuchen ausgequetscht?» Diese unbekümmert gemeinte Äußerung baute sich allerdings wie eine dicke Wand zwischen ihnen auf.

«Natürlich nicht», sagte Tante Clodie. «Was für eine Vorstellung, Jennifer. Luke und Paddy sind vorbeigekommen, um zu sehen, wie es Frances geht, und ich bestand darauf, daß sie zum Tee bleiben.»

«Natürlich. Tut mir leid.» Sie wurde rot, wich Lukes Blick aus und setzte sich auf die Couch neben den Stuhl ihres Onkels. «Mrs. Rustle hat Zwillinge bekommen, Onkel Wally. Ein Junge und ein Mädchen, beide gesund und munter.»

«Großartig. Habe ich es euch nicht gesagt? Also schulden du und David mir je zehn Pence, wie abgemacht.» Der alte Mann war außerordentlich erfreut.

«Konnte man das nicht an Hand der Ultraschallaufnahme feststellen?» fragte Frances verwundert.

Jennifer kicherte. «Onkel Wally sagte uns schon, als sie erst im zweiten Monat war, daß sie Zwillinge bekommen würde – lange vor der Ultraschallaufnahme. Du alter Hexenmeister, du. Ich glaube, du hast in deinem Zimmer eine Kristallkugel versteckt.»

«Eher in meinen Akten», grinste er. «Wenn du dir die Mühe gemacht hättest, einmal in die alten Krankenblätter zu schauen, dann wärest du auf die Wette nie eingegangen. Dora Rustle war eine geborene Dora Wentlock, ein Zwillingskind, Tochter eines Zwillingskindes. Und Tom Rustles Vater war ebenfalls ein Zwillingskind. Eine faule Wette, wie man sagt.» Er lachte über ihren Gesichtsausdruck. «Und man sah es ihr schon nach zwei Monaten an, Jenny.»

«Wenn wir unsere Krankenaufzeichnungen im Computer speicherten, wie David es immer vorschlägt, wäre es auch an den Tag gekommen», meinte Jennifer kleinlaut.

«Aha, ihr seid mir gute Ökonomen», sagte ihr Onkel sarkastisch. «Gebt fünftausend Pfund für einen verdammten Computer aus, damit ihr euch zwanzig Pence an Wettschulden bei einem alten Mann ersparen könnt. Ihr solltet dagegen lieber euer Gehirn benutzen. Kommt viel billiger.»

Luke hörte dieser Unterhaltung zu und bemerkte, wie zwischen Jennifer und ihrem Onkel tiefe Zuneigung und Achtung bestanden, die sich in Blicken, Gesten und im Tonfall äußerten. Sie war die natürliche Erbin des Reiches, das sich dieser Mann aufgebaut hatte, eine gute Ärztin, und sie wurde mit jedem Tag besser. Mit welchem Recht konnte er erwarten, daß sie ihn in dieses kleine Königreich miteinbeziehen würde, ihn, den fahrenden Ritter auf der Durchreise? Sie gehörte hierher, vielleicht sogar auf *Peacock Manor*. Nicht zu einem Polizisten, als Mutter der Söhne einer anderen Frau.

Der Gedanke kam ihm wie ein Schock. Er war ihm gar nicht bewußt gewesen. Aber seit letzter Nacht, seit sie seine Küsse mit etwas mehr als nur Nostalgie erwidert hatte, war sie unbewußt in sein Leben, in sein Herz eingekehrt. Offensichtlich bereute sie schon, was geschehen war, warum sonst sollte sie seinem Blick ausweichen? Ihre Stimme klang kühl, sie hatte sich ihm nicht genähert, ihm nicht zugelächelt, gar nichts.

Plötzlich fühlte er sich fehl am Platz, und es war verdammt ungemütlich, aber nicht ungewohnt. Polizisten gewöhnen sich daran, immer fehl am Platz zu sein, außer wenn sie mit anderen Polizisten zusammen sind. Selbst alte Freunde können sich in Gegenwart eines Polizeibeamten unwohl fühlen. Es dauert nicht lange, bis sie im Scherz anfangen zu sagen: «Oh, oh, paß auf, was du sagst, wir haben jetzt einen Polizisten unter uns, der genau zuhört», und schon ist die Kluft da, wird größer, bis der Abgrund schließlich unüberbrückbar ist. Luke hatte immer gedacht, daß es daran lag, weil um sie eine Aura von Verurteilung und Verdächtigung lag, ungebeten und unerwünscht wie Gespenster, die die Menschen an ihre Verfehlungen erinnern. Jeder tut in seinem Herzen anderen Menschen unrecht, jeder macht etwas verkehrt. Und jeder hat Angst davor, erwischt zu werden, und sei es nur vom eigenen Gewissen.

Er hatte gehofft, daß es hier anders wäre, daß es mit Jennifer anders wäre, daß seine lange Freundschaft mit Wally eine Brücke zu Jennifer schlagen würde. Aber Wally war alt geworden und

Luke hier, um eine Serie gewaltsamer Todesfälle zu untersuchen, in die Menschen und Patienten, die sie kannte, verwickelt waren. Er sah zu Paddy und Frances hinüber – dort war die Kluft nicht so breit, dort entstand eine Brücke, die seiner Einschätzung nach durchaus auf Dauer halten könnte.

Er verbarg sein Lächeln hinter der Teetasse – daß der dickköpfige Paddy von einem so verträumten Wesen wie Frances Murphy gefesselt werden würde, war so unerwartet wie erfreulich. Er würde sie beschützen, seine zarteren Seiten zulassen und so ein besserer Beamter werden.

So war das bei Lukes eigener Ehe auch gewesen – die ganze Zeit, solange sie bestanden hatte. Mit dem Tod seiner Frau war seine zartere Seite schutzlos der Welt ausgesetzt worden, und seine zwei kleinen Buben sorgten dafür, daß er verletzbar blieb. Seine Härte war in Schichten aufgetragen worden – sie kam nicht von innen heraus wie bei Paddy. Er erschrak angesichts der plötzlichen Überzeugung, daß er seine Gefühle für Jennifer gut verstecken mußte, denn er war, ohne es zu merken, in ihren Bann gezogen worden, obwohl er angenommen hatte, nun, da er die mittleren Jahre erreicht hatte, wäre er sicher. Er war es nicht, und er fragte sich, ob er es je sein könnte.

«Wie ich hörte, hast du heute morgen David Gregson besucht», sagte Jennifer plötzlich und sah ihn über den Teetisch hinweg an. In ihrer Stimme klang Mißtrauen an, ihr Blick war trüb. «Kay sagte, er war den ganzen Nachmittag in heller Aufregung.»

«Es tut mir leid, wenn er sich aufgeregt hat», sagte Luke gelassen. «Ich kann mir nicht vorstellen, womit ich ihn beunruhigt haben könnte.»

«Nein?» ertönte Gregsons Stimme von der Tür her. «Mir schien das wohlüberlegt.» Er sagte es in die große Runde, aber insbesondere zu Jennifer. «Wenn es nach dem guten und weisen Inspector geht, dann gibt es zwischen unserer Praxis und den Morden eine Verbindung. Frauen, die in vollkommen legitimer Absicht zu uns kommen, wird anschließend die Kehle durchgeschnitten. Ich frage mich, ob wir nicht ein Warnschild an der Tür anbringen sollten – *Besucher dieser Praxis müssen damit rechnen, daß sie durch Gewaltanwendung zu Tode kommen* – damit hätten wir bestimmt einen riesigen Erfolg.»

«Ich verstehe nicht», sagte Onkel Wally neugierig und sah von Davids aufgewühltem Gesicht zu Luke, der überlegen dreinsah. «Hast du das gesagt, Luke?»

«Ich habe lediglich auf die Koinzidenz hingewiesen», sagte Luke. «Ich bin sicher, daß man noch andere entdecken könnte – sie alle waren am Tag vorher beim Einkaufen gewesen, oder hatten die gleiche Illustrierte gelesen, Dinge dieser Art. Ihr habt eine relativ große Praxis für die kleine Stadt – es ist nur zu gut verständlich, daß alle drei Frauen eure Patientinnen waren. Wäre Wychford ein Dorf, wäre es unvermeidlich so. Schließlich gibt es hier nur drei Ärzte. Es ist ein Zufall, aber kaum einer, um daraus gleich ein Unheil zu machen.»

«Für den Augenblick, meinst du.» Jennifer war bestürzt. «Angenommen, noch eine Frau stirbt – und auch sie ist eine Patientin von uns. Was machst du dann?» hakte Jennifer nach.

«Ich würde höflich um eine Liste von all euren Patienten bitten und sie in unseren Computer füttern, um eventuelle Gemeinsamkeiten herauszufinden», sagte Luke ruhig, trank seinen Tee aus und stand auf. «Tut mir leid, Clodie, daß ich dein Heim mit meinen Nachforschungen gestört habe. Ich versichere dir, daß ich das nicht mit Absicht getan habe. Vielen Dank für den Tee. Wenn ihr uns entschuldigt, wir werden jetzt gehen. Paddy?»

«Ja doch», sagte Paddy und stand ebenfalls auf, ungern allerdings, wie man sah. Er klopfte Frances freundschaftlich auf die Schulter, bedankte sich bei Clodie und folgte Luke nach draußen.

«Ist noch etwas Tee da?» fragte David und nahm neben Frances auf dem Sofa Platz.

Kapitel sechsundzwanzig

«Was geht zwischen dir und Gregson vor?» fragte Paddy auf dem Weg zurück in die Stadt.

«Nichts, bisher. Ich habe ihm ein bißchen Druck gemacht, das ist alles. Es gab überhaupt keinen Grund für seine feindselige Haltung», sagte Luke. «Das stört mich ein wenig – aber ich kann nicht genau sagen, weshalb.»

«Ich glaube, er hat das Gefühl, daß du in sein Territorium eindringst», bemerkte Paddy.

Luke sah ihn fragend an. «Territorium? Meinst du seine Praxis?»

«Ich meine seine Partnerin», sagte Paddy. «Vielleicht ist es dir entgangen, das heißt, es ist dir hundertprozentig entgangen, daß David Gregson Jennifer heiß begehrt.» Er schaute in den Rückspiegel, dann fuhr er auf den Parkplatz vor der Polizeiwache, parkte ein und machte den Motor aus. «Darum scheint sich im Augenblick viel zu drehen.» Er sah seinen Partner flüchtig an und entdeckte Verständnis und Wut in dessen Gesicht.

«Du sagst das so, als wäre ein Rudel Kater hinter einer läufigen Katze her», brummte Luke. «Mein Gott, wenn ich geglaubt hätte, daß es meine Untersuchungen stört, hätte ich den Fall sofort jemand anderem übergeben.»

«Nein, das hättest du nicht», sagte Paddy ruhig. «Solltest du einmal eine Gelegenheit haben, darüber nachzudenken, nimm sie wahr. Nur deshalb erwähne ich das.»

Luke starrte ihn einen Augenblick lang verwirrt an. «Und ich hatte gedacht, du entwickelst zartere Züge.»

«Ich bin dabei», sagte Paddy. «Aber ich verfüge über einen An-Aus-Schalter, der immer noch gut funktioniert. Du hast deinen schon eine ganze Zeit nicht mehr benützt.»

«Eingerostet?»

«Ein bißchen», bestätigte Paddy. «Aber nichts, was sich nicht wieder reparieren ließe.»

«Ich glaube, ich liebe sie», sagte Luke ruhig. «Und das war wahrscheinlich schon immer so.»

«Erinnerungen sind doch komisch», bemerkte Paddy und beobachtete, wie er das Lenkrad verkrampft festhielt und wieder losließ. «Sie war deine erste Liebe, nicht wahr?»

«Ja.»

«Und du? Warst du ihre erste große Liebe?»

«Ich weiß es nicht», gestand Luke. «Vielleicht liegt da das Problem. Verdammt, ich bin doch kein pickeliger Jüngling mehr, der über das Mädchen von der Party gestern abend redet. Ich habe nur gemerkt, was in mir vorging –»

« – als sie heute nachmittag zur Tür hereinkam», sagte Paddy.

«Himmel, war ich so leicht zu durchschauen?» fragte Luke.

«Nur für mich. Du bist den ganzen Tag nervös und ruhelos gewesen – aber du wurdest völlig ruhig, als sie hereinkam, du unterbrachst dich selbst, um sie zu fragen, ob alles in Ordnung sei mit ihr. In der Regel sprichst du deine Sätze zu Ende.»

Luke verzog sein Gesicht. «Sagte der Aufseher zum Rückfalltäter.» Schwermütig starrte er ins Nichts und verfluchte dabei seine eigene Schwachheit.

Einen Augenblick lang betrachtete Paddy ihn mit einer gewissen Sympathie, dann sah er zur Wache hinüber. «Ich möchte wissen, ob der Trickkünstler schon mit Baldwin fertig ist.»

Luke sank in seinen Sitz und schaute finster auf die Polizeiwache vor ihnen. Hinter den großen Fenstern hätten eigentlich hübsche Brokatvorhänge hängen sollen, statt dessen aber kamen, als die Lichter eins nach dem anderen angingen, hinter den staubigen Scheiben Aktenschränke und Schreibtische zum Vorschein, und ein paar Uniformierte, die sich für die Nachtschicht einrichteten. Irgendwo da drinnen saß Baldwin allein in seiner Zelle. Luke war froh, zum eigentlichen Fall zurückzukommen. «Ein frischgebackener Vater hat es schwer in unserer Gesellschaft – die ganze Aufmerksamkeit gilt der Mutter, die sich sexuell von ihm entfremdet. Sie wird von dem Leben in ihrem Inneren vollkommen absorbiert, bekommt eine andere Größe, eine andere Figur und ist überhaupt nicht mehr das Mädchen, das man geheiratet hat. Sie hat sogar einen anderen Geruch. Vermutlich ist sie dann mehr wie die eigene Mutter. Pheromone können da viele Fragen beantworten. Manche Männer geraten dann völlig aus dem Häuschen – vielleicht ist es bei Baldwin so. Hören wir uns mal an, was der Psychiater sagt.»

Sie stiegen aus dem Auto. «Vielleicht kann er dir auch einen Ratschlag für deine Probleme geben», meinte Paddy mit einem schrägen Grinsen, als sie das Revier betraten.

«Nein, das würde ich nicht behaupten», sagte Dr. Fernandez. Er war ein hellhäutiger Mann, etwas kurz geraten und füllig – von gemütlicher und beruhigender Statur, geradezu ideal für seine Arbeit. «Alles zusammengenommen, könnte Baldwin dazu gebracht worden sein, die junge Frenholm zu töten, aber nicht die beiden anderen. Und ich glaube auch nicht, daß er sie getötet hat. Soweit ich das beurteilen kann.» Er nahm seine Brille ab und putzte sie mit einem rot-weiß karierten Taschentuch. «Er ist in der Tat ein interessanter Fall. In der Praxis trifft man solche Männer gelegentlich. Ich nenne sie verroht, nicht brutal, verstehen Sie, sie leben absolut bodenständig. Sie sind praktisch veranlagt, solide und haben sich in der Hand. Aber von Zeit zu Zeit kommen ihnen die Sterne und Blumen zu Bewußtsein. Ich meine das nicht herablassend, ganz im Gegenteil. Vielleicht sind sie die einzig wahren Poeten, die Gott erschafft. Ihre Träumereien passieren zwar nicht oft, aber wenn, dann ganz natürlich und spontan, nicht durch Lernen oder durch Posen oder ausgefeilte Techniken. Manchmal bringen sie Erstaunliches zuwege. Eigentlich sollte man eine Stiftung zu ihrer Förderung einrichten.»

«Es hat Sie auch erwischt, oder?» sagte Luke amüsiert.

Fernandez schaute verlegen drein. «Sieht so aus, ja. Aber er ist ein anständiger Mann, Luke. Und, um ganz ehrlich zu sein, es hört sich so an, als ob sie ein richtiges Miststück gewesen ist.»

«Allerdings», stimmte Paddy zu.

«Sie kam zufällig hinter seine Träume und nutzte sie aus, um ihn an sich zu fesseln. Nicht, weil sie ihn mochte, sondern weil... ja, warum?»

«Aus Gewohnheit», sagte Luke. «Sonst war Sex immer ihre Waffe, aber in diesem Fall merkte sie, daß sie über etwas weitaus Stärkeres verfügte. Sie brachte ihn mit ihren Schmeicheleien zum Denken... was immer er dachte.»

«Sie würden staunen, was er dachte», sagte Fernandez mit fast wehmütiger Ehrfurcht. «Nicht so sehr, was sie getan hat, quält ihn, sondern die Wiederkehr der Wirklichkeit. Ich denke, er wird darüber hinwegkommen. Er fängt schon an, Witze darüber zu machen.»

«Haben Sie in Erfahrung bringen können, was sich in der Nacht abgespielt hat, als er sie fand?» fragte Luke.

«Ja, ich habe ihn hypnotisiert.»

«Mein Gott... das ist...»

«Nicht zulässig, ich weiß, aber ich war überzeugt, daß Sie ihn nicht auf die Anklagebank setzen würden. Er ist ein Zeuge, Luke, kein Mörder. Darauf würde ich meine ganze berufliche Reputation verwetten. Wirklich.» Fernandez war nicht nur überzeugt, sondern wirkte auch überzeugend.

«In Ordnung. Haben Sie etwas herausgekriegt?»

«Ja.» Fernandez holte eine Tonbandkassette hervor. «Möchten Sie es hören?»

«Bitte.» Luke stockte. «Sie hatten doch noch jemanden dabei, als er in Hypnose war?»

«Die beiden Constable Bennett und Jagger.»

«Jagger? Gut. Sehr gut. Lassen Sie uns reinhören.»

Fernandez legte das Band in den Kassettenrekorder ein, der auf Lukes Schreibtisch stand, und schaltete ein. Nach den üblichen Preliminarien und der Feststellung der Identität von Zeuge, Zeit, Ort und so weiter, hörten sie Fernandez zu Fred Baldwin sprechen.

«Wir werden uns jetzt über die Nacht unterhalten, in der Sie Win gefunden haben, in Ordnung, Fred?»

«Ja.» Fred Baldwin klang hypnotisiert, schwerfällig und teilnahmslos. Seine Willenskraft schien vollkommen aufgehoben, und wie ein Schaf wartete er darauf, geführt zu werden.

«Sie bekamen ihren Anruf. Was sagte sie?»

«Sie sagte: ‹Hier ist Melisande, ich ...›»

«Melisande war Ihr Geheimname für sie.»

«Ja. Sie sagte, so hieße sie in der Anderen Welt.»

Fernandez hielt das Band an und warf seinen beiden Zuhörern einen merkwürdigen Blick zu, fast wie einer, der das Höschen einer Striptänzerin erhascht, aber vor Erregung, Verlegenheit und Stolz auf einmal nicht weiß, was er damit anfangen soll.

«Ihre Beziehung lebte durch nichts anderes als durch gegenseitige Phantasie, eine Art Spiel mit Worten. Sie müssen wissen, daß Baldwin in der Hauptsache nur Science-fiction-Geschichten las, um zu verstehen, wie leicht er in eine derartige Phantasiewelt einsteigen und sie ausbauen konnte. Anfangs lachten sie wahrscheinlich darüber, aber dann wurde es ein verwickelter, symbolischer Wettstreit, ja Wirklichkeit – wenigstens für ihn. Da ich keine Chance mehr habe, mit ihr zu reden, kann ich nicht sagen, wieviel sie damit zu tun hatte. Vielleicht war sie ihm nur gefällig, oder sie fand es selbst höchst begeisternd. Ich sage Ihnen, Luke, Sie können hinschauen, wo Sie wollen... es ist schier unglaublich, was vermeintlich normale Menschen machen, wenn sie sich unbeobachtet wissen. Ich brauchte vier Stunden, um durch seine Mauern zu dringen. In der Phantasie der beiden war sie ein Wesen aus einer

Anderen Welt, wie sie es nannten...» Er wandte sich um und sah, welche Mienen sie machten. «Das ist nichts Außergewöhnliches – Kinder machen das ständig. Bei Erwachsenen nennen wir es Regressionsspiel, in diesem Fall handelt es sich wahrscheinlich um eine sexuelle Ersatzhandlung. Luke, Sie haben doch Psychologie an der Universität studiert – sehen Sie mich doch nicht mit diesem herablassenden Blick an.» Fernandez' Stimme bekam einen leicht schneidenden Unterton, Luke grinste entschuldigend.

«Gut, ich kauf Ihnen das mal ab. Melisande, ja? Und wie nannte sie ihn?»

«Na wie schon? Schattenprinz.» Fernandez paßte auf sein jüngstes Küken auf. «Darum geht es sowieso nicht – Sie können das in meinem neuesten Buch nachlesen.» Er machte den Kassettenrekorder wieder an.

«Was sagte sie während des Telefongesprächs – was waren ihre Worte?» hörten sie Fernandez fragen, und Baldwin gab willig Auskunft.

«Sie sagte: ‹Hier ist Melisande. Ich muß einem Bösen Reisenden entgegentreten, ich habe Angst. Wenn du mir beistehst, mein Schattenprinz, wird mir nichts zustoßen. Kannst du mich an unserem Wasserpfad treffen, sofort?› Ja, sagte ich.» Baldwin klang seltsam, weiblich, wie eine Frau, als er die Worte Win Frenholms wiederholte. Erneut schaltete Fernandez den Kassettenrekorder ab.

«Böse Reisende sind Wesen, die versuchen, die Wege der Schönen Wesen aus der Anderen Welt zu stören. Grundsätzlich bezog es sich auf alle, die nicht zu ihrer Phantasiewelt gehörten. Nach meiner Überzeugung stammten die gesellschaftlichen Aspekte der Anderen Welt im großen und ganzen von ihr, und die eher praktischen Aspekte von ihm. Sie dachte sich Namen und Rituale aus, er arbeitete mit Vorliebe an den Mechanismen zur An- und Abreise aus der Anderen Welt, ihrer Landschaft und so weiter. Lachen Sie nicht, verdammt, das ist ein erstaunliches Detail. Das ging bei ihm so eine ganze Stunde lang, oder noch länger. Aber zum Ende hin gab es eine Menge Kämpfe, Gefechte, und dergleichen. Es war nur noch eine Frage der Zeit, bis die ganze Geschichte sexuell ausgegangen wäre, wenn Sie meine Meinung hören wollen. Sie drängte von Anfang an darauf... vermutlich fühlte sie sich auf diesem Gebiet sicherer als in dem Phantasiestück. Dieser Böse Reisende, von dem sie spricht, könnte jemand gewesen sein, den sie nicht mochte, oder vor dem sie tatsächlich Angst hatte.» Er wollte gerade wieder den Kassettenrekorder anmachen, aber Luke hielt ihn zurück.

«Sie sagte ‹entgegentreten› – interessante Wortwahl.»

«Ja, das dachte ich mir auch», stimmte Fernandez überein. Er schaltete den Kassettenrekorder an, und sie hörten wieder zu, wie Baldwin mit leiernder Stimme erzählte.

«Ich sagte zu Tricia, daß es im Werk ein Problem gab, und machte mich auf den Weg. Sie war nicht sehr begeistert, daß ich sie alleine ließ. Wir hatten deswegen ein bißchen Streit, aber ich ging dann. Ich nahm den Wagen, weil ich gesagt hatte, daß ich in die Firma fahre, machte einen Bogen und parkte am Spielplatz. Dann nahm ich die Abkürzung zum Treidelpfad.» Fernandez zog die Augenbraue hoch, und Luke bestätigte mit einem Nicken, daß er sich mit der Örtlichkeit auskannte. Baldwin beschrieb gerade die Nacht.

«... kalt. Ich hatte sie noch nie so spät getroffen, und vor lauter Eile hatte ich keinen Pullover mit. Der Mond schien, aber nur ganz schwach. Ich wußte, daß sie auf mich wartete.»

«Woher wußten Sie das?»

Es entstand eine längere Pause, ehe Baldwin mit einem leicht überraschten Unterton weitersprach. *«Ich hörte sie mit jemandem reden.»*

Luke und auch Paddy fuhren gleichzeitig hoch. Fernandez, der wußte, was kam, lächelte sie nur an. *«Was konnten Sie hören?»* hörten sie ihn auf dem Tonband fragen. *«Sie sind jetzt dort und gehen den Weg am Fluß entlang. Was können Sie hören?»*

Baldwin zögerte. *«Den Fluß, ich kann den Fluß hören und eine Eule und den Wind in den Binsen. Mir ist kalt. Und ich kann Melisandes Stimme hören. Sie ist wütend. Sehr wütend. Ich sehe sie an der Wegbiegung stehen. ‹Zwecklos›, sagt sie. ‹Vergiß es, ich werde es ihr selber sagen, und dann werden wir ja sehen, wer hier wen heiratet, oder? Mein Baby, mein Baby wird –› dann hörte ich sie nicht mehr.»*

«Was haben Sie gemacht?» fragte Fernandez.

«Ich blieb stehen und lauschte», antwortete Baldwin.

«Verdammt, verdammt, verdammt», murmelte Luke.

Baldwin sprach weiter. *«Ich hörte ihn lachen», sagte er. «Und einen dumpfen Schlag, als ob etwas hinfiel, und dieses schreckliche ... Röcheln. Der Böse Reisende ... ich höre, wie er wegrennt, warte, daß er um die Ecke biegt, aber er kommt nicht. Er muß in die andere Richtung gerannt sein. Ich renne auch, falle hin. Ich war gestolpert, und fast wäre ich ins Wasser gefallen. Und... der Mond kommt hinter einer Wolke hervor... Melisande, ich sehe sie. O mein Gott, meine Schöne...»* Baldwin weinte, übermannt von der Deutlichkeit der Erinnerungen.

Im folgenden beruhigte Fernandez ihn und holte ihn in die Gegenwart zurück. Der Psychiater spulte das Tonband voraus. Nachdem er die gewünschte Stelle gefunden hatte, spielte er sie vor. «Hier», sagte er.

«Ein Auto.» Baldwins Stimme war deutlich zu hören. *«Ein Sportwagen, wahrscheinlich ein MG. Der hat so einen typischen Auspuffklang, man kann ihn kaum überhören. Auch nicht mehr der neueste. Oder nicht gewartet. Zwei Versuche, und er springt an... jetzt fährt er weg. Ich hebe Melisande auf, ich will nicht, daß sie hier liegen bleibt, wo jeder... jeder sie sehen, sie berühren kann. Sie ist tot, natürlich, ich weiß, daß sie tot ist, aber ihren Körper... den Körper... niemand sollte ihn berühren. Niemand.»*

Fernandez schaltete das Tonband aus. «War es das, hinter dem Sie her waren?» Er wußte es und grinste Luke an.

«Ja, danke. Ich dachte, Baldwin könnte etwas mehr mit dem Wagen anfangen. Man sagte uns, daß er ein Mechanikermeister ist, der ständig an Autos und Motoren herumbastelt. Natürlich könnte der Wagen auch von jemand ganz anderem gestartet worden sein. Aber dann könnte diese Person immerhin bemerkt haben, daß ein Mann aus der Richtung vom Fluß her gerannt kam. Es wäre jedenfalls eine große Hilfe für uns, wenn man den Fahrer ausfindig machen könnte.» Luke rieb sich am Ohr. «Diese ganze Arie mit ‹Melisande›... wird sich in den Berichten verdammt albern machen.»

«Oh, Sie können von mir ein paar großartige Fachwörter aus der Psychiatrie haben, zum Einflechten, wissen Sie», beruhigte Fernandez ihn. «Und Sie müssen ja nicht wirklich ins Detail gehen, oder? Einzig die Aussagen, die von Bedeutung sind, sollten genügen. Sie könnten dem armen Kerl einen großen Gefallen tun, Luke, wenn Sie sich bei ihm lediglich darauf beschränken, daß er die Leiche gefunden hat. Nehmen Sie ihn ran, wenn Sie meinen, es geht nicht anders, aber wenn Sie seine geheime Welt bewahren können...» Er hielt inne, da er wahrscheinlich um etwas Unmögliches bat. «Seine Frau weiß nichts davon, sie sollte auch nichts davon erfahren. Es würde sie weit schlimmer treffen als körperliche Untreue. Es ist nicht nur der Sex, der verletzt, wenn ein Partner untreu ist, sondern auch, daß die Zeit mit jemand anderem verbracht wurde, ein anderer das Lachen, den Zauber erlebte, das ist es, was weh tut.»

«Ich weiß», sagte Luke ruhig.

«Wird Bennett...»

«Bennett ist in Ordnung», sagte Paddy entschlossen. «Ich kann mit Bennett sprechen, Luke.» Sein Mund zog sich zusammen. «Und mit Jagger.»

Fernandez war gefährlich nahe an der Grenze, sich einzumischen, er wußte das. Sie alle wußten es. «Der Junge ist nicht verrückt, verstehen Sie. Jedenfalls nicht verrückter als ein Mann, der seine Frau im Bett Schnucki-Putzi nennt. Und genau wie diesen Typen ist es auch ihm peinlich, das zuzugeben. Nur hat er ein kleines bißchen mehr zugegeben als die meisten. Ein Tribut an seine etwas ausgefallene Vorstellungskraft sozusagen. Ich nenne meine Frau höchstens mal... ach, was soll's.

Verliebte sind nicht im klinischen Sinne verrückt, aber verdammt nah dran – keinen Sinn mehr für die Verhältnisse, ultra-sensibel, verblendet, besessen... im Liebesrausch eben.»

Luke und Paddy tauschten einen kurzen verlegenen Blick. «Sie meinen also, Baldwin war in Win Frenholm verliebt?»

Fernandez dachte darüber nach. «Nicht im allgemein üblichen Sinne, das nicht. Sie war seine geistige Lehrerin, wenn Sie so wollen. Sie bot ihm garantiert die Flucht aus den Spannungen seiner Ehe. Er ist Katholik, müssen Sie wissen, und als solcher denkt er in sehr strengen moralischen Kategorien über körperliche Untreue. Obwohl ich auch nicht weiß, was sein Priester aus diesen Intermezzi am Fluß macht.»

«Unkeusche Gedanken?» fragte Paddy.

Fernandez schüttelte den Kopf. «Das ist es ja gerade, sie waren nicht unkeusch, jedenfalls nicht, was ihn betrifft. Im Gegenteil – sie war unberührbar – schön und unberührbar. Eben das war die Faszination. Und natürlich, daß sie in seine Seele hineinhorchte.» Fernandez zog ein Gesicht. «Herrje, jetzt bin ich es, der in ihn hineinhorcht!» Er nahm das Band aus dem Kassettenrekorder. «Wenn es Ihnen nichts ausmacht, mache ich mir davon eine Kopie. Luke, es hat mich sehr gefreut, daß Sie mich herbestellt haben. Kapitel sechs wird großartig. Ich hoffe, es hat sich auch für Sie gelohnt.»

«O ja», sagte Luke. «Weit mehr als erwartet.»

Kapitel siebenundzwanzig

Beim Abendessen herrschte eine gezwungene Atmosphäre.

Während sie den Tee zu Ende tranken, hatte David Lukes Interesse an der Praxis und seine Bemerkungen über Koinzidenz erläutert. Onkel Wally stand dabei kurz vor einem Wutausbruch, aber Clodie meinte, man müßte Luke verstehen und ihm seinen Fehltritt nachsehen. «Er will seine Sache doch nur gut machen», sagte sie.

Onkel Wally murmelte irgend etwas, das sich anhörte wie «Giftzahn».

Frances und Jennifer sagten kein Wort.

Kurze Zeit später ging jeder seiner Wege – Tante Clodie wollte die Vorbereitungen des Abendessens überwachen und vielleicht kurz zu ihrer Stickerei greifen, die beiden Invaliden – Onkel Wally und Frances – ruhten sich aus, und Jennifer und David erledigten die Abendsprechstunde.

Zum Abendessen fanden sich wieder alle ein und empfanden die Situation noch schlimmer als vorher, besonders, weil Davids Zorn immer noch nicht verraucht war. Im Gegenteil, er kam immer mehr in Rage.

«Vermutlich will er mich als nächsten verhaften», sagte er, als sie beim Dessert angekommen waren. «Aber das soll er mal probieren. Es wird mir ein Vergnügen sein, ihm sein selbstgefälliges Grinsen zu nehmen und ihm obendrein eine Verleumdungsklage anzuhängen.»

«Luke ist nicht so ein Mensch...» verteidigte Jennifer ihn.

«Er ist kein Mensch, er ist ein Bulle», schnauzte David.

«Na, na, na, David, das ist nicht fair», protestierte Clodie. «Sieh es mal von seiner Warte aus. Er muß seine Arbeit machen, alle Fakten überprüfen und jede Spur, die sich daraus ergibt, verfolgen. Er kann sie sich nicht einfach aussuchen, oder? Daß er uns alle kennt, kann die Sache für ihn nur erschweren.»

«Normalerweise schicken sie nicht jemanden, wenn er persönliche Bindungen zu dem Ort hat», sagte Frances. «Paddy erzählte mir, daß Luke nur deswegen herkam, weil kein anderer abkömmlich war. Er selbst empfindet es unangenehm. Eigentlich beide. Nicht nur ihr kennt Luke noch als Jungen. Das macht es ihm schwer, überhaupt Autorität auszuüben.»

«Ich habe nicht gemerkt, daß er irgendwelche Schwierigkeiten hat», brummte David.

Frances warf ihm einen ungeduldigen Blick zu. «So wie es aussieht, hat er keine heiße Spur, der er nachgehen könnte. Sie haben einen Mann in Gewahrsam, den sie verhören, aber Paddy sagt –»

David hob den Kopf. «– einen Mann in Gewahrsam? Wen?»

«Ich habe keine Ahnung, Paddy wollte nichts sagen», fuhr Frances fort. «Er sagte, er hätte es besser gar nicht erst erwähnen sollen, aber... nun, es geschah sowieso im Zusammenhang mit etwas anderem. Ich habe ihn nicht gedrängt.»

«Es ist Fred Baldwin», sagte Jennifer gelangweilt. «Seine Frau war heute abend da, um sich ein Beruhigungsmittel zu holen, sie ist in einer schrecklichen Verfassung, und das Ergebnis ist, daß das Baby nicht zur Ruhe kommt.»

«Aber... weshalb Baldwin?» David schien baß erstaunt über diese Nachricht.

«Weshalb nicht? Seine Frau weiß es auch nicht, aber sie hat mir gegenüber früher einmal erwähnt, daß Fred des öfteren nachts spazierengeht – offensichtlich, um seine diversen Frustrationen loszuwerden. Er fing damit im Sommer an, während ihrer Schwangerschaft, und dachte gar nicht daran, nach der Geburt seine Spaziergänge einzustellen. In der Nacht, als Win Frenholm getötet wurde, hat man ihn ins Werk gerufen.»

«Und bei Mrs. Taubman? Was machte er in der Nacht, als Mrs. Taubman getötet wurde?» fragte David wißbegierig.

«Einen Spaziergang», wußte Jennifer. Sie nickte. Sie war sich nicht sicher, ob diese Information zum Vertrauensverhältnis zwischen Arzt und Patient gehörte, aber jetzt war es zu spät, um sich darüber Gedanken zu machen. Sie wollte, daß endlich Schluß war, egal wie.

«Sieht ganz so aus, als wäre dieser Baldwin der Mörder», sagte Onkel Wally. «Ich erinnere mich an ihn – ein untersetzter Kerl, cholerisch.» Sein gefurchtes Gesicht hellte sich ein wenig auf, als ihm noch etwas einfiel. «Und arbeitet er nicht im Fotoentwicklungswerk?»

«Ja, das stimmt», sagte Jennifer. «Wenn du mich entschuldigst, Tante Clodie, ich glaube, ich möchte mich noch ein Weilchen hinlegen. Kopfschmerzen.» Sie stand auf und verließ eilig das Eßzimmer, bevor noch weitere Fragen gestellt werden konnten oder man sich zu streiten anfing.

Sie war durcheinander und aufgeregt. Letzte Nacht, als sie mit Luke aus war, hatte er für ein paar Stunden Abstand von Beruf und Verpflichtungen genommen. Jedenfalls hatte sie das geglaubt. Es war ein zärtlicher, romantischer Abend gewesen, und sie hatte das, was sich am Treidelpfad zwischen ihnen abgespielt hatte, gerne geschehen lassen. Er hatte sie nach Hause zurückgebracht, und wenn David nicht an der Türschwelle gestanden wäre, hätte sie ihn hereingebeten und... wer weiß?

Seit ihrer Scheidung hatte es nicht sehr viele Männer in ihrem Leben gegeben, aber den einen oder anderen doch. Und dann, als sie zunächst wieder nach Wychford zurückgekehrt war, Mark Peacock. Sie war kein Kind mehr. Lukes Kuß hatte ihr eine schnelle, tiefe und natürliche Reaktion entlockt, die sie schon lange nicht mehr verspürt hatte und die mehr als nur sexuell war. Mit Bedauern hatte sie sich von ihm verabschiedet und sich fast wie ein junges Mädchen auf ihre nächste Begegnung gefreut.

Am Nachmittag hatte sie dann gehört, daß er gekommen war, um mit David zu reden, ohne bei ihr vorbeizuschauen. Sie fragte sich, ob Luke in der vergangenen Nacht überhaupt von seinem Dienstgefühl frei war. Sie hatten von ihrem Leben in Wychford gesprochen, von ihrer Praxis, ihren Patienten – ganz allgemein von ihrer Arbeit. Sie versuchte sich zu erinnern, ob sie Namen genannt hatte. Nein, bestimmt nicht, da war sie sich ziemlich sicher. Andererseits war Luke ein Meister im Fragenstellen. Hatte er sie etwa auf diese Weise ausfragen wollen? Das war nicht der Luke, mit dem sie aufgewachsen war, den sie angehimmelt hatte, an den sie oft hatte denken müssen.

Er war ein Fremder.

Ein gefährlicher Fremder.

Plötzlich blitzte und donnerte es draußen. «Du meine Güte, gleich mit Soundeffekten und allen Schikanen», sagte sie laut vor sich hin und stand auf, um das Fenster zu schließen. Wieder blitzte es, und einen Augenblick lang war es taghell im Garten. Unter ihrem Fenster befand sich die Auffahrt, und schon wieder wurde es hell. Diesmal kam das Licht nicht vom Himmel, sondern von der Eingangstür. Es war David, der an der Türschwelle stand, zum

Himmel aufblickte und sich seinen Trenchcoat überzog. Er hatte seine Tasche in der Hand. Im Lichtschein der Türlampe konnte sie seine Backenknochen, die gerade Linie seiner Nase, seinen strengen Mund und seine kräftigen Hände sehen, die den wehenden Mantel zuzuknöpfen versuchten.

Und was ist mit David? fragte sie sich. Im Gegensatz zu Paddys Annahme war sie sich der gemischten Gefühle Davids ihr gegenüber nur zu gut bewußt. Sie war kein Narr, auch nicht unfreundlich. Er war in einer verletzbaren Verfassung, von seiner Frau zurückgewiesen, allein, und arbeitete hart in einem Beruf, der einem alles abverlangte, um anderen helfen zu können. Er war einsam und hungerte nach Liebe und Sympathie. Das beschämte ihn und gab ihm ein Gefühl der Schwäche, und daher reagierte er automatisch mit einer auffallenden Zurückweisung von ihr, obwohl sie ihm ihre Sympathie ganz natürlich zu zeigen schien. Sie hatten nie darüber gesprochen, aber sie beide wußten, daß sie sich zueinander hingezogen fühlten.

Sie drehte sich vom Fenster weg und hörte, wie er seinen Wagen startete und losfuhr. Sie zwang sich, zum Spiegel zu gehen, quer durchs ganze Zimmer, und nachdem sie sich kurz darin angesehen hatte, lächelte sie.

«Ach, komm», sagte sie leise. «Glaubst du ehrlich, daß du eine derartige *femme fatale* bist, daß sich gleich drei verschiedene Männer auf dich stürzen?» Ihr Haar war völlig verlegen, da sie auf dem Bett gelegen hatte, ihre grauen Augen waren trüb und ihr voller Mund wirkte eher geschwollen und unzufrieden. Keine besondere Attraktion für einen Mann. Sie hatte in letzter Zeit nicht sehr auf ihr Äußeres geachtet. Jetzt sah sie, daß sich neue Falten um ihre Augen und ihren Hals gebildet hatten, und entdeckte sogar ein paar graue Haare. Höchste Zeit sich eines dieser Tönungsshampoos zu kaufen. Sie war zu mager – seltsam, noch vor Jahren hatte sie gegen überschüssige Pfunde gekämpft. «Du siehst so alt aus, wie du bist, Mädchen», murmelte sie. «Vielleicht ist es Zeit, daß du dich auch entsprechend verhältst.»

Immer noch blitzte und donnerte es. Ein paar Regentropfen schlugen ans Fenster, das vom Wind gerüttelt wurde. Plötzlich klingelte das Telefon an ihrem Bett, und sie machte gleich einen Satz. «Die Nerven sind auch schon angeschlagen», sagte sie trübselig zu sich. Sie nahm den Hörer ab und setzte sich auf die Bettkante.

«Hallo, Liebling», sprach eine männliche Stimme in ihr Ohr. «Was hältst du davon, mit mir ein Gläschen zu trinken?»

Es war Mark.

Sie war unten im Flur, um ihren Mantel zu holen, als es an der Tür läutete. Sie machte auf, und vor ihr stand Luke.

«Hallo», sagte er ernst. «Ich möchte mich gern mit dir unterhalten.»

«Ich wollte gerade weggehen», stammelte sie und machte ein paar Schritte zurück. In dem Mantel, der an seinem langen, schlanken Körper herabhing, sah er aus wie ein Riese.

«Oh.» Er betrachtete sie. Der Windzug, der durch die geöffnete Tür blies, preßte ihren Pulli und ihren Rock gegen ihren Körper. «Es wird nicht allzulange dauern.»

«Gut, dann komm herein», sagte sie.

«Wer ist es, Jenny?» tönte Onkel Wally aus dem Wohnzimmer. Jennifer blickte zu Luke auf.

«Nur der Zeitungsjunge, Onkel Wally», rief sie und flüsterte dann, «er ist sauer auf dich – es hat keinen Sinn, jetzt einen Streit anzufangen. Komm hier rein.» Sie ging mit Luke in das dunkle Anmeldungszimmer, der die Tür hinter ihnen zumachte. Es war dunkel, aber sie konnte seine Anwesenheit spüren wie eine unbeantwortete Frage. Rasch schaltete sie das Licht an.

«Wolltest du noch einen Hausbesuch machen?» fragte Luke.

«Nein. Nachts übernimmt das jetzt David, bis... Ich wollte mich mit Mark auf ein Gläschen treffen.»

«Oh.» Er blickte sie einen Moment lang an, dann drehte er sich um. «Selbstverständlich wollte ich dich nicht aufhalten, wenn du zu deinem Verlobten gehst.»

«Zu meinem was?» Sie mußte sich verhört haben.

Er wandte sich wieder zu ihr um. «Deinem Verlobten. Er hat mir klipp und klar gesagt, daß ihr verlobt wärt, ihr aber bis zur Hochzeit noch eine Anstandsfrist verstreichen lassen wollt.»

«Oh? Und wann hat er dir das erzählt?» Sie spürte, wie Wut und einiges andere in ihr hochkam. Etwas, das einem Gefühl der Platzangst, gewürzt mit Ärger, ähnlich war. Ganz flüchtig dachte sie an die Möglichkeit, eine Lesbe zu werden. Draußen im Flur ging die Eingangstür auf und fiel mit einem Knall wieder zu, der Wind war eingedrungen und rüttelte nun an der Tür zur Praxis.

«Heute morgen. Ich war heute morgen bei ihm.»

«Ich verstehe. War das bevor oder nachdem du bei David Gregson warst?»

«Davor.» Er sah sie einen Moment lang an. «Jenny, was ist passiert?»

«Wie meinst du das?»

«Die Art, wie du mir ausweichst, ist klassisch», sagte er gequält. «Ich meine gestern nacht und heute nacht. Nicht mehr ganz das gleiche, oder?»

«Nein?» fragte sie. «Ich weiß nicht. Bist du nicht hergekommen, um mir Fragen zu stellen? War das letzte Nacht anders? Bist du nicht ein guter Polizist, der nur seine Arbeit macht?»

Es folgte ein langes Schweigen, ehe er wieder zu sprechen begann. Trotz ihrer Wut konnte sie den Schmerz in seiner Stimme erkennen. «Im allgemeinen bin ich nicht in die Leute verliebt, die ich ausfrage.»

«Und was hast du mit Fred Baldwin vor?»

Wieder Schweigen. «Wir haben Mr. Baldwin vor einer Stunde freigelassen. Jenny, ich war gestern abend nicht Polizist. Ich war ich. Luke. Einfach nur ich. Und ich war sehr, sehr glücklich. Ich dachte, du auch. Und heute morgen erzählt man mir dann, daß du verlobt bist...»

«Ich bin nicht verlobt. Ich weiß nicht, was Mark bezweckt, aber er unterliegt einem Mißverständnis. Ich habe mich mit ihm oft getroffen, nachdem ich wieder hierher zurückgekehrt war, aber dieses Stadium hat es nie gegeben, jedenfalls für mich nicht.»

«Vielleicht will er dich deswegen jetzt sehen.»

«Vielleicht.»

«Nun?»

«Nun, was?»

«Wirst du ihn heiraten?»

«Nein. Ich weiß nicht. Was macht das aus? Warum muß ich überhaupt jemanden heiraten? Ich bin ganz glücklich so, danke.»

«Verstehe.»

Sie drehte sich zu ihm um. «Sieh mal, Luke, ich...» Sie hielt inne. «Was war das?»

Er sah müde aus, zerstreut. «Was war was? Ich habe nichts gehört.» Er lauschte einen Augenblick lang.

«Es hörte sich an wie... Vermutlich eine Katze, die um Einlaß bei dem Sturm bittet.» Sie sah ihn an, suchte nach Worten, die sie sagen wollte. «Bist du jetzt hier, um über den Fall zu sprechen, oder...?»

«Oder», sagte er. «Mit dem Fall hat es nur insofern zu tun, als ich im Augenblick nicht sehr klar denken kann. Nein, das ist nicht wahr. Verdammt noch mal, es hat mit dem Fall zu tun, aber... offen gesagt, meine Liebe, ist es mir vollkommen egal. Ich meine, dieser verdammte Fall. Irgend etwas geht mit mir vor. Mit dir nicht auch? Das ist alles, was ich wissen will, Jen. So oder so.»

«Luke, wenn ich das wüßte, wäre ich froh. Es kommt alles so plötzlich.»

Er lächelte. «Verflixt, ja. Es ist...» Er hielt inne, dachte nach. «Es ist zwanzig Jahre zu spät. Du hattest dich damals im Wald noch einmal von mir küssen lassen sollen, Jen. Dann wüßten wir jetzt vielleicht, wo wir stehen – am Ende einer Geschichte, oder am Beginn einer neuen.»

«Wie hättest du es denn gerne?» Ihre Stimme kam ins Stottern.

Nach einer Weile sagte er leise. «O Jenny, du klingst sehr müde.»

Zu ihrem Entsetzen fing sie an zu heulen. «Das bin ich», sagte sie mit Tränen in den Augen, die dann an ihren Wangen herunterkullerten, ehe sie sie mit dem Handrücken wegwischte. «Ich bin müde, weil ich für jeden die Starke sein muß und man von mir auf alles eine Antwort erwartet. Ich bin müde, weil ich Angst habe, ich könnte ein lebenswichtiges Symptom übersehen, müde von den Kämpfen mit David, davon, Onkel Wally anzulügen, wenn es darum geht, ob er sich wieder an die Arbeit machen kann... einfach müde, ständig meinen Mann stehen zu müssen. Ich möchte wieder nach Hause, Luke, und ich kann nicht. Es gibt es nicht mehr. Nirgendwo. Ich bin jetzt ganz erwachsen und will es nicht sein. Nicht die ganze Zeit. Verdammt – ausgerechnet jetzt zu weinen.»

Er nahm sie wie ein kleines Kind in seine Arme, liebkoste und tröstete sie. «Ich weiß», sagte er. «Niemand hat uns gesagt, daß es Jahr für Jahr für Jahr so weitergehen würde, nicht wahr? Ich geh durch's Leben und bin auf das meiste überhaupt nicht vorbereitet, den einen Tag bin ich zu früh, den anderen zu spät dran, und fühle mich in Sicherheit, wenn ich es gar nicht bin. Wir stehen immer auf dem falschen Fuß, Jen. Deswegen sind die Menschen, wenn sie zu zweit sind, einfach besser dran, wußtest du das nicht?» Er küßte sie, ganz leicht nur, beinahe unpersönlich. «In ungefähr einer Minute werde ich mich wieder in einen Polizisten zurückverwandeln. Was ich dich bis dahin noch fragen möchte, als Luke Abbott, der als Junge den ganzen Nachmittag unter dieser blöden Eiche gewartet hat: Was wirst du Mark Peacock sagen?»

Sie trocknete ihre Tränen an dem rauhen Stoff seines Jacketts. «Ich werde ja sagen zu einem Campari-Tonic, und nein zu allem anderen. In Ordnung?»

«In Ordnung. Das reicht für den Augenblick.» Er ließ sie los. «Und jetzt werde ich mich hier vor deinen geröteten Augen wieder in den Chief Inspector Luke Abbott zurückverwandeln, der mit seinem Fall befaßt ist, und dich fragen: Was für einen Wagen fährt Mark Peacock?»

Sie runzelte die Stirn. «Einen MG, glaube ich. Jedenfalls irgendeinen alten Sportwagen.»

«Verdammt.»

«Weshalb?»

«Nichts weiter. Komm – du bist spät dran für deinen Campari.»

Er weigerte sich, weitere Fragen zu beantworten. In der Vorhalle gingen sie auf Zehenspitzen an der Tür zum Wohnzimmer vorbei, wo es aus dem Fernsehapparat dröhnte und Stimmen durcheinanderredeten.

«Das ist ja komisch», sagte Jennifer und sah zum Garderobenständer. «Ich hätte schwören können, daß mein Trenchcoat da hing. Nun gut, macht nichts, ich werde meine Jacke anziehen.» Sie zog sich an und rief in Richtung Wohnzimmer. «Ich gehe noch einmal weg, um mich mit Mark zu treffen. Es wird nicht spät.»

Luke grinste. «Danke dir», flüsterte er.

«Und ich danke dir, daß du mich nicht weiter gedrängt hast», flüsterte sie zurück.

«Ich warte, bis meine Zeit gekommen ist», sagte er und öffnete die Haustür. Der Sturm fing jetzt erst richtig an, und ein heftiger Regenschwall prasselte ihnen entgegen.

Unmittelbar neben dem Eingang stand Jennys heißgeliebter neuer Maestro im prasselnden Regen, und direkt unter dem leuchtendroten vorderen Kotflügel lag Frances Murphy mit ausgestreckten Armen, den Kopf nach hinten und zur Seite gedreht auf dem Boden. Ein hellroter Fleck lief vom Kinn bis zur Brust und dann weiter bis auf den hellen Kies der Auffahrt. Passend zur Farbe des Maestro.

Kapitel achtundzwanzig

«Auf den Tisch dort», wies Jennifer an, die zunächst den einen Ärmel ihrer Jacke abstreifte, während sie das zusammengefaltete Tuch gegen Frances' Gesicht hielt, anschließend die Hände wechselte, um den Druck auf die Wunde nicht wegzunehmen, und aus dem anderen Ärmel schlüpfte.

Vorsichtig ließ Luke Frances' schlaffen Körper auf den Untersuchungstisch nieder, machte einen Schritt zurück und wäre beinahe über Onkel Wallys Rollstuhl gefallen. «Aus dem Weg, Junge, wir haben zu tun», kommandierte der alte Mann, mit einer Strenge in den Augen, wie Luke sie an ihm seit langem nicht mehr gesehen hatte. «Ich halte den Schwamm, Jenny, hol du das Nötige aus deiner Tasche.» Er fuhr mit seinem Rollstuhl näher heran und löste Jenny ab.

«Die Halskrause hat ihr das Leben gerettet», sagte Luke. Onkel Wally blickte ihn wortlos von der Seite an.

«Sie ging hinaus, um etwas aus Jennys Auto zu holen», sagte Clodie, die händeringend an der Tür stand. «Es war eine Sache von einer Minute – ich glaube, ihre Zigaretten waren im Auto aus ihrer Handtasche gefallen...»

«Dann muß ich mal telefonieren», sagte Luke und ging ins Anmeldezimmer.

Jennifer brachte Handtücher und deckte Frances' Kopf und Schultern ab. Dann legte sie an Stelle des blutdurchtränkten Kopftuchs Gaze auf, um das Blut zu stauen, das aus dem bösen Schnitt quoll, der sich vorn von Frances' linkem Ohr bis an den oberen Rand der chirurgischen Halskrause zog, die unter ihrem Rollkragenpullover verborgen war. Der Pullover war aufgeschlitzt und zerfetzt. In aller Eile suchte Jennifer die nötigen Dinge zusammen.

Frances' Augen flatterten auf. «Autsch!» sagte sie und blies mit ihrem Atem das Handtuch auf ihrem Gesicht halb zur Seite. «Verdammt!»

«Halt dich ruhig, es ist alles in Ordnung», raunzte Onkel Wally. «Es hat sich niemand besonders verdient gemacht, am wenigsten die Polizei.» Letzteres war an Luke gerichtet, der wieder zurück war. Clodie war in die Küche gegangen, um einen starken Kaffee zu machen.

«Haben Sie jemanden gesehen, Frances?» fragte Luke.

Frances schüttelte den Kopf, erneut drang frisches Blut aus der Wunde. «Nein», flüsterte sie. «Ich schnappte mir einfach einen Trenchcoat und ging hinaus, um meine Handtasche und meine Zigaretten zu holen. Als ich die Wagentür öffnete, packte mich jemand von hinten, beschimpfte mich und machte sich an meinem ...» Sie hielt inne, da es ihr nun wie Schuppen von den Augen fiel. «Ich hörte, wie etwas an meinem Hals entlangkratzte», krächzte sie. «War das ... war das ...?»

Jennifer stellte ein Tablett ab und wies sie an, still zu sein. «Ich werde die Wunde zunähen. Ich werde dir erst einmal etwas zur Betäubung des Schmerzes geben, in Ordnung?»

«Oh», sagte Frances. «Eine Spritze, nicht wahr?»

«Das weißt du doch. Mach einfach die Augen zu und schlaf ein Weilchen, und danke Gott, daß es nicht schlimmer ist.» Geschickt injizierte sie ein Lokalanaesthetikum.

«Was hat er ... es war doch ein Mann?» fragte Luke über Jennifers Schulter hinweg. Frances bestätigte, daß es eindeutig ein Mann war. «Sie sagten, er beschimpfte Sie. Was hat er genau gesagt?»

«Luke, bitte», protestierte Jennifer. «Jedesmal, wenn sie spricht, verliert sie noch mehr Blut.»

«Es ist wichtig, ich habe nur zwei Fragen», beharrte Luke. «Was hat er gesagt, Frances?»

«Er ... nannte mich eine Hure. Er sagte, ‹hier du Hure, das wird den Problemen, die du schaffst, ein Ende machen›. Das war alles.»

«Und haben Sie die Stimme erkannt?»

«Nein. Sie war total – verzerrt.»

«Luke, bitte», sagte Jenny.

«Ja, ja, mehr ist es augenblicklich auch nicht. Ach, da sind sie ja.» Luke ging durch das Anmeldungszimmer und den Patienteneingang hinaus. Paddy kam die vom Regen überflutete Einfahrt hinaufgerannt. Sein Gesicht war vor Wut und Angst ganz bleich.

«Es geht ihr gut, beruhige dich», sagte Luke zu ihm und berichtete über die Ereignisse. «Jenny flickt sie jetzt wieder zusammen. Sie hat ein bißchen Blut verloren und einen Schock bekommen, aber es geht ihr gut.»

«Verdammt noch mal, Luke!» keuchte Paddy. «Ich will sie sehen.»

Luke kapitulierte. «Einen Blick durch die Tür, dann komm wieder hierher. Wir müssen uns beeilen.» Paddy ging ins Haus, Luke sah sich um. «Bennett. Kommen Sie her!»

Bennett war sofort zur Stelle, und Luke gab seine Anweisungen. «Lassen Sie jemanden nachschauen, ob er da ist. Aber sagen weder ihm noch irgend jemand anderem etwas. Außerdem soll jemand das Kunstgewerbezentrum überprüfen.» So folgte eine Instruktion der anderen, und Bennett mußte sich alles aufschreiben, da er sich bestimmt nicht alles merken konnte. Paddy kam zurück, als Bennett gerade wegging.

«Ich habe noch nie eine Wunde gesehen, die mit so vielen Stichen zugenäht wurde. Sie möchte nicht, daß eine Narbe zurückbleibt. Luke, sie ist eine verdammt gute Ärztin.» Vor Erleichterung sprudelten die Worte aus Paddy heraus. «Ich soll dir von Frances sagen, daß er sie auch einen ‹Bösen Eindringling› oder so ähnlich genannt hat.»

«Oder sagte er vielleicht ‹Böser Reisender›?» fragte Luke grimmig.

Paddy schaute verdutzt. «Denkst du, daß es Baldwin war?»

«Ich weiß nicht, was ich denken soll», sagte Luke wütend. «Ich denke ungefähr an zwanzig Dinge gleichzeitig. Aber eins weiß ich sicher, daß Frances den Trenchcoat von Jennifer trug und Jennifers Wagentür vor Jennifers Haus aufmachte, als sie angegriffen wurde.»

Jennifer richtete sich auf und stöhnte. «So. Das wär's.»

Frances sah sie über den Rand des Gazeverbandes und des Heftpflasters, das an einer Gesichtshälfte festgemacht war, an. «Allmählich hängt mir diese ganze Realität buchstäblich zum Halse heraus, Jennifer. Eine Buchseite ist geduldig, aber mein Gesicht ist eben keine. Ich habe deshalb nie das Gejammere und Geschniefe niedergeschrieben.» Das Sprechen strengte sie sichtlich an, da sie nur die eine Mundseite bewegen konnte.

«Ja.» Jennifer ging ans Waschbecken, während Onkel Wally, der sich von seinem Rollstuhl aus sehr nützlich gemacht hatte, mit dem Aufräumen und Saubermachen begann. «Wann hattest du deine letzte Tetanusimpfung?»

Frances sah stöhnend an die Decke. «Das ist schon lange her, weißt du denn das nicht? Na mach schon, stich die Nadel noch mal in mich rein, allmählich beginnt es, mir zu gefallen. Pustet das Gehirn durch.»

«Frances... bist du sicher, daß du die Stimme des Mannes nicht erkannt hast?» fragte Jennifer, während sie die Spritze aufzog.

«Ja.» Frances klang überrascht. «Hätte ich sie denn erkennen sollen?»

«Natürlich nicht. Es wäre einfach hilfreich gewesen, das ist alles.» Sie sah herab auf das blutige Halstuch, das sie von der Wunde entfernt hatte. Im Lichtschein von oben blitzte kurz ein winzig kleines Metallstückchen darin auf. «Wenn du ein wenig ausgeruht bist, werde ich mich darum kümmern, daß Luke oder Paddy dir nach oben helfen. Du hast ganz schön viel Blut verloren. Ist es dir auch warm genug?»

«Ja. Doch, danke.»

«Ich werde einfach bei ihr sitzen bleiben», sagte Wally. «Clodie macht gerade Kaffee oder Tee. Schau du mal nach draußen, was die Polizei da treibt. Es hört sich an, als ob eine Herde Walrosse herumrobbt und wahrscheinlich noch die Rhododendronpflanzen zertrampelt.»

Jennifer sah noch einmal zu Frances hinüber, die blaß aussah aber regelmäßig atmete und ihre Augen geschlossen hatte. Sie ging ins Anmeldezimmer hinüber und zog die Tür hinter sich zu. Nach einem kurzen Zögern schlich sie sich ganz leise in Davids Arbeitszimmer, knipste die Schreibtischlampe an und ging an den Glastürschrank.

Das alte Skalpell, das sie sich vorher angeschaut hatte, war weg.

Etwa eine halbe Stunde später kam David Gregson zurück. Er

hatte Schwierigkeiten, mit seinem Wagen durch das Tor zu kommen, das von einem Polizeiauto versperrt war. Schließlich schrammte er haarscharf daran vorbei und kam, halb im Laufschritt, ins Haus.

«Was ist los? Warum ist die Polizei hier?»

Luke, der sich mit Paddy in einer Ecke der Eingangshalle besprach, wandte sich um und kam ihm entgegen. «Ah, Dr. Gregson. Miss Murphy wurde vor etwa einer Stunde überfallen; es tut mir sehr leid.»

«Frances? Überfallen? Mein Gott – meinen Sie etwa von diesem Schlächter?»

«Es sieht ganz danach aus», sagte Luke. «Zum Glück verhinderte ihre Halskrause Schlimmeres. Sie hat einen häßlichen Schnitt am Kiefer und ziemlich viel Blut verloren, aber ansonsten geht es ihr gut – natürlich hat sie noch einen Schock. Wir haben sie gerade nach oben ins Bett gebracht. Dr. Eames ist bei ihr.»

«Ich werde mal nach oben gehen», sagte David. Er legte Mantel und Tasche ab und ging zur Treppe.

Sie sahen ihm nach, wie er die Treppe hochlief, und tauschten einen Blick. «Wir werden uns beizeiten eine Liste seiner Hausbesuche geben lassen» , sagte Luke leise. «Jemand wird dann die Dauer der Wegstrecken messen müssen.»

«Richtig», sagte Paddy.

«Nun, was hast du von Constable Whitney oben aus dem Fotobetrieb gehört?»

«Ich glaube, sie ist schon an etwas dran», sagte Paddy. «Mir wäre es lieber gewesen, wir hätten sie ohne das Wissen der Personalabteilung eingeschleust.»

«Dann wären wir aber nicht sicher gewesen, daß sie den Posten auch wirklich bekommt», sagte Luke. «Und was gibt es von den Männern, die wir auf Sam Ashfort, Barry Treat, Gordon Sinclair und die anderen angesetzt haben?»

«Bennett erkundigt sich gerade. Aber offensichtlich war keiner von ihnen hier in der Nähe. Ashfort ist noch oben im Kunstzentrum und bäckt im Café Kuchen für morgen, und Treat und Sinclair sind zu Hause.»

«Was ist mit Ray Moss?»

«Noch nichts bekannt.»

«Und Baldwin?»

Paddy schaute grimmig. «Er war etwa eine halbe Stunde zu Hause, dann ging er weg. Betts verlor ihn auf dem Treidelpfad aus den Augen.»

Luke starrte ihn an. «Du machst Witze.»

Paddy schüttelte den Kopf. «Schön wär's. Bennett schwört, daß Betts ein Fuchs ist – Baldwin könnte es also absichtlich gemacht haben.»

«Gib einen Fahndungsaufruf heraus...»

«Schon geschehen.»

Luke nickte. «Gut.» Er hörte Schritte von oben und blickte hinauf. Es war Jennifer, die langsam die Treppe herunterkam. «Wie geht es ihr?»

«Gut. Sie wird gleich schlafen.» Unten angekommen, sah sie Luke und Paddy mit ernstem Gesicht an. «Ich glaube, ich habe etwas Nützliches für euch.»

«Oh?»

Zögernd, aber pflichtbewußt nahm sie ihre Hand aus der Rocktasche und holte eine Plastiktüte mit dem blutigen Halstuch hervor. «Da steckt ein winziges Stück Metall drin, das aus ihrer Wunde stammt. Wahrscheinlich ist die Klinge an der Halskrause abgebrochen. Können eure Leute im Labor etwas damit anfangen?»

«Manchmal eine ganze Menge», erklärte Luke zustimmend und nahm das Tuch. «Danke dir.» Sie gingen wieder formell miteinander um, und er spürte die Distanziertheit, die zwischen ihnen herrschte. Es ging ihm nicht mehr so zu Herzen wie vor kurzem – wahrscheinlich, weil er sich jetzt ganz andere Gedanken um sie machte. «Ich denke, du solltest ins Bett gehen und versuchen, selbst ein bißchen Schlaf zu finden, Jen.» Er nannte sie ganz bewußt bei ihrem alten Spitznamen, um sie daran zu erinnern, wer er war, und um ihr etwas zu geben, woran sie sich festhalten konnte, wenn auch nur kurzweilig.

Sie seufzte. «Ich kann nicht. Ich bin noch mit Mark verabredet, du weißt doch. Obwohl ich bezweifle, daß er noch im *Woolsack* wartet – er muß annehmen, daß ich ihn versetzt habe, oder so.»

«Er ist nach Hause gegangen», sagte Luke.

«Woher weißt du das?» Sie sah ihn eine Weile an, ehe ihr der Kiefer herunterfiel. «Du hast ihn beschatten lassen?»

«Ja.» Das war alles, was er sagte, einfach eine bloße Bestätigung.

«Du verdächtigst Mark immer noch? Daß er seine eigene Mutter umgebracht hat – und auch die beiden anderen Frauen?»

«Ich verdächtige jeden», sagte Luke. «Das ist mein Beruf. Das Thema hatten wir doch schon, Jen. Ich wünschte, du würdest das akzeptieren.»

«Mach ich doch», sagte sie verärgert und strich sich das Haar aus der Stirn. «Mach ich doch, es ist nur ... es kommt halt immer wieder hoch, wie die Figuren, die immer in der Geisterbahn aus der Dunkelheit vor einem auftauchen.»

«Du meinst, in der Schmusebahn?» Sie sahen sich in die Augen.

«Genau», sagte sie. «Sehr treffend.»

«Leg dich hin», meinte er zärtlich.

«Leg dich hin und laß die Männer mal machen?» spöttelte sie.

«Ich bitte dich aus gutem Grund, Jen», erklärte Luke.

«Meiner Meinung nach galt der Anschlag nicht Frances, sondern dir. Und wenn das der Fall ist ...»

Jennifer starrte ihn an. Nach einem kurzen Nachdenken sagte sie monoton: «Da sie meinen Trench anhatte und in meinem Wagen herumsuchte.»

«Richtig», sagte Paddy.

«Was hältst du nun davon, wenn du dich jetzt ins Bett legst und dich die nächsten vierundzwanzig Stunden nicht rührst», fragte Luke.

Sie sah ihn an und verzog ihren Mund. «Vorzugsweise allein, wie?» Es amüsierte sie, daß er leicht geschockt war.

«Jennifer, es geht hier um Mord und Mordversuch», sagte er gereizt.

«Tut mir leid, Luke. Das macht die Müdigkeit. Du möchtest, daß ich das Opfer spiele, ja? Wozu ist das gut?»

«Zu gar nichts vielleicht, falls es tatsächlich ein zufälliger Anschlag war. Aber wenn nicht, dann gewinnen wir wenigstens etwas Zeit für unsere Arbeit.»

«Aber viele Leute wissen, daß es Frances erwischt hat, nicht mich», protestierte Jennifer. «Onkel Wally, Clodie, Mrs. Louis.» Sie holte tief Luft. «David.»

«Ja, aber sie können doch alle ihren Mund halten, oder?» sagte Luke. «Ich meine ja nur für einen Tag, Jen. Könntest du diese Ruhe nicht vertragen?»

Sie sah zu Boden. «Was ist mit meinen Patienten?»

«Kannst du keine Vertretung bekommen?»

«Nicht so auf die Schnelle...»

«Ich kann die Vormittagssprechstunde übernehmen», rief Wally vom Eingang zur Praxis aus und rollte mit seinem Rollstuhl an. «Ich bin vielleicht nicht ganz auf der Höhe, aber eine Halsentzündung von einem verstauchten Knöchel zu unterscheiden, kann ich noch. Jedenfalls für ein paar Stunden.»

«Aber...»

Onkel Wally sah sie mit wohlmeinender Geduld an. «Jennifer, noch bin ich als Arzt gut genug, um auch meinen eigenen Fall zu diagnostizieren. Ich weiß, daß ich nie wieder voll arbeitsfähig sein werde, trotz des Geschwätzes, das ihr, du und David, immer wieder verbreitet. Ich habe es inzwischen akzeptiert und sitze da oben in meinem verdammten Zimmer herum und sehe mir all die alten Filme an. Aber ich kann zuhören, verdammt noch mal, und zuhören macht gut fünfzig Prozent dessen aus, was ein guter Arzt können muß. Wenn jemand untersucht werden muß, schicke ich ihn zu David. Außerdem ist Kay erfahren genug, die Patienten auszusortieren. Ich wette mit dir, was du willst, daß sie nicht einen einzigen Fall vorläßt, der mehr verlangt als eine freie Brust oder einen geöffneten Mund. Geh zu Bett, Mädchen, hör auf dieses Ungeheuer. Je mehr wir ihm helfen, um so schneller erledigt er seine Arbeit und sitzt uns nicht mehr auf der Pelle.»

Luke sah betroffen drein und sagte nur: «Ich muß an die Arbeit.»

Ohne ihn anzusehen, motzte Dr. Wally: «Dir macht das alles nichts aus. Du bist schon immer ein brutaler Kerl gewesen, und bist es geblieben.»

«Das ist nicht fair, Onkel Wally!» brauste Jennifer auf.

Der alte Mann nahm sie ins Visier. «Oh? Du verteidigst ihn, ja? Beim Tee hast du dich für David stark gemacht, wenn ich mich recht erinnere. Nun gut, das mit dem brutalen Kerl nehme ich zurück, aber den Rest nicht. Du hast alles durcheinandergebracht, Luke, seit du wieder hier bist. Ganz schrecklich durcheinander.»

«Nicht wir haben alles durcheinandergebracht, sondern der Mörder», verteidigte Paddy ihre Position.

«Wychford war immer ein ruhiger Ort», brummte der Alte und rollte zum Wohnzimmer. «Alles ging seinen schönen, gemächlichen und friedlichen Gang. Geh zu Bett, Jennifer. Und schick David herunter – ich möchte mich mit ihm unterhalten.» Knurrend verschwand er mit seinem Rollstuhl im Wohnzimmer. Einen Augenblick später konnte man das laute Gedröhne des Fernsehers hören.

Jennifer sprach, als ob ihr die Worte schwer im Mund lagen. «Luke, kann euer Labor feststellen, von welcher Klinge dieses Metallstückchen stammt?»

«Mit etwas Glück können sie uns den Typ der Klinge und die Art des Messers nennen, und wo es gekauft wurde.»

«Oh», sagte Jennifer und ging, sich müde umdrehend, nach oben, wo sie einen Augenblick stehen blieb, zu ihm herunterschaute und im Flur verschwand.

Luke sah sich den blutigen Schal in seiner Hand an. «Das bringen wir am besten morgen früh zu Cyril», sagte er und blickte fragend nach oben. «Man könnte fast glauben, sie wollte uns den gar nicht geben, was meinst du?»

Kapitel neunundzwanzig

«Der kleine Metallsplitter ist unterwegs», sagte Paddy, als er ins Büro zurückkam. «Cyril sollte es vor der Mittagspause haben. Hast du ihn erreicht?»

Luke nickte und klopfte neben dem Telefon mit seinen Fingern auf den Tisch. «Er hat die Richtigkeit seiner Theorien über die Wunden bestätigt. Oder besser gesagt, sein Mikroskop.»

«Mist, das bedeutet, daß wir weiter in getrennte Richtungen ermitteln müssen. Was ist mit Frances' Wunde? Wenn wir sie hätten untersuchen lassen können, dann wüßten wir...» Sein Gesicht verzog sich. «Sie wäre wahrscheinlich vollends verblutet, wenn wir auf ihn gewartet hätten.»

«Nicht ganz», sagte Luke. «Aber sie hätte sich wahrscheinlich ein wenig über die Brutalität der Polizei beklagt.»

«Ist Constable Whitney schon da gewesen?»

«Ja. Sie brachte ein paar interessante Einzelheiten mit – möchtest du mal sehen?» Er machte ein angewidertes Gesicht, als er einen großen hellgelben Umschlag hervorholte. Luke zog eine Augenbraue nach oben und nahm ihn an sich. Er schaute hinein, bevor er den Inhalt herauszog.

«O mein Gott», sagte er mit Ekel in der Stimme. «Das sind ja Kinder.»

«Genau», sagte Paddy. «Sie fand sie in einem dieser abschließbaren Garderobenschränke zusammen mit einem großen Ordner voller Negative.»

«Wessen Garderobenschrank?»

Paddy machte ein finsteres Gesicht. «Rate mal.»

Sachte klopfte Jennifer an die Schlafzimmertür. Nachdem Frances geantwortet hatte, trat sie ein. «Guten Morgen. Wie fühlst du dich heute?»

«Nun, wie würdest du dich an meiner Stelle fühlen?» sagte Frances und versuchte, nicht zu lächeln. «Weg ist er, und er hat nicht ein einziges Mal Mumie zu mir gesagt, obwohl ich doch so aussehe.»

«Paddy?»

Frances nickte. «Er saß nur da, hielt meine Hand und sah mich an.»

«Was hast du gemacht?»

«Ich sah ihn an.»

«Scharf.»

«Genau.» Frances schien selbstbewußt und hoch erfreut.

«Er findet es schrecklich, was geschehen ist.»

«Ich auch», sagte Jennifer und setzte sich auf die Bettkante. «Hat er dir gesagt, daß Luke glaubt, es galt eigentlich mir – wenn es überhaupt jemandem Bestimmten galt?»

Frances nickte mühevoll. «Das wird mir eine Lehre sein, ohne zu fragen, die Mäntel anderer Leute auszuleihen. Machst du deswegen heute vormittag keine Sprechstunde?»

«Ja. Luke will, daß ich mich ruhig halte – für heute jedenfalls. Wer immer es war, er muß gemerkt haben, daß er sein Opfer nicht getötet hat.»

«Das hoffe ich. Ich gab ihm nämlich einen ordentlichen Tritt gegen das Schienbein.»

«Oh? Hast du Paddy davon erzählt?»

«Ja, er freute sich sehr über diese Information. Er meinte, er müßte nun nichts weiter tun, als jeden, den er trifft, bitten, die Hosenbeine hochzukrempeln. Bis zum Tee heute nachmittag sollten sie jemanden hinter Gittern haben.» Sie stöhnte. «Das wäre jedenfalls wünschenswert.»

«Da hast du recht.» Jennifer streckte sich nach ihr aus und zupfte den Verband an den Seiten zurecht. «Irgendwelche Entzündungen?»

«Autsch. Nur geistige.» Frances zog ihren Kopf ein. «Wird eine große Narbe bleiben?»

«Nicht, wenn ich mein Handwerk richtig gelernt habe», sagte Jennifer. «Darum hat es so lange gedauert. Zum Glück hatte ich ein paar sehr feine Fäden in meiner Tasche. Ich muß mich selbst loben, ich war hervorragend, was sogar Onkel Wally sagt, und er ist ein sehr strenger Aufpasser.»

«Und freut sich, dir die Praxis zu übergeben», sagte Frances ironisch. Sie sah ihre Freundin an und entdeckte die Ränder unter ihren Augen. «Du hast letzte Nacht nicht viel Schlaf abbekommen, oder?»

«Nein.» Jennifer stand auf und ging ans Fenster, von dem aus man den Garten überblicken konnte. Der Sturm hatte sich in den frühen Morgenstunden gelegt, und der Rasen war übersät mit Blättern und kleinen Zweigen. Die Bäume waren jetzt kahler geworden und hoben sich öde vom grauen Himmel ab. Der Winter nahte.

«Ich würde gern annehmen, daß es meinetwegen war», sagte Frances, «aber ich möchte mir nicht schmeicheln. Was hast du denn?»

«Warum ausgerechnet ich?» fragte Jennifer plötzlich. «Warum wollte... man mich umbringen?»

«Ich habe keine Ahnung. Auf alle Fälle kannst du sehr verletzend sein», sagte Frances. «Hübsch anzusehen freilich, intelligent, witzig...»

«Ich fühle mich heute morgen gar nicht witzig.»

Jennifer drehte sich um und sah ihre Freundin an. «War es etwa David?» platzte es aus ihr heraus.

Frances sah so perplex aus, wie es ihr bandagiertes Gesicht eben zuließ. «David? DAVID? Der hat mich angegriffen, meinst du?»

«Ja.» Jennifers Stimme zitterte. «O Gott...?»

«Nein. Lieber Gott, nein, ich bin sicher, er war's nicht. Weshalb um alles in der Welt glaubst du das?» Frances wußte nicht, ob sie lachen oder weinen sollte.

Jennifer schien über ihre eigene Frage so erschrocken, daß sie leichenblaß war. Sie setzte sich neben das Fenster, ihre Beine zitterten ebenso wie ihre Stimme, während sie Frances von den alten chirurgischen Instrumenten erzählte – und daß eins fehlte. «Wo ist es?» fragte sie. «Was hat er damit gemacht?»

«Frag ihn», sagte Frances. «Ich bin mir jedenfalls ganz sicher, er war es nicht. Er müßte verrückt sein, wenn er so etwas täte.

«Ich weiß», sagte Jennifer unglücklich. «Aber auch dafür gäbe es einen Grund. Schließlich hat ihn seine Frau verlassen, und er hat etwas gegen mich...»

«Quatsch», sagte Frances. «Das ist doch wahrscheinlich nur deswegen, weil er dich gern hat und es nicht zugeben will.»

«Nein», widersprach Jennifer. «Und wenn es nun Teil einer versteckten Abneigung gegen alle Frauen ist? Er war in jeder Mordnacht unterwegs auf Hausbesuchen. Luke behauptet, wer immer es war, wußte, was er tat, wie und wo der Schnitt anzusetzen war. Immer wieder stachelt er Luke an, behauptet steif und fest, daß es sich um einen Mörder, einen Serienmörder handelt – als ob er will, daß man ihn faßt. Genau so würde er doch reagieren, oder nicht? Würde er nicht, bei seinem Gewissen und seiner Bildung, alles dransetzen, daß man ihm Einhalt gebietet, weil er allein mit diesem mörderischen Wahnsinn nicht mehr fertig wird?»

«Ich glaube langsam, wir tauschen die Rollen, du schreibst Geschichten, und ich kümmere mich um die Physiotherapie», sagte Frances. «Mein Gott, Jennifer, du kennst doch den Mann, du siehst ihn, arbeitest täglich an seiner Seite. Hättest du nicht schon mehr Zeichen dieses ‹mörderischen Wahnsinns› entdeckt? Du hast doch gelernt, zu beobachten...»

«Sechs Monate auf einer psychiatrischen Station reichen da nicht unbedingt», sagte Jennifer. «Und so viel sehe ich von David auch nicht, weißt du, außer wenn wir zusammen beim Essen sind und kurz über unsere Arbeit reden, wobei er sich streng dienstlich gibt. Also kaum Gelegenheiten, um sein neues Mörder-Hobby durchblicken zu lassen.»

«Hast du das gegenüber Luke erwähnt?»

«Du weißt, daß ich das nicht getan habe.»

«Wenn du wirklich überzeugt wärst, hättest du es ihm bestimmt gesagt», glaubte Frances zu wissen und fügte nach einer Weile fragend hinzu: «Oder?»

Jennifer wartete, bis die Vormittagssprechstunde zu Ende war. Als sie sicher war, daß sich ihr Onkel oben in seinem Zimmer ausruhte und David zu den Patienten unterwegs war, ging sie in die Praxis. Kay sah hinter ihrem Schreibtisch auf.

«O Gott! Hast du mich erschreckt! Ich dachte, du lägst heiser im Bett.» Sie war sichtlich erleichtert. «David sagte ...»

«Frances war das Opfer, nicht ich, aber das soll geheim bleiben», sagte Jennifer. «Luke glaubt, es könnte mir gegolten haben.»

Kay sah vollkommen verwirrt aus. «Weshalb?»

«Weshalb er das glaubt, oder weshalb man es auf mich abgesehen haben könnte?»

«Such es dir aus.»

Jennifer zuckte die Achseln und erzählte ihr, daß Frances ihren Mantel anhatte. «Wenn er hinter ihr auftauchte, hat er sie möglicherweise nicht erkannt. Ihr Haar ist zwar kürzer als meins, aber es hat mehr oder weniger die gleiche Farbe. Wir sind auch ungefähr gleich groß, auch wenn sie ein bißchen korpulenter ist als ich – aber sicher würde er nicht erst den Hüftumfang messen, oder?»

«Vermutlich nicht. Aber wer würde dich umbringen wollen?»

«Ich weiß es nicht. Luke scheint da so eine Idee zu haben, aber ... er rückt nicht damit heraus. Ich glaube, er verdächtigt Mark Peacock.»

«Der hat doch noch nicht einmal den Mut, seine Schulden zu kürzen, geschweige denn, jemanden um einen Kopf kürzer zu machen», sagte Kay skeptisch. «Das ergibt doch alles keinen Sinn.»

«Ergibt Mord überhaupt einen Sinn?» fragte Jennifer.

Kay zuckte mit ihren mageren Schultern. «Ich hätte geglaubt, daß er bei diesen Kunsthandwerkern dort oben mehr als genug Kandidaten findet, statt auf *Peacock Manor* herumzuschnüffeln», sagte sie. «Zunächst einmal war Mrs. Taubman nicht gerade beliebt in Monkswell. Sie wollte den Ort schließen lassen, wie du weißt.»

«Ach», sagte Jennifer überrascht. «Das habe ich *nicht* gewußt.»

«Aber ja, das wollte sie», sagte Kay und nickte. «Mein Bruder arbeitet im Rathaus, und er sagt, daß sie ziemlich viel Druck ausgeübt hat – Gründe fand sie immer. Gesundheitsvorschriften, Übertretungen, Leute, die auf ihrem Grund parkten ... mit allem möglichen kam sie daher. Ihr letzter Vorstoß war im Stadtplanungsausschuß und im Amt für Denkmalschutz. Sie versuchte, sie wegen Kirchenschändung oder derartigem dranzukriegen, sagte Fred. Blöde alte Schachtel. Natürlich war Geld der Grund. Wie immer. Sie kämpfte dagegen, daß es entstand, und dann kämpfte sie dafür, daß es verschwand. Statt dessen ist sie sozusagen verschwunden.»

«Aber was sollte das mit dem Tod von Win Frenholm und dem der anderen Frau zu tun haben? Und mit mir?» fragte Jennifer.

Wieder zuckte Kay die Schultern. «Frag nicht mich, frag deinen geliebten Polizisten.» Sie musterte Jennifer. «Bist nicht allzu glücklich heute morgen, oder? Hast Ringe unter den Augen wie ein Dachs. Eigentlich gehörst du ins Bett. Ich frage dich, wer kuriert die Ärzte? Offensichtlich ich. Hast du überhaupt schon gefrühstückt?»

«Nein – ich hatte keinen Hunger.»

«Das dachte ich mir. Und wie du aussiehst, bist du auch nicht besonders erpicht aufs Mittagessen. Und was ist mit deinem Polizisten?»

«Was meinst du mit ‹meinem Polizisten›?»

Kay lehnte sich auf ihrem Stuhl zurück. «Du leugnest also alles? Die zwei kommen hier in die Stadt wie Butch Cassidy und Sundance Kid, einer schnappt sich Frances, der andere ... Ich dachte, Luke Abbott hätte ein Auge auf dich geworfen, dieser Teufel. Du hättest mal deinen Onkel deswegen hören sollen. Undankbarer Dreikäsehoch, das war noch das Mildeste, was er sagte.» In Kays blauen Augen leuchtete Erheiterung, aber sie beobachtete Jennifer genau.

«Er ist lediglich sauer, weil Luke scheinbar glaubt, es gäbe eine Verbindung zwischen dieser Praxis und den Morden. Oder es gestern jedenfalls gegenüber David angedeutet hat.»

«Oh, also deswegen war er so bissig», sagte Kay. «Weißt du, wieviele Patienten wir hier haben? Etwa viertausend. Es leben nicht ganz fünfzehntausend Menschen in der Stadt. So überraschend ist es also nicht, wenn alle Opfer auch Patienten von uns waren, oder?»

«Aber wenn ich eines der Opfer bin – oder es beinahe gewesen wäre – ist das sehr wohl überraschend. Das macht eine Verbindung so gut wie sicher. Deshalb ist Onkel Wally nicht gut auf Luke zu sprechen. Er will es nicht wahrhaben.»

«Aber ist es denn wahr?» Kay schien sich plötzlich große Sorgen zu machen. «Glaubst du das?»

«Ich weiß es nicht. Was hast du mit den Terminen von heute abend gemacht?»

«Dr. Gregson hat Dr. MacDonald von der Klinik oben gebeten, heute abend zu kommen.»

«Oh. Und wie hat Onkel Wally sich heute morgen gemacht?»

Kay strahlte. «Großartig. Ich habe hauptsächlich die alten Stammpatienten zu ihm geschickt, und die waren so froh darüber, ihn zu sehen, daß es ihnen mehr half als irgendein verschriebenes Medikament. Gegen Ende baute er ein bißchen ab, aber das war ja zu erwarten. Er hat seine Sache wirklich hervorragend gemacht.»

«Gut.» Jennifer blickte sich um. «Da kommt jemand den Weg hoch. Ich gehe in Davids Arbeitszimmer.»

«Er ist nicht da.»

«Ich weiß.» Jennifer drehte sich um und ließ Kay fragend hinter ihrer Schreibmaschine zurück. Als sie Davids Tür zumachte, hörte sie, wie jemand um ein neues Rezept bat. Mit dem Rücken an die Tür gelehnt, schaute sie sich um. Es sah alles so sauber und ordentlich aus wie tags zuvor, als ob David vormittags gar nicht dagewesen war. Alles schien so unberührt, so unverändert. Bis auf eins.

Sie sah in den Glasschrank und merkte, wie etwas ihr den Brustkorb zuschnürte. Die alte Instrumentenkollektion war wieder komplett, das Skalpell, das letzte Nacht gefehlt hatte, glänzte wieder an seinem Platz.

Aber die Spitze fehlte.

Es fehlte nur ein ganz kleiner Teil – so klein wie das Metallstückchen, das sie in der Wunde gefunden hatte. Es fiel kaum auf, wenn man nicht genau hinsah. Lange Zeit stand Jennifer vor dem Schrank. Der Patient nebenan war inzwischen gegangen, und soeben klingelte das Telefon. Kay erledigte das Gespräch, dann kam noch ein Patient angetrottet und vereinbarte einen Termin. Jennifer stand immer noch vor dem Schrank und starrte ins Nichts, ehe sie sich an Davids Schreibtisch setzte. Langsam und wohl wissend, was sie tat, nahm sie den Telefonhörer ab und wählte.

Bis sich im Polizeirevier jemand meldete, waren ihre Wangen naß von den Tränen, und sie schlotterte am ganzen Körper.

«Chief Inspector Abbott, bitte», sagte sie mit zerbrochener Stimme.

Kapitel dreißig

Als die Tür aufging und Luke erschien, saß sie noch immer hinter Davids Schreibtisch. Kay mußte inzwischen zum Mittagessen gegangen sein, dachte Jennifer, sah auf die Uhr, und dann wurde es ihr klar, daß sie in Davids Stuhl eingeschlafen war. «Ich bin sofort los, als ich deine Nachricht bekam», sagte er. «Worum geht es?»

«Dein Anzug ist ja ganz schmutzig», sagte sie verschlafen.

Er blickte nach unten, ehe er eintrat und die Tür hinter sich zumachte. «Ich war unten am Fluß», sagte er. «Durch den Regen in der vergangenen Nacht ist der Treidelpfad ganz matschig geworden.»

«Was hast du dort gemacht?» Sie fühlte sich immer noch wie im Halbschlaf. Er sah ein bißchen vom Wind zerzaust aus, und seine Krawatte hing schief.

«Wir suchen den Fluß ab.»

«Wonach?»

«Nach Fred Baldwins Leiche. Er wird vermißt, und seine Frau sagt, daß er gestern abend von zu Hause wegrannte und erklärte, daß er der ganzen Sache ein Ende machen wollte, der arme Kerl.»

«Glaubst du, daß Baldwin Frances überfallen hat?» fragte Jennifer hoffend.

«Ich weiß es nicht. Man sagte mir, du wolltest mir etwas zeigen.» Er war ungeduldig, und mit einemmal ahnte Jennifer, wie er die Untersuchungen leitete. Hinter ihm stand eine kleine Armee, Leute, die Flüsse absuchten, andere auf Schritt und Tritt verfolgten, Schreibkräfte und Computeroperator, die auf ihren Tastaturen herumhämmerten; es gab Labors und Gott weiß was alles, Verbindungsnetze wie auf einer Straßenkarte, Kabel, die überall hinreichten, Telefone, Funkeinrichtungen; jeder redete, schrieb und stellte

Fragen über Fragen – und er war für alles verantwortlich. Er wartete, daß sie etwas sagte, und schien in Eile.

Sie nicht.

«Ich weiß nicht, ob es von Bedeutung ist...» begann sie langsam und verstummte wieder. Er setzte sich auf den Patientenstuhl neben dem Schreibtisch. Sie sah, wie er sich sichtlich anstrengte, entspannt zu wirken, seine Hände faltete und darauf wartete, was sie ihm zu sagen hatte.

«Laß dir Zeit», sagte er mit weicher Stimme, und sie wußte, daß er die Bedeutung ihres Anrufs erkannt hatte.

Aber sie brachte kein einziges Wort über die Lippen. Statt dessen drehte sie sich mit Davids Drehstuhl um und zeigte auf das mittlere Fach des Glasschranks in der Ecke. Luke stand auf und trat näher. Sie beobachtete seinen langen, schlanken Rücken, plötzlich versteiften sich seine Schultern.

Er hatte es gesehen.

«Was ist das?» fragte er.

«Ein altes chirurgisches Instrument, ein sogenanntes Bistouri», sagte sie. «Es ist sehr scharf – ich habe mir gestern morgen damit in den Finger geschnitten.»

Er drehte sich um. «Und fehlte da die Spitze?»

«Nein.» Sie brachte es nur flüsternd heraus.

«Warum hast du gestern abend nichts davon erwähnt?»

«Weil...» Ihre Stimme versagte, und sie mußte sich räuspern. «Weil es gestern abend nicht da war.»

Er stieß einen Fluch aus, nicht ihretwegen, das wußte sie irgendwie. «Tut mir leid, Jen.»

«O mir auch», schluchzte sie. «Mir auch.»

Er nahm ein Taschentuch aus der Hosentasche, öffnete den Schrank und holte das Skalpell heraus, das er ganz vorsichtig zwischen Griff und Klinge faßte. Als er sich gerade mit dem Instrument zwischen dem Taschentuch vom Schrank abwenden wollte, ging die Tür auf, und David Gregson kam herein.

«Was zum Teufel macht ihr hier?» wollte er wissen und sah zu Jennifer, dann zu Luke und schließlich auf das Messer in dessen Hand.

«Dr. Gregson, ich muß Sie leider bitten, mit aufs Revier zu kommen», sagte Luke. «Nur um ein paar Fragen.»

Davids Augen waren dunkel vor Wut und Anschuldigungen, als er Jennifer ansah. «Was hast du getan?» Seine Stimme klang schrecklich.

«Das hätten Sie wohl gern, wenn ich der Mörder wäre, nicht wahr?» sagte David Gregson wütend. «Das würde Ihnen nur zu gut in den Kram passen, der verrückte Doktor, der bei Vollmond durchdreht.»

«Niemand hat etwas von einem verrückten Doktor gesagt», erwiderte Luke in aller Ruhe. «Ich möchte Ihnen nur ein paar Fragen stellen, wo Sie gestern abend und an den Abenden davor waren, und welche Beziehungen Sie zu den toten Frauen hatten.»

Gregson, bis dahin rot vor Wut, wurde plötzlich blaß. «Was meinen Sie mit ‹Beziehungen› zu ihnen? Ich pflegte keine Beziehungen mit ihnen, außer daß ich ihr Arzt war und sie meine Patientinnen.»

«Laut Aussage Ihrer Sprechstundenhilfe war Miss Frenholm immer bei Ihnen – beim letztenmal aber bat sie ausdrücklich um einen Termin bei Dr. Eames. Was, glauben Sie, war der Grund dafür?»

«Ich habe keine Ahnung. Vielleicht hatte ich an jenem Vormittag schon genug Patienten. Vielleicht hatte sie das Gefühl, daß eine Frau mehr Verständnis für eine mögliche Abtreibung aufbrachte.»

«Ich verstehe.» Luke klang skeptisch. «Und hatten Sie außer den Besuchen in der Praxis Gelegenheit, Miss Frenholm zu sehen oder mit ihr zu sprechen?»

«Nein.»

«Paddy?»

Paddy öffnete einen Aktenordner, der auf seinem Schreibtisch lag. «Nach unseren Informationen trafen Sie sich mit Miss Frenholm mindestens einmal im *Woolsack*. Und Sie gingen mit ihr von dort weg.»

«Unsinn.»

«Unser Zeuge ist ein hiesiger Polizeibeamter, der dort nach dem Dienst mit seiner Frau war.»

«Wahrscheinlich hat er mich da mit meiner Frau gesehen – sie ist auch blond und recht hübsch.»

Paddy räusperte sich. «Aber anscheinend erkannte er Miss Frenholm, denn er meinte, daß er sehr erleichtert gewesen sei, als sie mit Ihnen wegging.»

«Woher will er wissen, daß ich es war?»

«Er ist einer Ihrer Patienten.»

Gregson schloß seine Augen für einen Moment. «Ach, so», sagte er und schien damit eine gewisse Niederlage anzuerkennen. «Okay, ja, ich traf sie im *Woolsack* – aber nicht auf eine Verabredung hin. Wir waren zufällig zur gleichen Zeit dort.»

«Und Sie nahmen zusammen einen Drink.»

«Wir nahmen gemeinsam ein paar Drinks, falls das von Bedeutung ist.»

«Und Sie gingen zusammen weg.»

Gregson stöhnte. «Und wir gingen zusammen weg», sagte er und gab sich geschlagen. «Wir blieben noch für mehrere Stunden zusammen, im Hinterzimmer ihrer verfluchten Töpferei. Verdammt unkomfortabel.»

«Das war im August.»

«Ja. Zwei Wochen nachdem mich meine Frau wegen eines Herrn Barons, der eine Million auf der Bank und noch andere Annehmlichkeiten besaß, verlassen hatte. Wenn sie so weitergemacht hat wie am Anfang, dann hat er davon heute wahrscheinlich nur noch fünfzig Pence.» Gregson klang bitter, aus Abscheu vor sich selbst. «Ich war einsam, betrunken, geil, und Miss Frenholm war mehr als willig, sie gierte direkt danach. Ich brauchte eine gute Woche, um mich davon zu erholen.»

«Und gingen Sie wieder zu ihr?»

«Nein. Auf der Ebene konnte ich nicht mit ihr Schritt halten, und außerdem war sie ja eine Patientin von mir. Nein, Inspector, da lief nichts weiter. Im Gegensatz zu Polizisten haben Ärzte nie dienstfrei. Jetzt steht es in Ihrer Macht, mich aus der Ärztekammer ausschließen zu lassen. Bitte schön. Ich habe den zweifellos eindeutigsten Fall von Nymphomanie ausgenutzt, der mir je im Leben begegnet ist. Ich war ein Narr. Aber ich bin kein Mörder.»

«Sie hätten der Vater ihres Kindes sein können.»

Gregson hob den Kopf hoch. «Vermutlich ja. Am meisten hätte sich meine Frau darüber gefreut. Die Scheidung wäre dann noch schneller über die Bühne gegangen. Wahrscheinlich hätte sie noch die Patenschaft für den kleinen Bastard angeboten – das heißt, wenn sie sich nicht totgelacht hätte. Sie behauptete immer, daß ich nicht einmal den kleinen Finger hochbekomme, geschweige denn etwas anderes.»

Es verwirrte Luke zu hören, wie Gregson, der sonst eher wortkarg war, so verbittert und ausführlich über etwas sprach, das offensichtlich eine Seelenqual für ihn war. Erst eine unglückliche Ehe mit einer Frau, die ihn als sexuellen Versager verspottete, dann ein willkommenes, aber möglicherweise unbefriedigendes Abenteuer als Opfer einer unersättlichen Verführerin, die aus ihrer Verachtung für Männer kein Hehl machte. War das ein fruchtbarer Nährboden, auf dem ein Mord heranreifen konnte? Oder handelte es sich nur um eine unglückliche Leidenskonstellation?

«Erzählen Sie mir etwas über Ihre alte Instrumentenkollektion.»

Gregson zuckte die Schultern. «Ich sammle sie. Ein Hobby, sonst nichts. Es sind einige wunderschöne Exemplare darunter. Ursprünglich wollte ich mich auf Brustkorboperationen spezialisieren, aber das konnte ich mir finanziell nicht mehr leisten. Mir blieb keine andere Wahl, als in die Allgemeinmedizin einzusteigen.»

«Dieses Instrument hier – ist das ein Bistouri?»

«Richtig.»

«Die Spitze ist abgebrochen.»

«Ja. Ich weiß nicht, wann das passierte.»

«Irgendwann zwischen gestern mittag und heute früh», sagte Luke vorsichtig und beobachtete dabei aufmerksam Gregsons Gesicht.

«Oh?» antwortete Gregson, ohne eine Miene zu verziehen. «Und wie kommen Sie darauf, wenn ich fragen darf?»

«Weil sie gestern morgen noch nicht abgebrochen war. Dr. Eames schnitt sich damit in den Finger. Sie nahm es aus Neugierde in die Hand, ohne daran zu denken, wie scharf es war.»

«Ich bewahre alle meine Instrumente gut geschliffen auf», sagte Gregson.

«Warum?»

«Trotz ihres Alters handelt es sich um richtige Instrumente. Diesen Respekt verdienen sie einfach.» Er überlegte einen Augenblick. «Dann muß sie die Klinge abgespült haben.»

«Ja, das hat sie getan.»

Gregson nickte. «Bevor ich gestern abend wegging, fielen mir nämlich ein paar Rostflecken auf. Gewöhnlich achte ich darauf, daß die Klingen gut geölt sind, denn damals kannte man noch keinen rostfreien Edelstahl, und sie brauchen eine gewisse Pflege. Ich nahm das Bistouri heraus und steckte es in meine Tasche, um es später, wenn ich nach Hause käme, einzureiben, was ich dann auch tat.»

«Und Ihnen ist nicht aufgefallen, daß zu dieser Zeit die Spitze fehlte?»

«Doch. Aber diese Klingen sind sehr spröde – ich nahm an, sie wäre in meiner Tasche abgebrochen. Wie Sie sich erinnern, herrschte eine ziemliche Hektik, als ich nach Hause kam. Bevor ich zu Bett ging, ölte ich es noch schnell ein und legte es dann in den Schrank zurück. Heute morgen wollte ich es nachschleifen, aber da Jennifer nicht im Dienst war, kam ich nicht dazu. Sein Gesicht verdunkelte sich bei dem Gedanken an Jennifer. «Sie glaubt vermutlich, daß ich der Mörder bin und das die Mordwaffe ist, oder?»

«Sie können sich wohl denken, daß ihr diese Schlußfolgerung kaum Vergnügen bereitet hat», sagte Luke. «Sie hat sich sehr gequält, aber...»

«Sie hielt es für ihre Pflicht als verantwortungsbewußte Staatsbürgerin?» fragte Gregson verbittert. «Wie bewundernswert. Und nun fragt man mich hier in einer nutzlosen Sache aus, während die Patienten auf mich warten. Was für ein kluges Mädchen.»

«Haben Sie Win Frenholm getötet, Dr. Gregson?»

«Nein.»

«Haben Sie Beryl Tompkins getötet?»

«Nein.»

«Haben Sie Mabel Taubman getötet?»

«Nein.»

«Was für eine Beziehung hatten Sie zu Mrs. Taubman?»

«Ich war ihr ewig leidender Allgemeinarzt, nichts weiter. Sie war eine schwierige, anspruchsvolle Frau. Aber da gab es keine Drinks, keine Liebschaften, nichts. Das gleiche gilt für Mrs. Tompkins – auch wenn sie ganz anders war als Mrs. Taubman. Eine ruhige, angenehme Frau. In ihrem Fall litt wirklich sie, nicht der Arzt.»

«Würden Sie sagen, daß sie eine sehr moralische Frau war?» fragte Paddy unvermittelt. Gregson sah ihn fragend an, als ob er seine Anwesenheit ganz vergessen hatte.

«Eine moralische Frau? Was meinen Sie damit?»

«Ich meine, glauben Sie, daß sie eine entschiedene Ansicht von Gut und Böse hatte?» erläuterte Paddy.

«Ich habe keine Ahnung. Wir haben nie über dieses Thema gesprochen. Ich behandelte bei ihr ein chronisches und äußerst schmerzhaftes Rückenleiden und die üblichen Husten- und Erkältungskrankheiten, sonst nichts. Wir sind nie in philosophische Bereiche vorgestoßen.»

«Sie war eine sehr familienbezogene Frau.»

«O ja, das stimmt. Sie widmete sich nur ihrem Mann und ihren Kindern, es grenzte schon beinahe an Besessenheit. Besonders aber bei den Kindern.»

«Wenn man also Kindern etwas antun würde – sagen wir mal, sie sexuell mißhandeln würde – hätte sie das dann getroffen, ich meine, eine starke Reaktion in ihr hervorgerufen?»

«Ohne jeden Zweifel.»

«Danke.» Paddy lehnte sich in seinem Stuhl zurück. «Vielen Dank.»

«Haben Sie gestern abend Frances Murphy überfallen?» fragte Luke plötzlich.

«Nein, das war ich nicht.»

«Ist Ihnen klar, daß Sie für die fragliche Zeit kein Alibi haben, wie auch für die Zeitpunkte der anderen Mordfälle nicht?»

«Darüber habe ich nicht nachgedacht.»

«Sie waren an jedem der fraglichen Abende unterwegs.»

«War ich das? Da müßte ich erst nachsehen.»

«Das machen wir gerade.»

«Ich habe Ihnen dazu keine Erlaubnis gegeben!»

«Das war auch nicht nötig. Sie haben einen Partnerschaftsvertrag mit Dr. Wallace Mayberry, die Berichte werden gemeinsam verwaltet. Er gab uns seine Einwilligung, daß wir alle bedeutenden Dokumente durchsehen können.»

«Mein Gott, er muß verrückt sein! Das sind vertrauliche Unterlagen, Sie haben kein Recht ...»

«Wir lesen lediglich die Unterlagen, die von Bedeutung sind, und das vor seinen Augen. Wir werden nichts aus Ihrem Büro nehmen, nichts kopieren, es sei denn mit seinem Einverständnis, wobei jede Kopie mit seiner Unterschrift versehen sein wird.»

«Denkt er auch schon wie Jennifer, daß ich diese Frauen ermordet habe?»

«Sie sind weder von Dr. Mayberry noch von Dr. Eames beschuldigt worden. Wir stellen bloß Nachforschungen an. Dieses Instrument geben wir unserem Gerichtssachverständigen, um es mit dem Metallsplitter zu vergleichen, der in der Wunde von Frances Murphy steckte. Passen sie zusammen...» Luke hielt inne.

«Ich verstehe.»

Eine Weile schwiegen sie alle.

«Dr. Gregson, sagen Sie mir, wer waren Ihre Vorfahren?» fragte Luke plötzlich.

«Meine was?» David Gregson starrte ihn an.

«Ihre Vorfahren», sagte Luke gelassen. «Schotten, Iren... oder was?»

«Was zum Teufel soll das damit zu tun haben?»

«Eine ganze Menge, zufälligerweise.»

Gregsons Miene verfinsterte sich, als er darüber nachdachte. «Ich verstehe den Zusammenhang nicht.»

«Haben Sie schon von einem Blutfaktor gehört, der auch als ‹Thalassaemie› bekannt ist?»

«Vage – übersetzt bedeutet es soviel wie ‹Das Meer im Blut›, oder? Die Bevölkerung des Mittelmeerraums ist davon betroffen. Habe einen Artikel gelesen...» Er verstummte, dann hellte sich sein Gesichtsausdruck auf, als ihm dämmerte, worum es ging. «Sie haben Ihre Laborspezialisten veranlaßt, das Blut des Fötus zu untersuchen, nicht wahr?»

«Ja.»

Gregson lächelte beinahe. «Sehr schlau. Nun, bei mir werden sie keine Thalassaemie feststellen können, da bin ich mir sicher.»

Luke neigte den Kopf. «Vielleicht nicht. Aber wir haben jetzt andere Mittel zur Verfügung. Haben Sie schon vom genetischen Fingerabdruck gehört, Dr. Gregson?»

«Ja, die Theorie ist mir bekannt», sagte Gregson zögernd.

«Jeder Mensch hat einen einmaligen genetischen Kode in seiner DNS, so individuell wie ein Fingerabdruck, bei jedem Menschen unterschiedlich.»

«Das ist längst keine Theorie mehr, sehr zu meiner Freude. Wenn man die DNS des Fötenbluts untersucht, erhält man einen genetischen Fingerabdruck, mit dem sich bei Anwendung der anerkannten Vergleichstechniken eindeutig die Vaterschaft eines Kindes nachweisen läßt. Keine Prozentangaben mehr, keine Halbheiten mehr. Es läßt sich jetzt mit absoluter Sicherheit feststellen.»

Gregson schluckte, als ihm die rasante Entwicklung der modernen Wissenschaft wieder einmal bewußt wurde, mit der er kaum Schritt halten konnte. «Ich glaube Ihnen nicht», sagte er.

Luke lächelte. «Würde es Ihnen etwas ausmachen, zehn Milliliter von Ihrem Blut darauf zu wetten?» fragte er.

Kapitel einunddreißig

Kay hatte nachmittags alle Hände voll zu tun gehabt, Termine abzusagen und neu anzusetzen. Sie war wegen David Gregsons Verhaftung durch die Polizei zutiefst geschockt. Fünf Jahre hatte sie nun mit Gregson gearbeitet, und mit Jennifer nicht mal eins.

Sie blickte zu Jennifer hinüber, die hinter einer Aktenwand, wo die Krankenblätter der Patienten aufbewahrt wurden, saß. Constable Bennett war mit seinem Notizbuch gekommen und wieder gegangen, nachdem er alles aufgeschrieben hatte, was Jennifer und Dr. Mayberry über die Leute auf Abbotts Liste anzugeben wußten. Sie beantworteten freilich nicht alle Fragen, nur die, die sie für angemessen oder relevant hielten. Zusammenarbeit ja, Offenbarung nein, und selbst das ging nicht ohne Konflikte und Streitereien zwischen den beiden Ärzten ab – teils aus beruflichen, teils aus persönlichen Gründen. Danach war Dr. Wally nach oben gegangen, um sich wieder auszuruhen, denn er sah mitgenommen und erschöpft aus.

Kay, mit ihrer Fürsorge für den alten Mann, hatte das Gefühl, daß Jennifer an dieser neuesten unglücklichen Entwicklung schuld war – dennnoch sagte ihr der gesunde Menschenverstand, daß es nicht fair war, ein Urteil abzugeben. Gewiß war, daß Jennifer ebenso mitgenommen aussah wie ihr Onkel.

Jennifer schien ihre Mißbilligung zu spüren und sah auf. «Kay, ich mußte es tun. Was ist, wenn David krank ist? Sich nicht selber helfen kann? Wenn ich nichts gesagt hätte, könnten möglicherweise noch mehr Frauen sterben. Lieber irre ich mich.»

«Das glaube ich. Aber hättest du nicht zuerst mit ihm darüber sprechen können?»

«Wenn er der Mörder ist, dann hatte er es gestern abend auch auf mich abgesehen, wie du dich ja erinnern kannst. Würdest du jemanden, der deinen Tod wünscht, von Angesicht zu Angesicht beschuldigen wollen? So tapfer bin ich nicht.»

«Glaubst du wirklich im Ernst, daß David Gregson dich umbringen wollte? Warum? Er ist doch auf dem besten Weg, sich in dich zu verlieben.»

Jennifer schüttelte den Kopf. «Was er für mich empfindet, ist nicht gerade Liebe, es könnte ebensogut auch Haß sein. Beide Gefühle sind einander sehr ähnlich. Gleichgültigkeit ist das Gegenteil von Liebe, nicht Haß. Ich wurde ihm von Onkel Wally aufgezwungen, was ihn ärgert, und von seiner Frau ist er arg enttäuscht und erniedrigt worden – es könnte durchaus ein Grund für ihn sein, Frauen zu verabscheuen. Wer kann wissen, ob er nicht deswegen in eine mörderische Psychose geriet? Zugegeben, es sieht ein bißchen weit hergeholt aus. Aber diese Messer... hast du mal diese verdammt scharfen Messer gesehen, die er sammelt?» Sie seufzte. «Ich will, daß alles wieder so ist wie zu der Zeit, bevor es mit diesen Morden anfing. Ich will weiter daran arbeiten, eine gute Ärztin zu werden, ich will mir hier ein Leben aufbauen, nützlich sein, mich um Onkel Wally und Tante Clodie kümmern, wieder ein Zuhause haben.»

«Was ist mit Mark Peacock? Ist er ein Teil deines schönen Lebens?» fragte Kay.

«Ich weiß es nicht.» Sie fuhr sich mit der Hand durchs Haar. «Ich fühle mich absolut saumäßig, was Mark, aber auch David angeht.»

«Und Luke Abbott?» fragte Kay bissig.

Jennifer sah zu ihr hinüber, und es glückte ihr sogar, zu grinsen. «Mein Gott... es wird immer unkontrollierbarer, nicht wahr? Es ist lächerlich. Ich meine, ich bin geschieden und gehe schnurstracks auf die Vierzig zu und habe mich meiner Karriere verschrieben – weshalb sollte einer ein Interesse an mir haben? Mark wünscht sich ein Schmusekätzchen, David sucht jemanden, der seine Wunden verbindet und ihn wieder heilt, und Luke...» Sie hielt inne.

«Luke ist anders?» fragte Kay. «Oder bist du anders, was Luke angeht?»

«Ich weiß es nicht. Luke... hat mich wirklich gern, was seiner Untersuchung ganz schön in die Quere kommt. Es wirft ihn um, und mich auch.» Sie sah Kay etwas gedankenverloren an. «Ich denke, Luke ist wunderbar», sagte sie bloß. «Und ich denke, ein Landarzt zu sein, ist auch wunderbar. Was soll ich machen?»

«Nichts, bis du von mir hörst», sagte Kay mit einem gequälten Lächeln. «Bittet Luke Abbott dich um eine Entscheidung?»

«Nein, natürlich nicht. So weit ist es noch nicht. Vielleicht will er es auch gar nicht. Vielleicht bin ich bloß ein – netter Zeitvertreib, um der alten Zeiten willen.»

Kay bemerkte, daß diese Möglichkeit Jennifer an die Nieren ging. Die Wunden von ihrer Scheidung waren noch nicht verheilt, und sie war immer noch nicht bereit, wieder Vertrauen zu haben. «Nun denn, laß es, wie es ist», riet sie ihr. «Sieh zu, was sich entwickelt. Wie du schon sagtest, du bist kein blauäugiger Teenager mehr, oder ein knackiges junges Ding. Du bist eine alte Schachtel, Jennifer. Sieh dem ins Auge. Alte Schachteln dürfen sich Zeit lassen, wenn es um solche Entscheidungen geht – wenn ihr Grips noch dazu ausreicht.» Sie sah auf ihre Armbanduhr und schnitt eine Grimasse. «Sieht nicht so aus, als ob Dr. Gregson noch vor dem Mittagessen zurückkommt, oder? Ich schalte lieber den Anrufbeantworter ein und leite die nächtlichen Notrufe zu Dr. Calgary um – Dr. Wally rief ihn vorhin an und fragte, ob er heute abend einspringt. Das haben wir auch schon gemacht, als er seinen Schlaganfall hatte und sich Dr. Gregson die Hacken ablief. Es hat sich ganz gut bewährt.»

Jennifer sah Kay an, die die Nachricht auf das Gerät sprach und es an den Telefonapparat anschloß. Sie fühlte sich lustlos und niedergeschlagen. Kay legte den letzten Schalter um und atmete lang und erleichtert aus. «Höchste Zeit, nach Hause zu gehen und Kartoffeln zu schälen. Faszinierende Forderungen, die man an Karrierefrauen in ihrer Freizeit stellt, nicht wahr?»

«Stimmt.» Irgendwie gelang Jennifer ein Lächeln.

Als Kay fort war, schien die Praxis mehr als ruhig, beinahe wie ein Grab. Jennifer ging in die Küche, wo sie mit Mrs. Louis über das Essen sprach, dann ins Wohnzimmer, um ein paar Worte mit ihrer Tante zu wechseln, die wieder an ihrer Stickerei saß, anschließend nach oben, um ihrem Onkel alles zu erklären.

«Sei wütend auf mich, Onkel Wally, nicht auf Luke. Es ist nicht fair, ihn zu beschuldigen.»

«Er war immer halsstarrig, schon als Junge», brummte er bockig und blickte auf den leise gedrehten Fernsehapparat. «Ob beim Angeln, Lernen oder Cricketspielen – Luke Abbott ging immer seinen eigenen Weg, wollte auf niemanden hören. Ich hätte es kommen sehen sollen, daß aus ihm so was wie ein Bulle wird.»

Jennifer saß am Bettrand und ergriff eine Hand von ihm. «Wegen David...»

«Was ist mit David?» Er warf ihr einen finsteren Blick zu. «Er ist genausowenig ein Mörder wie ich. Die ganze Idee ist einfach lächerlich. Was glaubst du denn? Daß er in der Stille seines einsamen Zimmers irgendeinen Trunk zu sich nimmt und dann losrast, um die erste Frau, die ihm über den Weg läuft, niederzumetzeln – bloß weil er etwas dagegen hat, daß du in die Praxis eintrittst? Gott bewahre, Jennifer, du kennst ihn überhaupt nicht. Überhaupt nicht.» Sein Blick schweifte wieder zum Fernseher. «Seine Frau ist Ärztin, verstehst du?»

«Oh.» Jennifer war überrascht. «Das wußte ich nicht.»

«Gut. Da hast du's. Es stimmt. Eine Koryphäe, Dermatologie, nur Privatpatienten, in Milchester drüben. Dabei lernte sie auch ihren geschätzten Herrn Baron kennen, sagt man. Wahrscheinlich kam er mit seinen halb-königlichen Furunkeln zu ihr. Und da fällt ihr nichts Besseres ein – sie läßt einfach ihre ganze Praxis liegen, das fällt ihr ein. Aus ‹Liebe›. Und da fragst du dich, weshalb David Ärztinnen mit Vorsicht betrachtet? Ich muß gestehen, allmählich sehe ich die Dinge so wie er.»

«Du meinst, du möchtest, daß ich die Praxis verlasse?» fragte Jennifer bestürzt.

«Nein, ich möchte nicht, daß du die Praxis verläßt», sagte er und äffte ihren Tonfall nach. «Aber ich kann auch nicht gerade behaupten, daß ich es schätze, wenn du deinen – unseren Partner des Mordes bezichtigst.»

«Onkel Wally, irgend jemand hat gestern nacht versucht, mich umzubringen.»

«Unsinn. Und wenn, du mußtest doch nicht leiden, Frances war die Leidtragende. Ich kann nicht behaupten, daß ich es je geschätzt habe, wie sie mich herumschubst, aber sie ist ein gutes Mädchen, ich mag sie, sie lebt unter meinem Dach, und es war verdammtes Pech. Verstehe nicht, warum du so ein Getue machst. Ich sehe jedenfalls in deinem Gesicht keine genähte Wunde.»

«Wenn das so wäre, wärst du vielleicht nicht so starrsinnig», sagte Jennifer.

«Quatsch», entgegnete er, aber trotz seiner festen Absicht, hart zu bleiben, hatte seine Stimme etwas Liebevolles. Er liebte Jennifer, aber er hatte auch David sehr gern, und ihm gefiel diese Situation überhaupt nicht. Ungeachtet der persönlichen Gefühle war es schon schwierig genug, beruflich miteinander auszukommen. «Natürlich möchte ich nicht, daß dir etwas zustößt. Am allerwenigsten, daß aus dir eine vertrocknete alte Jungfer wird. Ich hatte gehofft, daß du und David... einander verstehen würden.»

«Ja, das weiß ich», sagte sie trocken.

«Und du, du verguckst dich statt dessen in Luke Abbott.»

«Ich vergucke mich nicht in Luke Abbott!»

«Weshalb dann dieser Auftritt wie eine Löwenmutter, wenn ich ihn beschuldige, na? Ich kann immer noch gut erkennen, was sich unter meiner Nase am Essenstisch oder bei einer Tasse Tee abspielt. Kuhaugen, ein rascher Blick, schnell zur Seite geschaut, Herzklopfen und all das. Großer Gott, Jenny ich hatte einen Schlaganfall, aber ich bin deswegen nicht mit Blindheit oder Dummheit geschlagen. Du warst schon als Mädchen in ihn verknallt und bist es immer noch. Aber nun ist er ein Polizeibeamter, nicht der Kapitän der Cricketmannschaft. Er tut seinen Job und macht ihn gut. Aber daß du David ihm auf Gedeih und Verderb ausgeliefert hast, ist geradezu lächerlich. Warum? Als ob du einem Gott opfern wolltest. Schau, was für ein kluges Mädchen ich bin, Luke. Wie eine Katze, die eine Maus nach Hause bringt und anerkennend gekrault werden will. Mädchen, du hast mich ganz schön im Stich gelassen. Ich bin sauer auf dich. Stell den Fernseher lauter und laß mich in Ruhe.»

Jenny war wütend. Sie stand auf. «Also, das ist nicht fair! Zu glauben, daß ich *so* sein könnte, ist gemein. David besitzt diese scharfen Messer...»

«Die hat er immer gehabt – warum sollte er jetzt zum Mörder werden?»

«Eins davon war gestern nacht verschwunden, und als es heute morgen wieder dort lag, fehlte ein Stückchen, etwa so groß wie das, das ich in der Wunde von Frances fand...»

«Zufall...»

«Und ständig beharrt er darauf, daß die ganzen Morde von einer einzigen Person ausgeführt wurden, als ob er darum bittet, verhaftet zu werden...»

«Psychologischer Humbug...»

«Und er hat keine Alibis für die in Frage kommenden Nächte...»

«Er ist ein hart arbeitender Allgemeinarzt...»

Jennifer fühlte sich schuldig, beleidigt und verwirrt zugleich, und unfähig, sich normal zu artikulieren. Alles was sie herausbrachte, war ein ersticktes «Oh!», bevor sie aus dem Schlafzimmer ihres Onkels stürmte.

Er sah ihr erleichtert nach, da die Szene, vor der er sich gefürchtet hatte, ausgestanden war, und war froh, daß er die Kraft hatte, sich für die unvermeidlichen Szenen zu rüsten, die noch vor ihm lagen. David würde sicher einiges dazu zu sagen haben, daß man ihn so ans Messer geliefert hatte und er gezwungen war, seine Zeit mit dem Beantworten von Fragen und seiner Verteidigung zu verplempern, während in der Praxis Patienten warteten. Vielleicht würde er sich sogar weigern, weiterhin mit Jennifer zu arbeiten. Das würde ein schönes Durcheinander geben.

Natürlich würde Luke David wieder freilassen, daran gab es überhaupt keinen Zweifel. Selbst wenn das Metallstückchen zur Spitze des Bistouris paßte, so konnte das doch nur bedeuten, daß jemand es gestohlen und wieder zurückgelegt hatte. David war kein Mörder. Sicher, er war in letzter Zeit ein etwas komischer Kauz geworden, aber das lag am Stress, was ja verständlich war. Vielleicht hatte er auch einmal eine oder zwei Tabletten genommen, um sich wach zu halten, und dann ein paar andere, um schlafen zu können. So mancher Arzt tat das unter Stress – er selbst hatte sich während des Krieges nicht anders zu helfen gewußt. Das war noch längst kein Grund zur Besorgnis.

Absolut nicht.

Andererseits gab es heutzutage schon recht eigenartige Tabletten, und bisweilen kam es vor, daß ein Patient konträre oder unerwartete Reaktionen zeigte. Es wurde zwar später, und David war noch nicht zurück, aber das war kein Grund zur Sorge. Er sah auf seine Hände.

Kein Grund, die Bettdecke derartig zu zerknüllen.

Kapitel zweiunddreißig

«Constable Whitney hat eben angerufen», sagte Paddy. Er war kurz zuvor von Bennett, der ganz aus dem Häuschen gewesen war, aus dem Vernehmungszimmer herausgerufen worden, wo David Gregson verhört wurde. Nun rief er Luke heraus. «Unser Mann ist jetzt da und hart am Arbeiten, sagt sie. Sie will wissen, wie es denn weitergehen soll.»

«Verdammt!» Abbott warf noch mal einen Blick zurück ins Vernehmungszimmer, wo Gregson zusammen mit einem Beamten aus dem Untersuchungsdezernat saß. Er sah Paddy an. «Das ist dein Bier. Was schlägst du vor?»

«Ich will ihn mir schnappen, Luke», sagte Paddy.

«In Ordnung. Nimm Bennett und wen du noch brauchst. Ich werde Gregson weiter bearbeiten. Und sei um Gottes willen vorsichtig. Du weißt nicht, wozu er imstande ist, wenn du ihn konfrontierst. Er hat nichts mehr zu verlieren.»

«Deswegen will ich ihn mitnehmen», sagte Paddy grimmig.

Er ging zu Bennett und erklärte ihm, was er wollte und wen er brauchte. Der junge Beamte verzog keine Miene, sondern schrieb einfach alles auf und setzte es dann in die Tat um. Paddy dachte sich, daß, sollte er je hierher kommen, Bennett der Mann wäre, den er sich in seinem Team wünschte. Er würde ihn auch gerne nach Milchester versetzen, wenn er die nötige Autorität hatte. Sie hatten noch keine Gelegenheit gehabt, miteinander bekannt zu werden, so daß er die persönliche Lage des Burschen nicht kannte, aber er wußte, was für eine Beförderung sprach. Auch Abbott hatte bereits seine Fähigkeiten kommentiert. Es war an der Zeit, diesen miesen Fall abzuschließen.

Als alles vorbereitet war, fuhren sie in einem Zivilfahrzeug voraus, die anderen hinterher, um den Parkplatz zu umstellen und einen eventuellen Fluchtversuch zu vereiteln. Immer noch ziemlich dunkel und wild, diese Gegend rund um das Werk, dachte Paddy, während Bennett den Wagen durch die abendlichen Straßen steuerte. Vielleicht hätte besser Luke diesen Einsatz leiten sollen – er kannte die Gegend. Aber es war Paddys Chance, seine Fähigkeiten zu beweisen, und sie beide wußten das.

Schließlich war es das erste Mal, und da mußte es doch klappen.

Bennett parkte den Wagen in der Nähe des Haupteingangs zum Fotowerk, während die nachfolgenden Wagen in Abständen Stellung bezogen, dazwischen die Polizisten. Inzwischen war es vollkommen dunkel geworden, doch der Mond ging allmählich auf. Lautlos näherten sie sich der Tür, nur ab und zu hörte man ein leises Gemurmel in die Funkgeräte.

Paddy und Bennett blickten einander an, Paddy nickte, und sie gingen hinein. Der Empfangsraum war nur schwach beleuchtet. Sie konnte die Stimmen und das Gelächter der Putzfrauen in den Betriebsräumen hören, die mit ihren Mops gegen die Blenden von Maschinen stießen, und das Gesumme einer Bohnermaschine. Ein Schatten bewegte sich, und hervor kam Constable Whitney, eine adrette Blondine mit einem kessen Gesicht in locker sitzenden Kleidern und einer großen Wickelschürze.

«Nach oben, Sir», sagte sie zu Paddy. «In die kleine Dunkelkammer, wo die Spezialaufträge erledigt werden. Er ist alleine. Es gibt nur zwei Türen, beide führen zu den Gängen. Kommen Sie, ich zeige es Ihnen.»

«Entwickelt er gerade Negative?» fragte Paddy.

«Ja, Sir. Jedenfalls war er dabei, als ich wegging, um Sie anzurufen. Er ist noch da, sein Wagen steht unten im Gelände.»

«Gehen wir.»

Sie stiegen die Treppen hinauf und lauschten ab und zu, falls er den Lift nach unten nehmen sollte. Der obere Gang führte von einer kleinen Halle zu einem anderen Gang, der unbeleuchtet war und am Ende einen Knick machte. Auf halbem Wege fiel ein quadratischer Lichtschein durch die Oberlichter einer Doppeltür.

«Das ist das Labor für Spezialentwicklungen», flüsterte Whitney. «Wenn Sie weitergehen, kommen Sie an die andere Tür – ein Notausgang.»

«Bennett?» sagte Paddy. Bennett nickte und machte sich auf den Weg.

Sie warteten, bis Bennett seine Position eingenommen hatte, dann drückte Paddy die Tür auf und betrat das Labor.

«Noch zu später Stunde am Arbeiten, ja?» fragte er mit lauter Stimme, die Erschrecken und Verwirrung stiften sollte. Mit einem Ruck richtete sich der über den Labortisch gebeugte Mann auf und ließ das Foto, das er in der Hand gehalten hatte, fallen. Es flatterte in der Zugluft davon. Automatisch griff er danach, ohne Erfolg.

Bennett, der durch die andere Tür hereinkam, hob es auf, sah es sich an und machte ein finsteres Gesicht. Er kam herüber und reichte es Paddy. «Was ist denn das für ein lausiges Bild?» sagte er.

Paddy sah es an und biß die Zähne zusammen. «Das ist nicht sehr hübsch, Mr. Grimes», meinte er. «So etwas würde man nicht gerade in seinem Büro aufhängen, oder?»

«O mein Gott», stöhnte Grimes. «Sie waren doch heute abend gar nicht dran», sagte er anklagend zu Constable Whitney, als ob das alles ihre Schuld wäre.

«Freiwillige Schicht», sagte Constable Whitney grimmig. Auch sie hatte die Aufnahme gesehen. «Ich bin eine großzügige Seele.»

«Ist das die Entdeckung, die Beryl Tompkins gemacht hat, Mr. Grimes?» fragte Paddy. «Hat sie Ihnen gesagt, daß sie Sie wegen des widerlichen Zeugs bei der Polizei anzeigen würde? Sie hatte selbst Kinder und für derartige Dinge kaum Verständnis, oder?»

«Sie begreifen nicht», sagte Grimes mit schwacher Stimme. Plötzlich wurde sein glattes Gesicht ganz bleich, und er begann zu schwitzen. «Ich liebe Kinder. Es sind nur Kunststudien...»

«Hören Sie auf, Mr. Grimes. Laut Gesetz handelt es sich hierbei um pädophile Pornographie, und Sie sind schuldig, weil Sie sie per Post an andere Leute Ihrer Sorte geschickt haben. Sie haben die Anlagen hier ohne Genehmigung benutzt...»

«Ich hatte eine Genehmigung», sagte Grimes.

«Aber nicht dafür», sagte Paddy. «Ich habe das überprüft.»

«Hatten Sie ein Gespräch mit...»

«Ich habe das überprüft», sagte Paddy noch einmal. «Ich wiederhole, ist es das, was Beryl Tompkins entdeckt hatte, Mr. Grimes? Vielleicht in jener Nacht, als sie umgebracht wurde? Ging sie deshalb weg, bevor sie mit ihrer Arbeit fertig war, und sagte den anderen, daß sie ‹Kopfschmerzen› hatte? Wollte sie deshalb den früheren Bus erwischen? Aber so weit kam sie nicht, nicht wahr? Sie fingen sie ab, lauerten ihr im Gebüsch auf, nicht wahr? Wir haben Ihre Laufbahn in der Armee überprüft, Mr. Grimes. Sie waren nur zu Beginn des Krieges in der fotografischen Abteilung. Sie wurden nach Ihrer Gefechtsausbildung hinter die feindlichen Linien geschickt, um militärische Einrichtungen der Nazis zu fotografieren. Sie kam Ihnen auf die Schliche, Mr. Grimes, und angesichts dieser Entdeckung taten Sie, was sie in der Ausbildung gelernt hatten – lautlos umbringen und verschwinden. Es ist aus, Mr. Grimes.»

«Ich weiß nicht, wovon Sie sprechen», protestierte Grimes mit schriller Stimme.

«Dann gehen wir jetzt besser und diskutieren an einem anderen Ort darüber, ja?» schlug Paddy vor. «Whitney, gehen Sie nach unten und schicken Sie ein paar Männer rauf, um diesen Schweinkram hier als Beweismittel einzusammeln.»

«Ich mache das schon, Sir», sagte Whitney gelassen. «Ich habe einen kräftigen Magen – und heute abend noch nichts gegessen.»

Abbott trat aus dem Vernehmungszimmer, als er Grimes im Gang laut protestieren hörte. Auf dem Weg zum Revier hatte der Personalchef Gelegenheit gehabt, seinen Verstand zu ordnen, und forderte nun einen Anwalt, Gerechtigkeit, Verständnis, Diskretion gegenüber seiner Frau, eine Tasse Tee und was ihm noch alles in den Sinn kam.

«Hat es geklappt?» fragte Abbott Paddy.

«Und wie. Ich denke in spätestens zwei Stunden haben wir ihn so weit. Willst du es versuchen?»

«Da habe ich nichts dagegen, vielen Dank», lächelte Abbott. «Mit dem da drinnen komme ich sowieso nicht weiter. Wechseln wir uns mal ab.»

Er sah auf die Uhr an der Wand. «Sieht nach einer langen Nacht aus. Wie wäre es mit etwas Kaffee? Bennett?»

«Ich organisiere das», sagte Bennett.

Sie beobachteten, wie der Beamte durch den Gang ging und sich nach einem Opfer umsah, das den Kaffee kochen sollte. «Wirst du ihn dir holen, wenn du befördert wirst?» fragte Abbott.

«Ich denke schon.»

«Ich habe ihn zuerst entdeckt», erinnerte Abbott ihn.

«Ja, aber ich brauche ihn dringender», lächelte Paddy. «Du kannst mit jedem arbeiten. Ich bin ein sensibles Geschöpf.»

«Quatschkopf», sagte Abbott und lachte in sich hinein. Er sah durch den Gang in den anderen Vernehmungsraum, in dem Grimes wartete, und sein Lächeln verging. «Laß uns erst mal den dort erledigen, dann können wir uns auf Nummer zwei konzentrieren.»

Kapitel dreiunddreißig

Grimes brach kurz nach vier Uhr morgens zusammen.

Obwohl er zäher war, als Paddy oder Luke angenommen hatten – vielleicht noch ein Überbleibsel aus seiner Zeit beim Militär –, hatte ihr unablässiges Kreuzverhör ihn schließlich zur Strecke gebracht.

«Ja», sagte er und stützte den Kopf auf seine Hände. «Ja, ich habe sie umgebracht. Sie wollte zur Polizei gehen. Ich hätte meinen Arbeitsplatz verloren, meine Frau...»

Das alles hatte er jetzt ganz sicher verloren.

Und obendrein eine unschuldige Frau auf dem Gewissen. Keiner der Beamten fühlte Mitleid mit ihm. Unbarmherzig übergab man ihn den Gesetzesmühlen und seinem Schicksal. Wirklich erleichtert waren sie aber nicht, denn noch lagen zwei ungeklärte Morde auf dem Tisch.

«Wenigstens können wir jetzt aufhören, den gemeinsamen Nenner von allen drei Morden zu suchen», sagte Luke, rieb sich die Augen und versuchte, sich wenigstens den Anschein von Wachheit zu geben. Das Verhör eines Verdächtigen kann für die beteiligten Beamten genauso hart sein wie für das Opfer. Sie müssen ihm nicht nur aufmerksam zuhören und ihn genau beobachten, sondern sich bei der Befragung auch in einem gewissen Rhythmus abwechseln und in deren Verlauf zudem erkennen, worauf der andere hinaus will. Sie hatten schon seit langer Zeit zusammengearbeitet, was die Sache erleichterte.

Aber leicht war es nie.

Schließlich sprachen sie sich dafür aus, noch ein paar Stunden zu schlafen, bevor sie am anderen Morgen Gregson wieder in die Mangel nehmen wollten.

«Das macht mich noch wahnsinnig!» stöhnte Jennifer und sah von Frances' Fenster unten auf den Weg, der zur Praxis führte. «Das war eben Mrs. Bennett. Dabei wollte ich ihr doch sagen, daß der letzte Schwangerschaftstest positiv war. Und nun macht Onkel Wally das. Mist!» Sie wandte sich vom Fenster ab. «Sie sah schrecklich blaß aus – ich hoffe, daß sie keine Probleme hatte. Jahrelang haben sie es probiert, sagte sie mir, ohne Glück. Ich wollte sie schon in eine Befruchtungsklinik einweisen. Ich war fast so aufgeregt wie sie, als ihre Periode ausblieb.»

«Um Himmels willen, setz dich hin», sagte Frances mit einigen Schwierigkeiten. Ihr Gesicht war in den vergangenen vierundzwanzig Stunden ganz steif geworden, und die genähte Wunde pochte unablässig. «Wenn du dich schon so aufführst, weil du mal einen Tag nicht da bist, wie wird es dann erst sein, wenn du dir Urlaub nimmst.»

«O das ist etwas anderes», sagte Jennifer mürrisch. «Die Ferien lassen sich organisieren, man kann Unerledigtes aufarbeiten, Laborberichte durchsehen, und so weiter. Aber ohne Ankündigung aus dem Verkehr gezogen zu werden – wo mir nichts fehlt. Armer Onkel Wally, der sich den ganzen Vormittag über wieder verausgabt... und das nur, weil Luke Abbott sich in den Kopf gesetzt hat, daß ich in Gefahr schwebe, obgleich sie doch David in Gewahrsam haben. Wenn ich also immer noch in Gefahr schwebe, dann kann er es ja nicht gewesen sein. Warum halten sie ihn dann noch fest? Ich habe heute morgen schon ein paarmal im Revier angerufen, aber ständig sagt man mir, daß Luke beschäftigt sei. Paddy auch. Ich wollte aber nicht mit einem anderen sprechen.» Sie seufzte. «Bist du sicher, daß dir zu all dem nichts Schlaues einfällt?»

«Warum mir?»

«Ich weiß nicht. Ich dachte nur, bei deiner Schreiberei und allem –»

«Ich schreibe keine Detektivgeschichten», sagte Frances mit Bedauern. «Was sagt denn deine Tante? Sie hat davon jede Menge gelesen.»

«Sie weiß auch nichts», sagte Jennifer. Sie ging wieder ans Fenster, und während sie die Patienten kommen und gehen sah, ballten sich ihre Fäuste. «Mein Gott, warum ruft Luke nicht an? Ich habe ihm eine Nachricht mit der Bitte um Rückruf hinterlegen lassen», jammerte sie in einem Anfall plötzlicher Verzweiflung. «Denkst du, er könnte auch nur eine Minute entbehren? *Nur eine Minute?*»

«Zwanzigtausend!!» Gordon Sinclair war außer sich. «Lumpige zwanzigtausend? Du mußt verrückt sein.» Er sah Graham Moyle an.

Moyle zuckte die Achseln. «Ich habe mit der Versicherungsgesellschaft gesprochen. Man sagte mir, daß du auch eine Partnerschaftsversicherung hast, die dir weitere fünfzigtausend zahlt. Wenn es nach denen geht, muß ich dir gar nichts geben. Im Gegenteil, man riet mir sogar davon ab. Genau wie mein Anwalt. Aber ich will fair sein.»

«Was für eine Partnerschaftsversicherung?» hauchte Barry Treat.

«Ich glaube es immer noch nicht, daß du mit Win verheiratet warst», wendete Sinclair ein, während er im Laden auf und ab schritt. «Ich kann es einfach nicht glauben.»

«Die Polizei hat die Heiratsurkunde», sagte Graham ruhig. «Du kannst dir jederzeit eine Kopie aus dem Standesamt holen. Wir haben uns nie scheiden lassen.»

«Ah, aber woher weißt du das?» Sinclair drehte sich mit einem Ruck um. «Sie hätte sich in der Zwischenzeit von dir scheiden lassen können, weil du sie verlassen hast.»

«Die Polizei hat Nachforschungen angestellt, denen zufolge es bislang keine Scheidung gegeben hat. Win war meine gesetzliche Ehefrau, als sie ermordet wurde.»

«Was für eine Partnerschaftsversicherung, Gordon?» fragte Barry erneut, etwas lauter.

«Was ist mit dem Ausland? Win lebte ein Jahr in Amerika – was ist damit?» fuhr Sinclair dazwischen. «Möglicherweise weißt du es nicht, aber sie könnte dort drüben die Scheidung eingereicht haben.»

«Meine Adresse war immer bekannt, sie wußte immer, wo ich lebte, auch wenn sie mir den gleichen Gefallen nicht getan hat», sagte Graham und ließ sich von Sinclairs Wut nicht mitreißen. «Sie hätten mir die Dokumente zur Unterschrift zuschicken müssen – auch mein Anwalt vertrat eindeutig diese Meinung.»

«Aber warum? Warum? Sie gehörte nicht zu den Frauen, die heiraten!»

«Sie wußte, sie war schwanger – und ich dachte, sie liebt mich», sagte Graham mit einem Hauch von Würde.

«Warum hast du dich dann nicht von ihr scheiden lassen?» hakte Sinclair nach. Er schlug in jede nur erdenkliche Kerbe.

«Ich hatte niemanden außer ihr, und kein Geld. Was hätte das für einen Sinn gehabt? Ich hatte nie genug Geld – bis heute. Egal was sie war, ich werde ihr bis an mein Lebensende dankbar sein», sagte Graham Moyle. «Und da du das Geld nicht willst...»

«Das habe ich nicht gesagt!» schrie Gordon schrill. Graham sah ihn lange an.

«Doch, das hast du», sagte er ruhig und ging aus der Tür, ohne sich noch einmal umzudrehen.

«Was für eine Partnerschaftsversicherung, Gordon?» fragte Barry wieder, diesesmal mit messerscharfem Unterton. Er wollte eine Antwort.

«O das ist nichts, wirklich», sagte Sinclair gleichgültig. «Man schließt eben eine Versicherung ab für den Fall, daß einer der Partner stirbt, das ist alles. Wichtig fürs Geschäft, reine Formsache.»

«Ich kann mich nicht erinnern, so etwas unterschrieben zu haben.»

«Hast du aber», sagte Sinclair, wandte sich ab und tat, als wäre er sehr beschäftigt. «Was ist mit diesen Aufträgen?...»

«Wenn ich sterbe, bekommst du dann auch Geld?» fragte Barry. «Und wenn mir Wins Versicherungssumme zustünde und ich dann sterben würde, würdest du dann beide Policen bekommen, Gordon? Alles?»

«Du begreifst nicht, Barry, Liebling – hier geht's ums Geschäft, das ist alles.» Er ging auf ihn zu und legte seinen Arm um die steifen, schmalen Schultern seines Partners. «Laß uns endlich aufhören, vom Tod, Geld und all dem Zeug zu reden, ja? Ein Künstler wie du sollte sich keine Gedanken um derartige Dinge machen...»

Barry schüttelte den Arm von seinen Schultern. «Ich möchte alle Dokumente sehen, die ich unterzeichnet habe, Gordon. Und zwar jetzt.»

Sinclair starrte ihn an. Barry Treat sah bleich, aber entschlossen aus. Sinclair versuchte es mit einem Lächeln.

Vergeblich.

«Sie war überglücklich», sagte Onkel Wally während des Mittagessens. «Ich verschrieb ihr Eisentabletten und ließ sie für unsere Pränatalklinik vormerken. Ihr Mann ist Polizist – er arbeitet zusammen mit Luke Abbott und deinem Paddy, Frances.»

«Aber es geht ihr gut?» bohrte Jennifer nach.

Onkel Wally ließ das Messer in der Hand sinken und sah sie über den Rand seiner Brille an. «Es geht ihr gut», sagte er. «Mach nicht so einen Wirbel.»

«Ich habe ihnen gesagt, was sie machen sollen», sagte Jennifer. «Ich habe ihnen von der Eiswasserbehandlung erzählt, und es hat geklappt. Verdammt, das ist auch mein Baby!»

Nun ließ er auch die andere sinken, die mit der Gabel, und lächelte. «Schon gut, schon gut. Also ist aus dir zu guter Letzt doch noch eine gute Hausärztin geworden, Jennifer. Ich fing schon an, mich zu fragen, wann es wohl soweit sein würde, du mit deinen Theorien aus Büchern und deine eilfertigen Berufungen auf die Fachärzte.»

Jennifer machte ein verwirrtes Gesicht. «Ich verstehe nicht.»

«Heute morgen war sie so konfus wie ein Schaf, als sie tatenlos zusehen mußte, wie die Patienten kamen», bemerkte Frances, die ihn vollkommen verstand. «Sie wäre fast aus dem Fenster gefallen.»

«Der Unterschied zwischen den Kliniken und uns ist ganz einfach», sagte Onkel Wally und lehnte sich zurück. «In den Kliniken behandelt man Fälle, wir behandeln Menschen. Man könnte meinen, das ist klar, aber offensichtlich nicht einem neuen Arzt, der vom Stationsbetrieb herkommt. Ich weiß, Jennifer, daß du Angst hattest, als du wegen meiner Krankheit ins kalte Wasser hüpfen mußtest, mit David nicht so auskamst, wie es hätte sein sollen – aber die letzten Tage waren für mich eine ziemlich gute Gelegenheit, einmal von den Patienten selbst zu erfahren, wie du dich machst. Und von Kay, die ihre Anerkennung nicht so leicht ausspricht. Das waren deine Patienten, nicht wahr? Du wolltest selbst mit ihnen sprechen. Du hast das Zeug zum Hausarzt jetzt im Blut, Mädchen. Sieh zu, daß du es nie wieder verlierst. Du bist für dein Leben gezeichnet, wirklich. Endlich kann ich mich in Ruhe zurückziehen. In den Stoßzeiten helfe ich natürlich noch aus... vorausgesetzt du willst mich.»

«Hast du dir Sorgen gemacht?» fragte Jennifer, der angesichts dieser kleinen, aber äußerst bedeutenden Enthüllungen immer noch wie einem konfusen Schaf zumute war.

«Ja, das hat er», sagte Tante Clodie lächelnd. Sie sah ihren Mann liebevoll an, wobei ihr Lächeln langsam verschwand, und fügte hinzu: «Das macht er noch immer.»

«Nicht deinetwegen, Jennifer», sagte Onkel Wally. «Aber wegen heute abend und morgen und allem übrigen. Wegen David. Wenn wir bis nach dem Mittagessen noch nichts von ihm gehört haben, werden wir die Ärztekammer anrufen müssen, damit man uns so rasch wie möglich eine Vertretung besorgt. Wir können nicht länger die Gutmütigkeit unserer Kollegen ausnützen, wenn wir nicht in der Lage sind, die Gefälligkeit zu erwidern. Gott weiß, mit wem die Ärztekammer aufwartet – der letzte war älter als ich, und davor hatten wir einen, der war noch nicht einmal richtig grün hinter den Ohren. Sollte David wegen Mordes unter Anklage gestellt werden, werden wir alle möglichen Probleme bekommen. Ich hasse den Gedanken daran, aber wir müssen uns was überlegen. Man wird wissen wollen, warum wir es nicht schon früher erkannt haben...»

«Weil es da nichts zu erkennen gab», hörten sie plötzlich David sagen, der erschöpft am Türrahmen lehnte. Er sah übernächtigt und zerzaust aus. Er starrte Jennifer an, als wolle er sie hypnotisieren. «Es tut mir leid, daß ich dich enttäuschen muß, Jennifer, aber die Polizei kam zu dem Schluß, daß ich keineswegs ein psychopathisch veranlagter Mörder bin. Im übrigen stellte man im Labor fest, daß das Metallstückchen aus Frances' Wunde nicht mit dem fehlenden Stück meines Bistouris zusammenpaßt. Luke Abbott fand es dann in meiner Tasche, mit Hilfe eines kleinen Magneten. Sie überprüften auch die Patienten, die ich vorgestern nacht besucht hatte, und rechneten genau aus, wie lange ich brauchte. Sie waren sehr gründlich, sehr sorgfältig. Zum Zeitpunkt, als Frances überfallen wurde, bandagierte ich die Venenentzündung von Mrs. Carey. Sie sagte ihnen, daß ich zart wie ein Schmetterling zu ihrem kranken Bein war, das, wie du ja weißt, an jenem Abend wieder aufgebrochen war. Ich sorgte dafür, daß man sie heute morgen ins Krankenhaus brachte. Hoffentlich ist es gut gegangen.» Seine Stimme war heiser und monoton. Es war ihm deutlich anzusehen, daß er fast die ganze Nacht wach gewesen und verhört worden war.

Niemand am Eßtisch rührte sich oder sagte ein Wort.

Unregelmäßig atmete er in langen Zügen ein und aus. «Ich schlage vor, ich gehe jetzt ins Bett und schlafe die nächsten paar Wochen. Vielleicht kann Calgary heute abend einspringen. Nein danke, Clodie, ich möchte weder essen noch trinken.» Er drehte sich um, und sie hörten, wie er mit müden Schritten durch den Flur und dann die Treppe hinaufschritt.

«Nun, Jennifer?» fragte Onkel Wally, aber sie war schon aufgestanden und rannte hinterher.

«David?» Er wandte sich um und sah nach unten, während sie die Treppe hochkam. «Mein Gott, es tut mir so leid. So entsetzlich leid. Ich hatte wirklich Angst...» Sie hielt inne. Sein Gesicht verriet nichts. «Ich mußte es ihm sagen. Verstehst du das? Ich mußte es ihm sagen.»

«O ja, ich verstehe sehr gut», sagte David leise.

«Bitte... bitte hasse mich nicht deswegen», flüsterte sie voller Bestürzung über ihre voreiligen Schlüsse und Handlungen, und was sie dadurch angerichtet hatte.

«Das tue ich nicht», sagte er betrübt. «Ich hätte an deiner Stelle vielleicht genauso gehandelt. Natürlich kann ich das nicht sicher behaupten. Schließlich ist deine Position eine ganz andere. Ich mußte mir meinen Platz hier verdienen.» Er wandte sich ab und ging weiter die Treppe hoch. Sie starrte ihm hinterher.

«Ist es dir heute morgen gelungen, Jennifer zu treffen?» fragte Basil, der mit Mark auf der Terrasse stand, von wo aus sie über die Wiese blickten und das Glitzern des Flusses zwischen den Weiden sahen. Der früher ebenmäßige Rasen war von Gräben durchzogen, überall lagen Schutthaufen, und die Arbeiter wimmelten herum wie die Ameisen.

«Nein. Man sagte mir, daß sie ‹Ruhe brauche› und niemanden empfangen könnte», antwortete Mark und begann, nervös gestikulierend im Kreis zu gehen. «Man möchte meinen, daß sie ihren zukünftigen Verlobten vorließen, um ihr ein bißchen Trost zu spenden und so, aber nein, nichts. Und als ich nach Dr. Gregson verlangte, da hieß es, er wäre ‹unterwegs zu Notrufen›. Sie bot mir irgend so eine Vertretungskraft an, die dumme Empfangskuh – da hab ich ihr aber was gehustet, bei Gott.» Mark lachte, mit einem kleinen Triumphgefühl.

«Ich verstehe nicht, warum sie sie nicht ins Krankenhaus gebracht haben», sagte Basil und trank seinen Gin-Tonic aus. «Sie muß eine Menge Blut verloren haben. Aber vermutlich haben sie sich gedacht, daß sie sich als Ärzte selbst um sie kümmern können.»

«Ich weiß es nicht.» Mark schien das jetzt nicht zu kümmern. Er war ganz in seine eigene Gedankenwelt versunken.

«Ich hätte zu Dr. Wally gehen können, aber das wollte ich nicht, nein danke. Wir kommen nicht miteinander klar. Noch nie.» Mark rieb sich die Schläfen. «Jetzt wünschte ich, es wäre anders. Ich hab schon wieder diese schrecklichen Kopfschmerzen.»

«Der Kummer, mein Junge. Es ist einfach die Anspannung von Kummer und Überarbeitung. Vollkommen natürlich unter diesen Umständen», sagte Basil und legte eine Hand auf Marks Arm. «Du wirst sehen, heute nacht wirst du tief und fest schlafen. Wenn du willst, kannst du ein paar von meinen Schlaftabletten haben. Zur Hölle mit den Quacksalbern. Mach dir keine Sorgen. Morgen sieht alles schon viel besser aus.»

«Ich weiß nicht, wie ich es geschafft hätte, das alles ohne dich zu organisieren, Basil», sagte Mark dankbar. «Es war sehr lieb von dir, daß du in London alles liegen und stehen gelassen und dich hier voll reingestürzt hast.» Wieder wandte er sich ab, um nun den Innenhof der Länge nach abzuschreiten, und zeigte mit wilden Gesten zum Baugerüst hinauf, zu den Arbeitern vor den ratternden Zementmaschinen. «Da ist noch so viel zu tun, mein Gott, so viel – und trotzdem, ich weiß, ich kann es schaffen. Ich schaffe es. Ich fühle mich wie im Traum, endlich kann ich tun, was ich will. Es ist fast ein Rausch», sagte Mark voller Enthusiasmus.

«Laß mich dir mehr von deiner Last abnehmen», sagte Basil. «Ich will damit sagen, dies hier ist ein großes Projekt – eines der prächtigsten Häuser Englands wird wieder in den Zustand gebracht, den es verdient, eine Sehenswürdigkeit von Rang. Wie aufregend. Aber für einen allein ist das zuviel. Wir sind doch eine Familie, Mark, und Partner. Wir werden weiter gut zurechtkommen. Du wirst sehen. Wir werden ein hervorragendes Team abgeben.»

«Und Jennifer auch», sagte Mark heftig und schaute plötzlich ganz finster. «Wenn ich nur zu ihr könnte. Wie können sie es wagen, mich von ihr fernzuhalten? Ach, all diese schrecklichen Morde, und dann dieser Kerl, der herumläuft und Frauen überfällt, und diese verdammten Polizisten, wo man auch hinschaut. Ja, wo man auch hinschaut.»

«Na, na», sagte Basil beruhigend. «Sei froh, daß Jennifer noch lebt. Ich bin sicher, sie wird bald wieder auf sein und dich sehen können.»

«Ja, das glaube ich auch. Ich will mit ihr reden. Ich muß mit ihr reden und alles klären!» Er klang gereizt. «Ich hasse Ungeregeltheiten!»

«Wo wir gerade davon sprechen, hast du die Dokumente schon durchgelesen, die dir der Rechtsanwalt heute morgen auf deine Bitte hin bringen sollte?» fragte Basil und wandte sich der Verandatür zu. «Wir müssen die finanzielle Seite absichern, sonst spielt die Bank nicht mit.»

«Das werde ich gleich machen», sagte Mark. «Würdest du mir ein paar Aspirin geben und Jeffers und einen der anderen darum bitten, mitzukommen und meine Unterschrift zu beglaubigen?»

«Schon gemacht, lieber Junge. Schon gemacht.» Basil schlurfte davon.

Mark stand noch eine Minute auf der Terrasse und sah über den zerschundenen Rasen hinweg zu der Stelle hin, an der seine Mutter gestorben, ihr Leben in der Erde von *Peacock Manor* versickert war. Ihr Blut war alles, was sie dem Anwesen gegeben hatte, mehr nicht. Die ganze Zeit über hatte es bei ihr immer nur geheißen, nehmen, nehmen, nehmen. Letzten Endes hatte sie seinen Vater auf dem Gewissen mit ihren Forderungen und kleinbürgerlichen Tyranneien. Jetzt lebte sie nicht mehr, und die Probleme lösten sich. Eins nach dem anderen. Er wollte Schritt um Schritt vorangehen, das war die beste Lösung. Schließlich trug er nun die Verantwortung. Alles, aber auch alles gehörte ihm.

Ein Lächeln huschte über seinen Mund, verzerrte sich zu einer Grimasse, als der Schmerz wie ein Speer durch seinen Kopf schoß. Wo zum Teufel blieb dieser dumme Basil mit seiner Aspirin?

Kapitel vierunddreißig

«Jeder von ihnen kann für einen Fall in Frage kommen, aber nicht für beide, egal wen du nimmst», richtete sich Luke klagend an Paddy und zeigte mit seinem Bleistift auf die Liste. «Der hier hatte sowohl ein Motiv wie auch die Gelegenheit, die Frenholm zu töten, aber er hatte nicht den leisesten Grund für einen Mord an Mrs. Taubman.» Er bewegte den Bleistift weiter nach unten zu einem anderen Namen auf der Liste. «Er würde vom Tod der Mrs. Taubman profitieren, aber er hatte keine Verbindung zur Frenholm.»

«Und trotzdem sagt Cyril, daß sie nach gerichtsmedizinischer Beweislage zusammenhängen und ein und dieselbe Person dahinterstehen muß. Wer immer es war, ahmte den Mord von Grimes an Beryl Tompkins nach, den dieser Zeitungshengst unbedingt in der Lokalpresse breittreten mußte», sagte Paddy.

«Aber bei keinem ist ein rationaler Zusammenhang mit dem Überfall auf Frances zu erkennen, auch nicht, wenn er eigentlich Jennifer gegolten haben sollte – außer daß sie beide Patienten von ihr sind.»

«Was immer noch Zufall sein könnte», erinnerte Paddy ihn. «Oder ein Hinweis, daß es sich möglicherweise um einen Serienmörder handelt, der seine Opfer willkürlich aussucht. Dann gnade uns Gott.» Mit finsterem Blick sah er zu Luke, dann auf die Liste und schließlich aus dem Fenster in die Spätnachmittagssonne.

«Ich dachte wirklich, daß wir mit Gregson der Lösung näher gekommen wären», sagte Luke.

«Du hast ihm ohnehin schon hart genug zugesetzt, bevor Cyrils Bericht hereinkam», sagte Paddy mit leicht mißbilligendem Unterton. «Das war ganz und gar nicht dein üblicher Stil.»

«Tut mir leid», sagte Luke knapp. Wieder zeigte er mit dem Bleistift auf die Namensliste. «Was ist mit der?» Die Spitze deutete auf den Namen der Bildhauerin Hannah Putnam.

«Das sehe ich nicht so», sagte Paddy. «Zugegeben, stark genug wäre sie, aber... wieder gibt es keinerlei Verbindung zwischen ihnen. Außer Mrs. Taubman war Lesbierin, was nicht sehr wahrscheinlich ist, nach dem, was ich gehört habe. Eher eine alternde Kokotte. Egal, meiner Meinung nach scheint sich Mrs. Putnam recht gut unter Kontrolle zu haben.»

«Vielleicht zu gut», sagte Luke. «Cyril sagte, daß es ein Messer mit einer kurzen dreieckigen Klinge war. Bildhauer benutzen alle möglichen Messer und Werkzeuge.»

«Teppichleger, Handwerker, Schreiner und Heimwerker auch. Er sagte, daß es sich sehr wahrscheinlich um ein Teppichmesser oder etwas Ähnliches handelte. Kriegst du in jedem Heimwerkermarkt. Baldwin verlegte erst im vergangenen Monat einen neuen Teppich im Kinderzimmer.»

«Du glaubst also noch immer, daß es Baldwin ist?» Luke war überrascht.

«Ehe wir ihn nicht finden, ob tot oder lebendig, können wir diese Möglichkeit nicht ausschließen, oder? Vielleicht besteht die Verbindung darin, daß Mrs. Taubman in jener Nacht, als Frenholm am Treidelpfad ermordet wurde, mit ihrem verdammten Köter Gassi ging und alles von der anderen Seite des Flusses sah. Er ist an dieser Stelle nicht sehr breit. Der Himmel war fast klar, und wir hatten Vollmond. Wenn der Mörder jemand war, den sie kannte – wie Baldwin –, hätte sie ihn erkennen können. Und er sie auch.»

«Ah», sagte Abbott und lehnte sich zurück. «Recht hübsch, Paddy.»

Paddy grinste. «Recht hübsch, nicht wahr? Tante Clodie Mayberry brachte das heute nachmittag am Telefon vor. Sie sagte, sie hatte so etwas Ähnliches schon einmal gelesen.»

«Wie ich gehört habe, hat Mark Peacock versucht, dich zu besuchen», sagte Luke zu Jennifer. Nach den letzten Strahlen der Sonne war ein warmer, angenehmer Abend hereingebrochen, allerdings mit einer kühlen Brise. Sie gingen im Garten hinter dem Haus spazieren.

«Ja, Kay sagte so etwas. Er kam heute morgen offensichtlich in einer widerwärtigen Laune hierher. Er warf ihr ein paar schlimme Schimpfworte an den Kopf. Sie meinte, er kann einem sehr auf die Nerven gehen. Er redete davon, daß er ein Recht hätte, mich zu sehen, da er ‹sich mit der festen Absicht tragen würde, mich zu seiner Frau zu machen› – als ob ich irgendein Schoßhündchen wäre, das er bei sich aufnimmt. Er hat sich seit dem Tod seiner Mutter sehr verändert. Ich verstehe das nicht. Fast, als ob –» Sie stockte.

«Als ob was?»

Sie zuckte die Achseln. «Als ob er wieder mit seinem alten Problem zu kämpfen hat.» Sie sah zu ihm auf. «Du weißt, was ich meine.»

«Ja, dein Onkel hat mich aufgeklärt. Wir haben daraufhin sein Krankenblatt überprüft, er hat sein Medikament die ganze Zeit über regelmäßig verschrieben bekommen. Wir haben auch bei Pelmer nachgefragt – alle Rezepte sind regelmäßig abgeholt worden. Ich vermute, es ist einfach die Freiheit, jetzt ganz nach seiner Fasson leben zu können. Gutsherrensyndrom.»

«Wahrscheinlich.» Sie sah wieder zu ihm empor. In der Dunkelheit waren seine Züge kaum zu erkennen. Sagte er ihr die Wahrheit, oder verdächtigte er Mark noch immer? «Habt ihr tatsächlich endlich jemanden verhaftet?»

«Wir haben einen Mann in Gewahrsam, ja», sagte Luke vorsichtig.

«Und ist es nun endlich vorbei?»

«Nicht ganz. Da ist noch eine Reihe offener Fragen, die gelöst werden wollen.»

«Ist er verrückt, dieser Kerl, den ihr verhaftet habt?»

«Um das zu beurteilen, fehlt mir der Hintergrund.» Luke sah auf, als die Spitzen der hohen Hecke durch die aufkommende Brise zu rascheln begannen und schwankten, als ob sie jemandem zuwinkten. «Er ist keine sehr angenehme Persönlichkeit. Hat einen perversen sexuellen Geschmack. Vom Ego angetrieben, um jeden Preis zu überleben, so wie alle Mörder. Sie töten, weil sie überzeugt sind, von größerer Bedeutung zu sein als ihre Opfer. Ansonsten lassen sich keine Generalisierungen machen.»

«Kann ich dann bitte mein Leben wieder führen, Sir?» fragte Jennifer spitz. «Es macht mich noch ganz verrückt, wenn ich weiterhin mein Gesicht verstecken und nur herumsitzen muß. Hat er zugegeben, daß er es auf mich abgesehen hatte?»

«Nein, noch nicht. Wir verhören ihn noch. Bisher hat er nur den ersten Mord gestanden.»

«Oh.» Einen Augenblick lang war sie still. «Aber ich vermute, du wirst es schließlich doch noch aus ihm herausholen.»

«Da bin ich nicht sicher», sagte er zögernd.

«Nun, ich kann doch nicht für immer wie eine Nonne eingesperrt leben!» empörte sich Jennifer.

«Das will ich gerne ändern», bot er an. «Aus rein medizinischen Erwägungen selbstverständlich.»

«Oh, sehr komisch.» Die Enttäuschung hatte ihrer Stimme einen völlig unbeabsichtigten schneidenden Unterton verliehen. «Seit dem Überfall auf Frances ist nichts mehr passiert, und es wird auch nichts mehr passieren. Morgen gehe ich wieder wie gewöhnlich an meine Arbeit.»

«Das würde ich lieber nicht, gerade jetzt.»

«Aber warum?» wollte sie wissen. «Ihr habt euren Mörder gefangen, oder nicht?»

«Wir haben einen Mörder gefangen. Wir sind aber nicht sicher, ob er für alle drei Morde, die wir untersuchen, verantwortlich ist. Noch gehen unsere Nachforschungen in verschiedene Richtungen...»

«Das machst du doch absichtlich so?» schnauzte sie ihn plötzlich an. Mit einemmal war der romantische Abend dahin und gar nicht mehr so wunderbar. Sie hätte schreien können wegen seiner Art, seiner langsamen und unerschütterlichen Sprechweise, wegen seiner Vorsicht, seiner Sachlichkeit und seiner gottverdammten Ruhe. Als Junge war er nie so gewesen. Quicklebendig, schnell, rasch im Denken, entschlußfreudig und aggressiv war er damals gewesen. Wo hatte er das alles gelassen – unter einem Felsen, irgendwo da oben im Wald? «Du möchtest mich einschließen, nicht wahr?»

«Insgeheim möchte wohl jeder Mann die Frau, die er liebt, einschließen», sagte er nachdenklich. «Er möchte sie in einer samtbetreßten Schachtel aufheben und sie nur zu seiner persönlichen Erbauung hervorholen. Es ist verdammt hart für uns, die chauvinistischen Regungen zu unterdrücken, um für die feministisch orientierte Gesellschaft von heute noch annehmbar zu sein.»

«Ach, halt die Klappe.»

«Ja, Madam.»

«Und hör auf, dich über mich lustig zu machen.» Hatte er gesagt, «die Frau, die er liebt»?

«Ja, Madam.»

«Und ich werde mich nicht wie ... wie ein Spielzeug einschließen lassen.»

«In Ordnung. Dann werde ich zu deinem Schutz und dem des Hauses jemanden abstellen. Ich hätte dich für einsichtiger gehalten, Jennifer.» Der lachende Unterton war verschwunden. Er klang müde. «Hätte ich mir den Arm gebrochen, dann würde ich deinen Rat annehmen. Warum nimmst du meinen nicht an?»

«Weil du deinen Mörder schon hast, und weil es keinen Sinn ergibt, deswegen.» Ihre Augen bohrten sich durch die Dunkelheit, um ihn zu fixieren. «Oder gibt es da etwas, was du mir verschweigst?»

«Da gibt es eine ganze Menge.»

«Warum?»

«Weil ich mir nicht sicher bin, weil es dich kaum etwas kostet, das zu tun, worum ich dich bitte, und es mich einiges mehr kosten kann, wenn ich in diesem Punkt einen Fehler begehe.»

«Ich geh ins Haus», sagte sie abrupt. «Mir ist kalt.»

«Jenny ...» setzte er an.

Aber sie war schon weg, zurück blieb nur noch das Geräusch ihrer Schritte, die wütend über den Kiesweg knirschten, dann ihr Schatten, der an den erleuchteten Fenstern vorbeihuschte, zum Schluß der laute Knall, mit dem die Tür zur Praxis zugeschlagen wurde.

Danach war nur noch das Rauschen der Brise in den hohen Gartenhecken zu hören.

«Ach, zum Teufel», murmelte er und ging zurück ins Revier.

Über Wychford brach die Nacht herein.

Nacheinander wurden in den Häusern die Lichter ausgeknipst, und bald zeigten die Läden ihre Waren den leeren Straßen, an denen die Ampeln nutzlos ihre Signale gaben.

Der Fluß Purle gurgelte und gluckste auf seinem Weg vorbei an den Brückenpfeilern und durch die am Ufer entlang wachsenden Binsen. Die Bäume, die ihre hell leuchtenden Blätter fast ganz verloren hatten, knacksten und ächzten, als unterhielten sie sich, indem Ast an Ast und Zweig an Zweig aneinanderstieß.

In den hübschen Häusern und kleinen Villen hatte man bereits die wärmeren Decken gegen die kühleren Herbstnächte hervorgeholt, und aus den hintersten Ecken der Schränke die Wärmflaschen. Man putzte sich die Zähne und machte Milch warm. Wychford ging früh zu Bett.

Auf *Peacock Manor* waren nur zwei Fenster erleuchtet. In einem der dunklen Zimmer lief ein Radio. Von den Holzböcken und dem Baugerüst kamen jedesmal seltsame scheppernde Geräusche, wenn die schweren Bauseile im Wind dagegen schlugen. Steine, Ziegel, Sand, der ganze Bauschutt war auf dem Rasen zu mächtigen Haufen aufgeschüttet worden, und in den ursprünglich makellosen Rasen schnitten sich derzeit tiefe Gräben wie aufgerissene Wunden.

Im Polizeirevier brannten zu so später Stunde noch viele Lampen. Die Nachtschicht begann, neue Anweisungen wurden ausgegeben, weitere Berichte, die es abzufassen galt. Der Kaffeebehälter wurde wieder aufgefüllt, und einer mußte noch mal nach Hause gehen, da die Teebeutel ausgegangen waren. Dann mußte er wieder los, da auch noch Zucker fehlte. Später war von Sandwiches die Rede.

In Monkswell brannten so spät nur noch die Lichter der Töpferei, der Lithographiewerkstatt und hinter dem Café. Als Hannah Putnam um zehn Uhr vom Parkplatz fuhr, standen dort noch vier Autos. In einem sah eine dunkle Gestalt auf die Armbanduhr und schrieb etwas in ein Notizbuch, dann machte sie das Radio an.

In der Siedlung lag Tricia Baldwin mit ihrem Baby fest an sich gedrückt in dem großen Doppelbett und überlegte, ob sie ihre Mutter bitten sollte, herüberzukommen. So konnte sie allein nicht weitermachen, einfach zu warten, bis das Schlimmste eintrat. Sie konnte es nicht.

Allmählich gehörte die Nacht den großen und kleinen Jägern mit ihren geheimnisvollen Geräuschen – über die Wiesengründe flatterte eine Eule, im Wald war der Fuchs unterwegs, eine Katze lauerte vor dem Mauseloch, eine Ratte huschte um die Mülltonnen.

Und irgendwo lauerte ein Mörder.

Der Wind hob etwas an, hörte aber im Laufe der Nacht auf. Immer wieder verdunkelten Wolken den Mond, während die Temperatur kontinuierlich sank, bis sich die ersten Eiskristalle an den Spitzen der Grashalme und Blätter bildeten.

In *High Hedges*, dem Heim der Mayberrys, klingelte das Telefon.

Kapitel fünfunddreißig

«Basil, beruhigen Sie sich», sprach Jennifer ins Telefon. «Sind Sie sicher, daß er...» Sie hörte der aufgeregten Stimme am anderen Ende der Leitung zu. «Ich verstehe. Ja, das klingt ganz danach. Auch die Begleitumstände sind ähnlich.» Die Stimme hörte und hörte nicht auf. «Nun, sollten Sie dann nicht besser den Notarzt unter 112 anrufen. Zwei starke Sanitäter wären da eigentlich angebrachter.» Sie hörte weiter zu. «Ja, gut... in Ordnung, ich komme. Nein, mir geht es gut, wirklich. Kein Problem. Sagen Sie ihm, daß ich komme – vielleicht hilft das.»

Jennifer legte den Hörer auf, drehte sich um und wäre vor Schreck beinahe in die Luft gesprungen. Hinter ihr stand Frances, die sich einen Bademantel über einen knallbunten Pyjama geworfen hatte, das Gesicht weiß bandagiert. Im schwachen Licht, das durch die geöffneten Schlafzimmertüren fiel, sah sie wie ein Gespenst aus.

«Was ist los?» zischte Frances laut genug, um Tote aufzuwecken, wenn welche dagewesen wären. Zum Glück schliefen alle anderen im rückwärtigen Teil des Hauses. Vorne lagen nur ihre beiden Zimmer, und Jennifer war sofort zum Telefon gesaust. Sie war noch wach gewesen, als es geklingelt hatte.

«Offensichtlich leidet Mark wieder an seinem alten Problem», sagte Jennifer. «Er hatte einen Zusammenbruch, als sein Vater starb, und jetzt – da seine Mutter tot ist, scheint es ihm wieder so zu ergehen. Basil sagt, daß er buchstäblich die Wände hochgeht. Er hat ein paar von Basils Schlaftabletten genommen, von denen niemand weiß, wie sie heißen, aber sie scheinen es nur noch schlimmer gemacht zu haben. Das könnte an dem Medikament liegen, das er braucht, aber –» sie hielt inne, da sie verunsichert war.

«Das kommt mal vor», sagte Frances.

«Ja, ich weiß. Es passierte auch in der Nacht, als seine Mutter ermordet wurde – nachdem ich ihm eine Injektion gegeben hatte, um ihn zu beruhigen. Damals wußte ich noch nicht, daß er unter Haloperidol steht. Die beiden Medikamente könnten eine Umkehrreaktion ausgelöst haben.» Sie seufzte ungehalten. «Mein Gott, wann begreifen die Leute bloß, daß man Medikamente nicht so mir-nichts-dir-nichts verabreichen kann? Basil ist ein Dummkopf.»

«Wahrscheinlich hat er nur zu helfen versucht», widersprach Frances.

«Ja.» Jennifer überlegte. «Ich frage mich nur, ob der liebe verkalkte Basil das schon einmal gemacht hat – Mark Pillen zu geben, die ihm beim Einschlafen helfen sollen, tatsächlich aber seinen Zustand –» Es verschlug ihr die Sprache, sie schluckte schwer. «Verschlimmern», flüsterte sie.

Sie starrten einander an. «Vielleicht solltest du besser Luke anrufen», sagte Frances.

«O nein, ich mache mich nicht noch einmal zum Narren, indem ich schon wieder andere Leute beschuldige, bevor ich überhaupt weiß, was los ist», sagte Jennifer. «Zuerst möchte ich mir Mark anschauen.»

«Dann solltest du besser David aufwecken», sagte Frances nervös.

«Nein, das geht schon in Ordnung, ich komm mit Mark auch allein zurecht», meinte Jennifer.

«Dann gehe ich mit dir», beschloß Frances. «Übrigens, warum hat Basil dich angerufen? Der Anrufbeantworter hätte ihn zu Calgary verweisen müssen.»

«Er entschuldigte sich dafür. Er sagte, daß Calgary bereits zu einem Notdienst unterwegs war. Deshalb hat er die Privatnummer gewählt. Vermutlich rechnete er, daß David ans Telefon ginge. Oder sogar Onkel Wally, obwohl ich mir beileibe nicht vorstellen kann, was er sich ausgerechnet von ihm erwartete. Er hatte die Nummer aus Marks Notizbuch.»

«Das ist das Ärgerliche, wenn man in einer Kleinstadt lebt», brummte Frances und schlurfte, während sie ihren Bademantel aufband, ins Schlafzimmer. «Jeder kennt deine Telefonnummer.»

«Ruf eine Polizistin, sie soll auf Jennifer aufpassen», sagte Luke zu Paddy.

«Aber es geht doch schon jemand alle zwanzig Minuten dort Patrouille», erinnerte Paddy ihn. «Wir haben einfach nicht genug Leute. Stell dir vor, wir würden sämtliche Beteiligten bewachen...»

«Ich weiß. Es beunruhigt mich nicht so sehr, daß jemand eindringt, sondern daß sie rausgeht. Sie wird allmählich unruhig und morgen will sie wieder arbeiten.»

«Wunderbar.» Paddys Gesicht verriet Resignation. «Soll ich einen Wagen schicken?»

Luke sah zur Uhr. «Nein, nicht jetzt. Ich denke, daß sie um diese Zeit sicher in ihrem Bett liegt. Das hat noch Zeit bis morgen früh. Die Notrufe nimmt ihnen sowieso eine Vertretung ab.» Er überlegte einen Augenblick. «Aber du kannst die Streife bitten, auf ihrer nächsten Runde anzuhalten und mal genau nachzusehen.»

«Wird gemacht.»

«Ich meine ja nur – im Falle eines Falles.»

«Selbstverständlich.»

«Ich werde die Whitney zu ihrer Leibwache abstellen – sie ist uns hier bis zum Ende der Woche zugeteilt. Das verschafft ihr ein bißchen Abwechslung von der Bohnermaschine bei Jiffy.»

«Gut. Eigentlich glaube ich ja nicht, daß Jennifer eine Dummheit begehen würde, du etwa? Schließlich ist – Frances noch da.»

Sie sahen sich an.

«Ist die Whitney im Hotel?» fragte Luke zum Schluß.

«Ja.»

«Dann weck sie mal.»

«Ich kann es noch gar nicht glauben», brummte Frances und streckte sich auf dem Beifahrersitz aus. Sie trug einen dunklen Wollschal um Kopf und Hals. Trotzdem war der Verband auf ihren Wangen noch zu sehen, und im Licht der Armaturenbeleuchtung des Maestro sowieso. Irgendwie machte sie den Eindruck einer grantigen Nonne. «Wenn das hier eine meiner Geschichten wäre, gut, aber das ist wirkliches Leben, mitten in der Nacht und lausig kalt. Eine vernünftige Frau geht da nicht raus.»

«Ich habe nie behauptet, eine vernünftige Frau zu sein», sagte Jennifer. «Du etwa?»

«Oft», sagte Frances. «Und jedesmal war's gelogen.»

«Na bitte, da hast du's.»

«Du hättest wenigstens noch eine Streife mitnehmen sollen, für den Fall, daß Mark Peacock am Baum baumelt.»

«Ich rufe sie, sobald ich die Symptome geklärt habe», sagte Jennifer mit zusammengepreßten Lippen, um das Zähneklappern zu unterdrücken.

Auf ihrem Weg die High Street entlang begegneten sie einem entgegenkommenden Streifenwagen. «Normalerweise kam mir immer die Galle hoch, wenn ich die sah», sagte Frances. «Aber so schlecht sind sie gar nicht. Man gewöhnt sich doch an alles.»

«Da haben wir uns was Schönes eingehandelt, nicht wahr?» sagte Jennifer. «Ich meine, mit den beiden?»

«Ich habe nur mit einem etwas angefangen», sagte Frances. «Deine persönlichen Exzesse interessieren mich in keinster Weise.»

«Nanu», sagte Jennifer, als sie in die Auffahrt zum Gutshof einbogen. Es sah aus, als wäre eine große Feier im Gange. Alle Lichter waren an, und ein großer keilförmiger Lichtteppich strahlte durch die geöffnete Flügeltür des Eingangs auf den Kiesweg.

«Ich finde, du solltest nun endlich Luke und Paddy anrufen», sagte Frances. «Oder sonst jemanden.»

Sie stiegen aus dem Wagen und schauten sich um. Einen Augenblick später erschien Basil aus der Dunkelheit. Mit einer Taschenlampe in der Hand kam er ihnen über den Kiesweg entgegen. «Gott sei Dank, daß Sie da sind, Jennifer. Er ist rausgegangen und muß irgendwo auf dem Grundstück sein. Jeffers und die anderen Bediensteten suchen nach ihm. Morgen früh werden sie wahrscheinlich sofort kündigen. Der Junge ist verrückt, einfach wahnsinnig vor Kummer.»

«Ich werde die Polizei rufen», sagte Frances entschlossen und marschierte durch die offene Tür ins Haus. Basil sah ihr nach.

«Wer ist das?» fragte er Jennifer.

«Eine Freundin. Was ist los, Basil?»

«Warum ist sie dermaßen verbunden? Ich dachte, Sie –»

«Das ist eine lange Geschichte. Sagen Sie mir, was mit Mark geschehen ist.»

«Ich weiß es nicht genau, um Ihnen die Wahrheit zu sagen. Ich ging zu Bett und dachte, Mark wäre ebenfalls ins Bett gegangen. Wir haben sehr hart gearbeitet und waren beide erschöpft. Er hat in der letzten Zeit Probleme mit dem Einschlafen gehabt, darum haben wir es heute nicht so spät werden lassen.» Taubmans Hände zitterten, und der Lichtkegel der Taschenlampe tanzte vor ihren Füßen hin und her. «Es tut mir leid wegen der Tabletten –»

«Lassen Sie sich deswegen keine grauen Haare wachsen. Haben Sie ihm vorher schon einmal welche gegeben?»

«Nun –» Taubman schien sich nicht besonders wohlzufühlen. «Ein paarmal, ja.»

«Wann?»

«Nun –» Plötzlich wurden sie von einem Schrei aufgeschreckt, der vom Fluß her durch die Dunkelheit gellte.

«Wir klären das später», sagte Jennifer, durch das Geschrei völlig entnervt. Es war Marks Stimme gewesen, daran gab es keinen Zweifel, aber wild und unkontrolliert. «Erzählen Sie mir von heute abend.»

«Ich war über meinem Buch schon fast eingeschlafen, als Jeffers – er ist unser neuer Butler – an meine Tür klopfte. Er sagte, Mark sei im Wohnzimmer und sein Verhalten ganz eigenartig. Er – also Jeffers – war nach unten gegangen, da er seltsame Geräusche gehört hatte. Es war Mark ... der im Wohnzimmer tanzte.»

«Er tanzte?»

«Er konnte keine bessere Beschreibung dafür finden. Ein Gehopse offensichtlich, im Takt, wie zu einer Musik. Aber es spielte keine Musik. Er hatte einen kleinen Tisch umgeworfen, aber es anscheinend gar nicht gemerkt. Jeffers sprach ihn an, aber er hörte ihn gar nicht, sondern tanzte einfach weiter. Darum holte Jeffers mich. Ich sage Ihnen, Jennifer, es war direkt unheimlich, ihn so zu sehen. Schrecklich, wenn man weiß, wie gut sich Mark sonst unter Kontrolle hat. Er benahm sich, als ob er total, aber total verrückt wäre. Ich sagte etwas zu ihm, er hörte mich, wirbelte herum und fing an, über all die Farben zu sprechen.»

«Welche Farben?»

«Wir hatten vorher über die Farben der verschiedenen Konferenzräume des Anbaus gesprochen, der hinter dem Haus entstehen soll. Alles soll mit dem Haus zusammenpassen, wir werden sogar alte Steine wiederverwenden...» Er hielt an. «Das ist nicht von Bedeutung, natürlich nicht. Als er dann wieder herumtanzte, habe ich Sie angerufen.»

«Und dann bei Calgary?»

«Was?» Er blickte sie verdutzt an. «Ach ja, aber er war unterwegs. Also rief ich schließlich unter Ihrer Privatnummer an. Ich zögerte, da ich wußte, daß es Ihnen nicht besonders gut geht, aber ich dachte, Dr. Gregson wäre da, verstehen Sie? Ich war vollkommen überrascht, als Sie rangingen.»

«Dr. Gregson war auch weg», sagte Jennifer und fügte in Gedanken hinzu, ‹weggetreten›.

Plötzlich erscholl noch ein Schrei vom Fluß her, ein wildes Geheul, das beiden durch Mark und Bein ging. Frances, die wieder die Treppe herunterkam, bekreuzigte sich ungewollt. «Jesus, Maria und Joseph», murmelte sie. «Der Hund von Baskerville.»

«Sei nicht albern», sagte Jennifer barsch, obwohl sie kaum anders reagiert hatte. Die ganze Situation war grotesk. Sollte das der ruhige und gesetzte Mark Peacock sein, der wild in der Dunkelheit herumschrie und heulte? Es ergab keinen Sinn. «Basil, was geschah, nachdem Sie mich angerufen hatten?»

«Ich ging ins Wohnzimmer zurück und versuchte, ihn zur Vernunft zu bringen, aber umsonst. Er redete, mein Güte, ja, er redete, als hätte er eben seine Stimme entdeckt – es sprudelte alles dermaßen schnell aus ihm heraus, daß es unmöglich war, ihm zu folgen. Ich wußte nicht, auf was er hinauswollte. Dann schickte ich Jeffers weg, es war mir so... so peinlich, wegen Mark. Wir müssen uns natürlich neues Personal suchen», fügte er, halb an sich selbst gerichtet, hinzu. Offensichtlich machte die Situation auch ihm zu schaffen. «Jedenfalls wurde er dann ziemlich ausfallend, beschimpfte mich, seine Mutter sogar noch ärger, schrie alle möglichen Scheußlichkeiten... über Frauen und... Sie... und rannte ins Freie hinaus. Wenn ich es noch geschafft hätte, Ihr Kommen abzusagen, hätte ich es getan... aber dann entdeckte ich...»

«Daß das Telefon nicht funktioniert», sagte Frances. «Ich habe es gerade gemerkt.»

«Ja, Mark riß es aus der Wand», sagte Basil.

«Gibt es denn kein anderes Telefon, vielleicht in der Küche, oder in den Dienstunterkünften?» wollte Jennifer wissen.

«Nein – wir warten noch auf den Anschluß. Wir haben es bis jetzt nicht gebraucht... wir hatten nie Bedienstete, die hier wohnten.» Er richtete sich auf. «Ich hab's, wir werden jemanden vom Personal in die Stadt zur Polizei schicken. Jeffers! Jeffers!» Im Nu eilte er durch die Dunkelheit davon, wobei der Lichtkegel der Taschenlampe über dem Rasen auf und ab pendelte, und im nächsten Moment war er hinter dem Gebäudeflügel am anderen Ende verschwunden.

«Ob es in diesem Hause wohl einen Gin gibt?» fragte Frances. «Ich habe mich kurz umgesehen, aber ich konnte keinen entdekken.»

«Es ist eine Droge», sagte Jennifer.

«Ich weiß», sagte Frances.

«Ich meine Mark. Es ist eine Reaktion auf eine Droge, anders kann es gar nicht sein. Oder ein derartiger Rückfall seiner Manie, daß die Stabilisierungsdosis seines üblichen Medikamentes nicht mehr ausreichte.»

«Das ist ja alles recht und schön», sagte Frances. «Aber laß uns endlich eine Flasche Gin finden.»

«Er wirkt fast wie auf einem Trip», fuhr Jennifer fort.

«Dann ist er aber nicht weit gekommen. Du kannst sein Lachen noch hören, er ist unten am Fluß», sagte Frances nervös.

«Ich gehe runter», sagte Jennifer. Sie schritt zum Wagen zurück und wühlte in ihrer Tasche. «Falls er mich an sich heranläßt...» Im Licht der Eingangstür zog sie eine Spritze auf.

«Heilige Mutter Gottes, bist du schon wie er von allen guten Geistern verlassen?» fragte Frances entsetzt.

«Ich hatte in London schon mit Fällen von Drogenmißbrauch zu tun», sagte Jennifer gefaßt. «Wenn du erst einmal erkannt hast, worin das Problem besteht, jagt es dir keine Angst mehr ein.»

«Nun, ich kenne das Zeug. Es macht mir höllisch Angst, ich könnte glauben, ich habe meine Beine zu Hause gelassen», stöhnte Frances. «Ich wünschte, es wäre jetzt so, und ich auch zu Haus.»

«Warte hier.»

«Das werde ich nicht.»

«Dann komm mit – und nimm auch deine Beine in die Hand.»

Sie gingen die Wiese hinunter, vorbei an den Haufen von Baumaterial, die in der Dunkelheit nur undeutlich zu sehen waren. Die

Nacht war pechschwarz, kalt und still. Als sie sich dem Fluß näherten, konnten sie das Gurgeln des Wassers hören. Und noch ein anderes Geräusch. Ein kicherndes, kehliges Gelächter, das nicht stillstand und so inhaltslos war wie das Fließen des Gewässers selbst.

«Mark? Ich bin es, Jennifer», rief sie.

Das Kichern hielt weiterhin an. Ein Knacken in den Büschen war zu hören. Zuerst auf der einen, dann auf der anderen Seite. Sie erstarrten auf der Stelle, wußten nicht, wohin sie gehen sollten. Das Licht von *Peacock Manor* schien sehr weit weg. «Vielleicht hast du recht, daß wir das der Polizei überlassen sollten», sagte Jennifer, die mit einemmal ihre Entscheidung bereute, ohne eine Begleitung hierher zu kommen, mit Ausnahme von Frances, die am ganzen Leib wie Espenlaub zitterte.

«Absolut», bekräftigte Frances. «Ich persönlich glaube sogar, daß wir sie auf der Stelle holen sollten.»

«Du hast recht», sagte Jennifer, und sie drehten sich um und rannten über die Wiese zurück. In der Dunkelheit verloren sie sich gegenseitig aus dem Auge, schuld daran war eine Grube in der Erde, der Jennifer in einem Bogen auswich, während Frances glatt hineinfiel.

Jennifer hörte Frances rufen. Sie drehte sich im Laufen um, stolperte und stürzte gegen einen mit einer Plane abgedeckten Haufen, dem schmerzhaften Gefühl nach mußten es Ziegel oder Steine sein. Sie rappelte sich wieder hoch und spürte, wie ihr Oberschenkel schmerzte. Sie tupfte an die Stelle, es fühlte sich klebrig an und tat sehr weh. Sie fluchte, spürte aber trotzdem die anschwellende Wunde. Während sie dem Licht entgegenhumpelte, ärgerte sie sich so sehr über ihre eigene Ungeschicklichkeit, daß sie sich nicht ein einziges Mal umdrehte, nicht einmal, als sie hinter sich Schritte hörte. Sie dachte, es wäre Frances, und knurrte: «Ich glaube, deine Tolpatschigkeit ist wirklich ansteckend.»

Da wurde sie auch schon am Hals gepackt, und in ihr Ohr drang eine leise, teuflische Stimme: «Hure, Nutte, Dirne...»

Sie schrie wie am Spieß.

Und begann sich zu wehren.

Da wurde ein Motor angelassen, sie hörte das Aufheulen. Frances hatte vermutlich den Wagen erreicht und würde hoffentlich Hilfe holen. «Mark, Mark... bitte laß mich los...» keuchte sie, während sie sich losriß.

Vor Jahren hatte sie, noch als Medizinstudentin, einen Selbstverteidigungskurs mitgemacht. Sie dachte damals daran, daß es ganz nützlich wäre, da sie vorhatte, in der Psychiatrie zu arbeiten. Der erste Monat auf einer Station hatte diese Ambitionen allerdings gedämpft, aber manches aus dem Kurs war doch hängengeblieben. Nachteilig erwies sich jetzt nur, daß ihr Trainer damals kooperativ gewesen war.

Der Mann, mit dem sie kämpfte, war keineswegs kooperativ.

«Mark... bitte... ich bin es, Jennifer...» sagte sie, als er sie wieder packte. Sie trat zur Seite, direkt in einen Sandhaufen, der unter ihren Füßen nachgab, rutschte aus und verlor das Gleichgewicht.

Sie strauchelte und lag plötzlich in einem der Gräben. Sie krümmte sich am Boden, dann sah sie die Umrisse einer dunklen Gestalt am Rande des Grabens und das Messer in seiner Hand. Er ging in die Knie, als ob er zu ihr herunterspringen wollte.

Jennifer verkroch sich nach hinten, krallte sich an den erdigen Wänden fest und versuchte, wieder auf die Beine zu kommen. Dann tat es einen dumpfen Fall, und sie wußte, jetzt war er im Graben, wie sie. Niemand konnte sie sehen, niemand konnte sie hören.

Sie waren allein.

Von ferne hörte sie Polizeisirenen, aber die waren noch sehr weit weg. Sie tastete sich rückwärts weiter, und immer wieder rutschten ihre Füße mit der brüchigen Erde weg. Sie konnte ihn hören, wie ein Tier keuchte er hinter ihr her, mit dem Messer, auch wenn es nicht zu sehen war, aber sie wußte es, und der Abstand wurde immer geringer.

«Mark, hör mir zu, du mußt mir zuhören, Schatz... du mußt mich dir helfen lassen. Bitte laß mich dir helfen.»

Er lachte. Ein leises, vertrauliches Kichern wie über ein gemeinsames Geheimnis. Er würde sie umbringen. Trotz der nächtlichen Kälte lief der Schweiß ihr am ganzen Körper herunter. Der erstickend süße Geruch der frisch aufgegrabenen Erde umgab sie. Wie ein Grab.

Plötzlich fiel ihr auf, daß der Boden unter ihren Füßen leicht anstieg, sie mußte gleich am Ende des Grabens sein. Sie drehte sich um, krallte sich in der Erde fest und versuchte, sich an dem Bruch hochzuziehen. Sie spürte eine Hand an ihrem Fußgelenk und trat unwillkürlich danach. Wieder frei, mühte sie sich weiter nach oben. Er war jetzt so dicht hinter ihr, daß sie fast seinen Atem spüren konnte. Aber sie schaffte es, aus dem Graben zu klettern, und rannte mit der Kraft der Verzweiflung davon.

Sie wußte, daß er sie sehen konnte, da er hinter ihr war, als sie auf das hell erleuchtete Haus zulief. Sie versuchte, sich zu verstecken, aber nirgends gab es einen sicheren Platz. Und noch einmal zum Fluß zu rennen, in die Dunkelheit, zu den flüsternden Schatten, dazu brachte sie den Mut nicht mehr auf.

Er blieb ihr auf den Fersen. Es war unheimlich, als ob er in der Dunkelheit sehen konnte. Sie konnte hinlaufen, wo sie wollte, immer folgte er ihr, wie eine tödliche Spinne ihrem im Netz zappelnden Opfer. Sie hörte ihn hinter sich mit haßerfüllter brutaler Stimme fluchen. «Hure, Hündin, mit deinem dreckigen Körper und deinem dreckigen Charakter, versautes und gemeines, stinkendes und geiles Luder...» So ging es die ganze Zeit. Sie rannte weiter, ihre Brust schmerzte, ihre Kehle schnürte sich zu, während sie verzweifelt dem Licht zu entkommen versuchte... aber das Licht folgte ihr überallhin. Wieso?

Und dann erkannte sie, daß es das Abblendlicht eines Wagens war – ihres eigenen Wagens, der unaufhörlich durch die Nacht hupte. Nun raste sie darauf zu, winkte, während sie um die Planierraupe herumrannte, bald schien es geschafft.

Jennifer spürte einen Hieb von ihr abprallen. Laut schreiend fiel sie mit dem Gesicht nach unten in den Sand, der ihr die Luft nahm. Gleichzeitig hörte sie einen schwereren, dumpferen Aufprall, und jemand rief: «Volltreffer!»

Dann hörte sie ein Krachen. Als sie sich umdrehte, sah sie gerade noch, wie ihr neuer Maestro aus einem Busch herausschoß, eine Gerüststange streifte und mit den Vorderrädern in einen Graben plumpste.

Am Steuer saß Frances. Sie war mit dem Auto über die Wiese gedonnert und hatte es doch glatt geschafft, den, der dort lief, über den Haufen zu fahren. Aber dieses eine Mal hatte sie es beabsichtigt, nur dieses eine Mal.

Jennifer war wieder aufgestanden und rang nach Luft. Benommen sah sie sich um, als Männer mit Taschenlampen herbeirannten und in der Gegend herumleuchteten.

Frances kletterte aus dem Auto. Sie wankte kurz am Rande eines Grabens entlang und winkte triumphierend.

«War das nicht eine tolle Fahrt? Ich kann dir sagen, wenn's drauf ankommt, kann ich's doch», rief sie, stolperte vorwärts und trat vor lauter Begeisterung auf eine Abdeckplatte, mit der man ein Erdloch überspannt hatte, und verschwand aus dem Blick, wie im Zeitraffer, hinter ihr her die Plane.

Die Lichtkegel der Taschenlampen hatten Jennifer entdeckt. Blutend und zitternd stand sie da, sie wußte nicht mehr, ob es sich um einen bösen Traum oder um die Wirklichkeit handelte.

Und in einigem Abstand zu ihr lag eine reglose Gestalt auf dem Rasen, mit ausgestreckten Armen, die Beine in unnatürlicher Stellung.

«Ich hab ihn, ich hab ihn», drang plötzlich ein Ruf aus der Richtung des Flusses herüber, wo nun auch einige Taschenlampen hinstrahlten, und in ihren Schein trat ein kichernder Mark Peacock, der von kräftigen Armen festgehalten wurde. «Hier habt ihr den Halunken», rief Fred Baldwin.

Paddy hatte inzwischen Frances aus der Grube befreit, klopfte den Dreck von ihren Kleidern und hielt sie in den Armen. Lachend und weinend versuchte sie, den Hergang zu erklären. Luke war bei Jennifer und scheute sich beinahe, sie zu berühren, denn sie stand reglos wie eine Statue und starrte auf den Körper von Basil Taubman, der da am Boden lag, das Messer neben seiner ausgespreizten Hand.

Kapitel sechsunddreißig

«Du kannst die Medien nicht für ihren Tod verantwortlich machen – höchstens für die Art, wie sie gestorben sind», sagte Luke.

Es war der Abend des nächsten Tages – ein Tag, an dem Jennifer und Frances nur geschlafen, Luke und Paddy durchgearbeitet hatten.

Dr. Wally, Tante Clodie, David Gregson und Jennifer saßen mit Luke im Wohnzimmer von *High Hedges*. Sie waren munter und neugierig, Luke selbst war müde und bedrückt. Seine Stimme wurde heiser, aber er wollte, daß sie alle die Wahrheit erfuhren, bevor er diesen Fall zu den Akten legte.

Paddy hatte Frances ausgeführt, um ihren Triumph zu feiern, schließlich war aus ihr eine Heldin geworden. Es war an Luke, alles zu erklären.

«Es war seit langem Taubmans Absicht, seine Frau umzubringen», erläuterte Luke weiter mit belegter Stimme. Er nahm den Brandy, den Onkel Wally eingeschenkt hatte, nippte daran und schüttelte sich. «Stück für Stück hatte er sich einen Plan über das Wo und das Wann zurechtgelegt – das Warum hatte er immer gewußt –, aber das Wie war noch offengeblieben. Mal sollte es Gift sein, mal wollte er sie erwürgen – er dachte manch glückliche Stunde darüber nach.»

«Hat er dir das alles erzählt?» fragte Tante Clodie.

«Wir konnten ihn gar nicht bremsen», sagte Luke trocken. «Er hatte schon vor der Teepause zwei Stenographen verschlissen, und als ich wegging, fing er gerade mit einem dritten an.» Gott sei Dank gab es noch Bennett, der anscheinend seine letzten Reserven an Energie und Begeisterung aufbot, um das Verhör zu übernehmen, obwohl es nicht mehr viel zu fragen gab.

«Taubman ist vermutlich verrückt – aber das sollen die Psychiater entscheiden. Jedenfalls hörte es sich für mich so an, als wäre er geisteskrank», sagte Luke. «Offensichtlich verliebte er sich nicht in Mabel Peacock, sondern in *Peacock Manor.*»

«Eine ideale Verbindung», sagte David Gregson ironisch. «Es hätte ihm nie widersprochen und wäre auch nie davongelaufen.»

Luke lächelte schwach. «Offensichtlich lernte er Mabel auf einer Party in London kennen. Er dachte, sie wäre reich, und setzte sich ganz entgegen seiner Gewohnheit groß in Szene. An einem Wochenende kam er her – für eine warme Mahlzeit ginge er überall hin, meinte er – und der Anblick des Hauses ließ ihn nicht mehr los. Er heiratete Mabel Peacock lediglich, um in die Reihe der Erben zu kommen, ohne damals zu wissen, daß das Haus Mark gehörte. Als er dahinterkam, wußte er, daß er anders vorgehen mußte. Die Idee, aus dem Haus ein Konferenzzentrum zu machen, war auf seinem Mist gewachsen, und er hatte sie geschickt eingebracht, genauso die Idee, eine Partnerschaft mit Mark aufzuziehen, wenn Mabel erst mal tot war.»

«Aber warum dann der Mord an Win Frenholm?» fragte Onkel Wally.

«Oh, auch sie stand ihm im Weg», sagte Luke. «Sie war von Mark schwanger, oder behauptete es wenigstens. Und wenn Mark sie heiratete, oder nur die Vaterschaft anerkannte, dann wäre die Erbschaftsfrage ziemlich heikel geworden. Das Baby stammte tatsächlich von Mark. Die Bluttests ergaben das eindeutig. Mark hat eine relativ seltene Blutzusammensetzung, Thalassaemie, die er von der Mutter erbte. Man kennt sie hauptsächlich bei der mediterranen Rasse, und allem Anschein nach war sein Großvater mütterlicherseits Italiener. Vergleichende Ausschlußtests des sogenannten genetischen Fingerabdrucks machten es dann absolut sicher.»

«Also hatte Mark ein Verhältnis mit ihr», sagte Jennifer.

«Im August wahrscheinlich.»

Tante Clodie nickte weise. «Als Jennifer gerade in London war.»

«Aber nicht nur Mark», sagte Luke. «Da gab's noch andere. Sie sagte sich einfach, daß Mark am geeignetsten wäre. Ihr gefiel die Vorstellung, die große Lady von *Peacock Manor* zu spielen. Aber mit ihren Ambitionen kam sie Taubman in die Quere.»

«Sie sagten, daß man den Medien Schuld an der Art ihres Todes geben könnte», meldete sich David Gregson zu Wort.

«Ja. Ihr habt nämlich einen sehr guten Zeitungsmann und ein paar geschwätzige Cops.» Die nächstes Mal aber ihren Mund halten werden, dachte er grimmig. «Er veröffentlichte jede Einzelheit über den Tod von Beryl Tompkins, die er herauskriegen konnte – und das waren nicht wenige. Taubman las den Bericht in der Zeitung und beschloß, daß dies der günstigste Moment war, um seinen großen Plan in die Tat umzusetzen. Er hatte eigentlich nur vor, seine Frau umzubringen, aber dann kam Win Frenholm daher. Sie hatte den ganzen Abend über angerufen und wurde jedesmal betrunkener und wütender, als sie hörte, daß Mark nicht zu Hause war.»

«Wo war er?» fragte Onkel Wally.

«Im *Woolsack*, er hatte Streit. Offensichtlich hat der Gutsherr einen großen Freundeskreis und dehnbare Ansichten über Sperrstunden», sagte Luke unbeteiligt.

«Ja, die hat er allerdings», sagte Onkel Wally und lächelte zu seinen Erinnerungen.

«Wie ist Basil dahintergekommen?» fragte Clodie mit einem nachsichtsvollen Blick zu ihrem Mann.

«Nun, als sie das letzte Mal anrief, war es schon ziemlich spät, und Basil ging an den Apparat. Man hatte ihn über die wiederholten Anrufe unterrichtet, er war der einzige, der noch auf war. Basil kann mit Frauen umgehen – selbst am Telefon. Er bekam die Geschichte aus ihr heraus – oder jedenfalls genug, daß seine inneren Alarmglocken klingelten. Er verabredete sich mit ihr.»

«Am Treidelpfad?»

«Ja. Sie war viel zu betrunken und wütend, um aufzupassen. Außerdem kannte sie ihn nur als ‹Kavalier›. Andererseits müssen ihr ein wenig später Zweifel gekommen sein, deshalb rief sie Baldwin an. Leider reichte die Zeit nicht mehr, denn Taubman brauchte bloß über die Wiese und dann über die Brücke zu gehen. Und nachdem er sich ihre Geschichte angehört hatte – brachte er sie um.» Er machte eine Pause und dachte zurück an Taubman im Krankenhaus, und wie er sein Geständnis abgelegt hatte, eiskalt und vollkommen ruhig, wie die lautlose Klinge seines Mordinstruments, ein ganz gewöhnliches Teppichmesser, das er in einem Werkzeugkasten gefunden hatte. «Auf diese Weise, sagte er, könne er sich ein bißchen in der richtigen Handhabung üben.»

«Du lieber Gott», murmelte Tante Clodie und ergriff Wallys Hand.

«Als die Medien die Nachricht verbreiteten, daß sich ein Wahnsinniger in der Gegend herumtrieb und bereits das zweite Opfer gefordert hatte, wußte er, daß er mit seinem Plan, seine Frau zu ermorden, eine sichere Basis gefunden hatte – sie sollte als Opfer Nummer drei Schlagzeilen machen.»

«Aber er war in London, als sie umgebracht wurde», wandte Jennifer ein. «Er wurde um zehn in seinem Club gesehen, und er war auch am nächsten Morgen dort. Es gingen keine Züge, und Autofahren kann er nicht. Wie ist er dann hierher gekommen und wieder rechtzeitig zurück?»

«Auf Englands ältester Straße», sagte Luke. «Auf dem Wasser.»

«Auf dem Wasser?»

Das große Erstaunen seiner Zuhörer war es wert, die Geschichte dieses Falls zu erzählen. Das waren die kleinen Freuden, die einem zum Abschluß blieben – meistens hatte man ohnehin alles satt.

Onkel Wally rollte mit der Karaffe an, um sowohl Lukes als auch sein Glas wieder aufzufüllen. «Gut und weiter», sagte er mürrisch, und das war das Äußerste an Entschuldigung, die Luke von dem alten Mann für die zeitweilige Zurückweisung zu hören bekam.

«Er trug sich um zehn Uhr in seinem Club ein – das stimmt», führte Luke aus, nachdem er seine rauhe Kehle ein weiteres Mal mit Brandy gespült hatte. «Dann ging er auf sein Zimmer, wartete, bis alles ruhig war, und schlich sich über die Feuerleiter davon. Ganz wie in einem Klassiker. Er nahm ein Taxi nach Paddington und dann den Zehn-Uhr-dreißig-Zug nach Milchester.»

«Milchester? Aber das sind doch zwölf Meilen von hier.»

«Auf dem Fluß lediglich vier», bemerkte Luke. «Er hatte sich zuvor vorsorglich ein kleines Boot gekauft und einen Anlegeplatz gemietet. Selbstverständlich unter falschem Namen. Es war eine helle Mondnacht, aber er hätte es auch im Dunkeln geschafft. Mit dem kleinen Außenbordmotor kam er problemlos den Fluß hinunter und war kurz vor Mitternacht an Ort und Stelle, band das Boot fest, lief über die Wiese hinauf und betrat das Haus. Er wußte, daß Mark mit Jennifer ausgegangen war. Zur Erinnerung, zu dieser Zeit wohnte noch kein Personal im Haus. Mabel war ganz allein, und sie freute sich, ihren Mann zu sehen. Er schwärmte ihr von dem herrlichen Mondlicht vor, daß sie rausgehen und sich es anschauen sollten, was er zweifelsohne schaffte, denn Mabel fühlte sich bestimmt wie ein junges Mädchen, alles so romantisch und unerwartet.» Lukes Stimme klang verbittert, denn was Mabel Peacock gewesen sein mochte, sie war von einem eiskalten und berechnenden Schweinehund aus Habgier ermordet worden. Es war sein Job, den Mörder zu fassen. Verachtung für den Mörder gehörte nicht dazu. Aber heute abend war er müde. So verdammt müde.

«Er entledigte sich ihrer», sagte er bloß. «Dann ging er wieder zu seinem kleinen Boot zurück und fuhr weiter stromabwärts, bis an die Stelle, wo die Purle in die Themse mündet, von da nach Reading, wo er in einem Bootshafen anlegte und zum Bahnhof ging. Dort hatte er in einem Schließfach eine Arbeiterjacke und eine Kappe aufbewahrt. Gegen sechs nahm er mit ein paar anderen Arbeitern den Zug nach Paddington, wo ihm genug Zeit blieb, seine Verkleidung wegzuwerfen und mit der U-Bahn zum Clubhaus zurückzukehren.

Sein Glück – und Mörder brauchen immer Glück – war, daß wir Verständigungsprobleme mit der Londoner Polizei hatten. Sie kamen erst um acht Uhr in den Club. Er hatte also genügend Zeit, sich wieder ins Bett zu legen. Ursprünglich hatte er natürlich nicht damit gerechnet, daß man die Leiche vor dem Morgengrauen finden würde.»

«Wären Sie ihm schließlich dahintergekommen?» fragte David.

«Ich würde sagen, ja.»

«Aber warum ich?» fragte Jennifer. «Warum wollte er mich umbringen – und hätte statt meiner ums Haar Frances erwischt?»

«Weil Mark die Absicht verkündete, dich zu heiraten. Taubman hatte bereits zwei Frauen ausgeschaltet, die zwischen ihm und *Peacock Manor* standen, und sah keinen Grund, daß sich ihm erneut eine in den Weg stellte. Nach Mabels Tod hatte er sofort Marks Zustimmung erreicht, das Gut und den Grundbesitz in eine GmbH umzuwandeln, mit sich und Mark als die zwei Geschäftsführer. Mit Marks Tod hätte alles ihm gehört.»

«Hätte er dann Mark auch getötet?»

«Das ist sehr wahrscheinlich. Unmittelbar nach dem Mord an Win Frenholm, als die ganze Aufregung losging und von einem ‹Wahnsinnigen› die Rede war, machte er sich an Marks Medikamente heran. Er leerte die Kapseln aus und füllte Zucker ein. Mark nahm sie zwar regelmäßig – aber sie halfen ihm nicht. Mit der Zeit, unter dem Stress unserer Untersuchung und durch den Tod seiner Mutter, verschlechterte sich sein Zustand, ganz wie Taubman es beabsichtigt hatte.»

Jennifer erinnerte sich an das Mittagessen mit ihm, und wie er sich benommen hatte. «Er war an jenen Tagen ziemlich aufgekratzt und sehr von sich eingenommen, draufgängerisch fast.»

«Jedenfalls setzte er sich in den Kopf, daß du ihn heiratest, und kündigte eure Verlobung als fest beschlossene Sache an. Er konnte sich vermutlich nicht ausmalen, daß er von dir einen Korb bekommt», sagte Luke. «Also kamst du auf Taubmans Liste – Gott sei Dank ging es bei dir daneben, was ihn allerdings nervös machte, da er befürchten mußte, du hättest ihn möglicherweise erkannt, beziehungsweise Frances. Er mußte dem Spiel unbedingt eine Ende machen. Zunächst schürte er Marks Aufregung, indem er mit ihm über die Pläne und so weiter sprach, dann mischte er LSD oder etwas Ähnliches (er hat ein paar sehr eigenartige Freunde in London) zwischen die Schlaftabletten und gab sie Mark. Das Ergebnis hast du gesehen. Taubman wußte, sobald Mark in eine Anstalt kam, würden die Morde aufhören, und ging davon aus, daß wir unsere eigenen Schlüsse ziehen würden, wer der *Schlächter von Cotswold* war. Zweifellos wäre Mark nach seiner ‹Heilung› und Freilassung aus dem Weg geräumt worden, vielleicht ein ‹Selbstmord›, aus schlechtem Gewissen, oder so. Irgendwie hätte es Taubman schon geschafft. Er liebte das Haus über alles. Er mußte das Haus besitzen, er war davon ganz besessen. Alles andere war ihm egal. Und wenn es sein mußte, würde er auch jeden umbringen, der ihm auf dem Weg dorthin in die Quere kam. Und mit jedemmal tötet es sich leichter.» Luke machte ein etwas bedrücktes Gesicht. «Das können wir nicht dulden», sagte er abschließend. «Irgendwer muß dem Einhalt gebieten.»

«Wieso war eigentlich Fred Baldwin letzte Nacht da?» fragte Jennifer. Sie hatten die anderen drinnen sitzen gelassen und gingen im Garten spazieren. Jennifer wollte ihn noch zu seinem Wagen begleiten, wobei sie die Runde gleich zweimal machten.

«Er dachte, Mark hätte Win Frenholm getötet», sagte Luke. «Er hatte es sich zusammengereimt – wegen des Wagens, den er damals gehört hatte. Er wußte, daß Mark einen MG fuhr, und aus unserem Verhör schloß er, daß Win ein Verhältnis mit Mark hatte. Er versuchte, sich einzureden, daß es nicht stimmte – aber er wußte ja, wer und wie sie war. Das Komische ist, der MG, den er gehört hatte, war Marks Auto. Mark fuhr gerade vom *Woolsack* weg, als Basil vom Treidelpfad zur High Street hochlief. Basil erkannte den Wagen und beschloß noch an Ort und Stelle, daß Mark genau der Richtige war, dem man die Morde in die Schuhe schieben konnte. Die Tatsache, daß Mark zur richtigen Zeit so nahe am Tatort war, war einer von vielen guten Gründen, warum mein Verdacht auch auf ihn fiel. Nun gut, Basil wartete jedenfalls in der Dunkelheit, bis Mark vorbeigefahren war, dann ging er zur Brücke zurück, über die Wiese und durch die Hintertür wieder ins Haus, gerade rechtzeitig, um Mark am Haupteingang zu begrüßen. Glück nennt man das, aber ich glaube eher, es ging mit dem Teufel zu.»

«Armer Mark», murmelte Jennifer, die sich an seine Verwirrung und Angst erinnerte, als man ihn am Abend zuvor mit dem Krankenwagen abtransportierte.

«Nun gut, Fred Baldwin war, wie gesagt, der Meinung, daß Mark seine Märchenfee ermordet hatte, und wollte ihn stellen, vielleicht sogar umbringen – aber das bezweifle ich. Er ist ein anständiger Mann. Ich denke eher, er hätte ihn verprügelt und dann zu uns gebracht. Aber Mark ging niemals allein auf das Grundstück hinaus – bis auf letzte Nacht.»

«Aber wie», sagte Jennifer traurig.

«Wenigstens ist er nicht wirklich verrückt, nur aus dem Gleichgewicht, durch den Entzug seines üblichen Medikaments, dazu noch die Dosis LSD. Zum Glück hatte er einen seligen Trip, wie der Facharzt der Klinik sagte. Er wird sich schon erholen», sagte Luke gelassen. «Und dann wartet reichlich Beschäftigung auf ihn.» Er kicherte. «Unter anderem, deinen Wagen aus dem Graben zu holen.»

«War Frances nicht wunderbar?» sagte Jennifer.

«Ich hätte sie zu gerne gesehen», stimmte Luke zu.

«Weißt du, was Frances mir heute morgen gesagt hat?» fiel es Jennifer mittendrin ein, als sie wie zwei alte Freunde schweigend nebeneinander hergingen. «Daß die ganze Sache mit Liebe zu tun hatte, ja wirklich. Mit verschiedenen Arten von Liebe – besitzergreifende Liebe, besessene Liebe, perverse Liebe, enttäuschte Liebe, Liebe, die daneben geht, kompliziert wird und verändert, kaputt macht. Sehr traurig. So sollte Liebe nicht sein.»

Er blieb schlagartig stehen und nahm sie in die Arme. Sie zitterte. «Du solltest eine Jacke anziehen.»

«Mir ist nicht kalt», sagte sie in seine Schulter hinein. «Ganz im Gegenteil.»

Zart, mit einem Finger, hob er ihr Kinn. «Ich kann dir gar nicht sagen, wie glücklich mich diese Worte machen, ich muß es dir einfach zeigen.» Er hielt sie in den Armen und küßte sie.

Der Augenblick währte nicht ewig. «Luke – ich muß dir etwas sagen», begann sie und drückte ihn etwas von sich weg.

«Das klingt geheimnisvoll», meinte er und ließ sich in der Dunkelheit nicht anmerken, daß ihr Tonfall, ihre Worte und das Zögern in ihrem Körper ihm Dinge verrieten, die er eigentlich nicht wissen wollte. Immer noch der Träumer, nicht wahr? Geh jetzt bloß in Deckung – die Realität kommt auf dich zu.

«Ich weiß nicht, ob ich noch weiter mit David zusammenarbeiten kann, nach allem, was geschehen ist – ich meine, weil ich ihn beschuldigt habe und so. Ich glaube, er wird es mir noch lange nachtragen. Oh, ich mache nicht dich dafür verantwortlich, sondern voll und ganz mich. Die Schwierigkeiten, die wir vorher miteinander hatten, waren nichts im Vergleich zu denen, die jetzt ganz allein durch mich entstanden sind. Das Problem ist, daß ich hier weiterarbeiten will. Onkel Wally muß sich zur Ruhe setzen, und die Praxis wächst laufend.»

«Jenny, ich möchte dich heiraten.»

«Ja, ich weiß. Ein großer Teil von mir will dich auch heiraten.»

«Was bekomme ich dann?» fragte er und versuchte, alles auf die leichte Schulter zu nehmen. «Nase, Ohren und Ellbogen?»

«Das Herz, vor allem», lächelte sie. «Schwierig wird es mit dem Kopf.»

«Der gleiche Kopf, der dir vor zweiundzwanzig Jahren sagte, vor mir davonzurennen?»

«Der gleiche Kopf. Ich bin Ärztin, und ich will Ärztin bleiben.»

«Das ist kein Problem.»

«Aber ich will hier Ärztin bleiben. Ich will die Dinge mit David ins reine bringen. Ich werde nicht eher ruhen, bis ich das erledigt habe.»

«Das ist allerdings ein Problem», gab er widerwillig zu.

«Also – können wir einfach – noch ein bißchen warten?»

«Könntest du dich ein bißchen genauer ausdrücken? Womit denn? Mit der Hochzeit? Halb so schlimm. Mit uns? Jenny, das wäre ganz schlimm. Ich bin kein Gipsheiliger.»

Zärtlich berührte sie sein Gesicht und legte die Hand auf seine Brust. «Das bin ich auch nicht», sagte sie zu ihm. «Cottingham ist schließlich nicht so weit weg. Hast du nicht mal ein paar freie Tage?» Sie machte eine Anstandspause. «Freie Nächte?»

Einen Augenblick lang war er die Ruhe selbst, dann seufzte er mit einem Lächeln, in dem sich Erleichterung und Bedauern paarten. «Das wird mich ein Vermögen an Benzin kosten», erklärte er ihr.

Auch eine Art von Kapitulation.

Der Fluß Purle murmelte zwischen seinen Ufern, und hier und da glitzerte der Mond auf dem Wasser. Die Wolken trieben im Wind, auf dem Wasser bildeten sich kleine Wellen, und bald würde es regnen.

In den Häusern wurde nach und nach das Licht ausgemacht. Endlich konnte man in Wychford wieder in Frieden schlafen.

Paula Gosling

«Es sieht so aus, als seien zur Zeit die besten Krimi-Autoren weiblichen Geschlechts. **Paula Gosling** zu versäumen wäre ein Fehler für Krimi-Fans.»
Frankfurter Rundschau

Ein echtes Gaunerstück
(thriller 2939)
Wahrscheinlich hätte die schöne Ariadne noch ein paar fröhliche Jahre vor sich gehabt, mit einem Mann, der sie anbetete und einer liebevollen Stieftochter – wenn sie nicht im unpassenden Moment gelacht hätte ...
«Ein spannender und amüsanter Krimi für Strandkorbtage.»
Frankfurter Rundschau

Leiche im Paradies
(thriller 3104)

Das Spiel wird Ernst
(thriller 3195)

Tod auf dem Campus
(thriller 2858)
Professor Aiken Adamson war ein gehässiges, hinterhältiges Ekel. So hat Lieutenant Stryker beim Motiv ein Dutzend Verdächtiger, beim Alibi aber keine – zunächst jedenfalls ...
«Bildung schützt vor Dummheit nicht – zum Vorteil des Lesers, der in genußvoller Spannung gehalten wird, wenn Selbstüberschätzung die Wissenschaftler zu verhängnisvollen Begegnungen mit dem Täter führt, wenn überraschend akademische Fassaden bröckeln und aus der wütenden Gegnerschaft

zwischen dem Polizisten und einer Verdächtigen eine Liebesgeschichte entsteht.»
FAZ

Töten ist ein einsames Geschäft
Der Roman zum Film
(rororo 13932)

rororo thriller

rororo thriller werden herausgegeben von Bernd Jost. Ein Gesamtverzeichnis der Reihe finden Sie in der *Rowohlt Revue*. Jedes Vierteljahr neu. Kostenlos in Ihrer Buchhandlung

3007/4

Linda Barnes

«Carlotta Carlyle ist eine großartige Bereicherung der schnell wachsenden Gruppe intelligenter, witziger, verführerischer, tougher, aber dennoch verwundbarer Privatdetektivinnen ...»
The Times

Carlotta steigt ein
(thriller 2917)
Carlotta Carlyle, Privatdetektivin, Ex-Cop und Hin-und-wieder-Taxifahrerin, bekommt von der alten Dame Margaret Devens den Auftrag, deren spurlos verschwundenen Bruder zu suchen ...
«Linda Barnes' Stil gefällt mir ungemein gut: klar, straff und aufregend.»
Tony Hillerman

Carlotta fängt Schlangen
(thriller 2959)

Carlotta jagt den Kojoten
(thriller 3099)

Carlotta spielt den Blues
(thriller 3160)

Zum Dinner eine Leiche
(thriller 3049)

Früchte der Gier
(thriller 3029)
Michael Spraggue, Schauspieler und Detektiv (auch wenn seine Lizenz schon abgelaufen ist), bekommt es in seinem ersten Fall mit gleich drei Kofferraum-Leichen zu tun.

Marathon des Todes
(thriller 3040)
Jemand will die Wahl von Senator Donagher verhindern und Spraggue einen Mord ...

rororo thriller

Blut will Blut
(thriller 3064)
Wer goß Blut in die Bloody Mary, wer enthauptete Puppen und Fledermäuse? Und wer legte den toten Raben ins Büro des Theaterdirektors? Michael Spraggue wird wieder einmal gefordert.

Im Wunderlich Verlag sind erschienen:

Ein Schnappschuß für Carlotta
Roman
352 Seiten. Gebunden

Carlotta spielt den Blues
Roman
272 Seiten. Gebunden

rororo thriller werden herausgegeben von Bernd Jost. Ein Gesamtverzeichnis der Reihe finden Sie in der *Rowohlt Revue*. Jedes Vierteljahr neu. Kostenlos in Ihrer Buchhandlung.

3025/3

Christine Grän

«Anna Marx, 35, tizianrot und rubensdick, ist das ausgekochte Phantasiegeschöpf der Bonner Journalistin **Christine Grän**, die ihre Krimiheldin als sinnenfrohe Gerechtigkeitsfanatikerin gegen die sattsam bekannte lakonische Melancholie alter Krimihaudegen antreten läßt.»
Neue Presse Hannover

Ein Brand ist schnell gelegt...
(thriller 2901)

Weiße sterben selten in Samyana
(thriller 2777)
«Vergnüglich plaudernd begleitet Christine Grän ihre Heldin auf Mördersuche, läßt die Liebe nicht zu kurz kommen und sorgt an den richtigen Stellen für einen Schuß Spannung.»
Hamburger Abendblatt

Dead is beautiful
(thriller 2944)
Peter Münzenberg ist nicht der Mann, der sich seine Politikerkarriere von einer Frau zerstören läßt. Als er erpreßt wird, soll Anna Marx ihm helfen. Sie hätte lieber nicht zusagen sollen. Erst ein Frontalangriff auf ihre Linie, dann auf ihr Leben...

Nur eine läßliche Sünde
(thriller 2865)
Ein rotzfrecher Teenager zwingt ihre Mutter, den rechtmäßigen Vater um Geld anzugehen. Dem paßt die Sache überhaupt nicht in den Kram – er ist nämlich Bonner Politiker auf der höchsten Ebene.

rororo thriller

Anna Marx, der Müll und der Tod
(thriller 3192)

Ein mörderischer Urlaub *Stories*
(thriller 2950)

Grenzfälle
(thriller 3031)
Als Anna Marx die Zeitungsmeldung über den Tod der dreiunddreißigjährigen Susanne Sawitzki liest, ist sie wie elektrisiert. Das ist doch der Name gewesen, den der geschwätzige Typ in der Bar so beiläufig erwähnte...

Marx ist tot
(thriller 3081)

Mit Mord beginnt ein schöner Sommer *Stories*
(thriller 3136)
Endlich Urlaubszeit. Doch 14 Tage Zusammensein kann ganz schön auf die Nerven gehen. Dann reicht schon eine Kleinigkeit, um eine Explosion auszulösen oder einen heimtückischen Mord zu planen ...

3008/3

Ruth Rendell

«Mich fasziniert jedesmal wieder, wie leise-harmonisch die Romane von **Ruth Rendell** beginnen, wie verständlich und normal die ersten Schritte sind, mit denen die Figuren ins Verhängnis laufen. Ruth Rendells liebevoll-ironisch geschilderte Vorstadtidyllen sind mit einer unterschwelligen Spannung gefüllt, die atemlos macht.»
Hansjörg Martin

Eine Auswahl der thriller von Ruth Rendell:

Dämon hinter Spitzenstores
(thriller 2677)
Ausgezeichnet mit dem Gold Dagger 1975, dem begehrtesten internationalen Krimi-Preis.

Der Pakt
(thriller 2709)
Pup ist sechzehn und möchte seine Stiefmutter loswerden. Aus dem Spiel mit der Schwarzen Magie wird tödlicher Ernst...

Flucht ist kein Entkommen
(thriller 2712)
«... ein sanfter, trauriger Thriller. Mit einer Pointe wie ein Feuerwerk.»
Frankfurter Rundschau

Die Grausamkeit der Raben
(thriller 2741)
«... wieder ein Psychothriller der Sonderklasse.»
Cosmopolitan

Die Verschleierte
(thriller 3092)

Die Masken der Mütter
(thriller 2723)
Ausgezeichnet mit dem Silver Dagger 1984.

3017/4

rororo thriller

Durch Gewalt und List
(thriller 2989)

Den Wolf auf die Schlachtbank
(thriller 2996)

See der Dunkelheit
(thriller 2974)

In blinder Panik
(thriller 2798)
«Ruth Rendell hat sich mit diesem Krimi selbst übertroffen: die Meisterin der Spannung ist nie spannender zu lesen gewesen.»
Frankfurter Rundschau

Leben mit doppeltem Boden
(thriller 2898)

Mancher Traum hat kein Erwachen
(thriller 2879)

Der Herr des Moores
(thriller 3047)

«**Ruth Rendell** – die beste Kriminalschriftstellerin in Großbritannien.»
Observer Magazine

Klugmann / Mathews

«Da werden endlich wieder Geschichten erzählt, die so intelligent und spannend sind, die zum Zittern und Lachen bringen. Allererste Empfehlung: die subtil anarchistischen Polizeikomödien der beiden Hamburger Norbert Klugmann&Peter Mathews.» *Lui*

Beule & Co
Beule oder Wie man einen Tresor knackt. Ein Kommissar für alle Fälle. Flieg, Adler Kühn
(thriller 3101)
Die Helden des Autorenduos scheinen auf den ersten Blick wenig perfekt. Sie haben Probleme mit Frauen, mit sich selbst und mit ihrer Kondition. Eigentlich sind sie ganz selten richtige Helden. Da kommt es schon vor, daß ein Keller in Brand gesetzt wird, weil ein geklauter Tresor sich nicht knacken läßt. Oder ein Schrebergärtner ermordet wird, weil er seinen Garten nicht verkaufen will...

Die Schädiger
(thriller 2771)
Rochus Rose wachsen die Schulden über den Kopf, und die Methoden des Geldeintreibers Sänger sind raffiniert, aber nicht ganz legal...

Vorübergehend verstorben
Roman
320 Seiten. Gebunden
Wunderlich Verlag
Die Männer sind alle Verbrecher, ihr Herz ist ein finsteres Loch... Die Anwältin Luise Rubato fährt lieber in die Grube, als der Moral der Männer zu erliegen.

rororo thriller

Norbert Klugmann
Das Pendel des Pentagon
(thriller 2954)
«Norbert Klugmann legt ein wahnsinniges Tempo vor und ihm fließen mitunter Dialoge aus der Feder, gegen die hochgerühmte amerikanische Kollegen die reinsten Langweiler sind.» *Süddeutscher Rundfunk*

Schweinebande
(thriller 3175)

Doppelfehler *Ein Fall für den Sportreporter*
(thriller 3228)
Ein ATP-Tennisturnier in Deutschlands wildem Osten läßt sich nicht ohne weiteres vermarkten. Ein toter Tennisprofi indes belebt das Geschäft...

rororo thriller werden herausgegeben von Bernd Jost. Ein Gesamtverzeichnis der Reihe finden Sie in der *Rowohlt Revue*. Jedes Vierteljahr neu. Kostenlos in Ihrer Buchhandlung.

3013/5